Spécialiste de psychologie enfantine, Jonathan Kellerman se tourne vers le roman policier en 1985. Son livre *Le Rameau brisé* est couronné par l'Edgar du policier et inaugure une série qui est aujourd'hui traduite dans le monde entier.

Faye Kellerman est l'auteur de nombreux romans policiers, dont la plupart ont pour héros l'inspecteur Peter Decker et son épouse Rina Lazarus.

Jonathan et Faye Kellerman vivent à Los Angeles.

Jonathan & Faye Kellerman

CRIMES D'AMOUR ET DE HAINE

UN GARDIEN POUR MA SŒUR
LE BLUES DE LA DÉPRIME

ROMAN

*Traduit de l'anglais (États-Unis)
par William Olivier Desmond*

Éditions du Seuil

TEXTE INTÉGRAL

TITRE ORIGINAL
Capital Crimes
ÉDITEUR ORIGINAL
Ballantine Books, an imprint of Random House, Inc., NY
© 2006, by Jonathan Kellerman and Faye Kellerman
ISBN original : 978-0-345-46798-0

ISBN 978-2-7578-1953-1
(ISBN 978-2-02-085426-9, 1re publication)

© Éditions du Seuil, septembre 2009, pour la traduction française

Le Code de la propriété intellectuelle interdit les copies ou reproductions destinées à une utilisation collective. Toute représentation ou reproduction intégrale ou partielle faite par quelque procédé que ce soit, sans le consentement de l'auteur ou de ses ayants cause, est illicite et constitue une contrefaçon sanctionnée par les articles L 335-2 et suivants du Code de la propriété intellectuelle.

UN GARDIEN
POUR MA SŒUR

REMERCIEMENTS

Le capitaine Douglas N. Hambleton et le lieutenant
Joseph E. Okies, de la police de Berkeley ;
le lieutenant Jesse Grant, de la police d'Oakland ;
le Dr Mordecai et Rena Rosen.

1

Le club était d'un autre âge. Comme Mère.

L'Association des femmes de Californie du Nord, section Conquistadores n° XVI, occupait un somptueux château gothico-Art déco du début du XXe siècle surmonté de tourelles et de créneaux et bâti avec d'énormes pierres de granit gris-mauve en provenance de la carrière – fermée depuis longtemps – de Deer Isle dans le Maine. L'intérieur était sans surprise : sombre, un peu sinistre, chichement éclairé par des vitraux qui illustraient la Ruée vers l'or et projetaient des joyaux informels sur les murs quand le soleil brillait. D'antiques tapis persans atténuaient l'austérité des parquets en noyer usés, la rampe brillait d'un poli séculaire et les plafonds à caissons étaient rehaussés d'or. Les salles qui accueillaient le public occupaient tout le rez-de-chaussée, les deux étages étant réservés aux chambres des membres.

Mère appartenait à l'association depuis plus de cinquante ans et passait parfois la nuit sur place, dans une chambre beaucoup trop modeste pour elle. Mais les prix étaient symboliques et la nostalgie valait bien un petit sacrifice. Elle dînait en revanche souvent au club, ce qui lui donnait le sentiment d'être quelqu'un.

Sauf que Davida s'y trouvait déplacée – sur quoi elle serrait les dents et cédait à sa mère qui, à quatre-vingts ans, n'était pas en très bonne santé.

Autour de la table, la plupart du temps, il y avait non seulement Mère mais un échantillon d'amies chères, toutes aussi hors d'âge qu'elle. La raison d'être de l'association, avec ses prétentions fitzgéraldiennes à la distinction, aurait été anachronique n'importe où. Mais pas plus absurde qu'ici, à Berkeley.

À un jet de pierre du club s'étend le People's Park, à l'origine conçu comme un monument à la liberté de parole, mais aujourd'hui ravalé au rang de campement pour SDF, soupes populaires y compris. De bonnes intentions au départ, certes, sauf que, lorsqu'il fait chaud, il monte de ce périmètre brunâtre une telle puanteur de corps non lavés et de nourriture avariée, que quiconque ne bénéficie pas d'un rhume carabiné a intérêt à faire un détour.

Non loin du parc on trouve le Gourmet Ghetto, le temple culinaire qui incarne parfaitement le mélange d'hédonisme et d'idéalisme typique de Berkeley. Et dominant tout cela, l'Université de Californie – l'UC. Tels sont les contrastes qui donnent à la ville son caractère unique, un point de vue définitif scellant ses moindres aspects.

Davida adorait Berkeley, ses atouts comme ses points faibles. De gauche et fière, elle faisait à présent partie du système depuis qu'elle avait été dûment élue représentante de l'État dans la XIVe circonscription. Elle adorait aussi sa circonscription et ses électeurs. Elle adorait enfin l'énergie chargée d'électricité de cette ville où les gens s'intéressaient aux affaires publiques. Si différente de sa ville natale, Sacramento, où faire la vaisselle est considéré comme une occupation respectable.

Il n'empêche, elle devait faire la navette entre Berkeley et la capitale de l'État.

Tout cela pour la bonne cause.

Ce soir-là, sous le dôme de la salle à manger, si les rangées de tables aux nappes immaculées, scintillantes de cristaux et d'argenterie, étaient au grand complet, les dîneurs faisaient défaut. Les membres mouraient les unes après les autres et rares étaient les femmes qui acceptaient de succéder à leur mère. Davida ne s'était affiliée à l'association quelques années avant que pour des raisons de stratégie politique. La plupart des adhérentes étaient des amies de sa mère et ces dames appréciaient les attentions que Mme le Député avait pour elles. Leurs contributions financières étaient maigrelettes comparées à leurs revenus, mais au moins donnaient-elles quelque chose – davantage, en tous les cas, comme le savait Davida, que nombre de ses relations soi-disant altruistes.

Ce soir-là, il n'y avait que Mère et elle. Le serveur leur tendit les menus et les deux femmes les parcoururent en silence. Se pliant aux réalités du moment, le choix de plats principaux, dominé naguère par les steaks et les côtelettes, comprenait surtout de la volaille et du poisson. La nourriture était excellente, Davida devait le reconnaître. À Berkeley, mal manger est considéré comme un péché aussi grave qu'être Républicain.

Mère tenait absolument à flirter avec le serveur, une espèce d'elfe âgé d'une trentaine d'années du nom de Tony et dont l'homosexualité ne faisait aucun doute. Mère avait beau parfaitement le savoir, elle n'en battait pas moins des cils comme une adolescente excitée.

Tony lui donnait la réplique en souriant et battant lui aussi des cils. Sauf que les siens – plus épais et noirs qu'il ne devrait être permis à un homme – surclassaient ceux de la vieille dame.

Davida savait que Mère était inquiète et que sa bonne humeur n'était que de façade. L'incident la travaillait encore.

S'il avait paru important sur le coup, la semaine précédente, et s'il était indiscutablement avilissant, Davida l'avait depuis mis en perspective et le voyait maintenant pour ce qu'il était : une plaisanterie stupide faite par des gens stupides.

Des œufs. Ça collait, c'était répugnant, mais nullement dangereux.

La vieille dame n'en fronçait pas moins les sourcils lorsqu'elle attaqua le cocktail de crevettes de l'entrée. Davida n'arrivait pas à plonger sa cuillère dans le minestrone, la présence de sa mère ayant tendance à lui contracter l'œsophage. Si ce mur de silence ne s'effondrait pas, elles allaient finir par avoir toutes les deux des brûlures d'estomac et Davida quitterait le club en manque de... quelque chose.

Davida aimait sa mère, mais Lucille Grayson n'en était pas moins une emmerdeuse de première. Lucille fit signe à Mister Cils-fournis et lui demanda un deuxième verre de chardonnay, qu'elle vida rapidement. L'alcool allait peut-être la calmer.

Tony revint leur parler des plats du jour. Lucille commanda un bar du Chili et Davida des linguini-poulet à la vodka et aux tomates séchées. Tony leur adressa un salut de danseur et s'éloigna de son pas aérien.

– Vous avez l'air en forme, Mère, dit Davida.

Elle ne mentait pas. Lucille avait gardé intacts ses yeux bleu clair, son nez à l'arête aiguë, son menton proéminent et ses dents solides. Et des cheveux étonnamment épais pour une vieille dame ; jadis auburn, ils étaient à présent d'un gris plus foncé que le granit du bâtiment. Davida espérait vieillir aussi bien. Non sans quelque raison : elle présentait une ressemblance frappante avec sa mère et, à quarante-trois ans, aucun cheveu blanc n'était encore venu se glisser dans ses boucles auburn.

Mère ne répondit pas.

– Vous avez une peau sensationnelle, reprit Davida.

– Soins du visage, répliqua Mère. Quand tu iras à l'institut… si jamais tu y vas… demande Marty.

– J'irai.

– Que tu dis. À quand remonte la dernière fois où tu t'es occupée de toi, Davida ?

– J'avais d'autres choses en tête.

– Je t'ai offert une séance.

– C'est un cadeau sensationnel, merci, Mère.

– C'est un cadeau idiot si tu ne l'utilises pas.

– Il n'a pas de date limite, Mère. Ne vous inquiétez pas. Je m'en servirai. Sinon, je suis sûre que Minette sera ravie d'en profiter.

Mère serra les mâchoires et se força à sourire.

– Je n'en doute pas. Sauf que ce n'est pas ma fille.

Lucille leva son verre et prit une gorgée de vin, mais le tremblement de sa lèvre trahit l'effort qu'elle faisait pour paraître décontractée.

– Tu as une petite marque… sur la pommette droite.

Davida hocha la tête.

– Le fond de teint a dû s'en aller. C'est vraiment vilain ?

– Disons, ma chérie, qu'il vaudrait mieux ne pas te présenter ainsi devant tes électeurs.

– Vous avez raison, répondit Davida avec un sourire. Ils pourraient croire que vous me battez.

Mère n'apprécia pas cette tentative d'humour. Ses yeux s'embrumèrent.

– Les salopards !

– Bien d'accord.

Davida prit dans sa main celle de sa mère ; celle-ci avait une peau presque translucide et parcourue de veines délicates, couleur de ciel laiteux.

– Je vais bien. Ne vous faites pas de souci, je vous en prie.

– Une idée de qui a fait ça ?

– Des petits crétins.

– Réponse facile et dilatoire. Je ne suis pas la presse, Davida. La police a-t-elle arrêté quelqu'un ?

– Pas encore. Je vous tiendrai au courant dès que ce sera fait.

– « Dès que », pas « si » ?

Davida ne répondit pas. Un garçon de table latino murmura quelque chose de poli et retira les entrées pour revenir quelques instants plus tard avec le plat principal. Davida se demanda pourquoi, dans les restaurants, il fallait un garçon de table en plus des serveurs. Que fabriquaient ces derniers ? Consultants en technique de transport des plats ?

Elle remercia le jeune homme en espagnol et enroula une bouchée de pâtes sur sa fourchette.

– Délicieux. Et vous, Mère, c'est bon ?

– Ç'aurait tout aussi bien pu être des balles.

– Heureusement que non. Alors profitons de ce repas et de ce moment passé ensemble.

Ce qui relevait du vœu pieux : chaque fois qu'elles se voyaient, le conflit était inévitable.

Mère se racla la gorge, puis son visage afficha soudain un sourire, tandis qu'elle saluait de la main deux femmes qui venaient juste d'entrer dans la salle.

Darlene McIntyre et Eunice Meyerhoff. Elles s'approchèrent de la table d'une démarche bancale et en gloussant. Darlene était une petite boulotte et Eunice une grande femme à l'air sévère, avec des cheveux d'un noir impossible et ramenés en un chignon de dragon femelle.

Lucille leur souffla des baisers.

– Ma chérie, roucoula Eunice, comment vas-tu ?

– À merveille, comment pourrait-il en être autrement ? J'ai le plaisir de déjeuner avec ma fille toujours débordée.

Eunice se tourna vers Davida.

– Vous allez bien, ma chérie ?

– Très bien. Merci.

– C'était absolument affreux !

– Et même effrayant, ajouta Lucille.

– Ah, les enfoirés ! s'exclama Darlene.

Davida éclata de rire, mais fut soulagée qu'il n'y ait personne d'autre dans le restaurant.

– On ne saurait mieux dire, madame McIntyre, dit-elle en prenant une gorgée de vin. Voulez-vous vous joindre à nous ?

– Jamais de la vie ! Nous ne voulons surtout pas nous imposer, alors que votre mère vous voit si rarement, répondit Eunice.

– Elle s'en plaint ?

– Tout le temps, ma chère.

Davida fit les gros yeux pour rire à sa mère et revint vers les deux femmes.

– Dans ce cas, j'ai été ravie de vous voir. Je vous souhaite une agréable soirée.

– À vous aussi, répondit Darlene. Et ne vous laissez pas avoir par ces trous du cul.

Quand elles furent reparties en boitillant, Davida reprit la parole.

– Alors comme ça, on ne se voit jamais ?

Mère rougit légèrement.

– Eunice adore semer la zizanie… C'est faux, je ne suis pas toujours à me plaindre de toi, Davida. Cette mégère est folle de jalousie parce que sa fille la déteste.

– Et ça, ce n'est pas aussi exagéré ?

– Loin de là, Davida. Eunice a pris parti pour l'ex-mari de Jane lors du dernier divorce de celle-ci. Bien que je puisse comprendre sa frustration, vu que c'était le troisième (sourire narquois). Ou le sixième. Ou le vingt-sixième, j'en ai perdu le compte.

– Le troisième, la corrigea Davida. J'ai entendu dire qu'Eunice avait pris le parti de Parker, en effet. Non seulement c'était minable et déloyal, mais c'était une belle erreur. Parker Seldey est un crétin et un cinglé.

– Mais un bel homme.

– Il y a cent ans. J'ai entendu dire qu'il avait très mauvais caractère.

– Moi aussi, je l'ai entendu dire, mais Eunice s'en fichait vu qu'il lui faisait des politesses… Il se rappelait son anniversaire, des idioties dans ce genre. (Elle soupira.) Mais c'est sa fille ! Cela dit, pour la même raison et en dépit du mauvais tour d'Eunice, Jane ne devrait pas la mépriser.

– Elle est en colère contre sa mère, mais elle ne la hait pas, Mère. Croyez-moi, je le sais.

Les liens d'amitié de Davida avec Jane Meyerhoff remontaient au secondaire et elles s'étaient retrouvées dans la même chambrée à l'UC. Adolescentes rebelles, elles avaient toutes les deux fumé de la drogue, sauté les cours et s'étaient fait arrêter plus d'une fois pour de petits larcins à Sacramento. L'attitude autodestructrice de deux gamines qui ne s'aimaient guère.

Jane pesait alors vingt-deux kilos de trop et haïssait son nez « en patate ». Elle s'affama et se fit vomir pendant l'année de sa troisième, se fit refaire le nez en première. Mais l'ancienne image qu'on a de soi a du mal à s'effacer et Jane n'avait jamais très bien su qui elle était.

Et ne le saurait probablement jamais, conclut Davida avec tristesse.

Elle, de son côté, avait réglé cette question bien avant d'entrer à la fac. Tout avait changé quelques mois avant la fête de fin d'année, en terminale, lorsqu'elle avait révélé son homosexualité au grand jour.

C'était comme mettre un enfant au monde : douloureux, mais avec un résultat concret. La vie, d'un seul coup, devenait honnête, rayonnait d'une lumière immaculée et éclatante que Davida n'aurait jamais imaginée.

Tout en mangeant ses pâtes, elle regarda sa mère de l'autre côté de la table. Si la vieille dame ne manquait pas de défauts, on ne pouvait cependant pas lui reprocher d'être homophobe. Elle se moquait comme d'une guigne que sa seule enfant soit gay.

Peut-être parce que Mère, elle-même hétéro convaincue, n'avait pas d'estime particulière pour les hommes en général et haïssait le père de Davida en particulier.

L'Honorable Stanford R. Grayson, ex-juge à la retraite, habitait alors à Saratosa, en Floride, où il jouait au golf en compagnie de sa seconde femme, plus jeune de vingt ans que Lucille. Mère avait été tout excitée en apprenant qu'il se remariait : cela lui donnait une raison supplémentaire de se plaindre de lui. Et Père avait eu des beaux-enfants avec Mixie, et laissé Davida entièrement à Lucille.

Mère ressentait-elle douloureusement l'absence de petits-enfants ? Le fait est qu'elle n'avait jamais fait part, si même elle en nourrissait, de ses regrets à sa fille.

Mère chipotait, poussant la nourriture du bout de sa fourchette dans l'assiette.

– Tu vois régulièrement Janey ?

– Un peu plus souvent depuis qu'elle est venue habiter Berkeley, répondit Davida avec un sourire contraint. J'essaie de rester en contact avec toutes mes copines de fac.

Mère aurait voulu que Davida poursuive ses études supérieures à Stanford. Davida avait tenu à aller à Berkeley. Une fois là, elle n'en était jamais vraiment repartie, son premier emploi ayant été assistante du maire. Puis elle était partie pour Sacramento, la capitale, toujours comme assistante, mais de Ned Yellin, le député le plus à gauche de l'assemblée. La mort brutale de Ned, victime d'une crise cardiaque, avait lancé sa propre carrière. Elle représentait aujourd'hui sa circonscription avec la fierté d'un bourreau de travail et adorait son boulot.

Même s'il y avait des jours – la veille, par exemple – où elle se demandait pourquoi elle était allée se fourrer dans le nid de frelons qu'était la politique au niveau de l'État. C'était déjà assez dur d'avoir à faire face aux caprices d'un électorat pourtant en accord, dans l'ensemble, avec sa vision des choses. Mais travailler avec ses collègues moins éclairés au milieu de leur marigot pouvait être une source de frustration égale à… non, il n'y avait vraiment rien de pire.

Ses collègues « moins éclairés » – l'euphémisme du mois. « Sectaires et bourrés de préjugés » aurait mieux convenu. Chacun, à vrai dire, avait son propre programme. Elle comme les autres, mais au moins il n'avait rien à voir avec ses orientations sexuelles.

Elle avait dix ans lorsque sa sœur Glynnis avait finalement succombé dans son combat perdu d'avance contre une forme rare du rhabdosarcome, une tumeur du muscle. Davida adorait sa sœur, et l'avait vue passer ses derniers jours confinée dans son lit d'hôpital branchée à toutes sortes de tuyaux, sa chemise de nuit humide de sueur collant à son corps décharné et jaunâtre, saignant des gencives et du nez...

Les globules rouges de Glynnis étaient en déroute et on ne pouvait trouver de nouveaux donneurs.

Une greffe de moelle osseuse aurait pu la sauver, Davida en était convaincue. Les choses auraient-elles été différentes pour la famille Grayson si la communauté scientifique avait reçu des fonds adéquats ?

Deux ans et demi auparavant, Davida avait eu le bonheur de voir un référendum d'initiative populaire adopter le principe d'un Institut de la moelle osseuse. Mais elle n'avait pas tardé à perdre ses illusions et à se sentir en colère : tout ce que l'institut avait réussi à faire se réduisait à la création d'un conseil d'administration et à la publication d'une profession de foi affectée et gnangnan.

La science avance par étapes, telle était l'excuse. Ce qui horripilait Davida. Des gens comme Alice avaient la réponse, mais le conseil d'administration frais émoulu n'avait même pas consulté celle-ci, en dépit des requêtes répétées de Davida.

Elle décida qu'elle avait attendu assez longtemps. Forte de l'appui d'un bataillon de chercheurs, de médecins, de représentants des églises, d'humanistes et de personnes souffrant de troubles génétiques, elle était partie en guerre à Sacramento, s'efforçant jour après jour de convaincre ses collègues moins éclairés qu'une approche législative moins grandiose mais plus efficace était la réponse.

Et n'avait pratiquement rien obtenu de tant d'efforts.

Non pas que ces balourds de politicards se souciaient vraiment des fœtus avortés. Elle avait appris que la plupart d'entre eux ne se préoccupaient que d'une chose : leur réélection. Ils n'en poussaient pas moins les hauts cris, c'était bon pour eux. Au bout de six mois à batailler, Davida avait acquis la conviction que c'était elle qu'ils rejetaient. À cause de ce qu'elle était.

Quel foutoir… la jolie métaphore.

La voix de sa mère la ramena sur terre ; elle caquetait sur les dangers qui rôdaient dans tous les coins.

À en croire Lucille, sa fille aurait été la cible de tous les groupes fachos de Californie, sans parler des anti-avortement brandissant leurs bibles, des fermiers super-machos et antihomos de la San Joaquin Valley et, bien entendu, des misogynes de tout poil et sexe.

Elle n'avait pas oublié les premières paroles de sa mère au moment où, les résultats de l'élection proclamés, les partisans de Davida l'avaient acclamée, le poing brandi, dans la salle polyvalente de la vieille église finlandaise.

Sois prudente, ma chérie. Reste modeste. Ne va pas t'imaginer que ta popularité est réelle parce que tu as été élue.

Comme d'habitude, Mère n'avait vu que le côté négatif des choses, mais sa mise en garde, elle devait le reconnaître, n'était pas sans fondements ; elle savait s'être fait de nombreux ennemis et, parmi eux, beaucoup qu'elle n'avait jamais rencontrés.

– Ne vous en faites pas, Mère, je vais très bien.

– Et pour couronner le tout, tu travailles trop.

– Une élue n'a pas le choix, Mère.

– Si tu es obligée d'accumuler autant d'heures, tu devrais au moins avoir des compensations. Comme dans le monde des affaires. Avec ton expérience, tu pourrais décrocher sans peine…

– Je me fiche de l'argent, Mère.

– Ça, rétorqua Lucille, c'est la réponse de quelqu'un qui n'en a jamais manqué.

– C'est vrai, Mère. Les gens riches font de la politique pour le restituer. Arrêtez de vous en faire pour moi.

Lucille Grayson eut un regard blessé pour sa fille. Et effrayé. Elle avait déjà perdu un enfant. Se survivre peut devenir un fardeau, pensa Davida, qui essaya néanmoins de faire preuve de compassion.

– Personne ne me veut de mal, Mère. Je suis bien trop insignifiante.

– Ce n'est pas ce que j'ai vu à la télé.

– L'arrestation des coupables est imminente. Ils ne se sont pas montrés très malins. Probablement une bande d'imbéciles des White Tower Radicals.

– Ils ne sont peut-être pas très malins, d'accord, mais ça ne les empêche pas d'être dangereux.

– Je vais faire particulièrement attention, Mère.

Davida prit une bouchée de pâtes, puis reposa sa fourchette et s'essuya les lèvres.

– C'était délicieux, mais j'ai une pile de dossiers à éplucher et il est déjà neuf heures passées. Il faut que je retourne au bureau.

Lucille soupira.

– Très bien. Vas-y. Moi aussi je dois rentrer.

– Tu ne passes pas la nuit ici ?

– Non. J'ai une réunion avec mon comptable demain matin à la maison.

– C'est Hector, ton chauffeur ?

– Non, Guillermo.

– C'est un brave garçon, dit Davida qui se leva, puis aida sa mère à en faire autant. Voulez-vous un coup de main pour faire votre valise ?

– Non, c'est inutile, répondit Lucille en embrassant sa fille sur la joue. Laisse-moi te reconduire à ton bureau.

– La nuit est superbe, Mère. Douce, pas trop de brouillard. Je vais y aller à pied.

– À pied ?
– Il n'est pas tard.
– Mais il fait si sombre !
– Je connais tous ceux qui sont sur mon chemin et, pour autant que je sache, aucun n'a prévu de séance de lancer d'œufs. Vous aussi, faites attention. Ça ne me plaît pas de vous voir rentrer chez vous aussi tard. Je regrette que vous ne passiez pas la nuit ici.

Elle n'invita pas Mère dans son appartement – il y a des limites, tout de même.

– Sacramento n'est qu'à une heure, lui fit observer Lucille.
– Pas à la manière dont conduit Guillermo, répondit Davida avec un sourire.
– Plus le trajet sera court, moins on aura d'occasions de problèmes, ma chérie. Tu as tes affaires, j'ai les miennes.
– On ne peut plus juste.

Après avoir été saluer les amies de Mère, Davida accompagna celle-ci pour l'aider à monter l'escalier jusqu'à sa chambre.

– Je vous appellerai demain, Mère. Et je dirai à Minette que vous lui envoyez le bonjour.
– Mais je ne t'ai rien dit.
– En matière d'affaires domestiques, l'honnêteté n'est pas forcément la meilleure tactique.

2

Dans les rues calmes du quartier des affaires de Berkeley, où le léger brouillard qui lui chatouillait le nez voilait les feux et les vitrines plongées dans l'ombre, Davida, les mains au fond des poches, savourait la solitude. Puis le silence la mit mal à l'aise et elle retourna dans Shattuck Avenue, au cœur du Gourmet Ghetto, comme on appelait le secteur. Les cafés devant lesquels elle défilait grouillaient de monde. Relevant autant de l'imaginaire que du réel, le « ghetto » présentait, comme le reste de Berkeley, un mélange architectural inclassable. De prétentieux bâtiments victoriens fusionnaient sans solution de continuité avec des éléments Arts déco californiens ou Art nouveau, quand ce n'était pas avec des aberrations années cinquante. Il y avait quelques allusions au contemporain, mais les permis de construire étaient difficiles à décrocher et les investisseurs laissaient souvent tomber.

Davida ne l'aurait jamais admis, mais voilà longtemps qu'elle s'était rendu compte que Berkeley, comme n'importe quelle autre petite ville riche, avait un cœur conservateur – tout changement était menaçant, sauf s'il s'inscrivait dans la ligne du parti. Dans le cas précis, le parti était le sien et elle adorait cette hétérogénéité contrôlée.

Elle remonta Shattuck Avenue en gardant la tête baissée et inspirant à pleins poumons l'air brumeux et chargé de sel. Puis, une fois installée dans son bureau, elle consulta les messages arrivés sur son portable. Il y en avait des douzaines, mais un seul l'intéressait, celui de Don. Il y avait bien longtemps, elle connaissait son numéro par cœur. Dans une autre vie.

Elle enfonça la touche de rappel. C'est sa femme qui décrocha.

– Bonsoir, Jill c'est Davi…

– Je vais chercher Don.

– Merci.

Leur conversation habituelle. Un cinquième mot de la part de Jill Newell, et c'était un discours. Cette femme était incapable d'oublier les amourettes d'étudiant de son mari et Davida n'en revenait pas qu'elle puisse se montrer aussi mesquine après toutes ces années. Alors qu'elle savait, en particulier, ce qu'était Davida. Mais il fallait oublier toute logique ; Jill la haïssait, point final. Puis Don fut en ligne.

– Bonsoir, Madame le Député Grayson.

– Bonsoir, inspecteur Newell. Du nouveau ?

– Oui, du nouveau. Deux ou trois témoins oculaires pour tes lanceurs d'œufs. Deux frères aussi crétins l'un que l'autre, Brent et Ray Nutterly. On a fait une petite descente dans leur caravane… ça tombait bien, elle empestait l'herbe. Ils passent la nuit en cellule, sur invitation des services de la police… On pourra leur coller entre six mois et un an pour leur geste, mais ça n'ira pas chercher plus loin.

– Dis au procureur de demander le maximum.

Davida Grayson, la gauchiste fraîchement convertie aux lourdes peines.

– Compte sur moi, répondit Don. Tout le monde ici, du patron jusqu'au petit nouveau, est furieux de l'image qu'ils donnent de nous. Ajoute la police de Sacramento dans le tableau et tu peux être sûre qu'ils ne sont pas près de gagner un concours de popularité. (Il baissa la voix.) Ce n'est pas moi qui vais t'apprendre qu'il y en a d'autres qui attendent dans leur coin et sont beaucoup plus dangereux que ces deux trous du cul. Tu devrais engager un garde du corps.

– Sûrement pas.

– Au moins tant que tu travailles à ton projet de loi. Tous ces déplacements…

– Justement. J'ai besoin d'être mobile et disponible. Merci de t'inquiéter pour moi, Don. J'ai un autre service à te demander… Ma mère devrait arriver chez elle dans une heure, une heure et demie. Je l'ai trouvée un peu affaiblie, mais elle refuse toujours que quelqu'un vienne habiter chez elle. Guillermo va la laisser à la maison, mais ça ne me plaît pas qu'on la voie dans la rue à cette heure-là. Pourrais-tu envoyer une voiture de patrouille devant son domicile juste pour vérifier que tout va bien ?

– Pas de problème. Quand te verra-t-on dans le secteur ? Je pensais organiser un barbecue…

– C'est tentant, Don, mais tu sais à quel point je suis débordée.

– Oui, je sais.

– Donne le bonjour à Jill et embrasse les enfants pour moi.

– Tu as déjà eu Jill au téléphone.

– Elle n'a pas été très loquace.

Il y eut un silence avant qu'il ne réponde.

– C'est tout Jill, ça.

Minette décrocha au bout de la troisième sonnerie. Elle venait de finir son bourbon et l'arôme fumé de l'alcool persistait dans son palais. Tout comme le goût de la cigarette au bon vieux temps de la nicotine.

Elle s'étira sur le canapé et se caressa. Ce soir-là, elle avait mis un soutien-gorge pigeonnant en dentelle rouge, un string assorti et des bas qui lui montaient jusqu'à mi-cuisse, achetés à Good Vibrations. Elle avait passé la journée à anticiper le moment où elle se déshabillerait devant son amie. Lentement. Très, très lentement.

Cette seule idée la mettait dans tous ses états. Elle murmura un hello suave de sa voix de gorge.

– Salut, mon chou, répondit Davida.

– Hel-lo, répéta Minette en craignant que son ivresse ne soit trop manifeste. Je ne fais que t'attendre.

Hmmm, voilà qui me plaît était la réponse qui s'imposait. Mais il y eut la courte pause que Minette redoutait.

– J'ai des trucs urgents à faire ce soir, Min. Il va me falloir un temps fou pour en finir avec toute cette paperasse.

– C'est quoi, un temps fou ? Une minute, une heure, un jour, une semaine ?

– Plus d'une minute et moins d'une semaine.

Minette ne rit pas. Davida s'efforça de ne pas s'énerver. Elle savait que Minette avait bu à cause de son élocution ralentie, mais ce n'était pas le moment de lui faire des reproches.

– J'ai une audition devant le comité dans deux jours et les formulations doivent être inattaquables, sinon un de ces abrutis va me tomber dessus.

– Encore un comité ?

– Et deux autres ensuite. Mais les choses vont se calmer après, promis.

– Non, elles ne se calmeront pas, dit Minette. Tu trouveras une autre cause qui te prendra tout ton temps.

Davida essaya de changer de sujet.

– Est-ce que tu t'es occupée des réservations pour Tecate ?

– Oui… pourquoi ? Tu veux que j'annule ?

– Non, non. Toute la semaine est bloquée pour ça dans mon agenda électronique. Je meurs d'envie de partir.

– Moi aussi.

Minette n'arrivait cependant pas à manifester beaucoup d'enthousiasme. Davida avait déjà annulé par deux fois leur projet de vacances à la station thermale de Rancho La Puerta.

– À quelle heure penses-tu rentrer ?

– Vers une heure, mais ne m'attends pas.

Autrement dit, elle n'allait pas revenir à la maison. Minette soupira. Caressa la dentelle de son soutien-gorge. Glissa un doigt sous l'un des bonnets.

– Tu ne devrais pas travailler autant, ma chatte.

– Merci de te montrer aussi compréhensive, ma chérie. Je t'aime.

Le *moi aussi je t'aime* de Minette fut coupé net par le clic.

Elle raccrocha, boudeuse. Vingt et une heures trente-cinq, et elle avait l'air et se sentait toujours aussi sexy.

La soirée était encore jeune, très jeune. Elle composa de mémoire un numéro dans son portable, puis elle appuya sur le bouton vert. Lorsque son correspondant décrocha, Minette s'efforça de parler d'une voix claire.

– Comme je m'y attendais, elle va rentrer très tard ce soir, si même elle rentre. Tu as des projets ?

– Je pourrais peut-être venir chez toi.

– Dans combien de temps ?

– Donne-moi une heure pour me fabriquer un alibi.

– Alors à tout à l'heure. Oh, et apporte une bouteille de Knob Creek, ajouta Minette. On est à court de gnôle.

3

L'appel arriva à huit heures vingt-deux, pile au bon moment pour obliger Will Barnes à cesser de se torturer sur le tapis roulant. Il malmenait tous les jours ses articulations jusqu'à ne plus sentir la douleur, dans l'espoir que cette machine sans âme allait augmenter son espérance de vie. Le père et le grand-père de Will étaient morts des suites de crises cardiaques alors qu'ils avaient à peine plus de soixante ans. Le cardiologue de Will avait beau lui dire que son palpitant semblait en excellent état, le message subliminal n'en restait pas moins : fais bien attention.

Il ralentit le pas.

– Barnes.

– On vient de retrouver Davida Grayson morte dans son bureau, lui dit le lieutenant.

Le policier fut tellement surpris qu'il faillit trébucher. Il sauta de la machine et passa une serviette autour de son cou de taureau en sueur.

– Qu'est-ce qui s'est passé, bon Dieu ?

– C'est ce que tu es supposé découvrir. On se retrouve sur la scène de crime. Amanda est déjà partie. Heureusement pour toi, tu travailles en tandem avec une femme qui sait se débrouiller avec les médias parce que l'affaire va faire du bruit. Le capitaine a prévu une conférence de presse à onze heures. Réunion du conseil municipal à dix-neuf heures. Il faut boucler cette affaire vite fait, Will, avant que les gens commencent à raconter n'importe quoi.

– J'ai le droit d'enfiler mon pantalon avant ?

– Bien sûr. Et même de procéder une jambe après l'autre.

William Tecumseh Barnes était un solide gaillard aux épaules de déménageur, au nez de boxeur et aux yeux bleus très doux. Sa bedaine de buveur de bière et son double menton lui faisaient parfois admettre qu'il se laissait aller, mais les femmes aimaient bien son regard embué et il avait encore tous ses cheveux – bruns, à peine saupoudrés d'un peu de sel aux tempes. Joueur de football américain au collège, il s'était ensuite engagé dans l'armée avant d'entrer dans la police et était resté quinze ans dans celle de Sacramento, dont dix comme enquêteur aux Homicides, jusqu'au jour où, pour des raisons de famille, il avait migré vers la baie de San Francisco.

Will n'avait eu qu'un frère, Jack, un homosexuel qui gagnait sa vie en étant homosexuel. Jack avait quitté Sacramento pour San Francisco à seize ans ; « activiste bien connu » à vingt, il était devenu un fanatique abonné aux provocations qui offensent tout le monde.

Will savait parfaitement que tant de rugosité allait bien au-delà de l'idéalisme ; il avait passé sa jeunesse à réparer les divers dégâts causés par Jack. Et si pour Will la famille était la famille, il n'avait jamais vraiment compris son frère.

Lorsque Jack avait été assassiné, leurs parents étaient déjà morts depuis longtemps et Will s'était retrouvé seul avec son chagrin. L'affaire n'ayant pas été élucidée, il sut ce qui lui restait à faire. Divorcé depuis peu et n'ayant ni enfant ni quoi que ce soit pour le retenir dans la capitale de l'État, il avait demandé à être mis en congé temporaire. Le temporaire s'était prolongé pendant deux ans qu'il avait passés à chercher l'assassin de son frère. Peu à peu, en fouillant dans la vie de Jack, il en était arrivé à bien la connaître. Et il avait su gagner peu à peu la confiance des amis de Jack ; ceux-ci lui avaient alors fait des confidences, ces bouts d'informations finissant par se rejoindre comme les pièces d'un puzzle. En fin de compte, la mort de Jack s'était révélée n'être qu'un stupide homicide comme un autre : une altercation avec la mauvaise personne.

Lorsqu'était venu le moment de retourner à Sacramento, Will s'était rendu compte qu'il était tombé amoureux de la baie et avait fini par ressentir, bon gré mal gré, du respect pour sa diversité politique. Il avait posé sa candidature pour entrer dans la police de Berkeley – un poste d'enquêteur venait de s'y libérer –, mais aussi parce que la poursuite de l'assassin de son frère l'avait vidé de son énergie et que le boulot dans cette petite ville ne lui paraissait pas trop exigeant.

Pas comme ce matin, avec une victime qui s'appelait Davida Grayson.

Il se doucha, se rasa et ferma son échantillon de logement californien – un bungalow de quatre-vingts mètres carrés comprenant deux chambres et une salle de bains. Lorsque Will avait signé un chèque de dépôt de trente-cinq mille dollars pour l'avoir quinze ans auparavant, ce n'était qu'un taudis ou presque. Il l'avait remis en état et bien arrangé et c'était certainement le meilleur investissement qu'il avait fait de sa vie.

Le secteur autour du bureau de fonction de Grayson était interdit d'accès par un ruban jaune. La télé, la radio, la presse écrite – toutes les pies étaient là. Barnes reconnut Laura Novacente, du *Berkeley Crier*, et la salua de la main. Ils étaient sortis ensemble deux ans auparavant, mais si leur liaison avait tourné court, ils étaient restés en bons termes. Laura se fraya non sans mal un chemin au milieu de la foule pour le rejoindre et s'arrangea pour que leurs hanches se touchent.

– Qu'est-ce qui se passe, Willie ?

Des yeux, il cherchait Amanda Isis. Sa collègue habitait San Francisco. Dans une propriété de vingt-deux pièces du quartier de Pacific Heights qui dominait toute la baie. Le temps de franchir le pont, elle ne serait pas là avant une demi-heure, se dit-il.

– À toi de me le dire, Laura. Tu es arrivée ici avant moi.

– Tu n'écoutes pas tes scanners ?

– Pas à huit heures du matin sous la douche.

– J'ai entendu dire qu'elle avait été tuée d'une balle dans la tête.

– Alors tu en sais plus que moi, ma grande.

– Donne-moi quelque chose, Willie.

Il jeta un bref coup d'œil à la journaliste. De dix ans plus jeune que lui, elle avait de longs cheveux gris qui s'agitaient dans le vent comme la crinière d'un cheval au galop. Toujours la même silhouette élancée ; il se demanda pourquoi ça n'avait pas marché entre eux.

– Le capitaine a organisé une espèce de conférence de presse...

– Je croyais que nous étions amis.

Il adorait la tension qu'il y avait dans sa voix. Il l'avait entendue de nombreuses fois, mais dans un contexte différent.

– Je connais ton numéro par cœur, Laura. Si je trouve quoi que ce soit, je t'appelle. On pourra peut-être même se voir.
– À l'endroit habituel ?
– Je suis un animal d'habitudes.

Davida gisait effondrée sur son bureau, la tête dans le creux des bras comme si elle avait dormi pendant ses derniers instants en ce bas monde. L'inspectrice Amanda Isis avait très envie de croire que le passage du somme temporaire au repos définitif s'était effectué sans douleur. La nuque avait été entièrement ouverte et déchiquetée par les chevrotines, au point que la colonne vertébrale était pratiquement sectionnée. À deux doigts de la décapitation.

Âgée de trente-huit ans, de taille moyenne et mince, Amanda était d'une beauté délicate avec ses cheveux couleur de miel coupés court et ses immenses yeux bruns. Elle portait un tailleur-pantalon anthracite sans la moindre salissure. Un Armani haute couture, mais coupé façon prêt-à-porter.

La scène était macabre, et le sang avait giclé partout sur le bureau et les murs. Pas du tout le genre de meurtre qu'elle était habituée à voir. Lorsque la police de Berkeley avait à traiter des homicides, il s'agissait en général d'affaires de drogue et les choses s'étaient passées dans une contre-allée obscure de Berkeley Ouest ; c'était là des crimes brutaux mais en fin de compte banals et qui avaient souvent leur origine dans la ville voisine, Oakland.

Amanda étudia de nouveau le corps. L'assassin n'y était pas allé de main morte. En regardant de plus près, elle vit des plombs enkystés dans les chairs. Elle repoussa une courte mèche qui tombait devant ses yeux couleur de miel et se tourna vers Will.

– Ça donne envie de gerber.

– Beaucoup de sang... et quelques empreintes de pas, répondit Barnes en indiquant les endroits. Si le passé est, comme on dit, riche d'enseignements, il y a quelque part un type en train de se débarrasser de fringues tachées de sang. Mais ces idiots hésitent souvent à en faire autant avec leurs chaussures.

– Qui a signalé le meurtre ?

– Jerome Melchior, le premier assistant de Davida. Je l'ai mis à l'écart dans une voiture de patrouille avec du café, en espérant que ses nerfs ne lâcheront pas. J'aimerais l'interroger tant que ses souvenirs sont encore frais et le tenir loin des paparazzi avant la conférence de presse. (Il consulta sa montre.) Nous ne disposons tout au plus que d'une heure, Mandy. Prête pour la bagarre ?

– Va l'interroger, je prends la suite ici. Après, pendant que j'installerai les micros pour les huiles, tu pourras jeter un coup d'œil et nous comparerons nos notes.

– Ça marche.

Parfaitement organisée, la collègue. Au bout d'un an, leur synchronisation était excellente, aussi bien réglée qu'une montre suisse. Will n'avait guère été enchanté à la perspective de faire équipe avec une femme dont le mari était archimillionnaire : il craignait le style reine des glaces dilettante, se demandait d'ailleurs comment il aurait pu en être autrement. Mais Amanda travaillait aussi dur que tout le monde. Plus dur, même. Au fond, tous ces gagnants des gros lots faisaient peut-être preuve de sagesse lorsqu'ils disaient qu'ils ne quitteraient pas leur travail.

D'une main gantée elle lissa le veston de son tailleur griffé, étudia encore un instant Davida et hocha la tête.

– Tu as déjà eu l'occasion de la rencontrer, Will ?
– Pas sur un plan professionnel, soupira Barnes. Elle était de Sacramento. Je la connaissais.
– Bien ?
Il fit non de la tête.
– Sa sœur aînée, Glynnis, avait deux ans de moins que moi. Elle est morte quand Davida était encore gosse. Jack, mon frère, a connu Davida au lycée. Ils appartenaient à des cercles différents, mais le jour où elle a fait son *coming out* en terminale, son geste a beaucoup impressionné Jack. (Il se tourna pour faire face à Amanda.) Mais, et toi et Larry ? Vous fréquentez les politiciens dans vos soirées, non ?
– Excellente déduction, inspecteur Barnes. Oui, je l'ai rencontrée à plusieurs reprises, mais je n'ai jamais eu de grandes conversations avec elle. Elle m'a fait l'effet de quelqu'un de raisonnable. Elle n'aimait pas spécialement la police, sans pour autant la dénigrer systématiquement, comme certains autres. Elle s'enthousiasmait facilement quand elle parlait. Je suppose que c'était par passion pour ce en quoi elle croyait.
– Quand on est passionnément pour quelque chose, il y a des chances pour qu'il y ait quelqu'un d'autre de passionnément contre, lui fit observer Barnes.
– L'histoire des cellules souches, les œufs qu'on lui a lancés la semaine dernière. Je me demande si la police de Sacramento a découvert quelque chose là-dessus.
– Je connais encore des gens là-bas. Je vérifierai.
– Nous devrions peut-être aller faire un tour dans la capitale, suggéra Amanda. Pour évaluer ses amis et ses ennemis.
– Il est possible que ce soient les mêmes, là-bas… Bien sûr, bonne idée, même si frayer avec les grosses légumes me paraît davantage dans tes cordes, Mandy.

– Et toi, quelles seront tes cordes ?
– Son petit monde.

Amanda comprit l'allusion à la communauté gay et lesbienne. Parmi tous les contacts qu'un policier peut entretenir, aucun n'aurait pu lui paraître plus atypique que celui qui existait entre Will et les homosexuels. Pourtant, il n'avait pas son pareil pour leur soutirer des informations. Peut-être lui faisaient-ils confiance parce qu'il n'y avait pas la moindre condescendance, pas le moindre mépris pour eux dans son attitude.

– Sûr que tu ne veux pas t'occuper des costards-cravates, Will ? C'était ton territoire, autrefois.
– Mon territoire, mais jamais mon monde.

4

Jerome Melchior était assis à l'arrière de la berline, la tête entre les genoux. Ses bras de leveur de fonte tendaient les manches (longues) de son tee-shirt. Un costaud, mais il pleurait comme une Madeleine.

Il se redressa lorsque Barnes approcha, levant sur lui des yeux sombres, profondément enfoncés dans leurs orbites, sous des cheveux cannelle striés d'or et coupés en brosse rase. Il s'essuya les yeux et laissa retomber sa tête. Barnes s'assit à côté de lui.

– Une matinée horrible, monsieur Melchior. Je suis désolé.

L'homme prit une profonde inspiration.

– Je croyais qu'elle dormait. Ce n'était pas la première fois.

– Qu'elle s'endormait à son bureau ?

Melchior acquiesça de la tête.

– Oui, quand elle y passait toute la nuit.

– Cela lui arrivait souvent ?

– Plus souvent ces derniers temps à cause de son projet de loi.

– Celui sur les cellules souches ?

– Oui.

Barnes tapota l'épaule de Melchior. Celui-ci se redressa,

renversa la tête en arrière et regarda le plafond du véhicule de police.

– Mon Dieu, je n'arrive pas à y croire !

Barnes lui laissa un peu de temps avant de lui poser une nouvelle question.

– À quel moment vous êtes-vous rendu compte qu'elle était morte ?

– Je ne sais pas pourquoi je… Je me suis simplement approché d'elle et je l'ai poussée légèrement à l'épaule. J'ai senti mes doigts poisseux et j'ai alors vu du sang sur ma main. Sur le coup, je n'ai pas compris… et puis… (il se passa une main derrière la nuque) le trou.

Barnes sortit son calepin.

– Autrement dit, en entrant, vous n'avez rien remarqué d'anormal ?

– Non, rien n'était déplacé, si c'est ce que vous voulez dire. (Il regarda Barnes.) Je l'ai encore touchée. Je me suis mis du sang plein les mains, je suis sûr que j'ai dû laisser des empreintes partout… oh, mon Dieu, ça va vous compliquer l'enquête, n'est-ce pas ?

– Non, du moment que nous le savons. Votre coup de fil est arrivé vers huit heures. Combien de temps s'est-il écoulé avant que vous n'appeliez les urgences ?

– Environ… deux minutes, peut-être moins. Mais j'étais tellement bouleversé que j'ai fait le 611 au lieu du 911, je tremblais de tout mon corps !

– C'est une réaction normale, monsieur Melchior. Parlons de Mme Grayson. Les politiciens ne manquent pas d'adversaires qui ne partagent pas leurs vues. Voyez-vous quelqu'un en particulier… ?

– Pas au point de la tuer.

– Donnez-moi tout de même des noms.

– C'est à d'autres députés que je pense. Ils peuvent se montrer ignobles des fois, mais ils ne sont pas… d'accord, d'accord... Mark Decody, du comté d'Orange... Alisa Lawrence, de San Diego... elle ne pouvait pas souffrir Davida, elle non plus. Ils sont tous les deux Républicains. Elle avait aussi des problèmes avec un Démocrate. Du moins en paroles. Artis Handel. C'est lui qui est le plus combatif contre le projet de loi, en réalité.

– Pourquoi ?

– Il est catholique et prend l'affaire à cœur. Toute cette histoire de fœtus avortés...

– Personne d'autre ?

– Si, mais pas un politicien. Un cinglé, en réalité. Harry Modell. Directeur exécutif d'un groupe limite légal du nom de Families Under God[1]. Des extrémistes, en fait. J'ai entendu dire que leur devise secrète était « Tuez les gauchistes, pas les bébés ». Délirant et mythomane, mais je peux pas dire que je l'aurais cru capable de ça... Qui sait, pourtant.

– Comment Davida a-t-elle réagi au bombardement d'œufs ?

– Ce truc... dit Melchior en fronçant les sourcils. Elle l'a traité par le mépris, comme une mauvaise blague de gosses. J'étais d'accord avec elle, mais à présent...

Melchior se remit à pleurer. Quand il se fut calmé, Barnes lui proposa de reprendre du café.

– Non, merci.

– Voyez-vous encore quelque chose que vous pourriez nous dire ou préciser qui pourrait nous aider ?

– Non, je suis désolé.

– Si vous voulez bien, je vous rappellerai dans un jour ou deux. Parfois, lorsque l'effet du choc s'est atténué, on se souvient de certains détails.

---

1. Soit les *Familles respectant Dieu*. [Toutes les notes sont du traducteur.]

– D'accord.

– En attendant (il sortit une carte de visite), si vous pensez à quelque chose qui pourrait nous aider, appelez-moi.

Melchior fourra la carte dans la poche de son pantalon.

– Une dernière chose, monsieur. Est-ce que par hasard vous ne connaîtriez pas un des mots de passe de l'ordinateur de Grayson ?

– Pourquoi ?

Question stupide, comme Barnes s'en était vu poser souvent dans des situations identiques.

– Des informations importantes peuvent s'y trouver. On va confier l'appareil à un spécialiste qui se chargera de le disséquer, mais toute l'aide que vous pourriez nous apporter pour accélérer son travail sera appréciée.

– Oui, répondit Melchior. Elle m'a demandé deux ou trois fois de vérifier ses courriels… quand son ordinateur portable ne marchait pas, ou… (Il prit le carnet de notes des mains de Barnes.) Laissez-moi réfléchir une minute.

Quand Melchior finit par arriver à se concentrer, Barnes se retrouva avec une liste de cinq mots de passe.

– Excellent, ça, monsieur. Voulez-vous que je vous fasse raccompagner chez vous dans une voiture de patrouille ?

– J'apprécierais. Votre frère était une légende, ajouta-t-il avec un sourire.

– Surtout dans son imagination.

Melchior laissa échapper un petit rire sincère et dit .

– Il paraissait très… passionné. Je ne l'ai pas bien connu.

– Comme moi, quoi.

La scène grouillait de monde – des fourmis autour d'un cadavre. Il y avait entre autres deux techniciens et un photographe de la police et deux enquêteurs du bureau du coroner : Tandy Halligan, grande et costaud, et Derrick Coltrain, petit et noir.

– Comment va ton mec ? demanda Coltrain à Amanda.

– La retraite ne lui réussit pas tellement.

Dix ans auparavant, Amanda avait rencontré Lawrence Isis, mi-irlandais, mi-copte égyptien, lors d'un concert sur le campus de Berkeley auquel elle était allée pour faire plaisir à une amie. L'alchimie avait été instantanée, en dépit du fait que Larry avait tout d'un Woody Allen qui aurait eu les cheveux très noirs et un bronzage à faire peur. Il était entré très tôt chez Google, avait monté dans la société et accumulé un joli paquet d'actions. Un très joli paquet. Après avoir vécu très en dessous de leurs moyens dans l'appartement d'Amanda, à Oakland, ils avaient déménagé deux ans avant, opérant un bond quasiment quantique pour s'installer dans la grande maison de San Francisco. Dix-sept pièces dont la plupart étaient encore vides, mais Amanda en aimait bien l'écho. Larry, cependant, aurait bien eu besoin de se trouver une occupation.

– Je ne détesterais pas prendre ma retraite si j'avais tout ce qu'il faut pour ça, fit remarquer Coltrain l'air intrigué.

Que diable fais-tu ici ? était le message non formulé.

Bonne question par une journée pareille. Amanda avait analysé le téléphone portable de Grayson et épluché son agenda électronique officiel. La vie de cette femme se résumait à une série sans fin de réunions. Au cours des deux dernières années, elle n'avait pris qu'une semaine de vacances – un voyage à Tecate, au Mexique. Pour la cure, sans doute. Amanda y était allée avec Larry.

Elle avait adoré les exercices, il avait pleuré l'absence de wifi.

– Et qu'est-ce qu'il mijote, le petit génie de l'informatique ?

– Il envisage de créer une nouvelle entreprise.

– Hé, tiens-moi au courant le jour où elle entrera en Bourse.

– Le temps qu'elle entre en Bourse, lui fit observer Halligan, il sera trop tard.

Elle commença l'examen du cadavre. Elle procédait avec lenteur et manifestait une certaine nervosité qui ne lui ressemblait pas. Aurait-elle redouté de voir la tête se détacher du tronc ?

À gestes mesurés, elle souleva chaque main, examinant les doigts de près.

– Aucune marque de liens sur les poignets. Doigts et ongles impeccables. Pas grand-chose sinon rien à gratter dessous.

Prenant sur elle, elle fit pivoter la tête pour la voir latéralement.

– Aucune marque sur le côté droit… ni sur le gauche. Une belle ecchymose sur le front.

– Elle est assise à son bureau, quelqu'un arrive parderrière, la tue, elle tombe en avant, suggéra Amanda. Ou bien elle faisait un somme et sa tête a rebondi sous la force de l'impact. Le parquet est ancien et craque. En travaillant seule la nuit, elle aurait entendu quelqu'un venir derrière elle si elle avait été réveillée.

– Ou alors elle était complètement prise par ce qu'elle faisait, parlait au téléphone ou tapait sur son clavier…

Amanda se demanda s'il y avait eu effraction : aucune marque sur la porte d'entrée, la serrure comportait un solide verrou en parfait état de marche. Les fenêtres paraissaient intactes elles aussi.

– Ou alors elle n'était pas inquiète parce que c'était quelqu'un qu'elle connaissait. Ce qui ne contredit pas le scénario de l'approche discrète par-derrière, si par exemple le tueur est venu faire une seconde visite, la première étant une ruse pour se faire ouvrir.

Derrick Coltrain intervint à son tour.

– Puis-je faire une suggestion ? Certains députés se font un devoir quasi fétichiste de toujours laisser leur porte ouverte. « Pour être accessible »... un truc très Berkeley.

– À une heure pareille ?

Pas de réponse.

– Une idée de l'heure du meurtre ? demanda Amanda.

– Il y a environ six à huit heures, mais ce n'est qu'une première estimation.

– Autrement dit, entre deux heures et quatre heures du matin ? demanda Will qui venait d'entrer dans la pièce et avait entendu.

– Ce n'est qu'une approximation, lui rappela Tandy. Faudra voir avec le Dr Srinivasan.

– Aucune trace d'effraction sur les fenêtres et les portes, dit Amanda. Savais-tu si elle laissait sa porte ouverte ?

– Je demanderai à Melchior si la porte était ouverte quand il est arrivé. Mais elle avait la réputation de recevoir facilement, répondit Barnes. Il y avait toujours du café et des assiettes d'amuse-gueule. Pour tous ceux qui passaient, y compris les SDF. Il faisait froid, la nuit dernière. Elle en a peut-être laissé souffler un dans l'entrée pendant qu'elle travaillait et le type aura eu un épisode psychotique aigu...

– Un SDF qui se baladerait avec un fusil de chasse ?

Barnes haussa les épaules.

– J'ai vérifié les appels sur son portable pendant la nuit. Elle en a reçu beaucoup, mais en a passé peu elle-même. Parmi les personnes qu'elle a rappelées, il y a un certain Donald Newell, à Sacramento…

– Donnie est inspecteur aux Homicides de Sacramento, l'interrompit Barnes en soupirant. Il me semble qu'ils étaient amis depuis le lycée.

– Encore un *pays*. Il est grand comment votre patelin ?

– Grand et petit à la fois. Merde, je me demande si Donnie est au courant. Je vais l'appeler.

Les deux inspecteurs se tournèrent ensemble vers le corps. Tandy n'avait pas encore fini de l'envelopper dans du plastique lorsqu'un hurlement en provenance de l'extérieur la pétrifia sur place. Par la fenêtre, Amanda vit deux policiers qui essayaient de retenir une jeune femme hystérique. Très soignée, elle avait des cheveux blond platine qui lui retombaient sur les épaules, une bouche à la Marilyn, et portait un bustier noir collant et des jeans qui retombaient sur ses sandales à talon haut.

Les deux inspecteurs se précipitèrent dehors.

– Scène de crime, lança Amanda, on n'entre pas.

La jeune femme jura. Elle avait les joues striées de larmes, les yeux injectés de sang et son haleine empestait l'alcool.

– Vous savez qui je suis ? lança-t-elle.

– Non, madame.

– Son amante ! Vous m'entendez ? Je suis son amante, bordel de Dieu !

– Désolé pour ce qui est arrivé, dit Barnes.

– Ce qui ne change rien. Vous ne pouvez pas entrer ici, ajouta Amanda en passant un bras autour des épaules de la blonde et respirant par la bouche pour ne pas sentir la puanteur de l'alcool.

C'était une odeur qu'elle n'avait que trop connue enfant.
La blonde se détendit. Renifla.
– Je m'appelle Minette... je suis son amante.
Amanda fit signe aux flics en tenue de la lâcher.
– Allons dans un endroit tranquille, Minette.

5

Amanda dut mobiliser toute son énergie, tant physique que mentale, pour éloigner la jeune femme de la scène de crime et la faire asseoir dans une voiture de patrouille. Minette l'Amante sanglota jusqu'à ce qu'elle n'ait plus de larmes. La policière lui tendit un mouchoir.

– Merci.

– Je suis désolée, Minette. Au fait, quel est votre nom de famille ?

– Padgett. Que… qu'est-ce qui s'est pa-passé ?

– Nous commençons à peine l'enquête, Minette. Je voudrais pouvoir vous en dire plus, mais c'est impossible.

– Mais elle est… elle est… ?

Une faible lueur d'espoir dans la voix. C'était le moment difficile.

– Oui, elle est décédée, répondit Amanda. (Cela déclencha une nouvelle crise de larmes et une explosion de chagrin.) Minette, pour le moment, nous rassemblons des informations sur Davida. Y a-t-il quelque chose dans sa vie qui pourrait nous intéresser ?

– Que voulez-vous savoir ? Si elle avait des ennemis ? Un bon paquet. Les trous du cul de la capitale la haïssaient parce qu'elle était lesbienne. Et des tas de gens n'aimaient pas qu'elle s'occupe de cette histoire de cellules souches.

– Son assistant nous a donné quelques noms. Harold Modell…

– Un enfoiré.

– Marc Decody et Alisa Lawrence…

– Deux enfoirés.

– Artis Handel…

– Une girouette, répondit Minette en relevant la tête. Elle s'attendait à des attaques des autres, mais pas d'Artis… C'est un Démocrate, et elle se sentait particulièrement déçue par lui.

– Rien de spécial qui vous vienne à l'esprit concernant l'un ou l'autre ?

Minette réfléchit quelques instants, puis fit lentement non de la tête.

– Ils lui menaient la vie dure, c'est tout. La politique.

– D'autres personnes auxquelles nous devrions nous intéresser ?

– Je ne sais pas… je n'arrive pas à penser. J'ai la tête comme… Je n'arrive pas à penser.

– Et dans le domaine des relations personnelles, Minette ? Avait-elle des problèmes avec des amis, avec des parents ?

– Sa mère est une emmerdeuse de première, mais c'était juste les rapports habituels mère-fille. Elle n'a ni frère ni sœur. Son père est installé en Floride, au cas où vous voudriez lui parler.

– Et pourquoi pourrais-je vouloir lui parler ?

– Parce que c'est un trouduc qui a abandonné Davida… affectivement… quand il s'est remarié.

Amanda prit ce détail en note.

– Quelqu'un d'autre ?

Son joli front se plissa, puis retrouva sa sérénité juvénile.

– Écoutez, je n'arrive pas à réfléchir pour le moment, répéta-t-elle en poussant un profond soupir. Est-ce qu'on a appelé sa mère ?

– Nous nous en occuperons.

– Merci, parce qu'il n'est pas question que je le fasse. Cette vieille garce me déteste, elle m'a toujours détestée en dépit de tous mes efforts.

– Qu'est-ce qui vous permet de l'affirmer ?

– Je ne sais pas. Si je le savais, je pourrais travailler la question. Parfois c'est comme ça, vous savez bien. Les gens vous détestent au premier regard. Il m'arrive de détester quelqu'un au premier regard. Dans le cas de Lucille, je crois que nous nous sommes mutuellement détestées au premier regard.

– Parlez-moi de vos relations avec Davida.

Minette releva brusquement la tête.

– Quoi, mes relations avec Davida ?

– Je comprends que ça puisse vous paraître déplacé, mais je dois vous poser la question, mademoiselle Padgett. Y avait-il des problèmes entre vous deux ?

La jeune femme lui jeta un regard de dégoût.

– Non, il n'y avait pas le moindre problème entre nous.

– J'ai été mariée dix ans, mademoiselle Padgett. Il y a toujours des hauts et des bas dans un couple. Je vous en prie, ne le prenez pas personnellement.

Minette ne répondit pas, mais à voir son expression, il était clair qu'elle n'était pas ébranlée.

– Les choses allaient donc bien…

– Je crois vous avoir déjà répondu, la coupa Minette en se tournant vers Amanda. C'est vous qui allez appeler la vieille dame ?

– Oui.
– C'est aussi bien parce que je vais avoir un tas de conneries à régler et qu'il faut que quelqu'un commence à prendre des dispositions. Autant que ce soit elle.

– Mon Dieu ! Davida morte ? s'exclama Don Newell au téléphone. Mais c'est complètement dément ! Mais comment c'est arrivé, Willie ?
– Tu sais comment ça se passe, Don. J'aimerais pouvoir te donner davantage de détails, mais je ne peux pas.
– Davida… oh, Seigneur ! Dis-moi au moins comment elle est morte.

Barnes jugea qu'il serait stupide de ne pas répondre au moins à cette question.

– Un coup de fusil de chasse. Calibre douze.
– Oh, bon Dieu… le truc classique, à bout portant ?
– C'était affreux, Donnie.
– C'est insensé, insensé… quel putain de merdier… sa mère a été avertie ?
– On s'en occupe, Donnie.
– Si Lucille Grayson n'a pas quitté Berkeley, je m'en charge personnellement. Et même si elle est partie, je descends.

Il y avait dans le timbre de basse de Newell une tension étrange, proche de l'hystérie. Même en tenant compte du choc, Barnes se demanda quel rapport il pouvait y avoir entre un flic marié de Sacramento et une lesbienne, député de surcroît. Mais ce n'était pas le moment de poser la question.

– Tout le monde sait bien qu'elle a des ennemis dans la capitale, Donnie. Ces œufs qu'on lui a jetés étaient peut-être plus qu'une mauvaise plaisanterie. Nous pourrions avoir besoin de toi sur ton territoire. Si nous ne résolvons pas rapidement l'affaire, nous allons venir à Sacramento, ma collègue et moi.

Il y eut un long silence.

– Will, je ne suis pas idiot et je sais ce que tu penses parce que, si j'étais à ta place, je penserais la même chose. Il n'y avait rien entre Davida et moi sinon un lien d'amitié tout à fait banal. Rien. Vu ?

– Bien sûr, répondit Barnes, à moitié convaincu.

– Pourquoi voudrais-tu qu'il y ait eu quelque chose, Will ? Davida était lesbienne. C'est vrai, nous avons été proches à une époque… ouais, d'accord, je ne viendrai pas m'en mêler, mais je vais parler à Lucille. Deux filles, elle perd la première et maintenant la seconde !

– Rends-moi service, Don, rassemble tout ce que tu peux sur Davida. La prochaine fois que nous nous verrons, ça ira mieux et ce sera officiel.

– C'est officiel, Will. Bon d'accord, c'est personnel, mais c'est aussi officiel.

– Puisque tu le dis. Il me reste à rendre l'affaire publique. Tu lui as parlé la nuit dernière ?

– Vous avez déjà vérifié son portable ? demanda Don. Oui, bien sûr, je l'ai appelée parce que nous venions d'arrêter deux types du groupe de White Tower en relation avec l'agression aux œufs. Brent et Ray Nutterly. Ce ne sont pas eux les assassins, vu que nous leur avions mis le cul au frais.

– Et leurs petits camarades de l'organisation ?

– Nous étions en train de nous intéresser à eux, justement, à cause d'autres faits.

– Quels autres faits ?

– Il y a environ deux mois, elle a reçu une lettre de menaces anonyme. Le truc débile, avec des caractères découpés dans une revue. Nous n'avons pas pu remonter jusqu'à son auteur, mais je ne voulais pas classer l'affaire. Davida m'a dit de ne pas m'entêter, que cela n'en valait pas la peine. Que ce genre de publicité ne serait bon qu'à donner à ces salopards ce qu'ils recherchaient, à la faire apparaître comme la méchante.

– Comment ça, la méchante ?

– Question d'image publique. Elle y tenait beaucoup : lesbienne et progressiste, d'accord, mais au-dessus du menu fretin. Elle ne voulait pas non plus qu'on pense qu'elle était difficile à joindre. Faut croire qu'elle était foutrement trop facile à joindre ! J'aurais dû insister davantage... Bon Dieu, juste la nuit dernière, je lui ai conseillé de prendre un garde du corps. Elle m'a envoyé paître.

– Parle-moi un peu plus de ses ennemis politiques.

– Ennemis, le mot est un peu fort. Je dirais plutôt des adversaires. Aucun n'est assez cinglé pour la tuer, Will.

– A-t-elle jamais mentionné devant toi quelqu'un dont elle aurait eu particulièrement peur ?

– Pour commencer, on ne se voyait pas régulièrement. Ensuite, si ç'avait été le cas, tu ne crois pas que je t'en aurais déjà parlé ? La parano, ce n'était pas son style. Tout le contraire : elle minimisait le danger. Quand la foutue lettre est arrivée, elle a pris ça sur le mode blasé. À mon avis, cette femme n'a jamais eu peur de rien.

Pendant que le lieutenant, le capitaine et Amanda Isis affrontaient le tir de barrage de questions de la presse et des activistes gays – ces derniers hystériques et comme d'habitude prêts à hurler au scandale –, Barnes passa en revue les preuves rassemblées à ce stade par la police. Les poignées de porte avaient été essuyées – détail qui, en lui-même, étayait la thèse de la préméditation –, mais on avait tout de même trouvé une empreinte partielle de pouce dans une tache de sang sur le chambranle de la porte. Les empreintes de pas sanglantes étaient elles aussi intéressantes, de même que de nombreuses fibres rouges, des poils, des cheveux, une tasse à café ayant servi et un mégot de cigarette.

Le légiste donnerait plus tard les informations que révélerait l'autopsie. Amanda avait fouillé le portable et l'agenda électronique de Davida. Restait à Barnes la besogne barbante et gourmande en temps qui consistait à sonder l'ordinateur de Mme le Député, son agenda de bureau, ses dossiers, sa correspondance écrite.

La liste de mots de passe de Melchior posée devant lui, il s'assit, fit craquer ses articulations et commença. Plusieurs intitulés d'adresse apparurent, mais aucune n'était suivie de la mention .gov, comme aurait dû l'être une adresse officielle. Au bout d'une heure d'essais infructueux, il trouva la combinaison gagnante. Nom : Dgray, mot de passe : LucyG.

Maman comme portail d'entrée pour le cyberespace.

Quarante-huit courriels.

Il les imprima tous. La grande majorité ne relevait apparemment que de communications sans importance particulière de la part d'amis et des membres de sa communauté. Quelques-uns étaient plus personnels – pour l'essentiel de la part de « Minette », dont deux explicitement sexuels.

Deux amantes en manque. Il n'y avait rien d'ouvertement hostile dans aucun des échanges avec Minette Padgett, mais celle-ci se plaignait néanmoins dans deux de ses courriels des horaires impossibles de Davida.

De même que Lucille.Grayson@easymail.net, Maman était très fâchée du peu de soins que Davida prenait de son bien-être. Dans son dernier courriel, elle l'implorait de faire davantage attention. Y avait-il eu autre chose que l'agression aux œufs ? Il fallait absolument interroger Maman.

Barnes sentit qu'on regardait par-dessus son épaule. Max Flint, le spécialiste en informatique de la police de Berkeley.

– Tu es entré dans son courrier ? Je suis impressionné.

– J'avais mes antisèches.

Barnes donna la liste de Melchior à Flint.

– Est-ce que je dois chercher quelque chose de particulier ?

Barnes vérifia ses notes.

– Ramène tout ce que tu trouveras sur les rapports de la victime avec d'autres députés : Alisa Lawrence, Mark Decody, Artis Handel et Eileen Ferunzio, répondit-il avant d'épeler le nom de cette dernière. Elle était en conflit politique avec tous, et j'ai cru comprendre que c'était parfois dur. Voir également si un civil, un certain Harry Modell, directeur exécutif de Families Under God, ne lui a pas envoyé des menaces. Et tout ce qui pourrait provenir des White Tower Radicals. Apparemment, ce sont eux qui sont derrière l'agression aux œufs et peut-être les auteurs d'une lettre de menaces anonyme.

– Ça fait beaucoup d'ennemis, fit observer Flint.

– Elle faisait de la politique.

6

Lorsque la vieille dame descendit de la Cadillac Fleetwood Brougham gris métallisé, Barnes et Amanda furent frappés par la dignité de son attitude. La tête haute, les épaules rejetées en arrière, elle n'était pas plus épaisse qu'une feuille de papier dans son costume noir et sa blouse en soie blanche, ses bas à couture et ses chaussures orthopédiques qui s'efforçaient de paraître à la mode. Ses cheveux gris étaient surmontés d'un chapeau noir cylindrique d'où retombait une courte voilette. Un chauffeur en uniforme la prit par un bras pour l'aider à avancer. Maigre, de taille moyenne, un deuxième homme la tenait par l'autre bras. Il avait des cheveux aux ondulations serrées et d'un blond mêlé de gris, mais sa moustache en guidon de vélo était entièrement blanche.

Le Donnie Newell dont se souvenait Barnes était un adolescent blond efflanqué qui zigzaguait sur les terrains de basket en planche à roulettes et manquait de heurter tout le monde. Les gamins du quartier l'avaient ironiquement surnommé le Surfeur – ironiquement, car Sacramento avait un climat chaud et sec et se trouvait à plusieurs heures de l'océan. Le temps de le dire, Donnie avait atteint l'âge mûr.

Qu'en était-il de Barnes lui-même ?

Celui-ci jeta un coup d'œil à Amanda. Sa collègue était l'épouse d'un millionnaire et allait avoir quarante ans, mais était toujours belle, intelligente, marrante, et aurait pu passer pour une étudiante de dernière année. À condition de ne pas tenir compte de ses frusques griffées.

Née sous une bonne étoile. Il ressentit une bouffée de jalousie, puis il reporta son attention sur le visage aux traits tirés de Lucille Grayson, dont le regard vacant semblait contempler le vide.

Elle avait perdu ses deux enfants. Ses deux enfants ! L'enfer sur terre. Il s'en voulut de sa mesquinerie.

De l'autre côté du bandeau jaune, le capitaine répondait toujours aux questions des journalistes. Bien… cela détournait leur attention de Lucille.

Amanda remarqua qu'il étudiait la vieille dame.

– Comme dans ton souvenir ?

– Elle fait un peu plus âgée, mais pas tant que ça. J'ai l'impression que les femmes de sa génération s'habillent de manière plus mémère… ou peut-être, devrais-je dire, plus conforme à leur âge. Bon Dieu, j'aimerais bien toucher un billet chaque fois que je vois une quinquagénaire se balader en minijupe ! ajouta Barnes en haussant les sourcils. Même si je ne m'en plains pas.

Amanda ne releva pas cette remarque limite scabreuse – chacun se débrouille comme il peut de son chagrin.

Les deux enquêteurs se dirigèrent vers Lucille, mais avant qu'ils aient pu se présenter officiellement, Ruben Morantz était sorti de la foule, l'interceptait et lui tendait la main en lui présentant ses condoléances.

Certains étaient peut-être sincères, dut admettre Barnes. Le maire de Berkeley connaissait Davida Grayson depuis des années et avait collaboré avec elle dans différents comités. Pas toujours d'accord, ils avaient cependant partagé un certain nombre de victoires. Morantz ne payait pas de mine avec sa petite taille, son torse étroit, ses épaules tombantes et son air bonhomme. Inoffensif au premier abord, mais ses yeux bruns mobiles, son sourire d'une blancheur éblouissante et son bronzage permanent trahissaient le pur politicien.

Monsieur le Juge avait enfilé un long manteau noir par-dessus une chemise blanche, une cravate or et un pantalon marron clair. Des bottes de cow-boy pointues en lézard dépassaient du revers de son pantalon. Pendant qu'il bavardait avec Lucille, Barnes s'arrangea pour attirer l'attention de Donnie Newell, lequel s'excusa et vint vers son collègue.

– Tu as bonne mine, Willie. L'air de la région semble te réussir.

– Tu n'as pas l'air mal en point non plus.

– J'ai tout de même un durillon de comptoir qui me pousse à la taille et les cheveux qui grisonnent.

– Que veux-tu, c'est comme ça, répondit Barnes qui, après avoir présenté Amanda, se tourna vers la vieille dame. Pauvre Lucille. Je me demande comment elle arrive encore à tenir debout.

– C'est une coriace, mais sa résistance doit tout de même avoir des limites... perdre deux enfants !

Le maire entraîna Lucille loin de la foule et monta avec elle dans la limousine.

Amanda se tourna vers Newell.

– Connaissiez-vous bien Mme Grayson ?

– Davida me demandait de venir jeter un coup d'œil de temps en temps pour voir comment elle allait, répondit Newell avec un sourire. Je crois qu'il vaut mieux que je vous dise tout de suite que j'ai bien connu Davida ; je suis sorti avec elle quand nous étions au lycée. Elle a fait son *coming out* en dernière année, mais je soupçonne qu'il y avait déjà un bon moment que quelque chose n'allait pas. Elle aimait… disons, faire des expériences, c'est la meilleure formule qui me vient à l'esprit. Moi, ça m'était égal. C'était avec elle que je me marrais le plus. C'était un drôle de pistolet, comme sa meilleure amie, Jane Meyerhoff… impossible de vous dire son dernier nom de femme mariée. Je crois même que je ne l'ai jamais su, tellement elle a divorcé de fois. J'ai entendu dire que les choses s'étaient mal terminées le dernier coup. (Newell se tourna vers Barnes.) Janey habite ici à l'heure actuelle, non ?

Barnes répondit d'un hochement de tête. Il était au courant de tout ce qui concernait Janey pour l'avoir draguée dans un bar et être sorti avec elle deux ou trois fois. Si Davida était un pistolet, Jane était une mitraillette.

– Tu as apporté les dossiers, Donnie ?

Newell lui tendit une enveloppe Kraft.

– J'ai jeté un coup d'œil sur celui des frères Nutterly. Pour ce que je peux en dire, il s'agit de deux sous-Néandertals, ce qui ne signifie pas pour autant qu'ils ne soient pas dangereux. Bêtise et méchanceté font un mélange dangereux, c'est bien connu. Mais j'ai du mal à croire qu'ils aient pu agir sans en avoir reçu l'ordre de quelqu'un.

– Et qui aurait pu être ce donneur d'ordre ? demanda Barnes.

– Le patron des White Tower Radicals, un certain Bledsoe. Domicilié dans l'Idaho.

– Je le connais, dit Barnes. Quand j'étais à Sacramento, la rumeur voulait qu'il ait été responsable des attentats contre la synagogue. L'affaire remonte à vingt ans. Il était déjà cinglé. Je ne pense pas qu'il ait retrouvé la santé mentale d'un coup de baguette magique. Mais passer des bombes aux œufs ?

– Sauf si c'était une ruse, lui objecta Newell.

Barnes prit la balle au bond.

– Davida pensait que ceux qui lui en voulaient cherchaient à la démolir, mais dans la capitale. Après quoi, ils la descendent tranquillement dans son bureau de Berkeley.

– Ce que confirmerait l'envoi de la lettre de menace à Sacramento, ajouta Newell.

– Quelle lettre de menace ? demanda Amanda.

Barnes se rendit compte qu'il avait oublié de lui en parler. Newell ouvrit l'enveloppe et leur en montra une copie. Ils virent des lettres de toutes formes et couleurs découpées dans une revue et collées pour former un message comminatoire :

L'IMMORALITÉ CONDUIT À LA MORT !

Une blague stupide, apparemment, le genre de chose qu'Amanda aurait trouvé ridicule et volontiers attribué à un esprit dérangé muni de ciseaux et d'une pile de *People*.

– Une petite idée de son auteur ?

– Aucune empreinte, pas de fibres, pas de salive. Placée sous enveloppe scellée sans adresse d'expéditeur. Ni timbre ni tampon d'affranchissement. On l'a mise directement dans sa boîte à lettres de Sacramento. Ce qui réduit le nombre des suspects à un million, environ. J'ai voulu enquêter, mais Davida ne m'a pas autorisé à interroger ses collègues. Elle essayait de retourner deux de ses détracteurs et de leur faire voir la justesse de sa cause et ne voulait pas provoquer leur hostilité par une enquête de police. Nous avons donc laissé tomber, conclut

Newell avec une grimace. Une belle erreur, à la lumière de ce qui vient d'arriver.

– As-tu supposé à l'époque que les White Tower étaient là-dessous ? demanda Barnes.

– Non, pas à ce moment-là parce qu'ils ne l'avaient encore jamais embêtée.

– Bledsoe est toujours dans l'Idaho ?

Newell acquiesça.

– Ce serait chouette s'il avait l'idée de franchir la frontière. Il a un sacré paquet de PV pour infraction au code de la route qui l'attend ici, en Californie.

Une vague idée vint à l'esprit de Barnes pendant qu'il regardait le maire et Lucille qui redescendaient de l'arrière de la limousine. La vieille dame se tenait toujours aussi droite et ne pleurait pas. Le choc allait bientôt s'atténuer et le chagrin prendre le dessus et la submerger. Il fallait lui parler pendant qu'il était encore possible de le faire.

– Où va Mme Grayson, Donnie ?

– Voir son avocat. Pour prendre les dernières dispositions.

– Cela vous ennuierait-il de nous la présenter ? demanda Amanda. Vous deux, vous la connaissez déjà.

– Ça fait un bail, dit Barnes, qui sut tout d'un coup ce qui lui trottait dans l'esprit. Est-ce que la mère de Marshall Bledsoe n'habite pas encore à Los Angeles ?

Newell haussa les épaules et répondit qu'il l'ignorait.

– Je crois que oui. Dans la San Fernando Valley, si je me souviens bien. Thanksgiving est dans combien de temps... une semaine, non ? Je me dis que Marshall rendra peut-être visite à Maman, ajouta Barnes avec un sourire. S'il a des PV en retard, nous avons un motif pour le coincer.

– Je pourrais m'occuper de contacter la police de Los Angeles, dit Amanda. En attendant, allons parler à Lucille Grayson, après quoi j'irai faire un petit tour en ville. Je connais des gens qui ont des relations et je paraîtrai sans doute moins inquiétante que Don.

– Sans compter que vous êtes beaucoup plus mignonne et infiniment plus charmante, dit Newell.

Le sourire d'Amanda commença à geler, mais fondit à nouveau en une nanoseconde.

– Les gens m'aiment bien, c'est possible, mais ils adorent encore plus le fric de mon mari.

– Willie Barnes, dit Lucille en l'examinant de la tête aux pieds. Vous avez grandi et vieilli.

– Voilà qui résume assez bien les choses, madame Grayson, répondit Barnes en clignant de l'œil.

La vieille dame soupira.

– Je n'ai jamais eu l'occasion de vous dire combien j'étais désolée pour votre frère Jack.

– Vous m'avez envoyé un mot de condoléances adorable, madame.

– Ah, vraiment ?

– Oui. Il m'a touché et je vous ai répondu.

– Eh bien… j'ai aujourd'hui l'occasion de vous le dire de vive voix.

– Je suis désolé pour Davida, madame Grayson. C'était une femme remarquable et elle faisait honneur à la communauté. Elle était aimée, respectée et admirée. C'est une grande perte pour tout le monde, mais c'est à vous que va mon cœur. Je suis sincèrement désolé.

Lucille hocha la tête.

– Merci, Will.

– Je vous présente ma collègue, l'inspectrice Amanda Isis, madame.

Lucille inclina brièvement la tête en direction d'Amanda.

– Résoudre cette affaire n'est pas seulement notre priorité, c'est celle de Berkeley, madame.

La vieille dame hocha de nouveau la tête et se tourna vers Barnes.

– Que pensez-vous du maire, Willie ?

Pris de court par la question, Barnes formula sa réponse du mieux qu'il put.

– Il prend l'affaire très à cœur, madame.

– À cause de Davida ou de l'image de sa ville ? demanda-t-elle avant d'ajouter, Barnes n'ayant pas répondu : J'ai rendez-vous avec mon avocat dans une demi-heure. Si vous avez besoin de me joindre, je serai au club pendant les prochaines quarante-huit heures.

– Merci, madame Grayson, j'apprécie votre coopération. Auriez-vous cependant une ou deux minutes pour quelques questions ?

La vieille dame ne répondit pas, mais ne s'éloigna pas et Amanda attaqua la première.

– Davida a-t-elle exprimé des craintes pour sa sécurité après les derniers incidents de Sacramento ?

– J'en éprouvais beaucoup plus qu'elle, répondit Lucille en se grattant la joue, où ses ongles laissèrent une trace rouge temporaire. Ma fille n'avait peur de rien, ajouta-t-elle en cherchant confirmation des yeux auprès de Newell. Vous vous souvenez de ces nazillons, n'est-ce pas, Willie ?

– Je ne connais pas les frères Nutterly, mais je n'ai certainement pas oublié Marshall Bledsoe. Donnie m'a dit qu'il habitait maintenant dans l'Idaho.

– Il a toujours des partisans à Sacramento. Et il m'arrive de le voir de temps en temps.

– Vraiment, madame ? Quand, la dernière fois ?

Les yeux de la vieille dame s'embrumèrent.

– Je dirais… l'an dernier. Ou un peu plus longtemps, peut-être. Mais je suis sûre qu'il fait la navette.

– Si jamais vous le revoyez, appelez-nous tout de suite. Il a accumulé une pile de PV pour excès de vitesse dans l'État de Californie, ce qui nous permettra de l'arrêter.

– C'est tout ce que vous avez sur lui ? s'étonna Lucille. Des infractions au code de la route ?

– C'est suffisant pour le coincer. En particulier si vous pensez qu'il a quelque chose à voir avec la mort de Davida.

– En tout cas, c'est de son côté que je commencerais par chercher. Et aussi du côté de ce type, ce Modell. Il lui a envoyé des lettres parfaitement ignobles.

– Harry Modell, compléta Barnes qui ajouta, devant le regard inquisiteur d'Amanda : Families Under God, je t'en parlerai.

– Elle n'a jamais mentionné de lettres d'injures venant de ce type, dit Newell.

– Davida le prenait pour un cinglé. Ses lettres l'amusaient, prétendait-elle, mais moi je ne leur trouvais rien de drôle.

– Elle vous les a montrées ? demanda Amanda.

– Oui. J'en ai gardé quelques-unes. Je considérais qu'elle aurait dû les porter à la connaissance de la police, mais elle m'a interdit de le faire. D'après elle, ç'aurait été gaspiller un temps qui lui était précieux.

– Vous n'auriez pas encore ces lettres, par hasard ? risqua Amanda.

– Bien sûr que si. Rangées dans un dossier, chez moi. J'ai voulu les garder… juste au cas où.

Les yeux de Lucille Grayson se remplirent soudain de larmes. Elle déplia un mouchoir de soie et se les tamponna.

Amanda attendit quelques instants avant de reprendre son interrogatoire.

– Voyez-vous d'autres personnes à qui nous devrions nous intéresser, madame ?

– Oh... je ne sais pas.

– Et sa compagne, Minette ?

Les yeux de la vieille dame se rétrécirent.

– Quoi, sa compagne ?

– Pour commencer, comment s'entendaient-elles, toutes les deux ?

– Je vais vous donner mon avis, mais je vous avertis : il sera tendancieux. Je n'aime pas cette fille.

– Et pourquoi ? voulut savoir Barnes.

– C'est une parasite, une hystérique qui ne pense qu'à se faire remarquer et une alcoolique, voilà ce que j'en pense. Quand Davida nous a présentées, nous nous sommes détestées sur-le-champ. Je voyais bien que Davida était envoûtée. Il y a cinq ans, cette fille était une beauté. Dans le style starlette. Aujourd'hui, le bourbon l'a rattrapée. (Elle baissa la voix.) Ma fille ne m'a jamais parlé de leurs relations, que ce soit en bien ou en mal. Mais, depuis quelque temps, je voyais bien qu'elles avaient des problèmes.

– Comment ça ? la relança Amanda.

– Lorsque nous déjeunions ou dînions ensemble, Davida et moi, elle ne cessait de l'appeler, de faire irruption. Il était clair que Davida n'était pas heureuse. Ses yeux se rapetissaient et elle murmurait des choses comme *On ne pourrait pas en parler plus tard ?* Nous n'avons pas eu un seul repas sans une intrusion de sa part... Davy était tellement seule, ajouta Lucille avec un soupir.

– Mais vous ne l'avez jamais entendue se plaindre de Minette ?

– Sauf pour dire que Minette n'appréciait pas les horaires de ma fille. Probablement la seule chose sur laquelle j'aie jamais été d'accord avec cette fille. (Lucille regarda Amanda droit dans les yeux.) Ce qui pour moi ne signifie en aucun cas qu'elle a quelque chose à voir avec la mort de Davida. Ce que je dis, c'est que, si Davida passait autant de temps ailleurs qu'avec elle, c'est qu'il y avait une raison.

– Croyez-vous possible que Davida ait vu quelqu'un d'autre ? demanda Amanda.

Lucille haussa les épaules et répondit :

– Voilà comment je pourrais vous présenter les choses. Son père n'a jamais accordé beaucoup de valeur à la fidélité. Si c'est le seul mauvais trait de caractère qu'elle a hérité de lui, elle s'en est très bien sortie.

7

Les cafés ne manquaient pas dans le centre de Berkeley. Mais, pour quelque obscure raison, Barnes retournait toujours au Melanie, un minuscule abreuvoir qui servait un muffin au raisin médiocre mais un café sans prétentions et correct. Depuis peu, il ajoutait du lait à la mousse brune, son estomac ayant tendance à se rebeller quand il prenait trop de petits noirs. La devanture du Melanie faisait la moitié d'une façade normale et, quand il y avait du monde, Barnes devait se mettre de profil pour se faufiler par la porte.

Ses longs cheveux gris relevés en chignon, Laura Novacente était assise à une table d'angle devenue avec le temps leur place habituelle. Quand il s'assit en face d'elle, elle poussa un cappuccino dans sa direction.

– Tiens. Alors, comment ça se passe ?
– Tu as une excellente mine. Et j'aime bien cette robe rouge. Elle met ton teint en valeur.
– Le magnéto est en marche, beau parleur, lui répondit Laura en lui indiquant une serviette en papier formant une bosse.

Barnes sourit.

– C'était un compliment. Si jamais on m'accuse de harcèlement sexuel, tu auras des nouvelles de mon avocate pour provocation.

– Quelle provocation ?

– La robe rouge. Celle qui met ton teint en valeur.

Laura se mit à rire.

– Et elle est mignonne, ton avocate ?

– Ravissante.

Ils restèrent quelques instants sans rien dire en dégustant leur café, puis Laura reprit la parole.

– Bon, passons aux choses sérieuses. As-tu quelque chose que je puisse imprimer ?

– Sérieuse-sérieuse ?

– Je ne gaspille pas l'argent du journal en flirt.

– Qu'est-ce que tu penses de ça, Laura : nous n'en sommes qu'au début de l'enquête, nous avons plusieurs pistes, mais nous n'en privilégions aucune.

Laura prit l'air mi-affamée, mi-mauvaise humeur.

– Tu dois pouvoir faire mieux, Will.

Barnes tendit la main par-dessus la table, découvrit le magnétophone, l'arrêta et regarda la journaliste dans les yeux.

– J'ai environ cinq minutes avant que quelqu'un ne se rende compte que je ne suis pas où je suis supposé être. En deux mots, nous avons pleins de suspects, mais aucune piste.

– Et son amie, Minette ?

– Quoi, son amie ?

– J'ai entendu dire qu'il y avait du pétard au paradis.

– Et plus précisément ?

Juste ça, des rumeurs.

– Merci, je vais aller y voir de plus près.

– Allons, Willie. Je te promets de ne rien publier. Donne-moi juste une idée de ce à quoi tu penses.

– Tes promesses ne valent pas grand-chose, Laura.

Elle montra les dents.

– Pas plus que les tiennes, chéri, mais ne nous en tenons pas mutuellement rigueur.

– D'accord, dit-il en se penchant si près d'elle au-dessus de la table qu'il sentit son parfum. Nous travaillons sur l'alibi de Minette. Elle prétend avoir passé une partie de la nuit avec un ami... seulement une partie.

– Et qui est cet ami ?

– Elle n'est pas trop bavarde là-dessus. Nous enquêtons. Une idée ?

– J'ai entendu dire que Minette avait eu pas mal d'aventures avant de s'installer avec Davida. Beaucoup de gens ont gardé une dent contre elle. Et elle boit.

Willie hocha la tête.

– Tu n'as pas l'air surpris.

– La mère de Davida a traité Minette d'alcoolique. Tu crois qu'elle trompait Davida ?

– Ça ne me surprendrait pas, répondit Laura en prenant une dernière gorgée de son moka. Je t'ai donné un tuyau ; tu n'aurais pas un petit quelque chose en échange ?

– Davida avait beaucoup d'ennemis à Sacramento.

– Et le ciel est bleu... et alors ? Tout le monde sait que la capitale carbure à la bile, mais combien de politiciens se font descendre à coups de fusil de chasse calibre douze ?

– Qui t'a parlé de l'arme ?

– L'information a circulé, dit Laura en faisant courir un doigt sur ses lèvres.

Barnes la fixa des yeux.

– Certains parlaient trop sur la scène du crime. Des gens de chez toi.

– Génial. Autre chose que je devrais savoir ?

– Ne boude pas, Willie, c'est comme ça que je gagne ma croûte. Tu ne veux pas me donner un petit quelque chose que les autres journalistes n'auront pas ?

Avec ses tentacules qui s'infiltraient partout, elle apprendrait peut-être un truc qu'elle pourrait lui échanger contre autre chose.

– Nous enquêtons sur des lettres de menace.

– De la part de… ?

– Tu peux utiliser cette histoire, mais sans donner le nom de l'auteur des lettres. D'accord ?

– Absolument.

– Je parle sérieusement, Laura.

– Moi aussi. Qui est l'expéditeur ?

– Une espèce de barjot du nom de Harry Modell, le directeur exécutif de Family Under God. Jamais entendu parler d'eux ?

– Si. Modell lui a envoyé des horreurs, c'est ça ?

– Du moins, à en croire Lucille Grayson, qui aurait encore les lettres en sa possession. Plus, et ça, tu peux le publier, on va inculper Ray et Brent Nutterly des White Tower Radicals pour l'agression aux œufs. La police a des témoins oculaires, y compris plusieurs qui ont enregistré l'incident sur la vidéo de leur portable. Si tu veux davantage d'informations là-dessus, contacte l'inspecteur Don Newell de la police de Sacramento.

– Excellent, Will, je peux rouler avec ça. Merci beaucoup, dit Laura en lui touchant la main.

– Question rouler, je devrais peut-être y retourner.

– Les gars des White Tower font dans le retour à la nature, fit observer Laura. On vit de ce qu'on attrape.

– Et un fusil de chasse est par définition une arme de chasseur. Malheureusement, les frères Nutterly étaient derrière les barreaux hier soir et ce n'est donc pas eux, répondit Barnes en se levant. Je prends des risques à te rencontrer comme ça, Laura.

– J'apprécie.

– On dîne un de ces soirs ?

Elle eut un sourire mélancolique.

– Dommage que tu ne m'aies pas posé la question il y a quinze jours.

Elle sortait avec quelqu'un. Barnes eut du mal à sourire.

– Je suis content pour toi.

Elle s'était empourprée. Et toucha ses cheveux.

– Ça ne va probablement pas marcher, mais qu'est-ce que ça peut foutre, Will ? Il faut vivre dangereusement, non ?

Lucille Grayson restant à Berkeley pour la nuit, Don Newell et Amanda Isis prirent ensemble le train pour Sacramento, laissant à Barnes la laborieuse corvée de filtrer les milliers de dossiers de l'ordinateur de Davida facilement décodés par Max Flint.

Assis dans un siège confortable et bercé par le roulement du train, l'inspecteur de Sacramento devait lutter pour ne pas s'endormir. Il jeta un coup d'œil à sa voisine. Quelques coups de fil avaient suffi à le mettre au parfum. Femme d'un milliardaire de l'informatique. Et incontestablement des relations. Le temps de quitter la gare de San Francisco, elle avait pris rendez-vous avec trois députés.

Elle faisait maintenant un petit somme, son joli visage détendu et dépourvu de rides.

Newell se força à garder les yeux ouverts. Lucille Grayson avait décidé de rester à Berkeley jusqu'à ce qu'on lui rende le corps de sa fille ; elle lui avait confié la clef de son domicile en lui expliquant où il trouverait les lettres d'injures de Harry Modell. Le policier avait alors appelé son collègue, Banks Henderson, pour qu'il le retrouve sur place avec un Caméscope et un témoin civil. Il ne voulait pas être accusé d'avoir introduit quoi que ce soit chez la vieille dame.

Il regarda Amanda du coin de l'œil. Elle était jolie, très jolie même, avec sa peau satinée qui évoquait les stars de cinéma des années cinquante.

Peut-être sentit-elle qu'elle était observée car elle se réveilla et se remit au travail sur son carnet de notes. Sans un coup d'œil pour Newell, elle commença à écrire furieusement.

– L'inspiration ? lui demanda le policier de Sacramento plus par besoin de rester éveillé que par curiosité.

Avoir une conversation avec une jolie femme, c'était le bonus.

Elle leva la tête.

– Je note simplement les questions à poser au besoin aux politiciens.

– Allons, voyons ! Quelle probabilité avons-nous que ce soit l'un d'eux ?

– Faible, je l'admets. Mais bon nombre d'entre eux attirent toute une faune qui compte toujours quelques tordus. Ce serait idiot de ne pas leur poser la question, non ? dit-elle avec un regard peu amène pour Newell.

Le policier ne répondit pas.

– Le fait que je travaille sur votre territoire vous pose un problème ?

– Ça ne me regarde pas. En tant que police de la capitale, nous ne nous occupons que des gens qui comptent. (Le sourire de Newell ne provoqua aucune réaction correspondante sur les lèvres d'Amanda.) Non, pas de problème. Même si vous étiez sur mon territoire. Je pensais simplement à voix haute. La vérité, c'est que j'ai vu comment ils fonctionnaient dans ce milieu : ils ont beau se flinguer mutuellement au moment de voter une loi, on les retrouve bras dessus, bras dessous le lendemain.

Davida, par exemple. Elle a collaboré avec Eileen Ferunzio à plusieurs reprises et, à l'époque, elles étaient les meilleures amies du monde.

– Vous étiez resté en contact avec Davida.

– On se croisait de temps en temps. Comme je vous l'ai dit, mon travail me fait fréquenter son milieu. J'ai vu Davida déjeuner je ne sais combien de fois avec Eileen. (Il haussa les épaules.) Quoique pas récemment.

– Et vous, il vous est arrivé de déjeuner avec elle ?

Le sourire de Newell ne fut pas contraint, mais resta froid.

– Oh, je vois où vous voulez en venir. Que les choses soient claires : nous étions juste amis… mais sûrement pas intimes. Ma femme ne l'aimait pas.

– Pourquoi ?

– Jill est comme ça. Le jour où elle l'a rencontrée, elle l'a cordialement détestée. D'emblée. Chaque fois que Davida appelait, je savais que c'était elle rien qu'à l'expression qu'avait Jill si c'était elle qui décrochait.

– Et pour quelle raison Davida vous appelait-elle ?

– J'étais son contact à la police, elle était le mien dans les allées du pouvoir. Relations mutuellement avantageuses, mais rien de plus. Cette femme était lesbienne, Amanda. Ce qui signifie que les hommes ne l'intéressaient pas.

– Les homosexuels ont aussi parfois des relations avec le sexe opposé.

– Eh bien, si elle avait un mec, je n'en ai jamais entendu parler. D'ailleurs, pourquoi en aurais-je entendu parler ? On ne travaillait pas de cette façon.

Amanda fit oui de la tête.

– Vous ne m'en voulez pas de vous avoir posé ces questions, n'est-ce pas, Don ?

– Pas du tout, répondit-il d'un ton dégagé. Ça me fait du bien et m'aide même à comprendre ce qu'on ressent lorsqu'on est de l'autre côté de la table.

8

Tout en roulant dans les rues ridiculement étroites des hauteurs de Berkeley, Barnes reconstituait la scène de crime dans son esprit. Après avoir été beaucoup sollicitée, puis menacée de manière guère subtile, Minette Padgett avait fini par cracher un nom pour son alibi.

Kyle Bosworth n'avait pas déclaré grand-chose au téléphone, se contentant d'admettre avoir été en compagnie de Minette entre vingt-deux heures et un peu plus de deux heures du matin. Lorsque Barnes lui avait dit qu'il voulait le rencontrer, Bosworth avait renâclé, mais le policier lui avait promis qu'une demi-heure suffirait. Sans compter qu'il valait mieux qu'il soit interrogé dans le cadre d'un rendez-vous plutôt que de voir la police lui tomber dessus.

Après avoir trouvé l'adresse, Barnes réussit à coincer sa petite voiture dans une demi-place, déjà bien content de l'avoir trouvée. Les racines des pins majestueux qui ombrageaient les pelouses de carte postale avaient fini par bosseler et craqueler les trottoirs. La moitié des maisons, des bungalows californiens pour la plupart, dataient du début du XXe siècle. Les autres étaient de coûteuses répliques. Sur ces hauteurs, les propriétés étaient aussi chics que l'air était pur.

Grand et maigre, l'homme qui vint ouvrir à Barnes avait des cheveux couleur d'ambre en désordre et des yeux bruns rougis et tombants. Il portait une robe de chambre bleue par-dessus un pyjama en flanelle rouge et avait enfilé des mules en mouton retourné sur ses pieds étroits. Il adressa un bref signe de tête à Barnes.

– Monsieur Bosworth ?
– En personne.
– Voulez-vous voir ma plaque ?
– C'est inutile. Vous avez l'air d'un flic, répondit Bosworth avec un sourire peu convaincu. Un flic style Hollywood.

Barnes entra.

– Mais non, ces types sont tous des machos beaux gosses.
– Ouais, mais il y a toujours l'autre… comment dire ? Le type plus âgé, pas mal d'heures de vol, il boit trop mais il est toujours capable d'en remontrer au bleu.
– C'est moi, ça, hein ?
– C'est vous. Asseyez-vous. Un peu de café ?
– Je ne dis pas non, répondit Barnes en restant debout. Je vous réveille, monsieur Bosworth ?
– En fait, c'est Minette qui m'a réveillé. La première fois qu'elle a appelé, elle était hystérique et m'a rendu hystérique. J'ai pris un Valium pour me calmer.
– À quelle heure ?
– Tout de suite après qu'elle a appris la nouvelle, vers huit heures et demie, sans doute. La deuxième fois, c'était il y a une demi-heure.
– De quoi avez-vous parlé, tous les deux ?
– Elle m'a dit que les flics allaient probablement m'interroger.
– N'avez-vous pas parlé d'autre chose ?
– Comme quoi ?

– Vous a-t-elle dicté ce que vous deviez me dire ?
– Elle m'a demandé de dire la vérité.
– Et c'est quoi, la vérité ?

Bosworth montra du doigt un volumineux fauteuil en chêne à dossier carré et coussins rouges rembourrés.

– Juste ce que je vous ai dit. J'ai été avec elle de dix heures du soir jusqu'à environ deux heures du matin.
– Qu'est-ce que vous avez fait ?
– J'étais avec elle, répondit Bosworth en se frottant les yeux. C'est tout ce que vous avez besoin de savoir.
– Vivez-vous avec quelqu'un, monsieur Bosworth ?

L'homme le regarda.

– Intéressant que vous ne m'ayez pas demandé si j'avais une femme.
– Mon frère était gay. Si moi, j'ai l'air du vieux flic de cinoche bourru, vous avez, vous, tout l'air de l'architecte d'intérieur bel homme et menant une vie dissolue.
– Architecte de scène, le corrigea Bosworth. J'ai travaillé pour Hollywood pendant dix ans. Je vais chercher du café.

Barnes jeta un coup d'œil autour de lui pendant que Bosworth était dans la cuisine. Pas très grande, la maison était aménagée avec un goût très sûr. Toutes les boiseries d'origine en acajou avaient été restaurées, moulures comprises. Des fenêtres à vitraux on avait une vue sensationnelle sur la baie. Les meubles de style Craftsman paraissaient être des reproductions de bonne qualité.

– Comment vous prenez le vôtre ? lui lança Bosworth depuis la cuisine.
– Avec un peu de lait et du sucre.

L'architecte revint en portant un plateau en laque rouge.

– Je vous en prie, dit-il.

– Merci.

Barnes prit sa tasse et s'assit enfin.

– Vous avez parlé de votre frère au passé. Le sida ?

– Non. Jack a été assassiné il y a dix ans. C'est sa mort qui a fait que je suis venu à Berkeley.

– Oh, bon Dieu, je suis désolé.

Barnes but une ou deux gorgées de café, reposa la tasse et prit son carnet de notes et un crayon.

– Depuis combien de temps connaissez-vous Minette ?

– Nous naviguons dans les mêmes cercles depuis au moins quatre ans.

– Depuis combien de temps la connaissez-vous bien ?

– Un an, environ. À la gym. Mon compagnon comme sa compagne ont des horaires insensés. Je préfère les hommes, elle préfère les femmes, mais nous détestons la solitude autant l'un que l'autre. Je suis sûr qu'Yves se doute de quelque chose, même si ce n'est certainement pas à Minette qu'il pense. Comme il y a toujours un bon repas qui l'attend et que la maison est impeccable quand il rentre, il ne pose pas trop de questions.

– Qu'est-ce que fait Yves ?

– Avocat d'affaires chez Micron Industries. Ils sont très exigeants, mais ils paient extrêmement bien.

– Où était-il la nuit dernière ?

Bosworth regarda fixement le policier.

Barnes sourit.

– En fait, inspecteur, il travaillait à la maison. Quand je lui ai dit que j'allais voir quelqu'un qui avait des ennuis, c'est à peine s'il a levé les yeux de son dossier.

– Était-il encore debout lorsque vous êtes rentré ?

– Oui. Et je suppose que vous pouvez lui demander l'heure qu'il était. Je souhaiterais cependant que vous ne lui donniez pas plus de détails que nécessaire.

– Connaissiez-vous Davida Grayson aussi bien que Minette ?

Bosworth se mit à rire.

– Me demandez-vous si j'ai couché avec Davida ? Je dois avoir l'air d'un étalon, ma parole.

Barnes attendit.

– Non, jamais. Ces temps derniers, Minette n'a pas beaucoup couché avec Mme le Député, elle non plus. Elle commençait même à se demander s'il n'y avait pas quelqu'un d'autre dans la vie de Davida.

– A-t-elle mentionné des noms ?

La question gênait manifestement Bosworth.

– Je n'ai aucune envie d'impliquer quelqu'un sur la foi de la parano de Minette, répondit-il enfin.

– Minette est parano ?

– Parfois, quand elle boit, expliqua Bosworth avec un soupir. Bon, très bien. Elle était certaine que Davida avait une relation avec une femme du nom d'Alice Kurtag. Le Dr Alice Kurtag, chercheuse à l'Université de Californie et spécialiste des manipulations génétiques. Elle est consultante pour le projet de loi de Davida. Il me paraissait normal qu'elles passent pas mal de temps ensemble.

Barnes leva les yeux de dessus ses notes.

– Et qu'est-ce que Minette répondait à ça ?

– Rien. Elle justifie peut-être son propre comportement discutable en le projetant sur Davida.

– Connaissez-vous le Dr Kurtag ?

– Je l'ai rencontrée une ou deux fois à des soirées organisées par Davida.

– Est-elle lesbienne ?

– Je ne pourrais pas dire. Les deux fois où je l'ai rencontrée, aucun homme ne l'accompagnait, mais ça ne veut rien dire. Elle avait un comportement ouvert, mais pas aguicheur. Elle paraissait... comment dire ?... organisée, méthodique... Je n'y connais rien en politique ni en science, je n'ai pas beaucoup parlé avec elle.

— Voyez-vous des objections à ce que je fasse un test de détection de résidus de poudre sur vos mains ?

— Quoi, moi ? protesta l'homme, l'air choqué. Je n'ai jamais tenu une arme à feu de ma vie ! (Il tendit les mains.) Je me les suis fait manucurer hier. Ça ne va pas les abîmer ?

— Pas ce test-là. On vous passe simplement un produit sur les mains. Si vous avez tiré un coup de feu, de petits points bleus apparaîtront. Dans le cas contraire, il n'y aura aucune décoloration.

— Minette a-t-elle accepté de le passer ?

— Oui. Le test a été négatif.

— Dois-je accepter de le subir ?

— Non, mais pourquoi refuseriez-vous ?

— Ça ne me plaît pas d'être considéré comme un suspect. Écoutez, ajouta-t-il devant le silence de Barnes, si je le fais, est-ce que cela signifie que vous n'aurez pas à parler de la soirée d'hier à Yves ?

— Pas nécessairement. Cependant, si vous n'avez aucun résidu de poudre sur les mains, vous serez un peu plus bas dans la liste. Si Yves confirme votre version, vous vous retrouverez tout en bas.

— Mais pour quelle raison devrais-je me retrouver sur cette liste ?

— Ne le prenez pas personnellement, monsieur Bosworth. C'est une très longue liste.

Eileen Ferunzio reposa ses couverts et rafraîchit son rouge à lèvres brillant couleur abricot. Amanda remarqua que la représentante avait laissé au moins la moitié de sa salade César. Elle paraissait épuisée et son teint était grisâtre, mis à part deux taches roses à ses pommettes. Ses yeux hésitaient entre le noisette et le vert selon l'intensité de la lumière. Eileen était grande – autour d'un mètre soixante-quinze –, avait de larges épaules, de longues jambes et une solide poignée de main. Qui jurait bizarrement avec ses poignets délicats ornés aujourd'hui d'une Rolex de dame en or d'un côté et d'un bracelet en or rehaussé de pierres précieuses de l'autre.

Amanda l'avait rencontrée lors de galas de charité et Eileen appelait celle-ci par son prénom. L'argent de Larry.

– Vous n'avez pas faim, Eileen ?

– Comment pourrais-je manger ? Toute cette affaire est absolument terrible ! Je… (Des larmes lui montèrent aux yeux.) Savez-vous pourquoi c'est arrivé ?

– Je voudrais bien, répondit Amanda en posant le reste de son sandwich à la dinde et s'essuyant la bouche. C'est pour l'apprendre que je suis ici. Que pouvez-vous me dire sur Davida ?

– C'était une collègue et une amie. (De nouveau, les larmes lui montèrent aux yeux.) Ça faisait un moment que je la connaissais. Avant même qu'elle soit élue à la Chambre, nous avons travaillé ensemble sur différentes questions.

– Lesquelles ?

– Davida était avocate, voyez-vous. Elle est diplômée de Hastings.

– Oui, je suis au courant, dit Amanda avec un sourire. Quelles étaient ces questions sur lesquelles vous avez travaillé avec Davida ?

– Elle faisait du lobbying pour un groupe qui militait contre les violences conjugales. Elle était très efficace.

Moi-même, évidemment, j'étais une militante de cette cause.

– J'ai entendu dire que vous et Davida n'étiez pas d'accord sur son dernier projet de loi…

Eileen détourna les yeux.

– Nous n'étions pas d'accord sur tout, bien sûr. Mais quel rapport ? demanda-t-elle en se tournant de nouveau vers Amanda.

– Étant donné les projets pour lesquels vous avez voté jusqu'ici, j'aurais pensé que vous auriez soutenu celui-ci.

– En quoi vous vous seriez trompée.

Il y avait eu une certaine tension dans la voix d'Eileen.

– Qu'est-ce qui ne vous plaisait pas dans cette loi ? voulut savoir Amanda.

– À peu près tout, répondit Eileen en hochant la tête. En théorie, les travaux sur les cellules souches et le clonage des cellules semblent faire partie de ce qu'on s'attend à me voir soutenir. En réalité, nous dépensons des millions de dollars dans un projet dont l'efficacité à terme n'a pas pu être prouvée de manière convaincante. Je suis pour le progrès, certes, mais également responsable des finances publiques et, jusqu'ici, l'institut n'a abouti à aucun résultat. J'estime qu'il y a actuellement assez d'argent de donné pour la recherche sur les cellules souches et les travaux parallèles. Je ne trouvais pas prudent d'y consacrer les sommes dont parlait Davida.

– Qui étaient de… ?

– Un demi-milliard de dollars sur trois ans. Elle rêvait. Je lui ai demandé de revoir son projet à la baisse. Je lui ai dit que nous pourrions en reparler ce jour-là et qu'étant entre personnes intelligentes, elle pourrait alors peut-être me faire changer d'avis. Elle a refusé, et donc moi aussi.

– Quel effet cela a-t-il eu sur votre amitié ?

Les yeux d'Eileen se rétrécirent.

– Qu'est-ce que vous sous-entendez ?
– Je vous pose une simple question.
– Oh, je vous en prie ! protesta la représentante, dont le visage s'assombrit. Je ne suis pas idiote et je prends très mal ce que laisse entendre votre simple question. Je n'ai rien à voir avec la mort de Davida et je vais exiger de passer au détecteur de mensonges si vous voulez continuer dans cette veine. C'est plus qu'insultant !
– Où étiez-vous la nuit dernière ?
– Chez moi, dans mon lit, avec mon mari.
– Pas à Sacramento.
– Ni dans la région de Berkeley.

La circonscription d'Eileen Ferunzio se trouvait à six heures de route de celle de Davida.

– Comment vous êtes-vous rendue ici ce matin ? demanda Amanda.
– J'ai pris le vol de sept heures à mon aéroport local. Autre chose ?
– Je ne cherche pas à vous offenser, Eileen. Je ne fais que mon travail.

La femme poussa un grognement.

– Je veux bien vous croire, mais cela ne ferait peut-être pas de mal de voir les choses avec un peu de recul, dit-elle avant d'ajouter, avec un sourire en toc, comme si elle venait de penser à quelque chose : Je suis désolée, Amanda. Tout cela est tellement… traumatisant.

Le fric de Larry.

Amanda lui rendit son sourire.

– Juste deux ou trois questions de plus, d'accord ?
– D'accord, soupira Eileen.
– Dans quelle mesure votre opposition à ce projet de loi a-t-elle affecté votre amitié avec Davida ?
– Notre désaccord a créé des tensions, mais nous n'avons pas cessé de nous parler pour autant. Et cela

n'a pas empêché non plus Davida de m'appeler souvent. Pour essayer de me convaincre de changer d'avis. Pour ma part, je l'ai appelée après l'incident de l'agression à coups d'œufs. Je lui ai dit à quel point j'étais horrifiée.

– Que vous a-t-elle répondu ?

– Elle m'a remerciée de lui exprimer ma sympathie, mais a tout de même ajouté qu'elle préférerait le faire pour mon soutien. Sur quoi, elle a encore tenté de me convaincre et nous étions convenues de nous rencontrer un peu plus tard dans la semaine. Elle a paru très contente lorsque j'ai accepté… (Eileen se sécha les yeux avec sa serviette en papier.) C'est la dernière fois que je lui ai parlé. Si vous voulez découvrir qui a fait ça, cherchez plutôt du côté de ces crétins de fascistes.

– Lesquels en particulier ?

– Les frères Nutterly.

– Ils étaient en état d'arrestation à l'heure où Davida a été abattue.

– Il y en a un paquet d'autres qui appartiennent à White Tower, Amanda, et on dirait que Sacramento est leur point de ralliement. Pourquoi n'allez-vous pas les voir ?

– Ils sont sur la liste officielle.

– Et pourquoi me parler à moi avant ?

– Parce que vous étiez son amie et que je me suis dit que vous pourriez peut-être m'apprendre qui, à la Chambre, lui en voulait sérieusement.

Eileen hocha la tête.

– Dieu sait que la Chambre compte bon nombre d'enfants de salaud, mais aucun qui aurait eu l'idée de la tuer, pour l'amour du ciel ! Prenez le temps de nous observer et vous vous rendrez compte que nous sommes tous en conflit les uns avec les autres à un moment donné. C'est dans la nature de la bête.

– Davida vous a-t-elle parlé d'Harry Modell ?
– Ce barjot psychotique ? Qu'est-ce qu'il a… ?
– Il a envoyé des lettres de menace.
– Il envoie des lettres de menace à tout le monde…

Eileen blêmit.

– À vous aussi ? voulut savoir Amanda.
– Oh, mon Dieu ! murmura la Représentante. Vous croyez que je dois m'inquiéter ?
– Vous avez conservé ces lettres, Eileen ?
– Dans mon dossier spécial cinglés. Je vous les fais parvenir dès que possible.

Elle fit signe au garçon d'apporter la note ; de profondes rides d'inquiétude plissaient maintenant son visage.

– Répondez-moi honnêtement, reprit-elle. Dois-je me faire du souci ? Je veux dire… est-ce que je dois engager un garde du corps ?

Amanda réfléchit, la réponse n'étant pas évidente.

– Tant que nous n'en savons pas davantage, ça ne peut pas faire de mal.

Réponse d'une vraie politicienne.

9

Décidément chanceux, Barnes trouva à se garer dans Telegraph Avenue elle-même, artère où grouillait, dans un véritable télescopage temporel, la faune habituelle : hippies de la première et de la onzième heure, groupies de groupes rock et petits trafiquants à la mine plus rébarbative les uns que les autres. Là, l'uniforme était le jean déchiré, les tee-shirts à slogans, les serre-tête en cuir et le regard vitreux. Dressés sur le trottoir, des étals de fortune proposaient de tout, du *Petit Livre rouge* de Mao à la littérature nihiliste anti-américaine, des bagues amulettes au Viagra et aux bougies parfumées. Les hautparleurs en concurrence des boutiques de CD vociféraient à qui mieux mieux. Le résultat de ce brouet sonore était un mur de bruit blanc pour les oreilles de Barnes... mais qu'y connaissait-il ? Il n'avait jamais été plus loin que Buck Owens.

En dépit du boucan et des odeurs *sui generis*, il avait plaisir à être là. Le soleil avait fini par percer, le ciel était limpide et ses poumons avaient besoin de respirer autre chose que la mort. Dans Telegraph Avenue, tout était synonyme de tabagisme – même si ce n'était pas de la fumée de tabac qu'il inhalait.

À dix-huit ans, au sortir du secondaire – c'est-à-dire à l'Âge de pierre –, poursuivre ses études, dans son milieu, signifiait apprendre à s'occuper des animaux dans une fac locale. Étudiant honnête, mais sans plus, il avait été un bon joueur de football universitaire. Malheureusement, les places étaient rares pour ceux qui étaient « bons, mais ne seraient jamais capables de passer professionnels ». Conclusion : l'armée, ce qui lui convint très bien pendant quelques années. Son temps terminé, ses choix s'étaient réduits à trois possibilités : éleveur, routier ou entrer à l'académie de police. Il avait choisi les forces de l'ordre parce que la perspective lui paraissait plus amusante ; mais, manquant de culture, il avait progressé dans un cadre étroit.

Devenu inspecteur, il avait pris l'habitude de se servir de sa tête, ayant même parfois l'impression qu'elle n'était pas si mal faite. Mais chaque fois qu'il avait à faire dans l'enceinte de l'Université de Californie, il se sentait mal à l'aise. Il n'avait jamais suivi de cours dans une véritable université et le campus de Berkeley avait la taille d'une ville. Avec son propre gouvernement, sa propre police et ses propres règles, explicites ou non.

Tous imposants et parfois aussi accueillants que des bunkers, les bâtiments s'alignaient le long d'allées envahies de feuilles mortes ; le campus lui donnait l'impression d'être un envahisseur débarqué de Mars. Un envahisseur quelque peu décati.

Et tandis qu'il consultait son petit plan pour se diriger, il ne pouvait s'empêcher de remarquer à quel point tout le monde paraissait jeune, ce qui lui donnait l'impression d'être encore plus vieux.

Le labo du Dr Alice Kurtag était installé dans un bâtiment en ciment et brique de cinq étages de style postmoderne, ayant subi des modifications de mise aux normes antisismiques. Berkeley n'était pas directement situé sur la faille de San Andreas, mais comme partout autour de la baie, le secteur n'était pas à l'abri des tremblements de terre et personne ne savait quand se produirait le *Big One* – celui de neuf sur l'échelle de Richter.

Et malgré tout, pensa Barnes, nous faisons semblant. Il entra dans le bâtiment en attirant les regards d'un groupe d'étudiants. Le labo de Kurtag, au troisième étage, était vaste ; mais pas son bureau. Le domaine privé de la dame avait peine à contenir un bureau et deux sièges, mais disposait d'une vue superbe sur la ville et la baie au-delà. Le brouillard s'était dissipé depuis plusieurs heures et le ciel bleu était quadrillé des traînées laissées par les avions.

Kurtag paraissait avoir la cinquantaine ; elle était belle femme, avec des traits accentués et des yeux bruns ; ses cheveux foncés coupés court étaient striés de mèches blondes. Son maquillage se réduisait à un peu de fond de teint et à un rouge à lèvre presque invisible qui humidifiait ses lèvres. Elle portait une blouse verte à manches longues, un pantalon noir et des bottes. Deux petits diamants ornaient ses oreilles. Ses ongles soignés étaient courts.

– Savez-vous s'il va y avoir bientôt une cérémonie ? demanda-t-elle à Barnes d'une voix douce et étonnamment légère.

– Non, docteur. Mais il est certain que quelque chose sera organisé dès que le coroner aura rendu le corps.

– Je suppose qu'il est encore trop tôt pour dire quand ?

Barnes acquiesça de la tête.

– C'est tout simplement affreux. Qu'est-ce qui s'est passé ? Un cambriolage ?

– Je déteste avoir l'air évasif, mais nous ne disposons pas encore de tous les éléments. Je sais que le conseil municipal doit se réunir ce soir à dix-neuf heures. Nous en saurons peut-être davantage à ce moment-là.

– Je l'espère vraiment. C'est très angoissant ! Je travaille souvent tard le soir. Il n'est pas rare que je me retrouve toute seule dans ce labo. La seule idée d'un homme qui guetterait les femmes seules me fait frémir. Et évidemment, pauvre Davida.

– Comment est la sécurité, ici ?

– Vous savez, c'est une fac. C'est plein de gens qui ont une raison d'être ici... et d'autres qui n'ont rien à y faire. La plupart du temps, je suis complètement plongée dans mes travaux et je ne regarde pas tellement autour de moi. Mais cette histoire m'a tellement bouleversée que j'ai le plus grand mal à me concentrer.

– Étiez-vous proches, Davida et vous ?

– Nous l'étions devenues ces derniers temps, à cause de son projet de loi. Aujourd'hui... sans elle pour nous soutenir... je ne sais vraiment pas si nous avons une chance de le faire voter.

– Quand l'avez-vous vue pour la dernière fois ?

– Hier après-midi, répondit Alice Kurtag d'une voix qui s'étranglait. Cela paraît tellement loin, maintenant.

– C'était à quelle occasion ?

– Elle est passée prendre un certain nombre de rapports destinés à des lobbyistes. Elle avait prévu de mettre le paquet à la Chambre cette semaine et avait besoin de toutes les informations scientifiques dont je disposais. Une partie du dossier était prête, mais pas tout. Elle devait repasser cet après-midi prendre le reste.

Sa voix se brisa de nouveau et cette fois-ci ses yeux se remplirent de larmes.

– Je suis désolée, dit-elle.

– Oui, c'est vraiment terrible. Est-ce qu'il vous arrivait de voir Davida en dehors du travail ?

– Avec Davida, répondit Kurtag en s'essuyant les yeux, on était toujours au travail. Qu'elle soit dans une réunion ou dans une soirée mondaine. De temps en temps, quand on venait de bosser pendant de longues heures, on allait au restaurant et ensuite au cinéma. Ni l'une ni l'autre nous n'avons d'enfants nous obligeant à nous précipiter chez nous, expliqua la scientifique avec un sourire triste. Mais nous n'étions pas amantes, si c'est ce que vous sous-entendez.

Barnes se contenta de hausser les épaules.

– Vous a-t-elle jamais fait des confidences ?

– Oui, de temps en temps. Elle m'avouait être inquiète pour ce projet de loi. Elle ne pouvait compter sur la Chambre que si elle avait l'appui de tous les élus démocrates. Certains avaient changé d'avis, mais d'autres lui menaient la vie dure depuis le début.

– De quelle manière ?

– Ils faisaient valoir le coût du projet, disaient qu'il fallait laisser sa chance à l'institut, répondit Kurtag avec un froncement de sourcils. La science, ce n'est pas bon marché. Mais quelle entreprise sérieuse est bon marché ?

– A-t-elle fait allusion devant vous à des craintes qu'elle aurait eues, personnellement ?

Kurtag paraissant intriguée, Barnes reformula sa question.

– Avait-elle peur de quelqu'un ou de quelque chose en particulier ?

– Non, elle ne m'a jamais parlé de quoi que ce soit de ce genre... sauf pour me dire à quel point elle se sentait trahie.

– Trahie ?

– Par ses collègues.

– Lesquels ?

– Je ne me souviens pas. Je rassemble des données, je conduis des expériences, j'écris des rapports, inspecteur. Je ne m'occupe pas de l'aspect politique de la question… Il y avait bien une femme, député… Elaine quelque chose.

– Eileen Ferunzio.

– C'est ça. Davida était furieuse contre elle. D'après ce que j'ai compris, Davida a soutenu une proposition de loi faite par Eileen et comme celle-ci ne lui a pas renvoyé l'ascenseur, Davida s'est sentie totalement trahie. Mais pas un instant elle n'a suggéré qu'Eileen pourrait être dangereuse. C'est absurde.

Barnes se demanda si ça l'était vraiment.

– Nous avons entendu dire que Davida avait reçu des lettres de menace.

– Des lettres de menace ? répéta Alice sans réagir tout de suite. Ah, oui, de la part de ce cinglé du comté d'Orange ? Cela paraissait davantage l'amuser que lui faire peur.

– Vous rappelez-vous le nom de ce cinglé ?

– Harry quelque chose.

– Harry Modell ?

– Oui, répondit la scientifique, l'air ennuyé. Écoutez, si vous savez déjà tout cela, pourquoi me faire perdre mon temps ?

– Nous avons connaissance d'un certain nombre de choses, mais pas de tout. Elle n'a donc pas pris les menaces de Modell au sérieux ?

– Pas que je sache. Elle a mentionné savoir certaines choses sur lui, mais, pour elle, ses menaces n'étaient que des fanfaronnades.

– Quelles choses ? demanda Barnes, intéressé.

– Elle ne l'a pas précisé.

– Du chantage ?

– Oh, s'il vous plaît ! Pourquoi aurait-elle perdu son temps à faire chanter un raté comme ce type ?

Barnes n'en insista pas moins.

– Après que Davida a mentionné ces choses, les lettres de menaces ont-elles cessé ?

– Je n'en sais vraiment rien. Ce n'était pas l'objet de nos rencontres.

– Combien de fois vous a-t-elle parlé de Modell ?

– Deux ou trois fois, pas davantage.

– À quand remonte la dernière ?

– Je n'en ai pas la moindre idée, inspecteur.

– Une semaine, un mois ?

– Plutôt un mois, mais je ne pourrais pas en jurer. Je vous assure que vous attribuez trop d'importance à ça. C'est terminé ? Je suis assez bouleversée comme ça. Il faut vraiment que je me remette au travail.

– Je vous en prie, docteur Kurtag, encore quelques minutes. Davida vous a-t-elle parlé de Minette Padgett ?

La question parut mettre Alice mal à l'aise et elle ne répondit pas tout de suite.

– Vous pensez que Minette aurait pu l'assassiner ?

La franchise de la question de Kurtag surprit Barnes.

– Et vous, qu'en pensez-vous ?

Pas de réponse.

– Davida avait-elle l'intention de rompre avec Minette ? demanda le policier. Avait-elle elle-même une liaison ?

Les yeux d'Alice Kurtag se tournèrent vers le plafond.

– Ce serait plus facile si vous ne posiez qu'une question à la fois.

– OK. Davida savait-elle que Minette la trompait ?

– Elle y a fait allusion. Minette se croit plus fine qu'elle ne l'est. Davida ne paraissait pas y attacher beaucoup d'importance, inspecteur. Elle commençait à se lasser de ses jérémiades.

– Allait-elle rompre ?

– Elle n'en a jamais parlé.

– Savez-vous si Davida avait une liaison avec quelqu'un d'autre ?

– Non, je l'ignore. Franchement, je ne vois pas quand elle aurait eu le temps…

– Je suis désolé de devoir vous poser la question, docteur Kurtag, mais où étiez-vous la nuit dernière ?

Alice ne répondit pas tout de suite.

– Où je me trouve pratiquement tous les soirs. Ici, au labo. Je travaillais.

– Seule ?

– Oui, seule. Qui d'autre travaille jusqu'à deux heures du matin ?

Davida aussi se trouvait à son bureau à deux heures du matin. Barnes garda sa réflexion pour lui.

– À quelle heure avez-vous quitté le labo ?

– Je ne l'ai pas quitté. J'ai dormi ici.

– Où ça ?

– À ma table.

Et Barnes qui trouvait qu'il menait une vie solitaire.

– Passez-vous souvent la nuit ici ?

– Souvent, non, répondit Alice en lui jetant un regard froid. À l'occasion.

– Si je vous ai offensée, dit Barnes, ce n'était pas intentionnellement. Je suis obligé de vous poser des questions délicates, docteur. Je suis en train d'établir un emploi du temps. Vous avez passé toute la nuit ici ?

Kurtag se mit de profil, lèvres serrées, les yeux plissés.

– Oui, toute la nuit, répondit-elle doucement.

– Seule.

– Je vous l'ai déjà dit.

– Vous êtes sûre que personne ne vous a vue ?

Le sourire qu'afficha Kurtag n'avait rien de joyeux.

– Je suppose que cela signifie que je n'ai pas d'alibi ?

– Voyez-vous un inconvénient à ce que je fasse un test de résidu de poudre, docteur ? Juste un produit sur vos mains.
– J'en vois un à cause de ce que cela sous-entend. Mais allez-y. Faites-le. Comme ça, vous partirez plus vite.

10

L'immeuble de la Sécurité publique Ronald Tsukamoto[1] abrite à la fois la brigade des pompiers de Berkeley et les services de la police. S'élevant sur deux niveaux, l'entrée fait penser à une bobine dont le bas aurait été partiellement évidé. De style Arts déco, les deux niveaux, qui forment un demi-cercle, sont percés de grandes fenêtres rectangulaires disposées les unes au-dessus des autres avec la plus grande précision. Le bâtiment est peint dans des couleurs de style purement victorien – bistre clair, avec des parements bleu pâle et blancs.

À l'intérieur, le visiteur doit attendre dans une rotonde où des mobiles multicolores aux formes abstraites pendent du plafond. Un escalier en colimaçon avec une rampe métallique aux éléments fins comme des spaghettis conduit à l'étage. Le bâtiment est clair et propre, avec son dallage en échiquier noir et blanc ; la lumière que laissent passer les grands vitrages est douce et naturelle.

Les espaces de travail rappellent quand même, et tout de suite, qu'on est bien dans un commissariat de

1. Du nom du premier policier d'origine asiatique de Berkeley, tué dans l'exercice de ses fonctions en 1970.

police : murs beiges sans fenêtre, éclairage au néon, box cloisonnés équipés d'un poste de travail sans charme mais fonctionnel. Les matériels n'étaient pas toujours compatibles et certains des ordinateurs, en particulier, étaient de véritables antiquités. Le mobilier de la salle de conférences était constitué de tables en plastique blanches et de chaises en plastique noires ; des cartes du secteur, un calendrier, un tableau noir et un écran vidéo, tel était le décor des murs. Un drapeau américain était dressé dans un coin, le Golden Bear[1] montant la garde dans un autre.

Les services de la police de Berkeley avaient connu une matinée infernale, mais c'était le capitaine qui était en première ligne. À six ans de la retraite, Ramon Torres devait expliquer au maire, au gouverneur et à des électeurs particulièrement revendicatifs que la représentante estimée et aimée de la circonscription avait été quasiment décapitée sans qu'on ait la moindre idée du comment ni du pourquoi.

Petit et trapu, le capitaine avait une peau brune parcheminée et des yeux perçants, d'une nuance plus claire que son teint. Sa tonsure s'agrandissait sournoisement de mois en mois, mais il avait la maigre consolation de se dire que ce qui lui restait de cheveux était encore noir. Il faisait la grimace en lisant les lettres débordant de haine écrites par Harry Modell, le directeur exécutif de Families Under God.

Il les reposa et se tourna vers Isis et Barnes, de l'autre côté de la table. Deux de ses meilleurs enquêteurs, et qu'avaient-ils appris ? Nada.

– Il est clair qu'elles ont été écrites par un personnage sectaire et abject, mais on n'y trouve pas de menaces

---

1. L'ours d'or, symbole de la Californie.

suffisamment explicites pour que nous puissions agir contre lui. Le Premier Amendement ne fait pas la part entre les gens civilisés et les barbares.

– Je ne recommande pas son inculpation, capitaine, dit Barnes, mais Amanda et moi-même pensons que ce serait de la négligence de notre part de ne pas au moins aller lui parler.

– Il a envoyé des lettres dans la même veine venimeuse à plusieurs autres de nos Représentantes au Congrès. Si jamais il arrivait quelque chose à l'une d'entre elles, nous serions dans de beaux draps, ajouta Amanda.

Torres voyait déjà les manchettes d'ici. Les journalistes en train de dégoiser sur lui à la télé et à la radio, son nom devenant synonyme de gros mot.

– De combien de femmes s'agit-il ? demanda le capitaine.

– Au moins deux.

– Pas d'hommes ?

– Aucun jusqu'ici, répondit Amanda, mais l'inspecteur Don Newell, de la police de Sacramento, enquête là-dessus.

– Dans ce cas, nous devrions peut-être attendre qu'il fasse son rapport avant que je débloque les fonds pour vous envoyer à Los Angeles.

– J'ai une raison supplémentaire de vouloir m'y rendre dès cette semaine, capitaine, lui objecta Barnes. L'inspecteur Newell a arrêté deux des enfoirés impliqués dans l'agression contre Davida Grayson la semaine dernière.

– Les œufs…

Barnes acquiesça de la tête.

– Deux crétins, ces Ray et Brent Nutterly ; ils appartiennent aux White Tower Radicals. Leur patron, Marshall Bledsoe, pourrait être en ce moment même à Los Angeles.

— Ah, Bledsoe, dit Torres. Le type soupçonné dans l'attentat à la bombe contre la synagogue, mais jamais mis en accusation. Jeter des œufs, ça paraît un peu léger pour lui.

— C'est vrai, mais Newell est pratiquement certain que les frères Nutterly n'auraient pas agi sans le feu vert de leur patron. Étant donné que Davida Grayson a été assassinée, nous devrions l'interroger. Cela fait deux bonnes raisons d'aller là-bas.

— En effet, admit Torres.

Amanda intervint à son tour.

— Bledsoe est domicilié dans l'Idaho, mais nous avons un mandat pour infractions multiples au code de la route. Sa mère habite dans la San Fernando Valley et c'est bientôt Thanksgiving.

— Il pourrait rendre visite à sa vieille maman... Vous vous êtes déjà renseignés ?

— Nous avons pris contact avec le poste de West Valley de la police de Los Angeles, et ils nous ont rappelés pour nous dire qu'il y avait un pick-up avec des plaques de l'Idaho dans l'allée de la maman. C'était il y a une heure.

— Il y a quatre mois, ajouta Barnes, Modell a déménagé pour s'installer à environ quinze kilomètres du domicile de Bledsoe mère.

— Bien pratique, ça, dit Torres. Les deux se connaissent ?

— Question intéressante.

Le capitaine consulta sa montre.

— Il est trop tard pour que vous ayez le temps de faire l'aller-retour avant la réunion du conseil municipal, même si elle a été retardée d'une heure. De toute façon, si Bledsoe est venu voir sa mère, il ne devrait pas bouger beaucoup. On est en train de vous préparer une liste des questions qu'on va probablement vous poser. Étudiez-la et préparez-vous. Je sais que je n'ai pas besoin de vous le rappeler, mais je vais le faire tout de même : ne pas mentionner les noms de Bledsoe ou Modell. Quand on vous demandera si vous avez des suspects, répondez que vous vous concentrez sur les cas de « personnes intéressantes », comme on dit aujourd'hui. Ces questions réglées, vous pourrez faire vos réservations pour Hollywood Land.

– Merci, bien compris, dit Barnes.

– En attendant, reprit Torres, rendez-vous à la morgue d'Oakland pour voir ce que le légiste a à nous raconter sur Grayson. Le coroner a décidé de pratiquer une analyse toxicologique complète. Étant donné les circonstances du meurtre, un coup de fusil de chasse à bout portant aux petites heures de la nuit, on ne peut pas faire l'impasse sur une histoire de trafic de drogue qui aurait mal tourné. Si on trouve des saloperies dans son sang, les choses vont se compliquer sérieusement. Après, mangez un morceau et ravalez-vous la façade avant la réunion à l'hôtel de ville. Je veux que vous soyez présentables.

– Nous ne le sommes pas ? demanda Amanda.

– Vous, si, mais Barnes n'a pas l'air très frais.

– Je vais me rafraîchir, capitaine, et peut-être même me raser. Quand devons-nous partir pour Los Angeles ?

– Réservez un des vols de sept heures demain matin. Appelez Southwest ou JetBlue et prenez le moins cher.

Il fallut dix minutes à Amanda pour joindre le médecin légiste responsable de l'autopsie de Davida Grayson. Le Dr Marv Williman approchait des soixante-dix ans, mais avait gardé un timbre de voix encore juvénile.

– Inspectrice Isis ? C'est de la transmission de pensée ! J'allais vous appeler.

– Eh bien me voici, répondit Amanda. Will Barnes et moi sommes en route pour passer vous voir.

– J'ai terminé l'autopsie il y a une heure. Ce qui signifie que nous pourrions nous retrouver ailleurs que dans le frigo.

– Ça me va très bien. Je suis habillée chic.

– Hou là là ! s'exclama Williman. Quand Berkeley descend de ses hauteurs... J'ai un petit creux. Que diriez-vous d'un italien sensationnel, Costino, à trois rues de la morgue, plus trattoria que pizzeria ?

– Bonne idée, répondit Amanda avant de noter l'adresse. Nous y sommes dans trente à quarante minutes.

– C'est quoi, cette bonne idée ? demanda Barnes.

– Nous retrouvons le Dr Williman dans un restaurant italien au lieu de la morgue.

– Ça me plaît davantage de le voir jouer de la fourchette que du bistouri. Voilà un moment que je n'ai pas fait un repas digne de ce nom.

– Et c'est quoi, un moment ?

– Dépend de mon humeur.

Les pâtes étaient excellentes, mais Barnes avait tellement faim qu'il commença à s'en apercevoir alors qu'il finissait de nettoyer son assiette. Linguini aux tomates fraîches, basilic, ail, jambon fumé et parmesan. Williman paraissait tout aussi subjugué par son osso-buco. Amanda, qui avait commandé une mini-pizza et une salade, grignotait sans conviction un bout de sa pizza.

– Tu ne vas pas la terminer ? lui demanda Barnes en lui montrant la pizza aux trois quarts intacte.

– Empiffre-toi, lui répondit Amanda. Une tranche, Marv ?

– Comment ? Vous n'allez pas la manger ?

– Je n'ai plus faim.
– Déjeuner trop copieux ? s'étonna Barnes.
– J'essaie juste de perdre un peu de poids.
– Où ça ? dirent les deux hommes en chœur.
– Je le cache bien, répondit-elle en reposant sa fourchette. Alors, qu'avez-vous à dire qui va nous éclairer, docteur Williman ?

Le légiste prit une rasade de chianti avant de répondre.
– En fait, j'ai deux éléments importants à porter à votre connaissance...
– Attendez un instant, l'interrompit Barnes en s'essuyant les lèvres avec sa serviette en papier pour découvrir, avec stupéfaction, qu'il venait de la maculer de sauce. Il prit son carnet de notes et un stylo. Je vous écoute, Doc.

Le médecin commença cependant par prendre dans son porte-documents un résumé du rapport d'autopsie de deux pages agrafées ensemble.
– Je n'ai pas terminé mon rapport, mais je tenais à vous donner ceci tout de suite. (Il les laissa parcourir le document.) Comme vous pouvez le voir, l'analyse toxicologique est négative au chapitre des diverses drogues qu'on trouve dans la rue.
– Ce taux d'alcoolémie est-il normal ? s'étonna Barnes.
– Ah, vous l'avez remarqué. Excellent. Nous l'avons même vérifié deux fois. Cette femme a-t-elle fait la tournée des bars, hier au soir ?
– D'après ce qu'on nous a dit, elle a dîné en compagnie de sa mère, au club de dames de celle-ci ; après quoi, elle se serait rendue directement à son bureau. D'après le serveur, elle serait partie du club vers neuf heures. En dehors du tueur, sa mère est la dernière personne à l'avoir vue vivante.
– Je ne sais pas ce qu'il en est pour vous, mais j'aurais du mal à travailler efficacement avec son taux

d'alcoolémie. Aucune idée de ce qu'elle a pu boire pendant le repas ?

– D'après le serveur, répondit Amanda, c'était plutôt la mère qui avait une bonne descente. Davida n'a pris qu'un verre de vin.

– Eh bien, elle a rattrapé le temps perdu un peu plus tard. Et ce n'était pas accidentel. Son foie en était au premier stade d'une cirrhose bien installée.

Amanda resta un instant songeuse.

– Parmi tous ceux que j'ai interrogés, personne ne m'a dit que Davida buvait. À les entendre, c'était plutôt Minette la poivrote.

Barnes prit la parole à son tour :

– Ceux que j'ai interrogés ont dit de Davida qu'elle passait l'essentiel de son temps à travailler, très souvent seule. Elle buvait peut-être en cachette.

– Toujours est-il que, d'une manière ou d'une autre, elle s'imbibait. Sur un mode régulier.

– Une telle alcoolémie, fit observer Amanda, pourrait expliquer pourquoi elle dormait à son bureau et n'a entendu personne entrer.

– Très juste, acquiesça Barnes. L'idée me plaît.

– J'ai quelque chose à ajouter à ce pataquès, reprit le légiste.

– Laissez-moi deviner, le coupa Barnes. Elle était enceinte.

– Pas loin.

– Elle s'était fait avorter ?

– Non.

– Willie, tu es obsédé par les organes sexuels féminins ! lui lança Amanda.

– Parce que tout le monde est obsédé par les organes sexuels des autres.

– Dans le cas précis, l'inspecteur Barnes a presque tapé dans le mille. Davida Grayson avait une gonorrhée.

Le silence se fit autour de la table. Puis le médecin reprit :

– Je ne vais pas vous dire que c'est une affection qu'il est impossible de transmettre de femme à femme, mais il est considérablement plus fréquent qu'elle le soit d'un homme à une femme.

– Le savait-elle ? demanda Amanda.

– Il n'y avait aucun symptôme externe. Avec les femmes, en particulier, c'est assez courant. Ce qui est pire parce que le temps qu'elles s'en aperçoivent, il y a des dégâts.

– Avez-vous trouvé du sperme ? voulut savoir Barnes. Quelque chose qu'on pourrait envoyer au labo pour une analyse d'ADN ?

– Non, pas de sperme, juste des bactéries, répondit le légiste. Et il fallait un regard d'aigle pour les voir flotter dans le secteur, ajouta-t-il en se frottant les articulations. Bref, pour que vous puissiez m'exprimer votre gratitude, je vous laisse payer l'addition.

11

Le conseil municipal de Berkeley tenait sa réunion dans l'ancien bâtiment scolaire du district, une imposante structure néoclassique blanche de deux étages avec colonnes corinthiennes et surmontée d'une coupole qui, avec la flèche qui la terminait, rappelait à Barnes les casques prussiens de la Première Guerre mondiale. Elle s'élevait à côté du commissariat de police, cette juxtaposition de deux époques, Arts déco et Beaux-Arts, rendant le contraste stylistique plus saisissant.

À huit heures moins le quart, l'auditorium était déjà plein, et les derniers arrivants s'étaient répartis dans deux pièces adjacentes où on avait installé des écrans vidéo.

Après avoir étudié la liste des fausses questions, Amanda se sentait bien préparée. Barnes, en revanche, était nerveux. Les intellectuels l'impressionnaient et tout le monde, à Berkeley, se prenait pour un intellectuel : ils utilisaient des mots compliqués là où d'autres plus simples auraient très bien fait l'affaire et se lançaient dans des considérations sans fin, sautant d'un sujet à l'autre sans jamais parvenir à une conclusion claire.

Mais peut-être était-ce leur objectif : être tellement vagues que le débat se poursuivrait éternellement.

Barnes rencontrait rarement la population locale. À Berkeley, les homicides étaient la plupart du temps des affaires de drogue et ceux qui les commettaient venaient d'Oakland, la vraie ville du comté d'Alameda. Heureusement pour lui, Amanda s'exprimait avec aisance et c'était elle qui devrait se charger de répondre à la plupart des questions.

Ils attendirent leur tour d'entrer en scène dans une pièce à peine plus grande qu'un placard, juste derrière l'auditorium. Les conseillers parlaient sécurité et essayaient de calmer une assistance nerveuse et grondante. Ils se prononcèrent gravement pour davantage de vigilance et de prudence et reconnurent la nécessité « d'une présence policière plus voyante », ce qui provoqua des murmures sur un mode différent.

Une demi-heure avait été prévue pour cette partie-là de la réunion, mais elle avait déjà dévoré une heure. Pas nécessairement de la faute des conseillers, même si tous, sans exception, étaient capables de discourir comme Castro. Ce soir-là, c'était l'assistance qui ne cessait de les interrompre par des questions bien ciblées. Des types à cheveux gris coiffés en queue-de-cheval et des femmes en robes amples maquillées de manière à ne pas avoir l'air de l'être. Des expressions comme « rendre des comptes », « sécurité personnalisée », « on n'est pas à Guantanamo » ne cessaient de fuser. De même que « mal nécessaire », aussitôt contrée par des citations de Che Guevara et de Frantz Fanon.

Amanda reposa sa grille de mots croisés (remplie) sur la table et se pencha vers Barnes.

– Il va falloir comparer nos notes à un moment ou un autre, murmura-t-elle. Chaque fois que j'ai une question à te poser, il y a des oreilles qui traînent.

– Sur des points précis ? demanda Barnes, lui aussi à voix basse.

– Pour commencer, qui t'a dit que Davida travaillait souvent très tard le soir et seule ?

– Sa mère, qui trouvait qu'elle en faisait beaucoup trop.

– Il ne s'agit peut-être que des inquiétudes naturelles d'une maman.

– Minette Padgett a aussi affirmé que Davida travaillait beaucoup trop.

– Là, il pourrait s'agir des reproches d'une amante qui se sent un peu délaissée.

Barnes eut un sourire finaud.

– Et qu'est-ce que tu penses de ça, Mandy : Alice Kurtag, la scientifique qui conseillait Davida pour le projet de loi sur les cellules souches, m'a déclaré qu'elle travaillait de longues heures avec Davida. Que certains soirs, elles allaient dîner ensemble et revenaient bosser dans son labo.

– Hmmm…

– Exactement, dit Barnes. Elle m'a juré qu'il n'y avait rien entre elles.

– Minette s'est-elle jamais trouvée avec Davida et Kurtag durant ces orgies de boulot ?

– Si c'est arrivé, Kurtag n'en a pas parlé. On pourra demander à Minette.

– Kurtag a-t-elle fait allusion aux excès de boisson de Davida ?

– Non, répondit Barnes, soudain frappé par un paradoxe. C'est Minette qu'on décrit comme une alcoolique, mais c'est le foie de Davida qui est en capilotade.

– Elles buvaient sans doute ensemble.

– Ensemble et trop, c'est possible. Personne n'a jamais parlé de Davida comme d'une alcoolique, mais elle tenait peut-être mieux la bouteille.

– Et Minette est plus jeune, fit remarquer Amanda. Il faut lui laisser le temps de développer sa propre cirrhose.

Barnes répondit d'un hochement de tête. Amanda réfléchit quelques instants.

– Imagine que quelqu'un ait su que Davida s'enivrait jusqu'à s'endormir à son bureau. Rien n'aurait été plus facile que de l'abattre pendant qu'elle était dans le coaltar.

– Et qui mieux que personne pouvait savoir que Davida buvait, sinon Minette ? enchaîna Barnes. Le petit copain hétéro de Minette, Kyle Bosworth, affirme avoir quitté l'appartement à deux heures du matin, et le compagnon de Kyle a confirmé que celui-ci était revenu chez eux vers deux heures et quart. Minette aurait eu tout le temps de se rendre au bureau de Davida avec une bouteille et d'attendre que son amie sombre dans le sommeil pour lui faire sauter la cervelle.

– L'hypothèse tient debout, dit Amanda, si nous pouvons faire le lien entre Minette et le fusil de chasse. Reste le mobile.

– Davida avait une chaude-pisse et, d'après le Dr Williman, la contamination est beaucoup plus facile d'un homme à une femme qu'entre femmes. Elle avait peut-être sa propre relation hétéro.

– Ce n'est cependant pas complètement impossible entre femmes, fit remarquer Amanda en élevant un peu la voix.

Barnes porta un doigt à ses lèvres et c'est d'un ton plus bas qu'elle demanda :

– Rien qui suggère que Davida aurait eu aussi un homme dans sa vie ?

– Non, pas encore. Pas la moindre allusion personnelle dans ses courriels, en tout cas.

Amanda se mit à jouer avec ses cheveux.

– De mon point de vue, Willie, il paraît plus logique que ce soit Kyle qui l'ait refilée à Minette, puis Minette à Amanda. Des deux, c'était Minette qui avait tout le temps d'avoir une liaison et, de plus, nous savons qu'elle en avait une.

– Le Dr Kurtag pensait que Davida se doutait que Minette avait une liaison. Davida a peut-être appris qu'elle tenait sa gonorrhée de Minette et a pété les plombs. Lorsqu'elle a voulu rompre, Minette est devenue enragée, elles se sont disputées et boum.

– Minette a été négative au test de traces de poudre.

– Ce qui peut vouloir dire qu'elle s'est très bien lavé les mains. Bon Dieu, j'aimerais beaucoup examiner ses vêtements pour y chercher des traces de sang... ou de poudre.

– Savons-nous seulement si Minette a jamais eu un fusil de chasse entre les mains, ou même si elle sait s'en servir ?

Barnes haussa les épaules, sortit son stylo et son carnet et commença à y griffonner quelques notes.

L'assistante d'un conseiller municipal passa la tête par l'entrebâillement de la porte.

– C'est à vous dans deux minutes, dit-elle.

Les deux inspecteurs se levèrent. Amanda souleva la cravate ficelle de Barnes et la laissa retomber.

– Entre ça et ta boucle de ceinturon style cow-boy de rodéo, c'est comme si tu brandissais une pancarte « Je suis un fouteur de merde », hein ?

– Hé, Miss Haute-Couture, c'est le pays de la liberté, ici. Et c'est toi qui vas parler la plupart du temps. Prête pour être passée à la loupe ?

Amanda lissa sa jupe en laine noire et rentra son chemisier blanc dans sa ceinture.

– Pourrais pas être plus prête.

Pendant qu'ils s'avançaient vers l'estrade, Will redressa sa cravate, mâchoires serrées. Elle n'avait pas voulu le provoquer, ce grand garçon.

– J'aime bien ton hypothèse, Minette picolant avec Davida et lui faisant ensuite sauter la cervelle, lui souffla Amanda. Et moi aussi, je serais très curieuse d'examiner les vêtements de cette femme. Malheureusement, ce n'est pas avec une simple hypothèse qu'on obtiendra un mandat de perquisition pour l'appartement.

Barnes passa une série de possibilités en revue dans sa tête. Sa mâchoire était devenue à présent une vraie piste à roulements à billes.

– Qu'est-ce que tu penses de ça ? L'appartement de Minette est aussi celui de Davida. Nous ne devrions pas avoir de mal à obtenir un mandat pour fouiller l'appartement de la victime. Et si nous trouvions par hasard des vêtements avec du sang et des restes de matières cérébrales dans le siphon du lavabo... eh bien, ce sont des choses qui arrivent, non ?

– Vive le hasard, dit Amanda.

– Et Zapata. C'est le meilleur de tous, non ?

Tout en enfilant son pantalon de pyjama, Will repensait à la réunion du conseil municipal et à la conférence de presse. Amanda avait résumé l'état de l'enquête mieux qu'il l'aurait fait lui-même : en termes clairs et simples, bien choisis mais sans ambiguïtés. Pour ce qui est de calmer les angoisses de la population, le capitaine Torres s'en était sorti assez bien et avait gardé un parfait sang-froid sous un tir de barrage de questions intelligentes ou idiotes.

Son tour était venu ensuite.

Il avait parlé dans le micro avec les petits balbutiements qui proclament à qui veut les entendre qu'on n'est qu'un enfoiré de première. La cravate ficelle et la boucle de ceinturon ne l'avaient pas beaucoup aidé non plus ; le mépris de la salle avait été palpable.

Du coup, il s'était mis à parler d'une voix encore plus traînante, si bien qu'à la fin on aurait dit le Dr Magoo shooté aux calmants.

– Quel ab…

Il s'arrêta. Ce genre d'auto-analyse était bon pour les simplets.

Le téléphone sonna. Parfait. C'était peut-être Laura, cette nouvelle relation qui prenait de la vi… Mais ce fut la voix de Torres qui lui parvint.

– Vous vous rappelez le mandat de perquisition que vous vouliez pour fouiller l'appartement de Davida ?

– Je n'ai encore rien demandé, capitaine.

– Vous fatiguez pas, vous n'en aurez pas besoin. Minette Padgett a appelé le 911 il y a environ vingt minutes. Son appartement a été mis entièrement sens dessus dessous.

– Ils m'ont rattrapée au moment où je rentrais chez moi, dit Amanda. Et toi ?

– J'étais sur le point de me mettre au lit.

Amanda prit l'air excédé.

– Je n'étais pas près de me coucher, moi. Ce trajet pour venir bosser me tue. Je devrais vraiment déménager.

– Tu ne devrais même pas travailler, répliqua Barnes. Bon sang, si j'avais seulement le millième de tout ce fric, je serais sur mon voilier ou en train de jouer au golf, ou…

– Willie, si jamais tu quittais la police, tu serais à cran vingt-quatre heures sur vingt-quatre et sept jours sur sept.

– Je suis déjà à cran vingt-quatre heures sur vingt-quatre et sept jours sur sept ! rétorqua Barnes en parcourant des yeux le désordre qui régnait dans le séjour. Quel foutu merdier !

– Ça, c'est la mauvaise nouvelle. La bonne, lui fit observer Amanda, c'est que nous allons pouvoir, mine de rien, chercher des preuves contre Minette. Alors arrête de faire ta chochotte, collègue, et mettons-nous au boulot.

Barnes prit son appareil photo et commença à mitrailler la scène. Si elle avait été en ordre, la vaste salle de séjour aurait paru très agréable avec ses grandes baies vitrées et son haut plafond. Mais il était difficile de faire abstraction de la pagaille. Les sièges de style Craftsman avaient été retournés, les coussins en madras jonchaient le sol, les étagères en chêne avaient été vidées de leurs livres, deux vases en verre – des objets bon marché, du genre de ceux que les fleuristes offrent avec les bouquets – étaient en miettes par terre.

La seule chose cassée bien visible. Le plan ouvert permettait de voir jusque dans la cuisine. Les portes des placards étaient grandes ouvertes, mais la vaisselle était restée à l'intérieur. Le contenu des tiroirs, en revanche, avait été renversé sur le sol.

Les deux policiers se déplaçaient du mieux qu'ils pouvaient pour ne pas écraser une pièce à conviction sous leurs souliers enrobés d'une protection en papier. L'appartement comprenait trois autres pièces, une grande chambre de maître et deux plus petites de taille identique. La première des deux petites avait été convertie en bureau, la seconde ne contenant que du matériel de gymnastique.

Si l'on oubliait le désordre, la chambre de maître, très spacieuse et aérée, jouissait d'une vue sensationnelle sur la ville et la baie. Le sanctuaire de Davida à l'issue d'une journée frénétique ? Sauf que pour le moment il n'y régnait que le chaos : les vêtements avaient été jetés par terre et les draps arrachés du lit.

Les premiers mots qui vinrent à l'esprit de Barnes furent *mise en scène*. En dépit de ce qu'on a pu voir dans nombre de films, la plupart des voleurs se gardent bien de flanquer la pagaille, parce que la pagaille rend plus difficile de repérer ce qui a de la valeur.

Il adressa un signe de tête à Amanda qui comprit sans qu'il ait besoin d'ouvrir la bouche. Ils se dirigèrent ensemble vers la chambre transformée en bureau et contemplèrent l'averse neigeuse de papiers qui jonchaient le plancher. Mêmes tiroirs vidés, même désordre de dossiers, de cassettes vidéo et de livres ; le fauteuil pivotant était renversé d'une manière qui trahissait le calcul. Barnes ne pouvant faire le moindre pas sans écraser quelque chose avec ses grands pieds, il battit en retraite.

– Y a quelqu'un qui s'est donné beaucoup de mal, dit Amanda.

– Tout ce foutoir et pas une assiette ou un plat cassé ? C'est beaucoup plus facile de ranger des papiers et de redresser un canapé et des chaises que de se taper le ramassage de la porcelaine en morceaux.

– Mais pourquoi Minette aurait-elle fait tout ce cirque ?

– À moins que ce ne soit quelqu'un d'autre qui lui ait tendu un piège, répondit Barnes en réfléchissant à toute vitesse. Peut-être même s'agit-il d'une fouille authentique. Quand j'ai parlé d'Henry Modell à Kurtag, elle m'a dit que Davida n'avait pas peur de lui parce qu'elle savait certaines choses le concernant.

– Quelles choses ?

– Elle ne l'a pas dit à Kurtag. Quand on a affaire à un cinglé, qui sait ce qu'il peut inventer ?

Amanda resta songeuse un instant.

– Toujours possible, mais c'est un peu tiré par les cheveux. Et à moins d'apprendre que Modell traîne dans le secteur, il est en bas de liste.

– Et Minette en tête ?

– Et pas qu'un peu. Je me demande où elle est passée.

– Torres a pris sa déposition et l'a laissée repartir.

– C'est Torres qui se charge de prendre les dépositions maintenant ?

– Témoin important dans le cadre du meurtre d'une personnalité. Elle est supposée aller habiter chez des amis pendant un jour ou deux. Ce qui me va très bien. Nous allons pouvoir passer tout ce bazar au crible sans l'avoir sur le dos.

– Pour combien de temps crois-tu que nous allons en avoir ? demanda Amanda en parcourant la pagaille des yeux.

– Une bonne partie de la nuit. À quelle heure, notre avion pour Los Angeles ?

– À sept heures.

– Je me demande si on ne pourrait pas plutôt prendre celui de onze heures... à condition de ne pas se faire repérer.

Elle sourit.

– Tu prendrais bien un peu de rab de sommeil ?
– Toi aussi. Tu peux venir dormir chez moi, si tu veux. Ça t'épargnera la traversée du pont.
– Je me demandais quand tu allais me le proposer.

12

Le portable de Barnes se mit à gazouiller juste à l'instant où les haut-parleurs, dans un magma sonore, annonçaient un embarquement immédiat. Il alla pêcher le téléphone au fond de sa poche.

– C'est notre vol ? demanda-t-il.

Amanda leva le nez de son livre de poche.

– Non, Phoenix.

– Comment es-tu arrivée à comprendre quelque chose ? On aurait dit un vulgaire bruit de fond. (Il appuya sur le bouton.) Barnes à l'appareil.

– Désolée de vous déranger, inspecteur. Alice Kurtag.

Le policier se coinça l'appareil entre l'épaule et l'oreille et se mit à chercher son carnet de notes.

– Vous ne me dérangez pas du tout, docteur Kurtag. Que puis-je faire pour vous ?

– Je ne sais pas si c'est important ou non, mais vous m'avez demandé de vous rappeler si quelque chose me revenait à l'esprit, n'est-ce pas ?

– Je vous écoute.

– Comme je vous l'ai déjà dit, mes relations avec Davida étaient presque exclusivement professionnelles. Je connaissais à peine Minette et pratiquement aucune de leurs amies.

– Oui, en effet.

– Je doute que ce soit important, répéta la scientifique, mais je me suis rappelé qu'il y a un mois environ Davida est passée au labo avec une amie, une amie de longue date. Une femme avec laquelle elle avait été en classe depuis le collège. Elles avaient l'air… (elle parut hésiter quelques instants)… je ne sais pas comment le dire. Très à l'aise ensemble.

Le sous-entendu était évident.

– Plus que de simples copines de classe ? demanda Barnes.

– Eh bien, elles riaient, elles se touchaient. Évidemment, c'était de vieilles amies.

– Vous rappelez-vous le nom de cette personne ?

– Jane. Je ne me souviens pas si Davida a mentionné son nom de famille. Si elle l'a fait, il ne m'est pas revenu.

Jane. Voilà qui surprenait Barnes. Jane n'avait jamais laissé planer le moindre doute sur son hétérosexualité. Et ce ne fut que pour lever ses derniers doutes qu'il demanda au Dr Kurtag de la lui décrire.

– Grande, mince, jolie, de l'âge de Davida, avec de longs cheveux noir de jais… en vérité, une chevelure tout à fait remarquable. Et peut-être un peu… comment dire… avec pas mal d'heures de vol. Je ne voudrais pas être médisante, mais elle paraissait en avoir bavé.

Aucun doute. Jane, c'était certain, n'avait pas eu beaucoup de chance avec les hommes.

– Pourrait-il s'agir de Jane Mcyerhoff ?

– Oui, c'est ça ! Je m'en souviens à présent, elle m'avait bien dit son nom de famille ! Vous la connaissez ?

– Il s'agit effectivement d'une amie de longue date de Davida. Très bien, docteur Kurtag, merci pour cette information.

Sur quoi, s'en remettant au manuel du parfait inspecteur pour sa dernière réplique, il lui demanda si elle n'avait pas autre chose à ajouter.

– En fait, si.

Mais elle n'ajouta rien.

– Allez-y, docteur, je vous écoute.

– Ce jour-là, Davida m'a dit qu'elles devaient partir toutes les deux faire du rafting dans un canyon pendant deux jours. Davida venait d'avoir une semaine particulièrement chargée et Jane sortait d'un divorce qui s'était très mal passé. Elles avaient l'une et l'autre besoin de se détendre et aimaient ce genre de défi physique. Davida m'avait aussi dit qu'on ne pourrait pas la joindre sur son portable, mais m'avait donné le numéro d'un contact, au cas où j'aurais quelque chose d'urgent à porter à sa connaissance. Ce numéro n'était que pour moi, elle m'avait recommandé de ne le communiquer à personne.

– À qui auriez-vous pu le donner ?

– Étant donné que nous travaillions ensemble si souvent, il arrivait que des gens qui la cherchaient appellent au labo.

– Quels gens ?

– De Sacramento. Ou des amies.

– Quelqu'un de précis ?

Silence.

– Docteur ?

– Minette appelait fréquemment, répondit Kurtag. Huit, dix fois par jour.

– Très fréquemment, même.

– En ce qui concerne cette autre femme, c'était peut-être totalement innocent. Davida profitait peut-être de l'occasion pour passer quarante-huit heures sans être dérangée. Elle le méritait bien.

Le vol d'une heure Oakland-Burbank ne prit pas de retard et, pour leur bonheur, s'effectua sans le moindre hurlement d'enfant. Dès que l'appareil entama sa descente, Barnes se tourna vers Amanda.

– J'ai réfléchi, dit-il.

– Occupation toujours dangereuse, répliqua-t-elle avec un sourire.

– Raison pour laquelle je ne m'y livre pas souvent. À propos de mise en scène... que penser de cette missive anonyme que Donnie Newell nous a montrée ? Des lettres découpées dans une revue et collées sur une feuille par un cinglé ? C'est pas du cinéma, ça ? Il faut absolument en reparler avec Newell.

– Minette se serait mise à harceler Davida ?

– Cette femme paraît beaucoup apprécier qu'on s'occupe d'elle. Elle a peut-être mal supporté que Davida ne prenne pas sa lettre au sérieux.

Amanda fit oui de la tête.

– Ça se tient. Maintenant, en quoi cela ferait-il de Minette l'assassin de Davida ?

Barnes dut admettre qu'il n'avait pas de réponse.

– Nous avons d'autres raisons de vouloir parler à Donnie, reprit-il néanmoins. Il a été le petit ami de Davida au lycée, avant qu'elle ne révèle son homosexualité au grand jour. Tu te souviens de la manière dont il a dit que Davida était un sacré pistolet ? Comment l'interprètes-tu ?

– Cela signifie probablement qu'elle était déchaînée au lit, répondit Amanda en haussant les épaules. Et donc qu'ils ont sans doute couché ensemble. Mais quelle importance ? L'affaire remonte à tant d'années...

– Ce qui m'a frappé, c'est que Donnie se soit souvenu avec autant de précision de leurs relations et ait choisi le moment où elle gisait là, la tête explosée, pour nous en parler.

– Les hommes pensent toujours au sexe.

– Bon, d'accord, mais rappelle-toi aussi ce qu'il t'a dit, que sa femme haïssait Davida. De toute évidence, ils étaient encore en contact, tous les deux.

– Des contacts réduits au minimum, à en croire Newell.

– Sauf que ce qui lui paraissait minimal paraissait peut-être maximal à Minette. Et par ailleurs, étant donné qu'il la connaissait depuis le lycée, crois-tu que Donnie savait qu'elle picolait ?

Amanda se mit à rire.

– Où veux-tu en venir ? lui demanda-t-elle.

– Je ne veux en venir nulle part.

– Mais si, et tu lances le bouchon un peu loin, à mon avis.

– Comment ça ?

– En prenant Newell pour un suspect. Pour commencer, nous savons qu'il était à Sacramento le jour du meurtre, puisqu'elle l'a appelé.

– Exactement. Mais nous ignorons la nature de ce coup de fil… ou plutôt, nous n'en savons que ce que Newell nous en a dit. Qui sait si elle ne lui a pas demandé de prendre le dernier avion et de la rejoindre à son bureau afin de passer un peu de temps avec lui ? D'après Minette, Davida avait prévu d'y rester toute la nuit. Qui dit que c'était pour travailler ? Elle et Donnie sont seuls… ils boivent et…

– Et quoi ?

– Aucune idée. Quelque chose dégénère. Tu sais bien les conneries qu'on peut faire quand on est imbibé.

– C'est ce type que tu n'aimes pas ? Un truc entre vous qui remonterait au lycée ?

– Je le connaissais à peine. Je me souviens vaguement d'un blondinet maigrichon.

Amanda brandit un doigt réprobateur.

– Vous avez l'imagination en surchauffe, inspecteur Barnes. Le manque de sommeil, peut-être.

– Ou le manque de preuves matérielles utilisables dans l'appartement. De toute façon, je tiens à parler de Davida Grayson et Jane Meyerhoff à Newell. Il a laissé entendre que c'était des partouzeuses. Si on rapproche cette remarque de Kurtag nous disant que Davida et Jane ont fait une sortie ensemble sans en parler à Minette, j'en viens à me demander si leur relation était nouvelle ou si ce n'était pas du réchauffé du temps où elles étaient étudiantes. Et je me demande aussi si ce n'est pas à cause de Jane que Davida aurait fait son *coming out*.

– Et comment raccordes-tu tout cela à Newell ?

– Ils ont peut-être partouzé à trois et Davida a découvert qu'elle aimait mieux Jane que lui.

– Et… ?

– Et Newell a pu se sentir menacé.

– Et il aurait décidé de la descendre au bout de… combien ? Vingt-cinq ans ?

Barnes sourit.

– D'accord, c'est tiré par les cheveux. Mais réfléchis un peu. Williman nous a dit que la chtouille était bien plus facilement transmise au cours d'une relation hétéro. Donnie est un homme.

– Tu sais ce que je pense ?

Non. Quoi ?

– Que tu veux interroger Newell dans l'espoir qu'il te donne des détails croustillants sur une partouze à trois.

– Possible, répondit Barnes en éclatant de rire avant de redevenir sérieux. Pas question d'aborder la question de la gonorrhée avec lui dans une simple conversation entre flics... OK, changeons d'approche : une relation sexuelle entre Davida et Jane pourrait expliquer la jalousie de Minette. Jane est revenue à Berkeley il y a seulement un an. Au bout de trois mariages ratés, elle a peut-être eu envie de retrouver quelque chose de sa jeunesse.

Amanda se tourna vers son collègue.

– Tu n'es pas sorti toi-même avec Jane ?

– Euh, ouais, mais pas longtemps.

– Et pourquoi ?

– Elle n'était pas facile à vivre. Impossible d'avoir une conversation tranquille ; avec elle, tout devenait affrontement.

– Ça s'est mal terminé ?

– Non, ça s'est terminé, c'est tout. J'ai arrêté de l'appeler et elle ne s'en est pas plus formalisée que cela.

– Puisqu'il n'y a pas de contentieux entre vous, pourquoi ne pas aller lui demander si elle avait une relation avec Davida au lieu d'aller interroger Newel ?

– Parce que Davida a été assassinée et que je ne sais pas si Jane voudra me dire la vérité. Je peux approcher Donnie différemment.

– De flic à flic... sauf que tu ne peux pas aborder les maladies vénériennes.

Barnes devint silencieux.

– Bon, d'accord, rien de ce que j'ai dit ne tient debout.

– Hé, dit-elle, j'aime bien la manière dont tu fonctionnes dans ta tête et j'essaie juste de mettre un peu d'ordre dans les choses. As-tu vraiment des soupçons pour Newell ?

– Il serait sans doute plus juste de dire qu'il m'intrigue.

Les roues de l'avion touchant le tarmac, une hôtesse se lança dans son baratin habituel en faisant semblant de croire qu'ils avaient choisi leur compagnie. L'annonce terminée, Amanda reprit la parole.

– Jane / Davida, je trouve ça intéressant. Je ne sais pas ce que ça vaut, mais ce n'est jamais mauvais de commencer par les amis intimes.

– Au fait, ce ne serait pas mal de réfléchir un peu à ce que nous allons faire à Los Angeles, d'autant plus que nous voyageons aux frais de la princesse. Qui est notre contact ici ?

Amanda consulta ses notes.

– L'inspecteur Marge Dunn. Elle m'a dit que son lieutenant... Decker... s'intéresse beaucoup à Marshall Bledsoe.

– Quel méfait a encore commis ce merdeux ?

– On a vandalisé une synagogue dans le secteur il y a cinq ans de ça, et Decker a toujours eu l'impression que quelqu'un avait tiré les ficelles.

13

Amanda ne pouvait rien y faire : elle avait le snobisme des natifs de la baie.

San Francisco est une ville ; Los Angeles, un monstre. Les autoroutes s'y étirent sur des kilomètres sans rien qui vienne interrompre la laideur urbaine, sans que la circulation ne semble diminuer un instant.

Au moins, à cette époque de l'année, le ciel était-il bleu et clair et non pas bouché par une chape de brouillard. L'air était pollué mais suffisamment tiède pour que les policiers de Berkeley puissent baisser les vitres de leur petite voiture de location. Cette boîte à sardines devenait asthmatique à la moindre pente. Barnes conduisait, Amanda assurait la navigation. Il leur fallut une heure et quart – dont dix minutes gaspillées à retrouver leur chemin – pour atteindre le commissariat de police de West Valley, bâtiment cubique en brique dépourvu de fenêtres. Plus grand que celui de Berkeley, mais bien moins classe.

Elle ne pouvait pas s'en empêcher, la Miss Moi-je-suis-raffinée. Elle avait beau lutter contre les clichés, impossible de cacher qu'elle venait de la Californie du Nord et qu'elle jouissait d'un statut social élevé.

En dépit de ses efforts pour se concentrer sur l'affaire qui les avait conduits ici, elle n'avait pas eu la moindre idée nouvelle depuis qu'elle et Will avaient débarqué. Ils entrèrent en silence dans le commissariat, où l'inspectrice Marge Dunne les attendait à l'accueil.

La quarantaine, grande, blonde et bien en chair, elle avait de doux yeux noisette et un sourire éclatant. Après les avoir escortés jusqu'à la salle des inspecteurs, elle frappa contre la paroi du compartiment réservé au lieutenant alors que la porte était grande ouverte.

L'homme qui leur fit signe d'entrer était sans doute quinquagénaire, mais en forme. Rouquin, moustachu, des fils blancs dans ses cheveux carotte. Il portait une chemise bleue boutonnée, une cravate de soie corail, un pantalon gris et des richelieus noirs impeccablement cirés. Amanda se dit qu'elle l'aurait facilement pris pour un avocat. Quand il se leva, le haut de son crâne ne fut pas très loin du plafond.

Encore un grand balèze. Plus d'un mètre quatre-vingt-dix. Il lui tendit une énorme paluche couverte de taches de rousseur, puis il serra la main de Will.

– Pete Decker. Bienvenue. Prenez un siège, dit-il en indiquant deux chaises en plastique. Voulez-vous boire quelque chose ?

– Un café m'irait bien, répondit Barnes.

– À moi aussi, ajouta Amanda.

– Le pot est presque vide, je vais en refaire, dit Marge Dunne. Vous aussi, lieutenant ?

– Volontiers, merci, répondit Decker. Et pendant que vous serez là-bas, demandez au répartiteur d'envoyer un véhicule de patrouille vérifier si le quatre-quatre n'est pas de retour chez les Bledsoe.

– Il est parti ? s'inquiéta Barnes.

– Probablement sorti avec maman. Je ne pense pas qu'il quitte la ville avant Thanksgiving.

Decker examinait Barnes et Amanda tout en parlant, mais de manière plutôt discrète. Il croisa ses longues jambes et s'enfonça dans son siège.

– J'ai préféré garder profil bas, reprit-il, pour ne pas lui flanquer la frousse. Il lui suffira de sortir son carnet de chèques et de payer ses amendes... et il sera dehors. Nous espérons qu'il n'est pas assez malin pour le savoir, mais s'il a tué un représentant du peuple, il ne doit pas être aussi naïf que ça. Quels éléments de preuve avez-vous contre lui ?

– Aucun, répondit Barnes.

Decker sourit.

– Ce n'est pas fameux. Nous avons besoin d'un prétexte un peu plus sérieux que des PV impayés pour le soumettre à un interrogatoire.

– Bledsoe est le chef des White Tower Radicals, lui fit observer Amanda. Deux jours avant l'assassinat de Davida Grayson, deux de ses gros-bras lui ont balancé des œufs dessus, sur les marches du capitole. Nous pensons que c'est Bledsoe qui en a donné l'ordre, et peut-être plus.

– Ouais, j'en ai entendu parler, répondit Decker. Les deux types sont sous les verrous, non ? Ont-ils impliqué Bledsoe ?

– Non, mais Bledsoe n'est pas obligé de le savoir, dit Barnes. Si nous arrivons à lui faire suffisamment peur, il crachera peut-être le morceau.

Marge Dunn entra avec les cafés.

– Pas de véhicule dans l'allée, annonça-t-elle.

– Avez-vous autre chose que Bledsoe au programme ?

– Nous souhaiterions interroger un autre personnage, dit Barnes. Une espèce de fanatique du nom de Harry Modell, chef d'un groupe qui s'intitule Families Under

God. Nous avons retrouvé trois lettres parfaitement ignobles qu'il a écrites à Davida.

Amanda prit la parole.

– Si vous préférez régler la question Bledsoe avant que nous allions voir Modell, c'est possible. Nous ferons comme vous voudrez.

– L'arrestation ne peut être faite que par quelqu'un de West Valley et si je dois libérer un inspecteur pour ça, autant que vous interrogiez Modell pour ne pas perdre votre temps en attendant. (Il se tourna vers Marge.) Ton emploi du temps... chargé ?

– Léger comme l'air, répondit-elle. Je peux attendre qu'il se pointe. J'ai juste besoin de ma Thermos de café et de mon iPod.

L'adresse d'Harry Modell était celle d'un parc de caravanes niché au milieu de collines couvertes de chênes, dans un paysage intact. Pas l'ombre d'une structure en dur à l'horizon. La Happy Wandering Mobile Community comptait cinquante emplacements, tous occupés, et les générateurs tournaient à plein régime.

La portion de bien foncier dont Modell était seigneur et maître, à Los Angeles, se réduisait à l'emplacement 34. Son trailer, un TravelRancher jaune à parements blancs, avait sur le toit une parabole tournée vers le sud. Amanda et Barnes escaladèrent les marches de fortune en contreplaqué devant la porte d'entrée et virent des images de télé vaciller à travers une minuscule fenêtre. Barnes frappa, attendit un temps qui lui parut convenable et, n'ayant pas provoqué de réaction, frappa à nouveau.

De l'intérieur, une voix leur dit de ficher le camp.

– Police ! lança Barnes. Nous avons besoin de vous parler, monsieur Modell.

Éraillée et plus forte, la voix lui répondit d'aller se faire foutre.

Barnes souffla et se tourna vers sa collègue.

– On ne peut pas entrer de force, tout de même.

– Ce type paraît âgé, dit Amanda. Nous étions inquiets pour sa sécurité.

– Ça ne va pas…

Mais la brusque ouverture de la porte lui coupa la parole. Assis dans son fauteuil roulant, le vieillard avait un crâne en boule de billard, des yeux jaunâtres enfoncés dans leurs orbites et un râtelier mal ajusté qui cliquetait à chaque mouvement de ses mandibules. Un visage jadis rond à la mâchoire étroite qui s'affaissait à présent par le milieu comme un vieux poivron. Peau granuleuse, bien plus ridée que lisse. Des jambes étiques, mais des bras à la musculature surprenante. Sans doute à force de pousser sur les roues de son fauteuil.

– Monsieur Modell ?

– Qu'est-ce que vous voulez, bordel ?

– Vous parler.

– Et de quoi, bordel ?

– Pouvons-nous entrer ? demanda Amanda.

Modell jaugea la policière.

– Vous, oui, mais pas lui.

– Nous formons équipe, monsieur.

– Eh bien, allez jouer à vos petits jeux.

Modell ne battit pas pour autant en retraite dans la caravane et Amanda vit briller dans ses yeux autre chose que de l'hostilité.

Comme un soupçon de désir. Elle sourit.

– Ah, et pourquoi pas, bordel ! Je me fais tellement chier…

Il fit pivoter le fauteuil de côté pour les laisser entrer.

Les deux inspecteurs eurent l'impression de pénétrer dans une serre. La température devait avoisiner les trente-cinq degrés. Trois humidificateurs diffusaient leur brume dans cet espace réduit, sombre et encombré. Le bon côté de ce microclimat oppressant était la flore disposée sur des tables : des broméliées, des violettes africaines et de superbes fleurs sauvages que ne connaissait pas Amanda.

Elle se mit à transpirer et jeta un coup d'œil à Will. Il enlevait sa veste. Dessous, sa chemise était déjà trempée.

Modell les ignora et roula jusqu'au seul endroit que les plantes n'avaient pas envahi : une table de jeu branlante où s'alignaient des flacons pleins de pilules, un burrito d'une fraîcheur douteuse et la télécommande de la télé. Modell coupa le son, mais laissa l'image. Un vieux film en noir et blanc.

Amanda prit la parole.

– Nous aimerions vous poser quelques questions, si vous n'y voyez pas d'inconvénient.

– J'en vois, répliqua Modell dans les claquements de son dentier. Mais comment arrêter les sbires du GAP ?

– Le GAP ?

– Le gouvernement-athée-païen.

Le vieillard tendit la main vers le bouquet de violettes africaines et en détacha une fleur fanée, froissée comme du papier à cigarette.

Barnes décida d'aller tout de suite au fait.

– Pourriez-vous me dire où vous étiez il y a deux soirs de cela ?

Modell se tourna vers l'inspecteur, les yeux plissés.

– Je ne bouge jamais d'ici. Ai-je l'air de pouvoir aller quelque part ?

– Vous vous êtes installé récemment dans ce parc, lui fit remarquer Amanda.

– Exact, ma petite dame. J'ai vendu ma maison du comté d'Orange, empoché un bénef monstrueux et décidé de consacrer mon temps à faire ce que je fais le mieux : communiquer avec les athées, les réprouvés et les pervers. Dieu sait qu'ils sont assez nombreux pour m'occuper à plein temps.

– Vous communiquez par lettres, dit Barnes.

– Un art perdu, oui. Toutes ces conneries de courriels. À l'époque où j'étais le plus en forme, j'en envoyais trente ou quarante par jour. Aujourd'hui, je suis descendu à cinq. Les mains, ajouta-t-il en exhibant ses doigts déformés. C'est drôlement dommage, il n'y a jamais eu autant de pervers, on dirait.

– À quels pervers avez-vous écrit récemment ?

Modell fronça à nouveau les sourcils.

– Qu'est-ce que la police peut bien avoir à foutre d'un vieux type qui écrit des lettres ?

– Un vieux type qui dirige Families Under God.

– C'est fini, ça. J'ai démissionné il y a deux ans. Votre police n'a pas l'air de se tenir très à jour.

– Pourquoi avez-vous démissionné ? demanda Amanda.

– J'ai commencé à exercer mon ministère il y a trente ans, tout seul. Et c'est devenu un gros truc, répondit-il en hochant la tête. Trop gros. Les membres ont décidé qu'il fallait un conseil d'administration. Pour faire quoi, me demandez pas, mais ces trouducs voulaient m'apprendre comment diriger mon organisation. Alors je leur ai dit d'aller se faire foutre et je suis parti. Une honte, à la grande époque on était très forts contre les pervers. Ce qu'ils fabriquent maintenant, je n'en sais rien et je m'en fous. J'écris cinq lettres à des pervers et Dieu est content. Si vous n'avez pas l'intention de me dire ce que vous voulez, vous pouvez partir. Vous en tout cas. La petite dame peut rester, si elle en a envie… sauf si vous êtes une gouine.

– Vous n'aimez pas les lesbiennes ? demanda Amanda.

– Pourquoi, je devrais ? Ce sont que des homos, que des perverses.

– Avez-vous écrit une lettre au député Davida Grayson ? poursuivit Amanda.

– Ah ah ! s'écria Modell en levant un doigt. Je comprends maintenant pourquoi vous êtes là. La Représentante gouine (grand sourire). Mais c'est dans le nord que c'est arrivé.

– Nous sommes du nord, dit Amanda. Police de Berkeley.

– Vous avez fait tout ce chemin juste pour venir voir un vieux schnoque comme moi ? Je suis flatté, ma petite dame !

– Vous lui avez écrit, lança Barnes.

– Nom d'un foutre oui, je lui ai écrit. Souvent, même. Cette perverse n'était pas seulement une gouine, elle voulait charcuter des bébés à naître pour je ne sais quelles raisons égoïstes.

– Recherches sur les cellules souches, expliqua Amanda.

Modell parut entrer en lévitation sur son siège.

– Recherches mon cul, oui ! Jamais rien de bon ne pourra sortir du charcutage de bébés, ma petite dame, et il n'est pas question qu'en plus on paie ces saloperies avec l'argent de mes impôts (il retomba dans son fauteuil). Ouais, j'ai écrit à cette sodomite, je lui ai dit ce que je pensais de ses saloperies et des gouines. Je lui ai dit tout ce qu'elle devait entendre.

– À savoir ?

– La place des femmes n'est pas dans la politique, ça en fait des perverses comme Grayson. Je ne pleure sûrement pas sur son sort, mais si vous vous imaginez que j'ai quelque chose à voir avec sa mort, vous vous fourrez le doigt dans l'œil et vous êtes aussi crétins qu'elle l'était.

Barnes desserra sa cravate et défit le premier bouton de sa chemise. Amanda lui donna un mouchoir de son paquet et tous les deux s'essuyèrent le front.

– Les politiciens reçoivent tout le temps des lettres d'insultes, dit-elle. Mais les vôtres étaient particulièrement nauséabondes.

– Ma petite dame, je suis un homme nauséabond poussé par Dieu. Je ne le nie pas. Mais, aux dernières nouvelles, on n'arrête pas les gens pour ça.

– On peut arrêter quelqu'un pour violences verbales accompagnées de menaces.

– Je ne l'ai menacée de rien, monsieur. Je lui ai juste dit la vérité… qu'elle allait brûler en enfer pour l'éternité, en deux secondes elle aurait l'air d'un cochon rôti et ses boyaux se mettraient à bouillir comme de la soupe. Je lui ai dit qu'elle était allée tellement loin que Jésus lui-même ne saurait pas quoi faire pour elle. Si vous voulez m'arrêter pour avoir dit la vérité, allez-y, ça me fera une distraction et de la pub, et je pourrai peut-être lancer une autre église. Un site sur Internet, par exemple.

– Quelqu'un peut-il nous confirmer où vous étiez ces deux derniers jours ? voulut savoir Amanda.

– Ma petite dame, je suis flatté que vous puissiez croire que j'aie encore assez d'énergie pour prendre un avion jusqu'à pédé-city afin d'y flinguer cette gouine. La vérité est que j'ai quatre-vingt-quatre ans, que je suis cloué sur ce fauteuil depuis dix ans et que pour moi un jour où je peux me vider normalement les boyaux est déjà un bon jour.

– Vous auriez pu engager quelqu'un, lui fit observer Barnes.

– Je pourrais aller dans une boutique de farces et attrapes, m'acheter un gros nez et aller raconter partout que je suis juif. Écoutez, tous les deux, ce n'est pas parce que j'ai décidé d'utiliser les droits que me donne le Premier Amendement et de dire aux pervers ce que je pense d'eux que je suis obligé de rester coincé ici à écouter vos conneries. Vos supérieurs vont entendre parler de moi. Foutez-moi le camp d'ici avant que je vous passe dessus avec mon fauteuil.

Barnes lança le moteur et le laissa tourner au ralenti pendant qu'il prenait son portable.
– En dehors de la distraction que cela a value à ce vieux salaud, voilà qui a été une colossale perte de temps.
– Il fallait le faire, se défendit Amanda.
Il tripota son téléphone et fronça les sourcils.
– Pas moyen d'accéder à ma messagerie. Zéro réception dans cette décharge.
– Moi qui croyais que tu aimais la campagne.
– Je préfère un vingt-pièces avec vue imprenable. Retournons à West Valley pour voir s'il y a du nouveau sur Bledsoe. À moins qu'on ne casse la croûte avant ? On pourrait manger dans la voiture.
– Se sustenter est une bonne idée, tant que ce n'est pas avec un hamburger.
– Qu'est-ce que tu reproches aux hamburgers ?
– Larry s'est offert un nouveau barbecue. Avec turbo et assortiment de marinades.
– Les grands garçons ont besoin de distractions, non ?
Elle haussa les épaules.
– On va bien trouver des sandwichs quelque part, dit-il. Des Subway, peut-être. Ils ne vaudront pas ceux de Chez Panisse, mais rien ne les vaut.

14

D'un geste délicat, Marge Dunn déballa le Subway dinde et fromage du papier sulfurisé.

– Houla, merci d'avoir pensé à moi. Je commençais à avoir faim. (Elle cala le sandwich dans sa main et en prit une bouchée.) Mmmm… excellent.

– Une idée d'Amanda. Elle est d'un naturel attentionné, dit Barnes.

Ils étaient assis tous les trois dans un véhicule banalisé de la police de Los Angeles, Marge au volant, Will à sa droite et Amanda sur le siège arrière.

– Merci, Naturel-Attentionné, lança Marge par-dessus son épaule.

– C'était bien normal.

Le silence régna quelques instants dans la voiture jusqu'à ce que Barnes reprenne la parole, le ton maussade.

– Vous pensez qu'il va rappliquer ?

– Je ne vois pas pourquoi il partirait s'il est venu passer les fêtes avec maman, répondit Marge après s'être essuyé les lèvres. Et s'il est reparti, cela aura un sens. (Elle se tourna vers Barnes.) J'aime bien votre boucle de ceinture en argent. C'est quoi, la pierre ? Une turquoise ?

– Exactement.

– Très chouette.

– Je l'ai rapportée de Santa Fe. Jamais été là-bas ?

– Souvent, même. Pendant la saison d'opéra, des fois, si ça peut coller avec l'emploi du temps de ma fille.
– Jamais mis les pieds à l'opéra, avoua Barnes.
– Will fait plutôt dans le country et en est resté à Buck Owens, expliqua Amanda.
– Mais moi aussi ! Je suis éclectique. Grande perte, la mort de Buck Owens.
– Dwight Yoakam continue la tradition, fit remarquer Barnes.

Marge finit son sandwich et rangea l'emballage dans un sac en plastique.

– Il swingue, d'accord, mais ce n'est pas pareil. L'opéra de Santa Fe a un côté vraiment spécial. Il est en extérieur, avec une vue splendide sur les montagnes. Certains soirs, les grillons se joignent à la musique, dit-elle avec un grand sourire. Et il arrive qu'ils soient dans le ton ! Il y a aussi de la très belle musique de chambre. Et du country dans certains casinos. Une grande petite ville, question culture.

Barnes jeta un bref coup d'œil à la main gauche de Marge. Pas d'alliance.

– Toute cette région du sud-ouest est magnifique, dit-il.
– Oui, magnifique. Ça nous change de Los Angeles, répondit Marge en se tournant à nouveau. Vous connaissez, Amanda ?
– J'y suis allée une fois. C'est vrai, c'était superbe.
– Et on y mange bien, si mes souvenirs sont exacts.
– Très bien, confirma Marge. Si jamais vous y retournez, l'un ou l'autre, appelez-moi, je vous donnerai quelques adresses de bons restaurants.
– Pas impossible que je le fasse, dit Barnes.

Les deux passagers avant échangèrent un bref sourire, mais cette passionnante conversation fut interrompue par l'arrivée d'un pick-up noir dans la rue. Instinctivement, les trois policiers se tassèrent sur leur siège.

– Attendons qu'ils soient sortis de voiture, dit Marge.

Le pick-up s'engagea dans l'allée. Un homme descendit du côté conducteur en portant plusieurs sacs qui semblaient être d'épicerie. Quelques secondes plus tard, une femme plus âgée ouvrait la portière côté passager. Elle avait une forme de poire, les cheveux gris et se déplaçait laborieusement. Lui avait une tignasse en désordre et une barbe sombre de plusieurs jours. Il portait un tee-shirt blanc, une veste et un pantalon en toile de jean, des chaussures de sport blanches. Elle avait enfilé un long chandail gris par-dessus un col roulé bleu et un pantalon noir en synthétique ; elle avait des chaussures noires aux pieds.

Les mains de Bledsoe étaient occupées – la situation idéale pour procéder à une arrestation.

– Allons-y, dit Marge.

Les trois policiers bondirent hors de leur voiture et tombèrent sur le couple qu'ils prirent par surprise.

– Police, monsieur Bledsoe, ne bougez pas ! aboya Marge.

Dès que Barnes eut débarrassé l'homme de ses paquets, les deux femmes lui placèrent les mains dans le dos et le menottèrent.

– Bonjour, monsieur Bledsoe, reprit Marge. Nous avons un mandat d'arrestation pour de multiples infractions au code de la route.

– Vous vous foutez certainement de ma gueule, répondit Bledsoe d'un ton paresseux.

– Non, monsieur, pas du tout.

Du coin de l'œil, Marge vit quelque chose d'indistinct qui se dirigeait vers son nez. Elle eut un mouvement de recul, ce qui n'empêcha pas des pointes dures d'entrer en contact avec son front. Des ongles acérés. Leur contact fut douloureux.

Amanda empoigna au vol le bras de la vieille dame. L'haleine de Laverne Bledsoe fleurait l'alcool et l'ail.

– Complètement stupide de votre part, dit Amanda en faisant pivoter maman Bledsoe sur elle-même. Vous voilà à présent en état d'arrestation pour agression contre un officier de police.

Laverne réagit en essayant de marcher sur les pieds d'Amanda. Celle-ci recula, mais la chaussure de la vieille dame écrasa tout de même le bout de la sienne. Amanda l'obligea alors à s'allonger par terre, les mains dans le dos, sans y mettre plus de ménagements que nécessaire. Les menottes claquèrent.

Bledsoe, lui, assista à cette scène en restant complètement passif. L'air presque amusé.

– Vous allez aussi arrêter ma mère ?

– On dirait bien, répondit Amanda en remettant sur pied la femme qui protestait violemment.

– Elle a soixante-huit ans.

– Elle a aussi agressé deux officiers de police, lui fit remarquer Barnes.

– C'est du pipeau. Toute cette arrestation est du pipeau.

La vieille dame continuait de jurer, mais son fils restait calme. Marge appela pour demander un véhicule.

Laverne regarda son fils, de la panique dans les yeux. Quand Bledsoe parla, ce fut d'un ton monocorde.

– Calme-toi, m'man. C'est pas bon pour ton cœur.

– Enfoirés ! hurla Laverne. Traiter comme ça une vieille dame !

Barnes vit du sang sur la tempe de Marge.

– Vous avez des pansements ? Elle vous a griffé.

– Ça saigne beaucoup ?

Barnes fit légèrement non de la tête. Lorsque la voiture de patrouille arriva, Amanda raffermit sa prise sur la vieille dame irascible et l'escorta avec précaution jusqu'à ce qu'elle soit calée sur le siège arrière. Les deux flics en uniforme notèrent les détails essentiels de l'incident et repartirent.

– C'était quelque chose, tout de même, dit Barnes.

Marge prit la trousse de secours dans le coffre de la voiture banalisée et Amanda s'occupa de sa blessure.

– Et quand je pense que j'ai pris le temps de me maquiller ce matin. Quel gâchis !

– Vous êtes très bien, la rassura Barnes.

Marge sourit.

– Et votre pied, Amanda, ça va ?

– Ce n'est pas exactement qu'elle soit un poids plume, mais je survivrai.

– Vous traitez ma mère de grosse maintenant ? protesta Bledsoe qui ajouta en voyant que personne ne répondait : Il faut que je la rejoigne. Pour la calmer. Son cœur ne va pas si fort que ça.

– Mais pourquoi était-elle aussi enragée ? demanda Marge.

– Pour commencer, elle en a marre que vous n'arrêtiez pas de me casser les pieds. Ensuite, elle est comme ça. Elle s'énerve vite, en particulier lorsqu'elle a descendu quelques bières.

– C'est combien « quelques » ?

Bledsoe réfléchit un instant.

– Je crois qu'elle a dû vider un pack de six, mais, pour elle, c'est juste un amuse-gueule. Quand elle était plus jeune, elle ne craignait personne.

Une deuxième voiture de patrouille vint prendre Bledsoe pour le conduire au commissariat. Les trois inspecteurs y arrivèrent avant et préparèrent l'interrogatoire.

La cigarette au bec, un café à la main, Bledsoe était affalé, complètement décontracté, sur une chaise raide qu'il paraissait trouver confortable. Décontracté au point qu'il aurait pu être en train de somnoler dans son salon, devant un match à la télé. Marge avait voulu rendre sa liberté à Laverne, mais la vieille dame avait refusé de repartir sans son fils et attendait dans une pièce voisine.

Aucun des policiers n'avait la moindre idée de ce qu'ils pourraient tirer de Bledsoe, mais ils avaient quelques heures devant eux, le temps que soit réglée l'affaire des contraventions. Un tribunal devait faire leur total et déterminer les pénalités de retard à ajouter. Étant donné ses refus répétés de payer, avec un peu de chance il y avait de la prison ferme à la clef pour Bledsoe.

Comme ils étaient sur le territoire de Decker, Barnes et Isis devaient passer par le lieutenant. Le grand balèze décida de commencer lui-même l'interrogatoire avec Barnes ; après quoi, les deux femmes prendraient le relais si cela en valait la peine. Decker ouvrit la porte et alla s'asseoir en face de Bledsoe. Barnes se plaça à sa droite.

– Alors, Marshall, ça boume ?

– Comment va ma mère ?

– Elle t'attend.

– Il faut qu'elle mange quelque chose. Son taux de sucre fait le yo-yo.

– Elle a déjeuné. Aux frais du contribuable.

– Tout ce qu'on peut piquer à ce gouvernement illégitime est bon à prendre, répondit Bledsoe en hochant la tête. Pourriez pas avoir l'obligeance de me dire ce qui se passe ?

– Tu es un conducteur lamentable, répondit Decker. Tu as accumulé un paquet de contraventions de la ville, du comté et de l'État.

– Vous savez bien que tout ça, c'est rien que des conneries, dit Bledsoe toujours sans aucune passion dans la voix. Pour que la police vienne me cueillir chez moi, c'est qu'il doit y avoir quelque chose de plus important.

Decker se laissa aller dans le siège.

– Et quelle est cette chose importante que tu saurais ?

Bledsoe écrasa son mégot avant de répondre.

– Je ne suis pas obligé de vous répondre, bande de clowns. J'ai juste à appeler mon avocat et je sors.

– Aucune curiosité ?

– Qu'est-ce que je suis supposé savoir ?

– Exactement.

– Hein ?

– C'est compliqué, dit Decker.

Cet échange laissa Bledsoe perplexe, mais il s'efforça de ne pas le montrer. Decker adressa un signe de tête à Barnes, qui s'inclina vers Bledsoe.

– On te connaît comme meneur, Marshall. Tu donnes des ordres, tu n'en prends pas.

Bledsoe haussa les épaules.

Ce fut au tour de Decker de se pencher en avant.

– Une synagogue a été profanée il y a quelques années. Le type qui a payé les pots cassés était un abruti du nom d'Ernesto Golding. Sans conteste un preneur d'ordres.

– Et à quel groupe appartenait-il ?

– Les White Tower Radicals, répondit Decker à tout hasard. Une organisation chère à ton cœur et dont tu es très proche.

Bledsoe sourit et se tripota la barbe.

– Si vous voulez savoir si j'en suis membre, je plaide coupable. J'en suis même fier. Mais que vous me parliez de ceci ou de cela, de cette taule juive ou d'autre chose, ce n'est pas moi.

— Je n'ai jamais dit que c'était toi. L'ai-je dit ?

Bledsoe garda le silence.

— Je te crois, Marshall. Tu sais pourquoi ? Parce que pour une chose de cette importance... vandaliser une « taule juive »... Ernesto a dû prendre ses ordres auprès d'un type placé plus haut que toi.

Marshall cligna des yeux.

— Et qui donc ?

— Ricky Moke...

— Ricky ? s'exclama Bledsoe en éclatant de rire. Sûrement !

— Mais si, c'est lui, Marshall.

Bledsoe rit à nouveau.

— Vous autres, flics, n'êtes vraiment au courant de rien ! Moke est mort. Il a été bouffé par un ours.

— Non, par un puma.

— L'un ou l'autre, il a été de toute façon transformé en merde d'animal. Et avant ça, ce n'était qu'un *peon*.

— Ce n'est pas ce que j'ai entendu dire.

— Alors ce que vous avez entendu dire est de la merde.

— De toute façon, reprit Decker, Ricky n'est plus là. Veux-tu dire que c'est maintenant toi le grand patron ?

Bledsoe commença à sourire, se figea et garda à nouveau le silence.

— Quel effet ça faisait, insista Decker, de voir un type comme Moke remettre en question ton autorité ?

— Tu parles ! souffla Bledsoe avec mépris. C'était rien qu'un *peon*.

— Dans ce cas, corrige-moi, Marshall. Dis-moi ce que tu sais de l'affaire de la synagogue. Remets les pendules à l'heure.

— Je ne sais rien du tout là-dessus, je me suis jamais occupé de ça. Et vu que Moke est mort et que Golding s'est fait descendre depuis, vous ne saurez jamais ce qui s'est vraiment passé.

— Si tu n'étais au courant de rien, comment se fait-il que tu saches que Golding est mort, en plus d'avoir été arrêté ?

Bledsoe claqua des lèvres, mais ne répondit pas.

— On peut faire un pas de deux comme ça pendant un moment, Marshall, tu n'en es pas moins dans la merde. À ce stade, un peu de renfort ne te ferait sans doute pas de mal.

Bledsoe eut un rire bref.

— Permettez-moi de mettre les choses au point, mon vieux. Je n'ai jamais vandalisé de cabane à youpins dans le coin, c'est la pure vérité. En théorie, si j'avais été impliqué, ça n'aurait pas été pour vandalisme. Un truc aurait explosé et vous pouvez parier tout ce que vous voulez qu'il y aurait eu des youpins dedans... encore mieux s'il y avait eu des jeunes...

La chaise disparaissant de dessous ses fesses, il se retrouva brutalement par terre.

— Bordel, qu'est-ce que...

— Désolé, j'ai trébuché sur ta chaise, dit Decker en échangeant un coup d'œil avec Barnes, qui ne broncha pas.

Puis le lieutenant se tourna vers Bledsoe, lui adressa un sourire sec et releva la chaise.

— Hé, Marshall, rassieds-toi. Qu'est-ce que tu disais déjà ?

L'homme se releva, essuya son pantalon, mais resta dans son coin.

— Assieds-toi, répéta Decker en souriant toujours.

— Je préfère rester debout.

— Assieds-toi.

Cette fois, il y avait de la menace dans le ton. À contrecœur, Bledsoe reprit place sur la chaise.

– Bon, reprit Decker, il est possible que tu n'aies plus de témoins dans l'affaire de la synagogue, mais l'inspecteur Barnes ici présent a de très bonnes nouvelles pour nous. Ses témoins contre toi sont encore en vie, eux.

– Des témoins contre… (Il plissa le front.) Qu'est-ce que vous me racontez ?

– Deux comiques des White Tower Radicals, intervint alors Barnes. Ils t'ont collé l'affaire Davida Grayson sur le dos.

– Qui ça ?

– Allons, allons, nous savons très bien que c'est toi qui as donné l'ordre de la liquider, dit Barnes. Et nos deux rigolos sont en garde à vue, tout juste s'ils se battent pas pour témoigner contre toi.

– Mais bordel, qui c'est cette Davida Grayson ?

– La Représentante d'une circonscription de Berkeley. Retrouvée il y a deux nuits morte dans son bureau. On lui avait explosé la tête.

L'expression d'incompréhension qu'afficha Bledsoe porta un coup au moral de Barnes, tant elle était authentique. Il fallut un moment à cet enfant de salaud pour retrouver la parole.

– Euh… mais c'est arrivé dans le nord, ça, non ?

– Oui, répondit Barnes. J'appartiens à la police de Berkeley.

– Vous n'êtes pas dans votre juridiction ici.

– Mais moi, si, dit Decker. Vandaliser une synagogue est une chose, Marshall. Mais abattre une élue du peuple, c'est balancer ta merde à un tout autre niveau.

– Nous ne pouvons pas t'aider, enchaîna Barnes, si tu ne commences pas par t'aider toi-même. Et pour t'aider toi-même, tu pourrais déjà nous raconter ce qui s'est passé.

L'homme se renfonça dans son siège.

– Je ne sais absolument pas de quoi vous parlez, bordel. Honnêtement, ajouta-t-il en croisant les bras. C'est vous qui me balancez de la merde dessus en essayant de me faire croire que c'est du parfum.

– Et pourquoi on ferait un truc pareil ?

– Parce que vous êtes des clowns et que c'est tout ce que vous savez faire. Et je peux vous dire quelque chose : vous et vos patrons juifs, vos jours sont comptés.

– Voyons, Marshall, pourquoi perdrions-nous notre temps à venir ici si on n'était pas sûrs de notre coup ?

– Parce que vous avez peur de moi et de ce que je représente. Je ne sais absolument rien sur cette gouine.

– Comment sais-tu qu'elle était lesbienne ?

– Je sais lire, Toto. Et qui sont ces pédés imaginaires qui m'ont chargé ?

– Tes mickeys, Marshall.

– Qui ça ?

– Ray et Brent Nutterly.

– Oh, bordel ! s'exclama Bledsoe en prenant un air affligé. Ces deux crétins ! Ils vous ont raconté que j'avais quelque chose à voir avec le massacre de cette grosse gouine ?

Ni Barnes ni Decker ne répondirent.

– J'ai passé toute la semaine dernière avec ma mère ! Il n'y a que deux jours qu'elle a été descendue, non ? C'est vrai, je suis un superhéros pour les gens, mais même moi je ne peux pas être à deux endroits à la fois. (Il eut un sourire rusé.) L'année prochaine, peut-être. Je travaille mes superpouvoirs.

– Où étais-tu il y a deux nuits de ça ?

– Je vous l'ai dit, avec ma maman.

– Ça ou rien c'est pareil, vu qu'elle mentira pour ton compte, dit Barnes. Recommençons. Où étais-tu il y a deux nuits et que faisais-tu ?

Bledsoe se mit à taper du bout du pied.

– Voyons, voyons… Euh, la nuit dernière… (Il claqua des doigts.) Nous avons regardé un DVD : *Menteurs effrontés*… (Il rit.) Vous devez en savoir un bout là-dessus, tous les deux.

– Pas la nuit dernière, l'autre avant, dit Barnes.

– OK, OK… euh… laissez-moi réfléchir.

– T'as intérêt à nous sortir du sérieux, Marshall, lui conseilla Decker.

Nouveau claquement de doigts.

– J'ai amené ma mère au restaurant. Au Cody's Family. J'ai payé avec une carte de crédit. Même pour des clowns comme vous, ce sera facile de vérifier.

– Vous y étiez à quelle heure ? demanda Barnes.

– Neuf heures… peut-être un peu plus tôt. Il n'y avait presque personne. La serveuse s'appelait Kris. Gros nichons, une mocheté. Rien d'autre ?

– Si. Qu'est-ce que vous avez mangé ?

Bledsoe se mit à rire.

– Un cheeseburger au chili avec des rondelles d'oignon et une bière. Ma mère a pris pareil, sauf les frites allumettes à la place de l'oignon. Elle adore les frites allumettes.

– Et après dîner, qu'avez-vous fait ?

– On est rentrés à la maison, on a bu deux ou trois canettes… on a un peu regardé la télé. Je crois que j'ai dû me mettre au pieu vers minuit.

– Qu'est-ce que vous avez regardé ? demanda Barnes.

– Euh… un vieux film avec Robert Mitchum et une chouette nana de l'époque. Une connerie. J'ai éteint avant la fin. Je peux y aller maintenant ?

Barnes resta stoïque, mais l'alibi était fichtrement trop précis. Il était furieux. Une fois confirmée la présence de Bledsoe à Los Angeles à neuf heures du soir, il lui aurait été difficile, sinon impossible, de parcourir plus de six cents kilomètres, de commettre le meurtre aux petites heures du matin et de revenir. Il y avait bien les avions, mais Bledsoe avait une tête dont on se souvenait et ce serait facile à vérifier. Mais il pouvait avoir donné l'ordre de tuer Grayson et n'était donc pas dédouané pour autant. Cela dit, Barnes et Isis n'avaient aucun élément pour poursuivre l'enquête sur lui.

– Comment savais-tu qu'Ernesto Golding s'était fait descendre ? demanda Decker.

– Les bonnes nouvelles voyagent vite.

Pour la deuxième fois, Decker donna un coup de pied et la chaise disparut de sous le postérieur de Bledsoe. Celui-ci jura et se releva en essuyant une fois de plus son pantalon.

– Mais merde, enfin ! C'est pas en continuant de me persécuter comme ça que vous ferez avancer vos putains d'affaires ! Je n'ai rien à voir avec sa mort ni avec celle de la gouine !

– Alors comment savais-tu qu'Ernesto Golding s'était fait descendre ? répéta Decker.

– Je connais la conne qui lui a réglé son compte.

– Son nom ? dit Decker en faisant balancer une jambe.

– Ruby Ranger. Elle en a pris pour perpète, ce qui est pas plus mal pour elle. Je crois qu'elle aussi, elle aime les filles. Doit y en avoir partout. (Grand sourire.) Ça en fait une de moins.

On frappa à la porte. Marge entra et tendit une feuille de papier à Decker qui la lut et fit oui de la tête.

– Ta comparution immédiate est pour dans deux heures, Marshall. On va te placer en cellule en attendant et, le moment venu, on te remettra les menottes pour te conduire au tribunal. Quand tu auras réglé tes amendes, avec un peu de chance il te restera assez de fric pour te payer un taxi. Évidemment, tu peux toujours revendre ton quatre-quatre. Tu n'en auras pas besoin puisque ton permis sera suspendu.

Bledsoe eut un sourire mauvais.

– Vous vous foutez vraiment de ma gueule.

– Trois PV pour excès de vitesse, dont deux pour très grand excès.

– Quel cinéma !

– Sans compter tous tes stationnements illégaux. C'est quoi ton problème, Marshall ? T'as du mal à lire les panneaux ?

Quelque chose dans le regard de Bledsoe fit comprendre à Barnes que Decker venait de toucher un point sensible.

– Le total de ce que tu dois payer pour rester dehors s'élève à cinq mille six cent vingt dollars.

Bledsoe foudroya le policier du regard en grommelant quelque chose.

– Enfoiré de youpin de mes deux…

La jambe de Decker se détendit une troisième fois ; Bledsoe s'effondra sous son propre poids et se retrouva par terre. La bave aux lèvres, il regarda de nouveau le lieutenant.

– Je te ferai foutre à la porte pour ça.

Decker se mit à rire.

– Génial. Des vacances ne me feraient pas de mal.

15

Une fois Bledsoe dûment escorté hors de la salle d'interrogatoire, Barnes referma la porte.

– Un peu rugueux, non ? dit-il à Decker à voix basse.

Le lieutenant soutint son regard.

– Qu'il dépose plainte ! Je pensais ce que j'ai dit.

Barnes laissa tomber. Pourquoi se mettre à dos quelqu'un qui l'aidait ? D'autant qu'il avait lui-même été confronté à des situations semblables.

– Si Bledsoe prend une peine de prison ferme et si son alibi ne tient pas, je vous appellerai, promit Decker. Vous et votre collègue pourrez faire une nouvelle tentative pour lui tirer les vers du nez. (Le policier eut un sourire froid et lissa les poils roux hérissés de sa moustache, qui se redressèrent aussitôt.) Il vaudra mieux que ce ne soit pas en ma présence, poursuivit-il. Marshall n'est pas mon interrogatoire le plus réussi.

– Je n'y ai rien trouvé à redire, lieutenant. Merci du coup de main.

Decker s'étira. Ses mains effleuraient le plafond.

– Je vais vous dire. Je l'ai un peu malmené et je n'en ai pas le moindre regret. Je sais qu'il est responsable de quelques coups tordus dans le secteur. Mais je trouve que son alibi est trop détaillé et qu'il tient la route ; si son horaire se vérifie, vous aurez beaucoup de mal à l'impliquer.

— Je me suis fait le même raisonnement, admit Barnes.

— Le Cody est à une vingtaine de minutes d'ici, reprit Decker. Marge vous expliquera comment vous y rendre.

— Merci. Nous tâcherons de retrouver Kris la serveuse, et de voir ce qu'elle a à nous raconter. Et même si elle confirme son alibi, on ira vérifier aux aéroports s'il n'a pas fait un aller et retour San Francisco.

Les deux hommes quittèrent la pièce.

— J'aurais bien aimé que ça marche pour vous, dit Decker en sortant. Un meurtre, ça brouille le jeu, et ce type devrait être mis hors d'état de nuire.

— C'était de toute façon tiré par les cheveux comme hypothèse, lieutenant. Jeter des œufs sur quelqu'un c'est loin, très loin, de lui faire sauter la cervelle. (Il tendit à Decker sa carte de visite professionnelle.) Si je peux vous renvoyer l'ascenseur, n'hésitez pas.

— Entendu. Et demandez à Marge Dunn de vous donner la sienne... juste au cas où vous auriez besoin d'autre chose.

— Je n'y manquerai pas. Juste au cas où.

Kris, une blonde d'une trentaine d'années à la forte poitrine et au visage pas spécialement désagréable, de l'avis de Barnes, se souvenait des Bledsoe mère et fils. Et comment les aurait-elle oubliés ? Le fils était un enfoiré de première et la mère jurait comme un charretier mal luné.

— Ils m'ont laissé un dollar de pourboire sur une note de vingt en ayant l'air de penser que j'avais beaucoup de chance.

– Vous rappelez-vous l'heure à laquelle ils sont partis ? demanda Amanda.

Kris se mit à faire tourner dans ses doigts une mèche un peu trop jaune.

– Tard, à peu près dix heures. Je me souviens de m'être dit que quand j'en aurais fini avec ces deux enf... ces deux clients, ma journée serait terminée. J'étais déjà plus ou moins partie.

– Merci d'avoir répondu à nos questions, dit Barnes.

– Pas de problème. Pourquoi, il a des ennuis ?

Barnes haussa les épaules.

– Il en a sûrement. Sans quoi, pourquoi la police viendrait-elle poser des questions sur lui ? Mais je ne suis pas surprise. Il avait un comportement bizarre.

– Bizarre comment ?

Kris se mit à hocher la tête.

– Il regardait souvent par-dessus son épaule.

– Vraiment ? dit Barnes.

– Oui, enfin, si l'on veut, répondit Kris en hochant de nouveau la tête. En quelque sorte. Ou alors c'était peut-être qu'il avait faim et qu'il trouvait qu'on mettait trop de temps à le servir.

– Vous devriez être dans la police, fit remarquer Amanda.

– C'est gentil, merci, dit la blonde opulente en exhibant des dents bien blanches et bien droites. Je regarde beaucoup les feuilletons policiers à la télé, *New York Unité Spéciale* en particulier. Christopher Meloni est trop mignon.

L'avion venait à peine de décoller lorsque Amanda ferma les yeux et s'endormit. Son état de béatitude dura peut-être un quart d'heure, jusqu'à ce qu'une turbulence la réveille en sursaut. Une hôtesse invitait les passagers à retourner à leurs sièges et à attacher leurs ceintures. Amanda se tourna vers sa gauche et vit Will agripper ses accoudoirs au point d'en avoir les articulations blanches. L'avion rebondissait sur les vagues d'un océan d'air et son collègue avait pris un teint verdâtre.

– Les turbulences ne sont pas dangereuses, dit-elle.

– C'est ce qu'on raconte.

– Non, c'est vrai. Tu devrais voir ça dans un petit jet. Un bouchon dans un torrent. On finit par s'y habituer.

Barnes se tourna vers elle.

– Heureusement, je ne risque pas d'avoir ce problème, Dieu merci.

– Hé, combien de fois je t'ai proposé de faire un petit tour quelque part gratis ?

– Je déteste l'avion.

– On peut manger tout ce qu'on veut.

La grande main de Will s'agrippa à son estomac. Houla, ce n'était pas ça qu'il fallait dire. Elle garda le silence. Bientôt les secousses cessèrent.

– Vraiment, reprit-elle alors. Tu devrais venir faire un tour avec nous un de ces jours.

– Trop riche pour mon sang, dit-il.

Amanda ne répondit pas.

– Ne te vexe pas, Amanda.

– Je vais me gêner ! Se vexer est du registre du droit divin, même pour les friqués. (Elle brandit un index accusateur vers lui.) Et ce n'est pas très malin de ta part de ne pas te mettre dans mes petits papiers, en particulier après avoir pris un rancart avec cette grande bringue blonde. Tu pourrais avoir besoin d'aller à Los Angeles. En avion.

Barnes rougit.

– Nous n'avons pas pris rendez-vous…

– Vous avez échangé vos numéros, William. T'appelles ça comment ?

– C'était juste une question de courtoisie…

Amanda éclata de rire. La rougeur de Will était hilarante : du vert, il était passé au rose. Son collègue était un véritable sapin de Noël, aujourd'hui.

– Je l'ai trouvé très sympa, si mon avis t'intéresse, dit-elle. Et elle connaît indubitablement son boulot.

– Je t'assure, Amanda, c'était juste de la courtoisie.

– Tu ne vas pas la rappeler ?

– Je n'ai pas dit ça. Si l'occasion se présente…

– Tiens, pardi.

– On pourrait pas laisser tomber ?

Le signal « Attachez vos ceintures » s'éteignit. Barnes se détendit un peu. Il n'avait rien contre ce genre de prises de bec amicales, mais il avait envie de se concentrer de nouveau sur la raison de leur déplacement.

– Si on parlait plutôt de l'affaire qu'en principe nous sommes payés pour résoudre ?

– Mister Bourreau-de-travail, répliqua-t-elle. Ouais, tu as raison. À présent que Bledsoe et Modell viennent de dégringoler tout en bas de notre courte liste de suspects, je ne me sens plus si maligne. Je crois que ça nous ramène dans un cadre traditionnel : un proche de Davida.

Barnes fit oui de la tête.

– Et quelqu'un d'assez proche pour savoir qu'elle buvait en cachette. La question est de savoir qui, parmi ses amis des deux sexes, elle a pu foutre à ce point en pétard contre elle ?

– On ne peut pas ignorer la gonorrhée. Qui la lui a refilée, à qui elle l'a refilée. Il faut parler à Minette demain et découvrir si elle savait Davida atteinte. Si elle l'ignorait, elle devra passer des examens. Et s'ils sont positifs, il faudra trouver qui l'a transmise à Davida, ne serait-ce que pour une question de santé publique.

– Et si Minette l'a aussi, enchaîna Barnes, il faudra déterminer si c'est elle qui l'a transmise à Davida ou le contraire.

– Tu as eu un entretien avec l'ami de Minette... comment s'appelle-t-il, déjà ?

– Kyle Bosworth.

– Un coupable potentiel ?

– Pour quel mobile ?

– C'est peut-être lui qui a filé la chaude-pisse à Minette, qui l'a filée à Davida. Davida s'apprêtait peut-être à aller raconter les infidélités de Kyle à son petit ami, et peut-être que Kyle l'a tuée pour la faire taire. Quand les gens mènent des vies aussi compliquées, n'importe quoi peut arriver.

– À en croire ce que nous ont raconté les gens sur Davida et Minette, je ne vois pas Kyle se formaliser beaucoup de ce genre d'indiscrétions.

Amanda resta songeuse.

– Et qu'est-ce que tu penses de ça, Will : Alice Kurtag t'a dit qu'elle soupçonnait Davida d'avoir une liaison avec Jane Meyerhoff. Ne m'as-tu pas dit que Jane avait été mariée je ne sais combien de fois ?

– Trois. C'est Donnie Newell qui l'a précisé.

– Ce qui est intéressant, c'est que Jane a eu des relations sexuelles avec des hommes.

Barnes sentit ses joues se mettre à le brûler et il détourna les yeux, mais Amanda parut ne rien remarquer.

– C'est peut-être Jane qui a attrapé la chtouille et qui l'a refilée à Davida, qui l'a refilée à Minette, qui l'a refilée à Kyle. Ce serait une raison pour que Minette ait été furieuse. Outre que c'était une preuve de l'infidélité de Davida.

– Infidélité supposée. Et Minette ne se prive pas d'être infidèle de son côté.

– Elle se trouve des excuses : Davida travaille tous les jours, elle la laisse en état de manque. Davida, de son côté, n'a aucune excuse. Que Minette ait choisi un homme pourrait être sa manière à elle de faire semblant de croire que ça ne compte pas.

– Un peu tordu. Et pas mal narcissique.

– Elle a un côté comédienne, Will. Du genre à téléphoner dix fois par jour. Et peut-être à mettre en scène le saccage de son appartement. Mais le fait est que Minette ne manquait pas de raisons d'en vouloir à Davida. Et qu'elle avait des chances de savoir qu'elle buvait. Qui mieux qu'elle pouvait s'introduire en douce et lui exploser la tête ? Si on ajoute à cela le fait que Davida devait dormir, on peut penser qu'une femme est l'auteur du meurtre.

– Et pourquoi ?

– Nous sommes du genre à faire nos coups en douce.

– Si tu continues, s'indigna Barnes, je t'accuserai de comportement sexiste au prochain conseil de vérité de Berkeley.

– Par pitié, collègue, pas ça !

Les deux policiers éclatèrent de rire.

– Tu ne trouves pas Minette trop fluette pour manipuler un fusil de chasse ?

– Parle-moi de sexisme ! Non, je ne pense pas. Il suffisait d'appuyer une fois sur la détente.

– Aucune trace sur les mains, fit observer Barnes, qui ajouta lui-même l'objection : elle se les est peut-être lavées à fond.

– Si c'est Minette qui a tiré, cela expliquerait aussi le sac de l'appartement. Quel meilleur moyen de détourner les soupçons que de se faire passer soi-même pour la victime d'un crime ?

Barnes garda le silence.

Au bout de quelques minutes, Amanda lui demanda ce qu'il avait en tête.

– Ton hypothèse tient debout, Mandy.

– Avant d'aller lui parler, on devrait poser des questions autour d'elle. Vous devez bien avoir quelques relations en commun, non ?

– Pourquoi ?

– On dirait que tu connais toutes les personnes dont le nom apparaît dans cette affaire.

– Ah, Sacramento, dit Will. Une petite ville, au fond. Tout le monde fréquentait le même établissement public. Même les gosses de riches comme Davida et Jane se retrouvaient au lycée avec les types ordinaires comme nous. Leurs pères possédaient des ranchs, les nôtres y travaillaient... tu vois vraiment la main d'une femme là-dedans ?

– Pourquoi pas ?

– Moi, j'ai l'impression d'un meurtre commis par un homme. Froid, calculateur, précis.

– Davida n'avait pas beaucoup d'hommes dans sa vie, objecta Amanda.

– Quelques-uns tout de même... à commencer par Donnie Newell.

– Encore lui ?

– Je ne dis pas qu'il a fait le coup. Mais ils ont été suffisamment proches, à une époque, pour que Donnie en parle comme d'un sacré pistolet... Elle et Jane... (Barnes paraissait hésiter.) Je ne suis pas obsédé par le sexe. Pas en ce moment. Je dis qu'il pourrait s'agir de quelque chose qui remonte à longtemps. Et puisqu'on parle d'hommes, le dernier divorce de Jane a été un vrai massacre.

– Comment le sais-tu ?

– J'ai posé quelques questions autour de moi. À d'autres copains du lycée. Son dernier mari était dans la finance. Il a perdu son boulot. Jane a pris ça très mal et n'a pas voulu l'aider en piochant dans le capital qui venait de ses deux précédents mariages.

– Quelques questions autour de toi, répéta Amanda si doucement que Barnes déchiffra la phrase au mouvement de ses lèvres, dans le grondement de l'avion.

Agacée. Il avait fouiné sans lui en parler.

– Comme je te disais, c'est une petite ville, Mandy.

– Oui, tu l'as dit.

L'endroit était enfumé et plongé dans la pénombre, et un orchestre jouait du Texas swing. Il y avait de la sciure sur le sol et le flot de bière qui coulait des robinets dans les verres était incessant. À seulement une demi-heure de Berkeley, on était dans un autre monde Chez Mama. Barnes en était à sa deuxième Heineken mais à sa troisième assiette de pilons de poulet style Buffalo et se demandait si elle allait daigner se montrer. Elle n'avait pas eu l'air particulièrement enthousiaste au téléphone, mais on pouvait la comprendre au bout de trois ou quatre mois de rancarts épisodiques et de deux passages entre les draps d'un lit.

Sans compter, comme il le lui avait dit, que le rendez-vous était pour le boulot, pas une affaire privée.

Une blonde faite au tour s'approcha de sa table. Grande, comme Marge Dunn. Plus mince, avec des jambes fuselées qui pouvaient incontestablement se permettre la minijupe. Mais contrairement à Marge, elle avait un visage fatigué et les yeux tirés par le désespoir. Barnes ne se sentait pas d'humeur à jouer les thérapeutes pour une énième âme blessée.

– On cherche de la compagnie ?

Barnes sourit et hocha la tête.

– Malheureusement, j'ai déjà rendez-vous avec quelqu'un.

– Une autre fois, alors ? proposa-t-elle.

– La vie est longue.

La blonde ne sut pas très bien comment interpréter la réplique. Elle s'éloigna dans le balancement exagéré de ses hanches et le policier, un instant, se demanda s'il n'avait pas eu tort de la rembarrer.

Il fut tiré de ses ruminations lorsqu'il aperçut la silhouette de Jane qui s'encadrait dans la porte. Il se leva et lui fit signe. Elle était habillée très au-dessus du niveau du Mama : tailleur-pantalon noir sur mesure, foulard en soie bleu saphir porté haut comme un camouflage dont les ourlets arachnéens scintillaient au milieu des turbulences créées par les danseurs.

Elle s'avança avec précaution, jaugeant la sciure de ses bottes noires à talon haut, avec à l'épaule un énorme sac à main qui aurait bien pu être en croco. Elle avait le visage long, de longues dents, mais son port élégant, son allure et son corps épanoui l'empêchaient d'avoir un aspect chevalin. Ses cheveux d'un noir de jais, parfaitement raides et épais, retombaient sur ses épaules comme du brut qui aurait débordé. Elle se pencha sur lui et lui donna un baiser rapide sur la joue. Elle avait des yeux d'un bleu plein de douceur avec du rouge tout autour.

– Merci d'avoir accepté de me voir aussi rapidement, dit-il.

Elle examina la chaise, nettoya le siège avec un mouchoir en papier et s'assit.

– Tu n'aurais pas pu trouver mieux que ce caboulot ?

– C'est à mi-chemin de Sacramento.

– Merci, j'apprécie l'attention, mais il y a aussi plusieurs bons restaurants, Will.

– J'aime bien la musique. Que dirais-tu de quelques pilons de poulet et d'une bière ?

– Et si on disait pas de pilons et un scotch ?

– C'est faisable.

Barnes fit signe à la serveuse et commanda un Dewar avec glaçons. Jane sortit un paquet de cigarettes de son sac.

– Tu as toujours eu un côté cow-boy, Will, dit-elle après avoir allumé sa cigarette et soufflé un nuage de fumée. Alors, qu'y a-t-il de si urgent qu'il fallait s'en occuper toutes affaires cessantes ?

– Je parle à toutes les personnes qui connaissaient Davida et tu la connaissais très bien toi-même.

Elle haussa les épaules.

– Et alors ?

– Qu'est-ce que tu peux me dire sur elle ?

Les yeux de Jane s'embuèrent.

– C'était quelqu'un de remarquable. Dévouée corps et âme à ce qu'elle croyait, très à l'aise dans sa peau. Je l'admirais beaucoup ! Je n'arrive pas à croire…

Elle se mit à pleurer. Barnes avait déjà une serviette en papier à la main, mais elle préféra prendre un mouchoir dans son sac à main exotique. Elle se moucha et en était à se tamponner les yeux lorsque la serveuse posa son verre devant elle. Barnes paya, ajouta un pourboire et poussa le verre vers Jane. Elle en prit une première gorgée, puis une deuxième. Elle avait vidé la moitié du verre lorsqu'elle décida de reprendre la conversation.

– J'ai parlé à Lucille, cet après-midi. Elle et ma mère sont de bonnes amies.

– Comme toi et Davida.

Jane sourit.

– Deuxième génération... bref, la pauvre vieille dame vit des moments terribles. Je vais passer la nuit chez elle... Je ne veux pas qu'elle reste seule.

– C'est très chic de ta part, Jane.

– En fait, j'ai même pensé à aller habiter chez elle pendant un moment... jusqu'à ce que...

Barnes attendit la suite.

– Je ne sais pas jusqu'à quand, à vrai dire, reprit Jane. Ce n'est pas ma mère, mais j'éprouve le besoin de la protéger. De veiller à ce qu'elle ne sombre pas dans une dépression sans fond... mais qui pourrait lui en faire le reproche quand on est dans cette situation ?

Barnes approuva de la tête et Jane continua.

– Ma mère, elle, n'a jamais eu besoin de personne. Elle est très solide ! Elle a fini par adhérer au DAR[1] et lorsque nous avions le ranch, elle plantait les piquets avec les ouvriers.

– Je sais, dit Will.

– Tu en faisais partie ?

Elle ne s'en souvenait même pas.

– Boulot d'été. J'ai travaillé dans un paquet de ranchs. Ta mère n'était pas commode.

Il la revoyait passant à toute vitesse dans une grosse Lincoln rose sans jeter un coup d'œil à l'intérimaire qu'elle noyait dans la poussière.

---

1. *Daughters of the American Revolution* : « Filles de la Révolution américaine », ancienne association de femmes descendant des combattants de la guerre d'Indépendance.

– Tu me trouves bizarre de vouloir rester avec Lucille ? Je ne lui ai pas encore demandé. Quelque chose me dit qu'elle va refuser.

– Elle va commencer par refuser, mais plus tard, peut-être… dit Barnes en haussant les épaules.

Jane fronça les sourcils.

– Tu te sens proche d'elle, ce n'est pas un péché, ajouta-t-il.

– Je la connais depuis toujours. Et cela fait si longtemps que…

Elle vida son verre et Barnes fit signe à la serveuse de le renouveler.

– C'est chouette de rester en contact avec ses anciens amis, reprit Will. Et Davida et toi étiez des amies de longue date.

Jane acquiesça.

– Nous sommes restées une quinzaine d'années sans avoir beaucoup de contacts, mais lorsque je suis revenue à Berkeley, on a repris les choses là où elles en étaient restées.

Ce qui voulait dire tout et rien.

– Ça n'a pas posé de problème à Minette que vous soyez si proches, toi et Davida ?

Jane ouvrit un œil rond.

– Le fait que vous soyez d'anciennes amies. Minette me fait l'impression d'être du genre émotif, à tort ou à raison.

– Bien vu, Will. Minette a un tas de problèmes, dont la jalousie. Elle en voulait à Davida parce qu'elle m'avait dorlotée pendant la période du divorce. Lorsque Parker s'est retrouvé sans le sou, c'est toute sa personnalité qui s'est détériorée. Il passait de l'ours mal léché à l'agneau passif, tu ne peux pas imaginer. J'avais l'impression qu'il allait m'agresser et deux minutes après il pleurait dans le téléphone et me suppliait de revenir. Je suis sûre que tu n'as pas oublié.

Ils s'étaient revus juste après que Jane s'était séparée de Parker. Par hasard, ils étaient tombés l'un sur l'autre alors que lui quittait son service dans Shattuck Avenue, épuisé et démoralisé, et elle sortait de Chez Panisse. Seule. Et en ayant grand besoin de parler à quelqu'un.

Ils étaient allés boire un verre. Une chose avait conduit à une autre. Elle avait un corps splendide, mais son enthousiasme s'était évanoui en pleine action.

— Je me rappelle qu'il te rendait nerveuse. Mais pas de t'avoir entendue dire qu'il voulait que tu reviennes.

— Je préférais ne pas t'infliger ce genre de détails sordides, Will. Mon mariage avec Parker... tout a été ma faute. Quand je l'ai rencontré, je suis tombée en admiration devant son côté macho et je-m'occupe-de-tout. Il m'a fallu quatre mois pour me rendre compte qu'il lui fallait tout contrôler. J'ai fait chaque fois la même erreur : je me jette dans les bras d'un supermacho et je suis toute surprise quand il se transforme en brute. Attribue ça à une mère dominatrice et à un père qui filait doux, si tu veux. Je dois m'être habituée à ce qu'on me mène à la baguette et à chercher le papa que je n'ai jamais eu... C'était ce que j'aimais bien chez Davida. Elle me laissait toujours être moi-même.

— Vous n'avez pas voyagé ensemble ?

Jane leva la tête (elle contemplait son verre) et le regarda droit dans les yeux sans lui répondre.

— Alice Kurtag m'a dit que vous étiez allées faire un tour de quelques jours ensemble pour décompresser.

— Oui, c'est vrai, dit Jane en essayant toujours de lui faire baisser les yeux. Quel meilleur moyen pour oublier ses emmerdes ? J'étais en plein dans un divorce cauchemardesque et Davida était complètement stressée par son projet de loi sur les cellules souches. Nous sommes allées faire une randonnée et du rafting.

– Chouette programme, on dirait.

– Ça faisait une éternité que je n'avais pas passé un week-end aussi sympa.

– Je suis désolé d'avoir à te poser la question, Jane, mais il le faut. Avais-tu des relations intimes avec Davida ? Si je t'en parle, c'est parce que Davida avait une gonorrhée et que si jamais tu...

– Tu parles sérieusement ?

Barnes fit oui de la tête.

– Ah, dit simplement Jane en haussant les épaules. Elle ne m'en a jamais rien dit. D'ailleurs, pourquoi m'en aurait-elle parlé ? J'imagine que ça l'aurait gênée.

Elle consulta sa montre, finit son verre et commença à ouvrir son portefeuille.

Barnes l'arrêta d'un geste.

– C'est moi qui paie. Ainsi donc, tout va bien pour toi, question santé.

– Je vais bien. Très bien. Et pour répondre à ta question, Davida et moi étions juste amies. Point final. Je suis sûre que c'est Minette qui la lui a refilée. (Elle se leva.) Il se fait tard.

– Qu'est-ce qui te presse ? Il n'est pas si tard que ça et tu n'es qu'à cinquante kilomètres de Sacramento.

– Très juste, Will, mais j'en ai tout de même ma claque d'être ici.

16

– Je n'arrive pas à croire que tu lui aies parlé hier soir ! s'exclama Amanda, manifestement furieuse.
– J'ai agi sur une impulsion, se défendit Barnes.
– Tu commences par aller voir toutes tes vieilles relations du bahut, puis tu rencontres tout seul et sans en parler à personne l'une d'elles, qui est un témoin important. Qu'est-ce qui t'a pris, Will ?

Il répondit honnêtement qu'il ne le savait pas. Amanda hocha la tête et se mit à fouiller dans son sac. Elle en retira un carré de chocolat Ghirardelli, le déballa et le croqua. Sans lui en offrir un, comme elle le faisait d'habitude.

– Désolé, dit Barnes alors qu'il se garait devant l'immeuble de Davida Grayson. Je sais, j'ai été con et je te présente mes excuses. Mais c'est fait. On ne pourrait pas passer à autre chose ?

Amanda n'était pas prête à lui pardonner aussi facilement.

– En as-tu au moins appris un peu plus que le fait que Jane était de retour à Sacramento ? Et pour quelle raison ?

Pas de réponse.

– Je croyais qu'elle était revenue à Berkeley, insista Amanda.

– Il me semble qu'elle y est revenue.

– Tu ne le lui as pas demandé ?
– Ça ne m'a pas paru important.
– Seule sa vie sexuelle l'était, c'est ça ?
– Elle prétend n'avoir eu aucune relation sexuelle avec Davida.
– Et tu l'as crue ? s'étonna Amanda.
– Je ne sais pas. Et je ne sais pas si c'est significatif, Mandy.
– Eh bien, dès qu'elle revient, je veux qu'on s'occupe d'elle. Ce n'est pas parce qu'elle nie avoir une chaude-pisse que c'est vrai. Et la manière dont vous avez tous les deux traité ça par-dessus la jambe pourrait figurer dans le dossier.
– Elle n'avait aucune raison de mentir.
– On ne le saura que lorsqu'on lui aura parlé officiellement, n'est-ce pas… collègue ?

Il ne répondit pas tout de suite ; il voulait lui laisser le temps de se calmer. Elle prit un deuxième chocolat qu'elle dégusta avec une lenteur exagérée.

– Je me trompe peut-être, Mandy, mais il me semble que, pour le moment, c'est surtout Minette qu'il faudrait avoir en tête, et non Jane. Je pense à notre précédente conversation. Et à moins que tu arrêtes de me faire la gueule, nous n'allons pas pouvoir aller l'interroger.

Silence.

– Écoute, Man…
– Laisse tomber, mais ne recommence pas, Will, d'accord ? Pour ton bien. Ça fait mauvaise impression.
– Tu as raison. J'ai eu tort. On repart du bon pied ?
– Absolument.
– C'est un absolument masculin ou féminin ?
– C'est quoi, la différence ?
– Un absolument masculin veut dire absolument. Un absolument féminin veut dire je laisse tomber pour le

moment, mais je le ressortirai pour te massacrer plus tard.
– Un absolument féminin.
– C'est bien ce que je pensais.

On avait remis de l'ordre dans l'appartement, mais celui-ci était loin d'être propre pour autant. Des assiettes sales s'empilaient dans la cuisine, des cartons de plats chinois à emporter s'empilaient sur la table de la salle à manger. À neuf heures du matin, Minette était encore en robe de chambre tissu éponge, mules aux pieds. Elle avait les yeux et le nez gonflés et rouges et ses cheveux auraient eu besoin d'un bon coup de brosse. De faibles relents d'alcool se dégageaient de son haleine comme de l'appartement.
– Merci de nous recevoir d'aussi bonne heure, lui dit Amanda.
– Pas de problème, répondit Minette, l'air toujours comateux. Asseyez-vous. Où vous voulez.
Les deux policiers regardèrent autour d'eux et repérèrent un peu de place sur un canapé. Le siège, plat comme un banc public, était impitoyable pour les fesses.
– Merci, dit Barnes.
– Voulez-vous un peu de café ? Moi, j'en ai drôlement besoin.
– Très volontiers, répondit Amanda. Mais laissez-moi le préparer, Minette. Asseyez-vous et reposez-vous en attendant.
– Ce serait chouette.
Amanda se rendit dans la cuisine et entreprit d'inventorier les placards et le réfrigérateur en cherchant le café. Minette ne fit aucun effort pour l'aider. La cuisine ouverte permettait à Amanda de suivre la conversation.

– La nuit a été agitée ? demanda Will.

– Comme tant d'autres, répondit la jeune femme dont les yeux se remplirent de larmes. C'est irréel ! Je n'arrive tout simplement pas à croire… (Ses larmes commencèrent à couler.) Je suis encore sous le choc.

– Je ne saurais vous dire à quel point je suis désolé pour vous.

– Le plus dur, c'est sa salope de mère. Elle m'interdit de m'occuper de quoi que ce soit. (Nouvel afflux de larmes.) Elle va ramener le corps à Sacramento. Davida détestait Sacramento ! Elle n'y avait que de mauvais souvenirs.

– Puis-je vous demander quels étaient ces mauvais souvenirs ? Cela pourrait avoir un rapport avec l'affaire.

Minette commença par serrer les lèvres sans rien dire.

– Vous savez… le divorce de ses parents… son *coming out*… c'étaient des choses pénibles.

– Je n'en doute pas, dit Barnes. Elle y retournait cependant souvent pour son travail.

– Elle travaillait peut-être là-bas, mais c'est ici qu'elle habitait ! protesta Minette en croisant les bras.

Barnes préféra abonder dans son sens.

– Ce doit être très douloureux pour vous d'être exclue de la préparation des funérailles. Je suis vraiment désolé, Minette.

La jeune femme baissa la voix, mais son ton resta dur.

– Foutrement douloureux, oui, dit-elle en poussant un soupir. Si vous saviez comme je suis en colère ! Ce n'est pas votre faute si vous êtes ici pour m'entendre râler, mais je ne m'excuse pas pour autant de mon comportement.

Barnes jeta un coup d'œil à sa montre. Cela faisait plus de dix minutes qu'ils étaient arrivés et elle n'avait pas encore demandé si l'enquête sur le meurtre ou le pillage de son appartement avait fait des progrès. Si seulement Amanda pouvait se grouiller avec son café ! Pas question d'aborder les questions délicates sans elle.

– Je voudrais pouvoir dormir six mois, reprit Minette, et me réveiller lorsque tout ce cauchemar sera terminé. J'ai fini par décrocher le téléphone et éteindre mon portable. J'en ai jusque-là des gens qui m'appellent. Ils ne se soucient pas vraiment de moi. La seule chose qui les intéresse, ce sont les détails croustillants.

– Les détails croustillants ?

– Vous savez bien… Est-ce qu'il y a eu une bagarre ? Est-ce qu'elle ne l'aurait pas déclenchée… ? A-t-elle déclenché une bagarre ? ajouta Minette en regardant Will.

– D'après nos premières constatations, dit-il, il semblerait qu'elle dormait à son bureau. Est-ce que cela lui arrivait souvent… de s'endormir à son travail ?

– Tout le temps… en particulier quand elle prenait la nuit complète.

– L'avez-vous souvent trouvée endormie en venant lui rendre visite à son bureau ?

– Non, pas souvent, répondit Minette, en plissant les yeux. Je lui apportais parfois un casse-croûte et on mangeait ensemble.

Amanda revint avec un plateau, sur lequel il y avait des tasses, du lait, du sucre et un édulcorant.

– Voilà. Je me suis permis de fouiller dans vos placards. J'espère que ces tasses vous vont.

– C'est parfait, répondit Minette, qui ajouta du lait et de l'édulcorant à son café. N'allez pas vous imaginer que j'avais l'habitude d'aller la retrouver à son bureau. Je ne voulais pas la déranger pendant qu'elle travaillait.

Barnes hocha la tête et repensa aux dix coups de téléphone par jour quand Davida était avec Kurtag.

– Il m'est arrivé de la surprendre, enchaîna Minette, et une ou deux fois je l'ai trouvée endormie la tête dans les bras. Ici aussi, ça lui arrivait. Elle était tellement fatiguée qu'elle s'endormait sur les dossiers qu'elle ramenait à la maison. Vous pouvez imaginer.

Barnes hocha à nouveau la tête et jeta un coup d'œil à Amanda – laquelle continuait à ignorer la supplique qu'il avait mise dans son regard.

– Si cela ne vous ennuie pas, mademoiselle Padgett, nous aimerions vous poser quelques questions.

– Appelez-moi Minette. (Elle accepta de répondre d'un signe de tête et prit deux gorgées de café.) Allez-y, je suis un peu plus réveillée à présent.

Barnes décida de prendre les devants.

– Ne souhaitez-vous pas savoir ce que nous avons appris sur le saccage de votre appartement ?

Un instant, la jeune femme parut ne pas comprendre.

– Oh… si, bien entendu. Vous avez trouvé ce salopard ?

– Non, mais nous nous en rapprochons, dit Barnes en mentant.

– Que voulez-vous dire ? Qu'avez-vous trouvé ?

– Nous n'avons pas la liberté de tout vous révéler, mais nous disposons maintenant de quelques preuves matérielles intéressantes, répondit-il, tout content de son ton décontracté.

– Et de quel genre, ces preuves matérielles ?

– Pour commencer, dit alors Amanda, il est manifeste que les vandales ne cherchaient pas quelque chose de précis. Nous pensons qu'ils voulaient simplement flanquer la pagaille.

– « Les » vandales ? Ils étaient plusieurs ?

– Il n'y en avait peut-être qu'un, dit Barnes. Ce que nous essayons de vous faire comprendre, c'est que la pagaille n'était que superficielle.

– Pas si c'est vous qui remettez de l'ordre, lui objecta Minette.

– Je n'en doute pas, mais nous pensons néanmoins que quelqu'un a cherché à détourner les soupçons de la police.

– Qu'est-ce qui vous le fait dire ?

– Ce sont des choses que nous savons déduire, Minette. La manière bizarre dont on s'y est pris. Dès que nous en aurons appris davantage, nous vous le ferons savoir. En attendant, pouvez-vous nous dire qui, en dehors de vous, dispose des clefs de votre appartement ?

– Ma femme de ménage et le syndic de l'immeuble.

– Nous aimerions leur parler, dit Amanda. Pouvez-vous nous donner leurs numéros de téléphone ?

– Bien sûr.

Elle se leva et revint quelques minutes plus tard avec l'information.

– Emilia travaillait pour nous depuis deux ans. Je ne la vois vraiment pas faire une chose pareille, mais le syndic me fait un sale effet.

– Un sale effet ? De quelle manière ?

– Vous savez bien… (Elle baissa les yeux.) Des regards concupiscents.

– On vérifiera.

La jeune femme se tourna vers l'horloge murale. Puis elle se leva et commença à déambuler dans la pièce.

– Autre chose ? demanda-t-elle.

Amanda n'intervint pas, laissant l'initiative à Barnes. C'était lui le plus ancien, de toute façon. Qu'il se débrouille.

– Pourriez-vous vous asseoir encore un moment, Minette ? dit-il.

– Pourquoi ?

– Je vous en prie… (Elle s'assit.) Comme ce n'est pas facile à dire, je ne vais pas y aller par quatre chemins, Minette. Saviez-vous que Davida Grayson avait une gonorrhée ?

– Une gonorrhée ?! s'exclama Minette, l'air sincèrement stupéfaite. Une… une maladie vénérienne ?

Amanda acquiesça de la tête.

– Le médecin légiste l'a découvert à l'autopsie.

– Bon Dieu de merde !

Le temps de le dire, l'expression de la jeune femme était passée de la stupeur à la colère. Elle lança sa tasse de café à travers la pièce.

– L'enfoiré ! s'écria-t-elle en se levant et se mettant à faire les cent pas. Je vais le tuer. Je jure devant Dieu que je vais tuer cet enculé…

Elle s'interrompit et se tourna vers les deux policiers.

– C'est juste une façon de parler. Je suis vraiment furieuse, bordel ! Comment a-t-il pu me faire une chose pareille ?

– Qui ça ? demanda Amanda.

– Kyle, bien sûr ! Kyle Bosworth ! dit-elle en crachant son nom. Ah, le fils de pute !

– Vous êtes sûre que c'est de lui que vous la tenez ? demanda Barnes.

Il devint la cible de la colère de Minette.

– Écoutez, inspecteur, je ne sais pas ce que vous pensez de moi, mais, pour le moment, je n'en ai rien à foutre. Je n'ai commencé à voir Kyle que parce que j'étais tout le temps toute seule, bon Dieu. J'aimais Davida, mais on se fait vraiment tartir à boire toute seule. Si elle avait été ne serait-ce qu'un poil plus disponible, je n'aurais pas eu besoin de trouver... un dérivatif.

– Je ne crois pas que c'est ce que l'inspecteur a voulu dire, lança Amanda.

– Ça sonnait foutrement comme une accusation, pourtant !

– Je crois qu'il voulait simplement savoir s'il était possible que quelqu'un d'autre que vous ait transmis la maladie à Davida.

Cette suggestion fut sans grand effet sur la colère de Minette, qui devint écarlate.

– Si Davida n'avait pas de temps pour moi, elle en avait encore moins pour une autre femme !

– Ou pour un homme ? demanda Barnes.

– Vous ne manquez pas d'air, tous les deux ! Et pour votre gouverne, sachez que Davida ne s'intéressait pas aux hommes ! (Elle éclata en sanglots.) Partez maintenant, allez-vous-en !

– Nous ne voulions pas être indiscrets, Minette, commença Amanda.

– Mais ça n'allait pas tarder. Il faut vraiment me laisser seule, maintenant.

– Vous devez passer des examens médicaux, lui rappela Barnes.

– Qu'est-ce que vous imaginez ? Bien sûr que je vais aller en passer !

– Quand vous aurez les résultats, pouvez-vous nous donner un coup de fil, s'il vous plaît ?

– Non, il ne me plaira pas de vous donner un coup de fil. Je n'en ai rien à foutre d'elle ou de quoi que ce soit ! (Nouvelle crise de larmes.) Pourquoi tout le monde n'arrête-t-il pas de me faire chier ?

– Je suis désolée, dit Amanda.

– Non, vous ne l'êtes pas ! rétorqua Minette en s'essuyant les yeux. Je vais appeler ce salopard et lui dire ma façon de penser !

– Je comprends que vous soyez en colère, mais vous devriez peut-être attendre d'avoir les résultats, lui fit valoir Barnes. S'ils sont négatifs, vous aurez insulté la mauvaise personne.

Minette hocha la tête.

– Impossible que j'insulte la mauvaise personne pour la bonne raison que je suis dans une putain de colère contre tout le monde !

Barnes ne détourna pas un instant le regard de la splendide vue sur la rade qu'encadrait la baie vitrée. Beaucoup plus intéressant que de suivre des yeux les allées et venues de Kyle Bosworth dans l'appartement. L'homme ne cessait de passer ses longs doigts minces dans ses cheveux en y laissant des sillons parallèles qui rappelèrent au policier les champs juste avant les semis. Et les étés où il avait travaillé dans des ranchs.

Carnet de notes à la main, Amanda évitait au contraire de perdre sa cible de vue.

– Je suis désolée que ce soit de notre bouche que vous l'appreniez, dit-elle. Il faut aussi que vous sachiez que Minette vous accuse de la lui avoir transmise.

– La salope ! s'exclama Bosworth. Une vraie salope !

– Sans doute voulez-vous dire par là que vous n'êtes pas d'accord ?

– Non, je ne suis pas d'accord ! Je ne sais même pas de quoi cette espèce de sorcière veut parler ! J'étais clean quand je l'ai rencontrée et si quelqu'un a fait cadeau d'une saloperie à quelqu'un d'autre, c'est elle qui me l'a refilée ! dit-il en continuant de grommeler en marchant. Ah, putain, c'est génial, c'est vraiment génial !

– Vous ne vous doutiez donc pas que vous étiez contaminé ?

– Absolument pas ! répliqua-t-il en foudroyant la policière du regard. Je n'avais... je n'ai aucun symptôme. Et comment pourrais-je en avoir ? Je ne passe pas mon temps à tromper une épouse. Minette était une distraction, et seulement parce que Yves travaille dur.

Le même argument que celui invoqué par Minette, pensa Barnes.

– Minette n'était même pas une distraction sérieuse, reprit Bosworth. J'aime bien les femmes, mais je préfère les hommes. Pourquoi diable aurais-je dû me douter que j'avais attrapé quelque chose ?

– Sans vouloir vous faire un cours de médecine, lui rappela Amanda, les symptômes se présentent beaucoup plus tôt chez les hommes que chez les femmes.

Cette remarque mit un terme à la progression de l'ornière que l'homme creusait dans son tapis.

– Les symptômes... sensation de brûlure, pus, difficultés pour pisser... non, je n'en ai jamais eu mais, de nos jours, on sait se tenir au courant. (Son visage s'éclaira.) La conclusion évidente est que zéro symptôme égale zéro chtouille. Je sais que ça peut être latent, mais lâchez-moi un peu.

Il se tint soudain plus droit.

– Il faut que vous consultiez tout de même un médecin, monsieur Bosworth, dit Amanda. Certes, les hommes ont des symptômes beaucoup plus tôt et plus manifestes que les femmes, mais ce n'est pas une règle absolue.

– Et, ajouta Barnes, il est beaucoup plus facile aux hommes de la transmettre aux femmes que le contraire.

Kyle regarda Barnes, les sourcils froncés.

– Êtes-vous en train de me dire que c'est Yves qui a pu me la refiler ? (La colère crispant ses traits, il reprit ses allées et venues sur le tapis.) Je vais le tuer, ce cochon ! J'aurais dû me douter qu'il y avait autre chose, toutes ces nuits où il travaillait soi-disant très tard !

– Hou là, du calme, du calme ! lança Barnes. Avant d'envisager un homicide, il serait peut-être plus sage de vous faire examiner. Il se pourrait qu'Yves rentre tard uniquement parce qu'il travaille.

Kyle s'immobilisa et regarda en l'air.

– Oui, il faut sans doute commencer par ça... rien ne prouve encore que je sois contaminé... Chaque chose en son temps, pas vrai ? Je suis peut-être clean. Ce serait génial. Hé-hé... si vous voulez bien m'excuser tous les deux, j'ai un rendez-vous quelque peu gênant à prendre.

Amanda se leva du canapé.

– Pouvez-vous nous faire connaître vos résultats dès que vous les aurez ?

– En quoi cela vous concerne ?

– Il pourrait y avoir un rapport avec le meurtre de Davida Grayson.

– Pour me dédouaner ! s'écria Kyle. Et moi qui bichais à l'idée d'être un suspect... c'est si délicieux quand on sait qu'on est innocent.

– Vous nous tiendrez au courant, monsieur ?

– Oui, bien sûr, mais s'il vous plaît, ne m'appelez pas. C'est moi qui vous passerai un coup de fil. Si je n'ai rien, je ne tiens pas à ce qu'Yves sache que j'ai passé ce genre d'examen. Je crois qu'il pourrait ne pas trop m'en vouloir pour Minette, mais il a une phobie terrible des microbes.

17

Ces deux entrevues furent les seuls moments intéressants de la journée de Barnes et Isis : ils passèrent le reste du temps à suivre des pistes qui se terminaient en impasse. En fin d'après-midi, Barnes appela Minette Padgett et Kyle Bosworth pour leur rappeler de lui communiquer leurs résultats d'analyse dès qu'ils les auraient. Ils ne s'attendaient pas à avoir des nouvelles de Minette, mais espéraient que Bosworth serait plus coopératif.

Et dire que Bosworth s'imaginait qu'un résultat négatif le ferait disparaître de la liste des suspects ! Comme si la vie était aussi simple ! Pas de maladie signifierait simplement que Kyle avait échappé à la chaîne des contaminations. Cela dit, s'il existait une bonne raison de le classer parmi les suspects, ni Will ni Amanda ne l'avait encore trouvée.

Il est difficile de travailler quand frappe l'hypoglycémie et, avant de retourner dans leur box, ils firent un arrêt au Melanie, où ils purent s'installer à la table d'angle préférée de Barnes. Will rechargea son organisme à la caféine bien noire, tandis qu'Amanda commandait un décaféiné sans sucre, au lait écrémé vanillé.

Devant cette description, Barnes émit des doutes sur la présence de café dans la décoction.

– Je ne comprends pas comment tu arrives à le boire noir, répliqua-t-elle. Ça te pourrit la protection de l'estomac.

– De toute façon, tous ces dissimulateurs à la noix me l'ont déjà bousillée. Seigneur, donnez-moi un dealer de drogue bien malhonnête quand vous voudrez ! Au moins, je sais à qui j'ai affaire.

– As-tu remarqué la manière dont Minette évitait de nous regarder quand elle a parlé du syndic de sa copropriété qui lui faisait un sale effet ? dit Amanda en mettant des guillemets avec les doigts à « sale effet ». Pendant que nous étions à Los Angeles, deux des nôtres en tenue ont fait l'enquête de voisinage. Les autres résidents de l'immeuble n'avaient que des choses sympathiques à dire sur Davida. (Elle prit une gorgée de son mélange mousseux.) Sur Minette, c'était une autre histoire.

– C'est-à-dire ?

– Comportement inamical, pour commencer. Son voisin du dessous a eu une altercation avec elle pour une histoire de tapage nocturne. Davida a arrangé les choses en promettant qu'elles enlèveraient leurs chaussures après vingt-deux heures.

– Que Minette ne soit pas facile à vivre, nous le savions déjà, Mandy. Mais de là à en faire une meurtrière, c'est le grand écart.

– Ce serait évidemment génial d'avoir le fusil de chasse.

– Nous ne savons même pas si Minette en a jamais utilisé un. On devrait peut-être vérifier si elle a un permis de détention d'armes.

– Je peux m'en charger, proposa Amanda en regardant son collègue. Je vois que tu es toujours sceptique à son sujet.

– Elle était en compagnie de Kyle jusqu'au milieu de la nuit et tous les deux avaient pas mal picolé. Davida a été tuée d'une seule décharge tirée en pleine nuque. Même avec un fusil de chasse, cela suppose une bonne coordination des gestes.

– La cible est difficile à manquer quand elle est endormie à trente centimètres de ton canon.

– J'affirme toujours que le meurtre me paraît être le fait d'un homme... plus violent que nécessaire. Il a été commis de près, de sang-froid et par quelqu'un qui savait se servir de son arme. Ce n'est pas l'œuvre d'une femme hystérique et ivre.

– Encore des dénégations sexistes, le taquina Amanda. Cela signifie-t-il que tu reviens à Don Newell ?

– Il a laissé un message à Davida et elle l'a rappelé. Pour ce qui est du sujet de leur conversation, nous devons croire Donnie sur parole. J'estime avoir un motif pour lui parler à nouveau.

– Disons que c'est Newell. Quelle raison aurait-il eue de vouloir tuer Davida ?

– Ma première idée est qu'il avait une liaison avec elle et qu'elle l'aurait menacé d'en parler à sa femme.

– Sa femme qui détestait Davida, tu oublies de le dire, ajouta Amanda. Ce qui signifie qu'il y a un autre suspect. Mais si Davida savait que la femme de Don la haïssait, pourquoi aurait-elle menacé ce même Don d'aller lui parler ? Sans compter que d'après tout ce que nous avons entendu dire d'elle, son homosexualité était un peu son fonds de commerce.

– Alors c'est peut-être Donnie qui a menacé de révéler qu'elle était bi.

– Mais pourquoi l'aurait-il fait, lui ? Il a une femme et des gosses, une bonne situation dans la police de Sacramento. Même s'ils baisaient une fois de temps en temps, il n'était pas amoureux d'elle et devait bien savoir que leur relation était sans avenir. Et tu as toi-même remarqué qu'il avait paru très choqué par l'assassinat. Donne-moi une bonne raison pour qu'il roule jusqu'à Berkeley et lui explose la tête avec un fusil de chasse.

– Je n'en ai pas, Amanda. Et je ne prétends pas qu'il l'ait fait. Je dis simplement que ça me paraît plutôt l'acte d'un homme. (Le portable de Barnes sonnant, il regarda le numéro qui s'affichait.) C'est Bosworth.

Il appuya sur le bouton vert.

– Kyle Bosworth, inspecteur.

Il y avait du soulagement dans la voix de l'homme.

– Merci de nous rappeler, dit Barnes.

– Jusqu'ici tout va bien. Deux des tests sanguins vont prendre un peu plus de temps, mais mon médecin est à peu près certain que je suis clean. Je ne dis pas merci à cette garce ! ajouta-t-il d'une voix plus dure.

– J'en suis ravi pour vous, monsieur Bosworth. Je vous rappelle cependant que pour ce que nous en savons, Minette est peut-être clean, elle aussi.

– Mais alors, comment Davida... ? s'interrogea Bosworth comme s'il se parlait à lui-même. Ah, oui, évidemment. Feu notre député n'était pas une sainte. Faiblesse humaine... Je crois que je vais aller au restaurant m'offrir un merveilleux repas bourré de cholestérol, inspecteur.

– Minette vous a-t-elle jamais parlé de problèmes qui auraient existé entre elle et Davida ?

Silence à l'autre bout du fil.

– Allô ?

– Oui, inspecteur, je suis toujours là. Tout ce que peut raconter Minette doit être pris avec la production annuelle d'une saline, vous savez.

– Et que vous a-t-elle dit, monsieur Bosworth ?

– Avant de vous répondre, je dois faire un petit préambule, inspecteur. Quand nous sortions ensemble, ce que nous disions et faisions était souvent le résultat de certains excès.

– Vous buviez ensemble.

– Minette avait une descente phénoménale, mais n'était pas très drôle quand elle avait bu. Elle se lançait dans des plaintes sur tout et tout le monde. Elle m'a dit... je précise bien, ivre... qu'elle était sûre que Davida la trompait.

– Soupçonnait-elle quelqu'un en particulier ?

– Elle soupçonnait des tas de gens, j'en suis sûr. Bien imbibée de bourbon, elle devenait carrément parano.

– Elle n'a mentionné aucun nom ?

– Pas que je me souvienne.

– Et vous rappelez-vous si Minette a précisé si c'était avec un homme ou une femme que Davida aurait eu une liaison ?

Bosworth resta une fois de plus silencieux si longtemps que Barnes lui demanda s'il était toujours en ligne.

– Oui, oui... Davida avec un homme ? Voilà qui aurait été intéressant. Je n'ai jamais entendu dire qu'elle était à voile et à vapeur, mais je n'en serais pas tellement surpris. Nous avons tous un peu de yin et de yang en nous, qu'on l'admette ou non.

Le meilleur endroit pour interroger Minette une deuxième fois était le commissariat de police. Ils tirèrent à pile ou face. Amanda perdit et c'est elle qui passa le coup de fil.

Pour attirer la jeune femme, Amanda décida de chatouiller sa vanité féminine. Minette décrocha à la troisième sonnerie et bredouilla son *Allô* d'une voix pâteuse.

– Mademoiselle Padgett ? Inspectrice Isis à l'appareil. Je suis absolument désolée de vous déranger, mais si nous pouvions avoir quelques minutes de votre temps, je vous en serais très reconnaissante.

– Que… quoi ?

– L'inspecteur Barnes et moi-même, nous… discutions de certaines choses et il nous a semblé que nous avions vraiment besoin de votre aide. Vous serait-il possible de passer nous voir dans nos bureaux pour que nous bavardions un peu ?

– À quel propos ?

– Nous avons fait quelques progrès, mais vous connaissiez Davida mieux que quiconque et votre point de vue nous serait très précieux.

– Je connaissais Davida mieux qu'tout le monde, c'est vrai, alors dites-moi pourquoi c'te salope refuse de m'faire participer aux funérailles.

Il était évident que la jeune femme n'était pas en état d'être interrogée ce soir-là. Demain, peut-être ? songea Amanda.

– Voici ce que je vous propose, Minette : venez nous donner un coup de main et j'appellerai Lucille Grayson à titre personnel pour tâcher de la convaincre de vous laisser prendre part au service. Qu'est-ce que vous en pensez ?

– Jamais vous la ferez changer d'avis, à c'te garce. C'est vraiment une salope.

– Laissez-moi au moins essayer, Minette, dit Amanda en prenant en silence une grande bouffée d'air et en la relâchant. Quand pourriez-vous venir ?

– Pas ce soir. C'est trop tard.

Il était six heures moins le quart. Dieu seul savait depuis combien de temps elle tutoyait la bouteille.

– Vous avez raison. Que diriez-vous de demain, vers dix heures ?

– Plutôt onze, peut-être, répondit-elle d'une voix toujours aussi pâteuse.

– Onze heures, parfait. Je me permettrai de vous appeler à dix heures trente pour voir si vous êtes prête.

– Ouais, salut.

– Oh, au fait... est-ce que vous avez consulté ?

Long silence. Puis la réponse vint :

– Bonne nouvelle. Le toubib pense que j'suis clean.

– Très bonne nouvelle, en effet.

– Je suppose. Salut.

Amanda reposa le téléphone. Clean, cela voulait dire pour Minette que ses pires craintes étaient justifiées. Davida l'avait trompée. La grande question était, avec qui ? La jeune femme devait se la poser aussi. Voilà qui expliquait peut-être qu'elle ait commencé à picoler aussi tôt dans la journée.

Elle regarda autour d'elle et chercha son coéquipier dans la salle des inspecteurs. Il se tenait dans un coin, face au mur, et parlait au téléphone. Elle alla lui taper sur l'épaule. Barnes murmura un *faut que j'y aille* rapide et coupa la communication de son portable.

– À qui parlais-tu ? demanda innocemment Amanda.

– À personne.

– Tu parlais dans le téléphone, mais à personne. On en a mis à l'ombre pour beaucoup moins que ça, Will.

– Aucun rapport avec l'enquête.

Le sourire d'Amanda s'agrandit.

– Ah, c'était cette femme flic de Los An...

– Amanda, je...

– Comment s'appelle-t-elle, déjà ? dit-elle en claquant des doigts. Ah oui, Marge. Une grande perche, mais belle femme, je le reconnais.

– Elle a adopté un orphelin adolescent. Il est inscrit à Caltech. Nous parlions des enfants.

– Tu n'en as pas.

– Moi, j'écoutais.

– *Margie et Willie, comme c'est mignon et joli...* chantonna-t-elle. C'est toi qui pars pour le sud ou c'est elle qui monte au nord ?

– Elle a deux jours de congé. On ne pourrait pas revenir à nos affaires ?

– Bien sûr. Je me suis occupée de certaines d'entre elles. Minette doit venir au commissariat demain à onze heures.

– Tu as réussi à la convaincre ? demanda Barnes avec un hochement de tête appréciateur.

Elle lui donna un léger coup de poing à l'épaule.

– C'est l'effet de mon charme, que veux-tu. Bon, je rentre à la maison pour en faire usage sur mon mari. À moins que tu veuilles avoir mon avis sur quelque chose.

– Et sur quoi donc ?

– Comme où aller avec Margie. Les prévisions météo parlent d'une température agréable et d'un temps ensoleillé. Tu devrais louer une décapotable et la conduire dans la région des vignobles. Prends tes sous et réserve une chambre à la Sonoma Mission Inn.

Le programme lui parut tout à fait judicieux, mais il aurait plutôt avalé sa langue que de le lui dire.

– Tu peux y aller maintenant, Mandy. Je serai ici demain à neuf heures.

– Moi aussi, si le Dieu des embouteillages le veut bien. J'ai prévu d'appeler Minette vers dix heures et demie pour lui rappeler notre rendez-vous. Elle était déjà pas mal dans le coaltar et je vais probablement devoir lui remettre notre conversation en mémoire. Elle va sans aucun doute avoir un mal aux cheveux carabiné et être d'une humeur massacrante.

– Je récupérerai des jus de fruit, des beignets, n'importe quoi. Les petites choses, ça aide parfois.

– Si seulement c'était aussi simple, répondit Amanda. Trouve aussi de l'aspirine.

18

À dix heures et demie du matin Minette était encore au lit, ayant oublié le rendez-vous. Amanda estima que le plus efficace serait d'aller la chercher et de la ramener. Il fallut une bonne heure à la jeune femme pour s'habiller et une demi-heure de plus à la travailler au café noir de grande marque pour qu'elle paraisse atteindre un niveau de cohérence à peu près acceptable. Même après ce traitement de star, elle resta de mauvaise humeur. Son maquillage ne parvenait pas à dissimuler les poches qu'elle avait sous les yeux – lesquels, du coup, prenaient un aspect plus larmoyant qu'exotique. Ses cheveux auraient eu besoin d'un bon coup de brosse et les racines commençaient à trahir leur véritable couleur. Elle avait enfilé un pantalon kaki froissé, un tee-shirt blanc et des souliers de sport blancs. Grande maigre à l'ossature fine, elle aurait pu passer pour un adolescent, vue de dos.

Amanda l'escorta dans la salle d'interrogatoire et l'aida à s'installer sur son siège.

– Voulez-vous que j'aille vous chercher quelque chose à manger ? lui demanda l'inspectrice.

– Vous me rendez nerveuse quand vous êtes comme ça... trop gentille, ronchonna Minette.

– C'est pourtant pour cela que nous sommes ici. Pour aider les gens. (*Et nous avons besoin de* votre *aide*, pensa-t-elle à part soi.) Alors, quelque chose ?

Minette réfléchit comme si le sort de la paix dans le monde dépendait de sa réponse.

– Je crois que j'aimerais bien un muffin, mais pas trop gras, si possible.

– Pas de problème. Je reviens tout de suite.

Pendant qu'Amanda chargeait quelqu'un d'aller chercher le beignet, Barnes observa Minette à travers la vitre sans tain. Elle paraissait plus fatiguée que nerveuse ; comme pour souligner la chose, elle posa la tête entre ses bras croisés sur la table et ferma les yeux. Cinq minutes plus tard, elle ronflait.

Amanda rejoignit Barnes dans la pièce d'observation.

– Si cette femme est anxieuse, elle le cache rudement bien, fit observer le policier.

– Elle n'a peut-être aucune raison de se sentir coupable.

– Nous avons tous une raison de nous sentir coupables, répliqua Barnes. C'est une question de degré.

Une policière en uniforme entra et tendit le sac à Amanda, qui le donna à Barnes. Celui-ci en sortit un muffin, mordit dedans et en dévora la moitié d'une seule bouchée.

– Pas eu le temps de déjeuner ce matin, dit-il en guise d'explication.

– Et qu'est-ce que tu faisais de beau pendant que je chouchoutais Mlle Padgett ?

– Le service funèbre officiel de Davida Grayson a lieu demain à quatorze heures à Sacramento. J'ai essayé d'obtenir un rendez-vous avec Lucille après.

– Merci de me tenir au courant.

– C'est précisément ce que je fais, dit-il. J'ai nos billets pour le train de midi. (Il finit son muffin et se leva.) Prête ?

– Prête. Allons voir ce que la Belle au bois dormant a à nous raconter.

Avec douceur, Amanda secoua l'épaule de Minette. La jeune femme se réveilla en sursaut et mit quelques secondes à comprendre où elle se trouvait. Un filet de bave avait coulé du coin de ses lèvres. Elle l'aspira, puis s'essuya du revers de la main.

– Hou là là, marmonna-t-elle en prenant une gorgée du café qui l'attendait. Je suis plus fatiguée que je pensais. On est obligé de faire ça maintenant ?

– Plus tôt nous aurons fini, meilleures seront nos chances d'attraper l'assassin, dit Barnes.

– Prenez un muffin, proposa Amanda en lui tendant le paquet. Vous pouvez tous les manger si vous voulez.

Minette en prit un aux myrtilles.

– Non, ça ira, merci.

– Tenez, voilà des serviettes... encore un peu de café ?

– Volontiers.

– Je reviens tout de suite.

Amanda à peine sortie, Barnes lui répéta ses condoléances.

– Merci... On ne peut pas commencer ? (Elle consulta sa montre.) Y a des trucs qu'il faut absolument que je fasse.

Barnes sourit. Amanda revint avec le café.

– Voilà. Il vous faut autre chose ?

– Mlle Padgett est très occupée, dit Barnes sans la moindre ironie dans la voix. On va commencer tout de suite. Avant que nous parlions de Davida, j'aurais une ou deux questions concernant le saccage de votre appartement.

Minette le regarda par-dessus le rebord de sa tasse de café.

– Ouais ?

– Dans votre déclaration, vous dites ne pas avoir remarqué de disparitions dans vos affaires. C'est toujours vrai ?

– Je n'ai pas dit ça. Seulement que je n'en étais pas sûre.

– Mais vos objets de valeur ? Argent liquide, bijoux, objets coûteux… tout est-il là ?

– Je crois qu'il me manque de l'argent.

– Vous croyez ?

– Ouais. Davida gardait toujours un peu de liquide à la maison. Deux ou trois billets de cent, peut-être un peu plus. Je n'en ai retrouvé que cinquante. Les cambrioleurs ont peut-être emporté le reste.

– Et vos bijoux ?

Elle haussa les épaules.

– Je crois que tout est là. Je n'ai pas vérifié en détail. Mais quel rapport avec le meurtre de Davida ?

– Aucun, peut-être, répondit Barnes en s'approchant d'elle. Nous sommes passablement perplexes, Minette, et nous aurions besoin de votre aide. Au début, nous avons pensé que l'effraction avait été commise par l'assassin de Davida, et qu'il ou elle avait cherché quelque chose de précis. C'était logique, non ?

Minette acquiesça d'un mouvement de tête.

– Puis nous nous sommes rappelé, poursuivit Barnes, que le bureau de Davida n'avait pas été saccagé, lui. Pourquoi l'appartement, et pourquoi pas le bureau ?

– Nous en sommes donc venus à penser, enchaîna Amanda, que les deux affaires n'avaient aucun lien.

– Et vous, qu'est-ce que vous en pensez ? demanda Barnes.

– Comment diable voulez-vous que je le sache ? protesta Minette, irritée. C'est votre boulot.

– Exact, admit Barnes. C'est pourquoi ma première question est celle-ci : qui a pu vouloir flanquer la pagaille dans votre appartement et ne rien emporter de valeur ?

– Et je suis supposée devoir répondre à ça ? (Elle fronça les sourcils.) Si je le pouvais, cette discussion n'aurait même pas lieu d'être.

– Voilà ce qui nous pose problème. Nous n'avons retrouvé aucune trace d'une ouverture forcée ou d'une intrusion. Nous en avons donc conclu que celui ou celle qui a mis la pagaille chez vous possédait une clef.

Minette prit le temps de rassembler ses pensées. Elle regarda tour à tour les deux policiers, puis consulta sa montre.

– Je vous ai dit que le gérant me paraissait louche. Vous avez vérifié de son côté ?

– Oui, dit Amanda. Il a travaillé sur une fuite de la plomberie chez un de vos voisins.

– Jusqu'à minuit ?

– Plus tard encore. C'était une intervention sérieuse.

– Et donc il n'a pas pu l'avoir fait, conclut Barnes.

Minette ne dit rien.

– Qui d'autre avait une clef de l'appartement ? insista-t-il.

– Lucille Grayson. Vous savez, je ne serais pas surprise si c'était elle.

Amanda fit semblant de prendre l'hypothèse au sérieux.

– Mais pour quel motif aurait-elle agi ?

– Pour m'emmerder. Je vous l'ai dit, elle me hait, cette femme.

– Désolé, dit Barnes, mais elle était à son club avec des amies ce soir-là. C'est confirmé.

– Eh bien… c'est ce que les amies racontent.

– Des dizaines de personnes en ont témoigné, et son infirmière ne l'a pas quittée un seul instant. Elle n'a même pas approché le secteur de l'appartement, expliqua Barnes, qui essayait de croiser le regard de la jeune femme. D'une manière ou d'une autre, Minette, nous allons tirer cette histoire au clair.

– Ne devriez-vous pas plutôt vous occuper du meurtre ?

– Nous faisons les deux. Et pour l'instant, nous voudrions bien éliminer la piste d'un lien entre le meurtre et le saccage de l'appartement. Pour cela, il nous faut découvrir ce qui s'est passé chez vous. Je tiens à ce que vous sachiez que nous allons coincer celui ou celle qui l'a fait, Minette, et qu'il ou elle va se retrouver le cul à l'ombre.

Amanda enchaîna.

– Si vous savez quoi que ce soit, c'est le moment ou jamais de nous le dire, Minette. L'inspecteur Barnes et moi-même n'avons pas de temps à perdre.

– Voyez-vous, rien ne nous irrite davantage que lorsque les gens nous mentent.

– Oui, c'est vraiment une plaie, confirma Amanda.

– Nous comprenons cependant qu'il arrive que certaines personnes ne nous mentent pas exprès, vous voyez ce que je veux dire ?

– Non. (Elle avait répondu d'une voix ferme, mais s'était mise à ronger l'ongle de son pouce.) Vous avez dit que vous aviez besoin de mon aide. Qu'est-ce que vous attendez de moi ?

– Tout d'abord, que vous nous disiez qui, d'après vous, a pu flanquer la pagaille dans votre appartement, répondit Barnes. Parce que, de toute évidence, ce n'est pas un étranger.

– Comment pouvez-vous en être aussi certain ?

– Rien de valeur n'a disparu.

– Je vous l'ai dit, il manque de l'argent en liquide.

– C'est juste pour la forme, intervint Amanda. Et vous savez comment nous le savons ? (Minette ne répondit pas.) Il y avait beaucoup de pagaille, mais toutes les assiettes étaient intactes. Elles sont restées dans les placards. Un sacré désordre, mais pratiquement pas de casse.

– Plus facile pour celle qui devait nettoyer, ajouta Barnes.

– Voyez-vous, Minette, si vous avez quelque chose à nous dire, c'est le moment. Avant que cela n'aille trop loin.

– Nous savons que vous venez de subir un stress terrible.

– Et aussi que vous n'étiez pas vous-même. Nous comprenons que cette période soit terrible pour vous sur le plan émotionnel.

Barnes sourit.

Amanda sourit.

Un tic agita la joue droite de la jeune femme. Elle serra ses bras autour d'elle. Tira sur une de ses mèches de cheveux.

– Vous pouvez pas savoir.

– Comment pourrions-nous comprendre une telle perte ? admit Amanda. Bien sûr, que nous ne pouvons pas savoir et nous n'essayons même pas. Mais il nous faut aller au fond des choses et commencer par éclaircir ce qui s'est passé dans votre appartement. Il est indispensable que nous le sachions.

– Que voulez-vous dire ? demanda Minette en reniflant. Si je savais ce qui s'est passé, je vous le dirais.

Le sourire de Barnes devint reptilien.

– Nous pensons que vous en savez fichtrement plus que ce que vous voulez bien nous dire.

– Le moment est venu de vous débarrasser de ce poids, Minette. Tant que nous pouvons encore vous aider.

– Je ne comprends pas, murmura-t-elle.

– Si vous nous dites ce qui s'est passé, Minette, nous pourrons faire quelque chose pour vous. Le stress, le chagrin, tout ça, nous comprendrons.

– Mais, continua Barnes, si nous perdons un temps par ailleurs précieux à tenter de résoudre l'affaire du sac de l'appartement et que les indices commencent à pointer dans votre direction... (Il hocha la tête.) Ça va devenir mauvais. Très mauvais pour vous.

Amanda se pencha vers elle.

– Nous pensons savoir qui a fait ça, mon petit, et il faut nous le dire. Maintenant. Tant que nous avons encore une chance de vous aider.

– Et nous voulons sincèrement vous aider.

– Oui, sincèrement. Sauf que nous devons d'abord savoir ce qui s'est réellement passé.

Minette commença à pleurer en silence. Amanda lui prit la main.

– Tout va bien, mon petit. Vous pouvez nous le dire. C'est sûrement dur pour vous. Très dur. Et les choses ont toujours dû être tellement dures pour vous, avec Davida presque tout le temps absente.

– Je croyais qu'elle travaillait, pleurnicha Minette, la voix étouffée par l'émotion. Et je comprends maintenant qu'elle avait quelqu'un ! (Elle éclata en sanglots.)

Comment elle a pu me faire ça ! La salope ! La salope, fille de salope !

– Je suis absolument désolée, dit Amanda. La désillusion doit être terrible pour vous.

– Oui, terrible, répondit Minette en reniflant pour refouler ses larmes. Je croyais qu'elle travaillait très dur.

– Vous devez être en colère.

– Je suis folle de rage !

– Y a de quoi, dit Barnes. Mais vous soupçonniez cette liaison, non ?

Elle croisa rapidement le regard de l'inspecteur, mais baissa aussitôt les yeux.

– Je suppose.

– Vous êtes rentrée chez vous après la conférence de presse, n'est-ce pas ?

Minette fit oui de la tête mais avec une hésitation de gamine qui se sent coupable.

– Vous rentrez chez vous… seule, vos illusions perdues, en proie à la confusion, bouleversée… c'est bien cela, n'est-ce pas ?

Petits hochements de tête.

– Seule dans l'appartement que vous partagiez avec Davida, reprit Amanda. Vous deviez être hors de vous tant vous étiez bouleversée et en colère.

– Si bien que pour donner libre cours à ces sentiments, vous avez commencé à jeter un objet contre le mur.

– Tellement vous étiez bouleversée, répéta Amanda.

– J'étais complètement bouleversée.

– Et c'est comme ça que tout a commencé, conclut Barnes.

Pas de réaction.

– Nous avons besoin de votre aide, Minette. Que vous nous disiez la vérité, toute la vérité ; exactement ce qui s'est passé, sans détour, lorsque vous être rentrée chez vous après la conférence de presse.

– J'étais complètement sous le choc, répondit Minette à voix basse. J'ai jeté un coussin contre le mur. (Les deux inspecteurs attendirent la suite.) Et... et j'en ai jeté un autre... et un autre. Après, j'ai renversé un des canapés. J'ai été surprise de le trouver si léger. Du coup, j'ai renversé l'autre. (Elle se mit à respirer plus fort.) Et j'ai vu le bureau de Davida, si bien rangé... comme si ça faisait une éternité qu'elle n'y avait pas travaillé... et oui, ça faisait bien une éternité qu'elle n'y avait pas travaillé ! Et je savais tout au fond de mon cœur que si elle n'avait voulu que travailler, elle aurait aussi bien pu le faire à la maison. Alors j'ai commencé à sortir des choses de ses classeurs... à les déchirer... et à les jeter. Elle ne risquait plus d'en avoir besoin... (Les larmes lui coulaient le long des joues.) Ensuite, j'ai ouvert les placards et j'ai jeté ses affaires partout... et ensuite...

Elle sanglotait violemment.

– Je me suis rendu compte que j'avais mis une pagaille monstre et que je devais tout ranger. Et j'étais tellement seule, tellement seule...

Ses sanglots reprenant, Amanda lui tendit un Kleenex.

– Qu'est-ce que vous avez fait, alors ?

– J'ai remis le canapé droit et ramassé un coussin, mais ça n'a fait que me mettre plus en colère. Et me sentir complètement idiote. Et j'avais peur... Je ne sais pas qui a tué Davida, honnêtement, je vous jure que je ne le sais pas !

– D'accord, nous vous croyons.

Et Barnes la croyait... plus ou moins. Mais elle ne lui paraissait pas en état de se faire tirer les vers du nez. Il n'en restait pas moins en alerte, car il s'était déjà fait avoir dans des situations de ce genre.

– Vous aviez peur, toute seule. Qu'avez-vous fait ?

– J'ai complètement pété les plombs. J'ai commencé à me dire... vous savez, quand quelque chose se met à vous trotter dans la tête et qu'on ne peut pas s'en débarrasser ? C'est ce qui m'est arrivé. J'étais obnubilée par l'idée que celui qui avait tué Davida... il allait peut-être venir aussi s'en prendre à moi. Et j'étais toute seule dans l'appartement, au milieu de toute cette pagaille ! Ce que j'avais peur ! Je voulais appeler la police, sauf que je me trouvais idiote d'aller leur raconter que j'avais pété les plombs et que je paniquais... vous comprenez ?

– C'est pour ce genre de choses que nous sommes là, lui dit Barnes.

– Ouais, tout juste ! dit Minette en s'essuyant les yeux avec un Kleenex. Quand il s'agit de nous filer un PV, ça ne traîne pas, mais si je m'étais mise à raconter que j'avais la frousse, je parie que personne ne se serait bougé pour venir me voir.

Elle n'avait pas tout à fait tort, songea Barnes.

– Vous deviez vraiment vous sentir très seule, lança Amanda.

– Et alors, qu'avez-vous fait ? lui demanda Barnes pour l'encourager.

– J'ai appelé les flics et je leur ai dit que l'appartement avait été saccagé. J'avais besoin qu'on arrête de s'occuper de Davida et qu'on s'intéresse un peu à moi. Elle était morte, mais pas moi.

L'égocentrisme de Minette ne fut pas une surprise pour les deux inspecteurs ; mais la franchise de son aveu, en revanche, les étonna.

– À l'avenir, dit Barnes, si jamais vous êtes à nouveau prise de panique, sachez qu'il y a des gens qui peuvent vous aider. Inutile d'aller raconter n'importe quoi pour qu'on vienne vous voir.

– C'est à ça que les choses se résument, sanglota-t-elle. Un mensonge idiot parce que j'étais désespérée ! Je vais avoir des ennuis ?

– Vous avez fait une fausse déposition, répondit Barnes, et vous pourriez effectivement en avoir. Mais je crois que le juge prendra les circonstances en considération.

– Je ferais peut-être bien de contacter mon avocat.

– Probablement, dit Amanda. Si vous n'avez pas les moyens de vous en payer un, le comté vous fournira une assistance judiciaire gratuite.

– L'argent n'est pas un problème, répondit la jeune femme en se levant sur des jambes qui flageolaient. Est-ce que je peux l'appeler tout de suite ?

– Nous devons tout d'abord vous lire vos droits.

Minette se rassit et resta quelques instants engourdie, inerte pendant que Barnes lui récitait le début du texte. Puis lorsqu'il arriva au passage concernant l'assistance judiciaire, elle l'interrompit.

– Vous venez juste de me le dire. Et de toute façon, je sais tout ça à force de voir des feuilletons à la télé. Je regardais beaucoup la télé parce qu'elle me laissait tout le temps toute seule.

– C'est une évaporée, une femme futile et égocentrique, dit Barnes une fois qu'ils furent de l'autre côté de la vitre sans tain. Mais la vraie question est de savoir si oui ou non, c'est elle qui a assassiné Davida. Nous avons fouillé l'appartement et examiné ses vêtements.

Aucune tache de sang, pas le moindre résidu de poudre, pas de chaussures avec des traces suspectes ou des fibres de tapis... Aucune arme enregistrée à son nom et rien n'indique qu'elle en ait possédé une illégalement.

– Elle aurait pu engager un tueur.

– Pourquoi aurait-elle voulu la mort de Davida ?

– Parce que Davida la trompait. Parce que Davida l'a laissée seule une fois de trop.

– Minette avait sa parade. En la trompant elle-même, lui fit remarquer Barnes.

– Minette est une petite garce égoïste qui se sera mise dans une rage narcissique incontrôlable en découvrant que Davida voyait quelqu'un d'autre.

– OK, elle te plaît comme coupable.

Amanda eut un sourire fatigué.

– Elle te plaît vraiment pour ça ? demanda Barnes.

– Non, mais je ne veux pas pour autant l'exonérer. Elle est instable et elle connaissait probablement les habitudes de Davida mieux que personne.

Il était inutile de s'acharner davantage sur la question.

– Viendras-tu avec moi à Sacramento, demain ?

– Bien sûr. Tu ne devrais même pas me le demander.

– La cérémonie aura lieu avant l'enterrement, qui se fera dans l'intimité. J'ai prévu d'interroger Lucille Grayson quand tout sera terminé. (Il eut un sourire de chat avec des plumes entre les dents.) Ça te va ?

– Tu mijotes quelque chose, Will.

– Après l'enterrement, je dois aller à cinq heures et demie dîner chez Don Newell.

– Et je ne suis pas invitée, dit-elle en le regardant.

– Je peux te faire inviter.

– Mais... ?

– C'est à toi de voir.

– Sauf que tu n'as pas parlé de moi quand il t'a fait cette invitation.
– C'était davantage un truc personnel... les vieux copains de classe qui se retrouvent autour d'un barbecue.
Amanda siffla.
– Eh bien mon vieux... D'abord les anciens camarades du bahut, puis Jane Meyerhoff, puis ça ? Tu voudrais peut-être t'occuper tout seul de l'affaire ?
– Allons, Amanda, ne sois pas...
– Te mettrais-tu à croire que je perds mon doigté ? C'est moi qui viens tout juste de pousser Minette à avouer.
Barnes avait plutôt eu l'impression d'un travail d'équipe.
– C'était sensationnel, concéda-t-il, mais, avec Donnie, il pourrait y avoir des choses... des trucs dont il aurait du mal à parler devant toi.
– Les histoires de cul entre mecs ?
– Pas de cul, de femmes. Et plus précisément, ses relations avec Davida.
– Pendant que tu seras avec lui, je pourrais avoir un petit entretien avec sa femme... elle qui détestait Davida. À moins qu'elle soit tellement hystérique et cruche que ce ne soit pas possible.
– Je l'ai envisagé, Mandy, vraiment. Mais du coup, au lieu d'être une invitation amicale entre copains, les hommes se retirant pour aller fumer un cigare, ça va se mettre à ressembler un peu trop à un interrogatoire de flic. Du genre tu en prends un, je prends l'autre.
Il n'avait pas tort, même s'il répugnait à Amanda de le reconnaître.
– Si tu m'exclus encore une fois de cette façon, je laisse tout tomber, Will. On est supposés faire équipe... tu n'as pas oublié ?

– Mandy, tu sais bien tout le respect que j'ai pour…

– Pas ce genre de refrain, Will. Je suis trop en pétard pour supporter ta condescendance.

– Écoute. Je respecte vraiment ton opinion. Pour tout te dire, je voulais même avoir ton avis sur quelque chose.

Elle le regarda, les yeux plissés.

– Mon avis ?

– Oui… Marge Dunn et moi. J'ai loué une décapotable. J'ai prévu un tour dans les vallées de Napa et Sonoma et quelques dégustations.

En réalité, Barnes n'avait strictement rien prévu du tout, mais il avait trouvé excellente l'idée d'Amanda et c'était le moment ou jamais de le lui dire.

– Tu ne sais pas si on trouvera des ventes de fromage et de fruits sur le chemin ? Je me suis dit que ce serait peut-être une bonne idée, un pique-nique fromage, fruits et vin. Qu'est-ce que tu en penses ?

Amanda poussa un soupir.

– J'ai même une adresse à te donner. Il faut aussi aller faire un tour à The Olive Press, près de Sonoma. Et si elle te supporte encore à la fin de la journée, je peux te donner le nom de quelques restaurants.

– Ce serait sensa…

– Ça suffit, ton baratin… va louer ta bagnole et arrête de me faire chier. Je suis toujours aussi furieuse, Will.

– Je le vois bien. Qu'est-ce que tu dirais d'un café au Melanie ? C'est moi qui régale.

Elle se dégela un peu.

– Tu crois pouvoir entrer dans mes bonnes grâces avec un foutu cappuccino ?

– Déjeuner ?

– C'est un peu mieux.

– Chez Panisse ? Je connais une des serveuses, le service est peut-être un peu lent...
– J'en serai ravie, merci, dit-elle avec un sourire. Je vais sortir la voiture pendant que tu vérifies le contenu de ton portefeuille.

19

Bien que sans enfant, Davida Grayson laissait quelque chose derrière elle. Son amour de la vie, sa volonté de justice pour les défavorisés, son entêtement dans la recherche de l'équité, tout cela fut dit et redit par ceux qui prirent la parole ; tous l'avaient suffisamment bien connue pour que leurs propos ne paraissent pas convenus ; tous s'engagèrent à continuer le combat qu'elle avait mené pour une législation sur les cellules souches.

En fin de compte, Lucille Grayson s'était comportée en grande dame et avait autorisé Minette Padgett à parler. La jeune femme étonna Barnes et Isis en faisant preuve de clarté d'esprit et de pondération. Elle ne dit que quelques mots – ce qui était en soi un signe de discrétion –, mais ils venaient du cœur. Si Barnes n'avait pas su quelle fofolle elle était, il aurait été obligé de retenir des larmes.

La cérémonie d'une heure terminée, on chargea le cercueil dans le corbillard et tous ceux qui avaient connu Davida lui firent un dernier adieu. Seuls les proches devaient l'accompagner jusqu'à sa tombe.

Amanda consulta sa montre en quittant l'auditorium en compagnie de Will, au milieu de la foule en noir, dense et ondulante, qui se dirigeait vers les sorties. Il était un peu plus de trois heures.

– Ton dîner entre hommes est toujours prévu à dix-sept heures trente ?
– *A priori*, oui.
– As-tu aperçu Newell ?
– Je l'ai cherché, mais je ne l'ai vu nulle part, répondit Barnes. On a un peu de temps à tuer. Un café, ça te dit ?
– Pourquoi pas ?

Elle partit deux pas devant lui et s'ouvrit un passage dans la foule. Polie, mais toujours fâchée.

Barnes la rattrapa à l'extérieur.
– J'ai appelé Newell ce matin. Tu es invitée.
– Pourquoi avoir changé d'avis ?
– Parce qu'il est normal que tu sois là. Après le dîner, je prendrai Donnie à part et tu t'occuperas de Jill, comme tu l'as suggéré.

Ils firent quelques pas en silence.
– As-tu dit à Newell que je venais ?
– Seulement qu'il était possible que tu viennes. Je ne savais pas si tu n'avais pas prévu autre chose.
– Je me demande…
– Bon, j'appelle Donnie et je lui dis que c'est OK.
– Et si j'appelais moi-même Jill pour savoir si elle est d'accord pour que je vienne dîner ? Quand elle aura dit oui, je la remercierai personnellement et je lui demanderai si je peux apporter quelque chose.
– Entre femmes, dit Barnes.
– Entre êtres humains.

En tant que capitale de l'État, Sacramento se mettait en quatre pour ses politiciens. La ville comptait nombre d'excellents restaurants, plusieurs musées d'art dus à la générosité de la Crocker Bank, des salles de concert, quelques théâtres et le stade de l'ARCO avec son équipe de la NBA, les (presque) champions Kings. Cependant, comme la plupart des villes, elle présentait plusieurs visages.

Dans le cas de Sacramento, cela signifiait un passé de ville minière et une forte présence du monde agricole. Quand les Kings jouaient à domicile, les fans arrivaient équipés de cloches de vaches.

Barnes avait grandi dans une ferme, au sein d'une communauté semi-rurale, à une trentaine de kilomètres du dôme du capitole ; là, comme la plupart de ses camarades d'école, il avait appris à tirer au fusil et à se servir de ses poings. Le choix, en matière de musique, se limitait au country pour les masses et à sa variété *bluegrass* pour ceux qui appréciaient la guitare et le violon virtuoses. D'avoir eu un frère gay et de vivre à Berkeley avaient influé sur sa mentalité sans la transformer complètement. Comme l'avait remarqué Amanda, il lui arrivait de retomber dans ses travers de cow-boy. À son détriment, parfois.

Pas cette fois-là. Assis à la grande table en pin massif chez les Newell, avec sa cravate ficelle, ses Wranglers et ses bottes bien fatiguées, il se sentait tout à fait à l'aise.

De style ranch, la maison s'élevait au milieu de deux hectares et demi de chênes et d'eucalyptus, dans un secteur semi-campagnard de granges et d'écuries. Le mobilier, un ensemble en cuir venant d'un grand magasin, était complété par deux fauteuils relax avec accoudoirs porte-tasse placés devant un écran plat de télé de plus d'un mètre cinquante. En matière d'œuvres d'art, on ne voyait que les productions des enfants de la famille. L'essentiel de la conversation était le fait des demandes de ces mêmes enfants de faire passer les plats. Tout le monde chanta (à juste titre) les louanges de Jill pour ses talents de cuisinière. Celle-ci ne parut pas y prendre plaisir. Timide, et depuis toujours.

Pendant le repas, Barnes jeta quelques regards en coin à Amanda, qui mangea peu et fit des compliments sur le comportement des trois enfants.

Pour autant que Barnes pouvait en juger, ces propos flatteurs ne concernaient pas Don qui, jovial et facétieux, ne cherchait nullement à imposer son autorité.

C'était Jill qui régentait la maison.

Sculpturale, mesurant dans les un mètre soixante-quinze, elle avait un visage ovale fatigué et des pommettes hautes ; ses yeux bruns en amande au regard perçant faisaient supposer qu'elle avait du sang indien. Elle avait des lèvres pleines, mais ne souriait que rarement. Ses mains abîmées par le travail avaient des doigts longs aux ongles courts. Elle portait un jean moulant et un sweatshirt très ample, et elle avait noué haut, en queue-de-cheval, ses cheveux châtains.

Comme cette artiste... Georgia O'Keeffe.

– Cela faisait une éternité que je n'avais pas mangé aussi bien, dit Barnes en se tapotant l'estomac. Un repas sensationnel, Jill. Ces côtelettes étaient délicieuses.

Jill accueillit ce commentaire avec une esquisse de sourire et un *merci* murmuré. Quand elle se leva pour débarrasser, Amanda l'imita.

– Ne bougez pas, Amanda, lui dit Jill. Les enfants vont s'en charger.

– Mais ça n'est pas un problème. Sans compter que c'est un jour de semaine et qu'ils doivent avoir des devoirs à faire. C'est bien volontiers que je vous donnerai un coup de main si vous voulez les voir s'y mettre.

– Eh bien... d'accord... vous êtes bien sûre ?

– Tout à fait.

Jill hocha la tête.

– Très bien. Allez, tous les trois, vous y échappez. Filez apprendre vos leçons et pas question d'ouvrir l'ordinateur tant que vous n'aurez pas fini. (Elle se tourna vers son aîné, Ryan, âgé de quinze ans.) Si vous allez en douce devant l'écran, vous le paierez cher.

Ryan réagit par un sourire où on devinait une certaine ironie.

– Bien compris. Merci pour le dîner, répondit-il.

Sur quoi, il adressa une petite grimace complice à son père qui réagit par un clignement d'œil dans le dos de sa femme.

Amanda, la millionnaire, était parfaitement à l'aise.

– Je lave ou j'essuie, comme vous voulez.

Barnes n'ignorait pas qu'elle avait eu une enfance difficile. Elle était toujours autant capable d'avoir un bon contact avec les gens.

– Nous avons un lave-vaisselle, répondit Jill.

– Encore mieux, je vais le remplir.

– Un coup de main ? dit Don, sans même faire semblant de parler sérieusement.

– Ça ira très bien, répondit Amanda.

– Jill ? Ça t'embête si je montre ton nouveau fusil de chasse à Will ? s'empressa de demander Don.

– Vas-y.

– Votre « nouveau » fusil ? s'étonna Amanda.

– Jill est une supergâchette, expliqua Don. Elle ferait sensation dans un groupe d'intervention, mais je préfère qu'elle s'en tienne à la cuisine.

Jill fronça les sourcils.

– De toute façon, je n'ai aucune envie de tirer sur les gens.

– Tu vois, c'est là qu'on diffère, répliqua Don, qui réussit à embrasser sa femme avant qu'elle ne se détourne. À tout de suite, mesdames.

Une fois les hommes partis, Amanda entreprit de vider les restes des assiettes dans la poubelle.

– Où avez-vous appris à tirer ?

– Avec mon père. Il m'a amenée à la chasse dès mes dix ans. À l'époque, je détestais ça, mais comme j'adorais mon papa, je le suivais. Je n'ai jamais aimé tuer des animaux et je me suis mise au ball-trap. J'ai découvert que j'avais le coup d'œil et une bonne coordination. J'ai commencé à participer à des compétitions à quinze ans. J'ai remporté assez de rubans bleus pour tapisser un mur. À mes yeux, cependant, la compétition est quelque chose de stupide... un truc de mecs... vous ne trouvez pas ? Mais voilà, mon père était tellement fier de moi ! Le fusil, c'est pour la chasse au dindon. Donnie me l'a offert... sauf que c'est le genre de cadeau que font les hommes quand ils veulent en profiter eux-mêmes.

– C'est Donnie, le chasseur de la famille ?

Jill répondit d'un hochement de tête.

– Je me contentais de le suivre, avant, mais depuis quelque temps je me suis fait la réflexion que si je dois cuire la dinde de Noël, je dois reconnaître honnêtement d'où elle vient. Si bien que, maintenant, j'appuie sur la détente. Je dois dire que rien ne vaut le gibier. C'est absolument délicieux.

– Je n'en doute pas.

– Vous chassez ?

– Non... mais mon père ne chassait pas non plus... ce qui est sans importance, d'ailleurs, expliqua Amanda avec un sourire. Je ne m'entendais pas tellement bien avec lui, même si j'aurais mauvaise grâce de me plaindre. Mon mari compense largement ce déficit.

Jill garda quelques instants le silence avant de réagir.

– Nous avons tous notre croix à porter… Donnie est plein de bonnes intentions, ajouta-t-elle en haussant les épaules. Vous savez ce qu'on dit des bonnes intentions.

– Oui.

– Il se retrouve toujours dans des histoires. Il ne réfléchit pas assez. Ça lui a coûté de l'avancement.

– Comment cela ?

– Au lieu d'étudier pour passer le concours de sergent, il va aider tel ou tel vieil ami ou va jouer aux fléchettes au Brady. (Elle regarda Amanda en face.) Les gens l'exploitent, des fois.

– C'est malsain.

– Très malsain, soupira Jill. Mais, comme je l'ai dit, c'est quelqu'un de bien.

Elle avait en fait parlé de ses *bonnes intentions*, mais Amanda ne la corrigea pas.

– Depuis combien de temps êtes-vous mariés ?

– Vingt et un ans. Nous étions au lycée quand nous nous sommes rencontrés.

– Oh, fit Amanda, feignant l'ignorance. Avez-vous aussi connu Davida Grayson ? Elle était d'ici.

– Oui, j'ai connu Davida.

– Vous étiez au service funèbre, aujourd'hui ?

– Donnie y est allé, mais je n'ai pas pu me décider à l'accompagner. Un conflit à l'école… une histoire de rapports parents-profs, dit-elle en haussant à nouveau les épaules. Ce devait être bien triste.

– Oui, en effet.

– Pour être honnête, je n'avais aucune envie d'y aller… c'est trop angoissant, l'idée de connaître quelqu'un qui a été assassiné…

– Étiez-vous amie avec Davida ?

– Oh seigneur, non ! Je ne l'aimais pas du tout, à l'époque, mais c'était probablement de l'ignorance de ma part. Elle avait déjà fait son *coming out* quand j'étais en seconde, et je trouvais ça dégoûtant... les femmes entre elles.

– Je comprends.

– Mais tout cela est bien loin, maintenant. Que Donnie soit sorti avec elle, en plus, n'a rien arrangé. Vous étiez au courant ?

Amanda fit non de la tête. Elle n'en était plus à un mensonge éhonté près.

– Bref, après son *coming out*, Donnie a été sérieusement traumatisé. Ses copains se sont beaucoup fichus de lui.

– Je vois ça d'ici. Avez-vous commencé à sortir avec lui tout de suite après ?

– Presque tout de suite, oui. Le reste, comme on dit, appartient à l'histoire, ajouta Jill avec un petit sourire contraint. Combien d'enfants avez-vous ?

Changement de sujet.

– Aucun, répondit Amanda. Pour le moment.

– Il faut les surveiller... les enfants. Je dois faire attention avec mon aîné, en particulier. Il est sournois... comme d'autres personnes que je connais.

Le sous-entendu était évident, mais Amanda ne chercha pas à lui en faire dire davantage. Quand les gens se livrent trop vite, le contrecoup est parfois de la colère.

– Vous entraînez-vous à tirer dans votre propriété ? Quelle superficie avez-vous ? Dix hectares ?

– Non, beaucoup moins, autour de deux et demi, mais le terrain paraît plus grand à cause des clairières. Parfois, quand je suis d'humeur, je vais tirer sur une cible que j'accroche entre les arbres. Si je tirais sur les chênes avec mon fusil, je les abîmerais trop.

– On pourrait peut-être s'exercer ensemble un jour. Je ne me débrouille pas mal, mais je pourrais certainement faire encore des progrès.

Jill retint un sourire.

– Je serais contente de vous montrer ce que je sais.

– Ce serait génial.

Amanda était très satisfaite de la tournure prise par la soirée. On pouvait classer maintenant non seulement Donnie, mais également Jill parmi les suspects. En allant faire du tir avec Jill, elle pourrait sans peine récupérer quelques douilles vides.

Barnes examina le fusil à pompe, un Browning Gold Lite calibre douze.

– Beau matériel. Je ne savais pas que tu chassais.

Newell le laissa prendre l'arme en main avant de la remettre sur le râtelier et de fixer la barre de sécurité.

– Oh oui, depuis quelques années. On finit par se barber, des fois. C'est bien d'avoir une distraction. (Il se tourna vers Barnes.) Ça t'a démangé toute la soirée de me prendre à part. De quoi veux-tu parler ?

– D'après toi ?

– Ne réponds pas à ma question par une autre à la con, Will. J'ai été flic assez longtemps pour que tu me respectes un peu plus. Alors crache le morceau ou rentre chez toi.

– Tu as raison. J'attends de toi que tu me parles de tes relations avec Davida Grayson et que tu m'en parles honnêtement.

Newell sourit et hocha la tête.

– Je m'y attendais.

– Tu as donc eu le temps d'y penser.

– Il n'y avait rien à penser, Willie. Davida était une vieille amie et une politicienne controversée. Quand elle avait besoin d'un coup de main de la police, j'étais heureux de lui rendre service. C'est tout, mon vieux.

– Et ton passé avec cette femme ?

– C'est exactement ça : le passé.

– J'ai besoin d'en savoir un peu plus, Donnie, car l'affaire semble tourner autour.

– Comment ça ?

Barnes était coincé par son mensonge.

– Je voudrais bien pouvoir te le dire, mais tu connais les consignes.

– Suis-je considéré comme un suspect ?

– Tu es l'une des dernières personnes à lui avoir parlé. En ce qui concerne le sujet de votre conversation, je n'ai que ta parole.

Le silence retomba entre les deux hommes. Au bout d'un moment, Newell haussa les épaules.

– Comme je te l'ai dit, il n'y a rien eu entre nous ces vingt-cinq dernières années. Ce n'est pas que j'aurais détesté, vu qu'à une époque, j'étais dingue de cette fille. Elle baisait comme une malade, tu peux pas avoir idée. Quand tu as dix-sept ans, ça suffit pour qu'une fille te rende raide fou.

– Je sais déjà tout ça. J'en conclus qu'à ce moment-là tu ignorais qu'elle était gay.

– Je crois qu'elle ne le savait pas elle-même.

Barnes garda le silence.

– Bon, elle s'en doutait peut-être, admit Don. C'est elle qui a suggéré de faire une partouze à trois avec Jane Meyerhoff. J'étais à l'époque un ado américain au sang chaud tout ce qu'il y a de plus normal, ce qui veut dire que j'avais constamment la trique. Quand elle m'a proposé ça, vieux, j'ai cru que j'étais mort et que j'arrivais au paradis. En y repensant, je me dis qu'elle s'est peut-être servie de moi pour avoir Janey.

– Comment c'est arrivé ?

– Un concours de circonstances, à vrai dire. On s'est retrouvés à quatre et nous sommes allés chez les parents de Jane, qui n'étaient jamais chez eux... ils partaient toujours dans des coins exotiques de la planète. Le quatrième était le rancart de Jane, un nul, Derek Hewitt.

– Je me souviens de Hewitt, dit Barnes. Grand, maigre et crétin.

– Et riche... qu'il ait été riche était important aux yeux des parents de Jane. Bref, on a descendu de la gnôle, fumé de l'herbe et on s'est mis à planer. Hewitt a été malade et s'est endormi sur le lit de Jane. Jane, Davida et moi, on se sentait très bien. Quand Davida a lancé son idée, Janey et moi avons d'abord cru qu'elle rigolait.

Newell devint grave et reprit un ton plus bas :

– Mais elle était sérieuse. On a commencé lentement... tu sais... on se bécotait, on se tripotait un peu... et puis, bam ! (Don transpirait.) C'est après que ça a mal tourné. Jane a pété les plombs. Il a fallu qu'on s'y mette tous les deux et qu'on la fasse fumer du shit à tire-larigot pour la convaincre que ce n'était pas une grosse affaire, juste une simple petite expérience. C'est environ deux mois plus tard que Davida a fait son *coming out*. Elle et Jane sont restées amies, mais je me suis trouvé rapidement hors du coup.

– Autrement dit, la liaison de Davida et Jane remonte à cette date lointaine ?

– Je ne sais pas au juste ce qu'il y avait entre elles. Et j'ai finalement commencé à sortir avec Jill parce qu'elle était chaude, alors... elle en avait envie tout le temps. Quoique, rétrospectivement, je me demande... si elle ne simulait pas, tu sais ? Comme si ça ne lui plaisait pas autant qu'elle voulait me le faire croire.

– Comment Davida a réagi quand tu es sorti avec Jill ?

– Je ne sais même pas si elle a réagi. On s'évitait soigneusement, Davida et moi. Ou plutôt, moi, je l'évitais. J'étais gêné à cause des trucs que disaient les mecs.

– Ça peut se comprendre.

– Du genre avec une brouteuse de gazon, t'es pas de taille, vieux, des conneries dans le genre. (Il fronça les sourcils.) Nos chemins se sont séparés, Jane est retournée à son Hewitt, nous avons fini le lycée, Jane et Davida se sont inscrites à l'Université de Californie, Hewitt est allé à Stanford et moi à la fac du coin. Mais tout ça, c'est de l'histoire ancienne, mon vieux.

Barnes acquiesça.

– Willie, la dernière fois qu'il s'est passé quelque chose de personnel entre Davida et moi remonte au jour où j'ai été son cavalier pour la fête de la promo, et c'est la pure vérité.

– C'est toi qui as été le cavalier de Davida à la promo ?

– Une belle connerie, oui. Jill s'est arrangée pour que je l'oublie pas.

– Mais pourquoi l'as-tu fait ?

– Parce que Davida m'a supplié et que j'estimais avoir une dette envers elle à cause de ce que j'avais vécu avec elle sur le plan sexuel. Je ne sortais avec Jill que depuis quelques mois et elle était en seconde. Je me disais qu'elle avait encore deux années devant elle. Et comme en plus Davida était lesbienne, je me disais aussi que Jill s'en ficherait. (Il rit.) Bon Dieu, qu'est-ce que j'ai pu être con !

– Et tu n'as plus jamais eu de relations sexuelles avec elle depuis son *coming out* ? insista Barnes.
– Je crois avoir déjà répondu à cette question.
– Ne prends pas la mouche, Donnie, j'ai mes raisons pour te le demander. Davida était atteinte de gonorrhée et ce n'est pas sa petite amie, Minette, qui la lui a refilée.

Il y eut un grand silence. Puis Newell leva les yeux vers le ciel devenu noir.

– Elle l'a attrapée d'un mec ?
– Je n'en ai aucune idée, Don. La seule chose que nous savons, c'est que cette saloperie se passe plus facilement d'un homme à une fille qu'entre deux filles.
– Putain de Dieu ! murmura Newell. Elle continuait donc avec un homme.
– Possible.
– Si elle m'avait demandé de faire une partie de jambes en l'air avec elle, je ne sais pas ce que j'aurais fait. C'était une femme sensationnelle. (Il fixa Barnes de ses yeux bleus.) Heureusement pour moi, je ne me suis pas retrouvé dans ce genre de dilemme.
– Où étais-tu la nuit du meurtre de Davida ? Heure par heure.
– Chez moi, dans mon lit.
– Ça t'embête si je vérifie tes fusils de chasse pour des comparaisons balistiques ?

Newell réfléchit longuement, concentré.

– Oui, les fusils… Bon sang, je n'en ai strictement rien à foutre, personnellement, mais si j'accepte, Jill risque de se demander pourquoi. Je ne tiens pas à donner à ma femme la moindre raison de soupçonner quelque chose, Willie. Même si je n'ai rien fait. Tu sais comment sont les nanas ; quand elles ont une idée dans la tête…

Silence.

– Pourquoi ne pas voir la direction que prend l'enquête avant de vérifier mes armes ? Si tu es encore curieux dans deux jours, je me soumettrai. Mais ça ne me fera pas plaisir. D'ailleurs, qui pourrait avoir plaisir à être soupçonné de meurtre ?

20

Lucille Grayson habitait une vaste maison victorienne de deux étages aux murs en bardeaux. Incurvée, la véranda de devant était meublée de sièges en rotin avec parmi eux une balancelle à l'ancienne. Couleur crème avec des parements verts, la demeure se fondait bien dans le parc qui l'entourait ; chênes, eucalyptus, sycomores et pins s'élevaient au milieu d'une pelouse douce comme du velours. Les massifs de fleurs étaient éclatants de couleurs et, dans le verger, les citronniers, les pêchers et les pruniers continuaient à produire bien au-delà de la saison.

Cette partie de la Californie était plate, chaude et sèche ; mais un siècle auparavant, on y avait créé des collines à coups de bulldozer et installé un système d'irrigation. Avec la frénésie de la ruée vers l'or et les camions-citernes, on pouvait tout se permettre.

Barnes et Amanda étaient en avance de presque une demi-heure ; ils se garèrent à l'écart, sous un chêne dont les rameaux retombaient tellement bas qu'ils effleuraient le sol. Tout en sirotant le café qu'ils avaient acheté en chemin, ils regardaient le ballet des visiteurs qui arrivaient et repartaient.

Barnes avait dormi pendant tout le trajet. Il bâillait encore et clignait des yeux pour se réveiller.

Amanda avait veillé aussi tard que lui et conduit pendant tout le retour jusqu'à San Francisco. Elle avait retrouvé Larry, commencé à le câliner, puis davantage, et n'avait que très peu dormi. Son mari était vraiment un chou, mais elle savait que la fatigue finirait par avoir raison d'elle. Pour l'instant, elle se sentait requinquée.

– Bonjour ! Alors qu'est-ce que tu en dis ?
– De quoi ?
– Du fait que Lance Armstrong se serait dopé... De ton copain de classe Don Newell, pardi. Il traîne encore dans ta liste de suspects ?
– Je ne l'ai pas complètement éliminé, mais il dit qu'on pourra vérifier ses fusils quand on voudra et ne m'a raconté aucune histoire fumeuse. Sincèrement, je ne sais pas, Mandy.
– Moi, j'aime bien Jill Newell. Elle a toujours détesté Davida, elle ne fait pas confiance à son mari et elle sait se servir d'un fusil. Imagine que la passion de Don et Davida se soit rallumée, imagine que Jill s'en soit aperçue : je la vois bien se mettre dans une rage folle.
– Je ne pense pas qu'ils aient fait quoi que ce soit.

Amanda chercha le regard de son collègue et le soutint.

– Et pourquoi ?
– Quand il m'a dit qu'il n'y avait plus rien entre eux, il m'a paru sincère.
– Et toi tu l'as cru, juste comme ça.
– Il a répondu sans détour à toutes mes questions, Mandy. Sans la moindre nervosité. Même pas quand je lui ai parlé de la gonorrhée... il paraissait plus scandalisé qu'autre chose. Comme s'il avait pensé : *tant qu'à baiser avec un mec, ç'aurait dû être moi.*
– Ah, vanité, vanité, ton nom est macho !

– La citation me paraît inexacte, collègue. Bref, il s'est mis à évoquer ses souvenirs et il semblerait que ça marchait très fort entre eux avant que Davida ne fasse son *coming out*.

Il rapporta alors à Amanda ce que lui avait confié Don.

– Raison de plus pour qu'il ait envie de recommencer, lui objecta-t-elle.

– Oui, évidemment… d'accord, il se vantait, mais il y avait une sorte de nostalgie, aussi. Comme s'il pensait que la vie était meilleure alors. N'oublie pas que tout cela remonte à vingt ans, Amanda. Je ne dis pas que Don est un ange, mais, s'il a trompé Jill, je ne pense pas que ce soit avec Davida. Je crois qu'il me l'aurait dit.

– Entre mecs, autrement dit.

– Entre mecs, oui.

– Par ailleurs, il pourrait s'agir d'une stratégie, mon gros, lui fit remarquer Amanda. Il t'avoue ce que tu sais déjà pour ne pas avoir à te dire ce que tu ne sais pas.

– Tu pourrais avoir raison.

L'inspectrice sourit.

– Nous avons en somme échangé nos positions. Je penche assez pour Jill, ou peut-être Don, mais plus toi.

– C'est ce que nous sommes censés faire, non ? La valse-hésitation des hypothèses.

Il laissa passer quelques instants pendant lesquels il finit son café avant de reprendre :

– Je me sentirais fichtrement mieux si nous avions un peu plus d'éléments venant de l'autopsie.

– Voyons déjà ce qui sortira de l'examen des fusils des Newell. Une raison pour ne pas les avoir pris hier au soir ?

– J'ai promis à Donnie que nous allions attendre un peu. Il ne tient pas à ce que Jill puisse soupçonner un seul instant qu'il fait partie de la liste des suspects.

– Attendre un peu, c'est-à-dire le temps qu'il se débarrasse des armes ?

– J'ai relevé les numéros de série. Il ne va pas s'en débarrasser.

– Un jour tu es certain que c'est lui, le lendemain tu l'élimines ? Je ne te comprends plus, Will.

Barnes se tourna vers elle.

– Pour l'instant, même si les Newell sont impliqués, on a que dalle comme éléments. Si on élimine leurs fusils, on a encore moins que que dalle.

– Autrement dit, on fait une superimpasse pour éviter une déception ? C'est absurde. Il faut y retourner dès aujourd'hui pour les récupérer.

– Comme tu veux, mais mon instinct me dit que ce n'est pas eux… ni lui ni elle.

– Et d'après ton instinct, c'est qui, alors ?

– Jusqu'ici, mon instinct n'est bon qu'à éliminer les suspects. Il ne sait pas les renifler.

Amanda étudia son collègue. Il était plus pâle que d'habitude et un léger tremblement affectait ses mains.

– Tu devrais peut-être mettre un peu la pédale douce sur les petits noirs, Will.

– Ce n'est pas le café, Mandy. C'est d'être de retour ici. J'ai fait l'entretien de ce jardin, dit-il avec un geste. Je ne devais pas avoir plus de quatorze ans, personne ne m'a jamais rien proposé à boire… ouais, je suis une boule de nerfs à vif, en ce moment. Tom Clancy avait raison : on ne peut jamais retourner à la maison du passé. Sans compter qu'il est plus prudent de ne pas le faire, même quand c'est possible.

– Pas Tom Clancy, Thomas Wolfe.

– Thomas Wolfe ? L'écrivain toujours en costard blanc ?

– Non, ça, c'est Tom Wolfe.

Barnes se sentit agacé.

– Bref, j'essayais simplement de dire qu'il me tarde de foutre le camp d'ici.

L'intérieur de la maison, surchauffé et bruyant, donnait une impression de confinement. La horde des visiteurs buvait du chardonnay, grignotait des amuse-gueules et bavardait. Lucille Grayson tenait sa cour depuis un fauteuil de brocart à dosseret bosselé, habillée d'une robe noire toute simple, de bas noirs et de chaussures orthopédiques noires. Maquillée avec discrétion, elle avait les yeux aussi secs que le désert d'Arizona.

Lorsqu'elle aperçut Barnes, elle lui fit signe de s'approcher. Il se fraya rapidement un chemin au milieu de la foule.

– Encore une fois, je suis vraiment désolé, madame Grayson, dit-il.

Lucille ne put l'entendre.

– Allez dans le petit salon, lui cria-t-elle. Je vous y retrouve dans vingt minutes.

Encore aurait-il fallu savoir où était le petit salon en question ; Barnes n'avait jamais été plus loin que le vestibule.

Il avait toujours retrouvé Davida à l'extérieur. Ces rendez-vous étaient d'autant plus excitants qu'ils avaient lieu en cachette… sous les étoiles, à humer le parfum mentholé des eucalyptus, auquel se mêlaient de légers effluves de crottin de cheval…

Ses cheveux, la manière dont elle aspirait brusquement l'air…

Il repartit au milieu de la foule, à la recherche du petit salon.

De nos jours, qui avait un petit salon ? Amanda, dont les manières étaient aussi raffinées que celles de n'importe laquelle des amies de Lucille, le vit et vint à sa rescousse.

– Elle veut nous parler au petit salon… du diable si je sais où il est.

– Dans une maison de ce genre, sans doute sur un des côtés avec une vue depuis la véranda.

Elle montra une direction et il la suivit, de nouveau obligé de se frayer un chemin parmi les gens, jusqu'à ce qu'il sente une tape ferme sur son épaule.

Il se retourna et se retrouva face aux yeux bleu acier de Jane Meyerhoff.

– Est-ce que je peux t'aider ? lui lança-t-elle.
– Où se trouve le petit salon ?
– Pourquoi ?
– Lucille nous y a donné rendez-vous.

Jane lui montra exactement la direction suivie par Amanda. Prenant Barnes par la main, l'amie de Davida entraîna les deux inspecteurs jusqu'à une porte sculptée dont elle poussa le battant.

Haute de plafond, avec de lourds rideaux en velours rouge frangés d'or aux fenêtres, la pièce sentait le renfermé. Des fauteuils cloutés et des divans profonds y étaient disposés de manière guindée. Un bar en noyer, devant un miroir, offrait diverses boissons à servir dans des verres à pied en cristal.

Barnes avait l'impression de se retrouver dans un bordel de western spaghetti. Il se demanda si Davida n'y avait pas entraîné des garçons autrefois.

Jane referma la porte et regarda Amanda. Les deux femmes étaient sveltes, habillées de noir et impeccablement mises. On aurait dit une photo prise au cours d'une soirée de charité.

— Jane Meyerhoff, dit-elle en lui tendant la main. Je ne crois pas que nous nous soyons déjà rencontrées.
— Amanda Isis.
— Voulez-vous boire quelque chose ?
— De l'eau.
Jane se tourna vers Barnes.
— Ce que tu mettras dans mon verre.
— Eh bien, dit Jane en inspectant les bouteilles, Lucille a du Glenlivet, du Glenfiddich, du Glenmorangie... tu ne préfères pas le bourbon ?
— Parfois.
— Dans la rangée de derrière, tu as du Wild Turkey, du Knob Creek...
— N'importe quoi, Jane, ce sera parfait. Et rien qu'un doigt. Nous sommes venus présenter nos respects, mais aussi dans le cadre de l'enquête.
— Pour parler à Lucille ?
— Pour faire ce que nous avons à faire. Merci de nous avoir montré le chemin.
— Pas de problème.
Jane remplit les verres, en s'adjugeant personnellement deux doigts de vodka.
— Lucille m'a demandé de m'occuper des choses aujourd'hui. Tu sais... pour l'aider à contrôler tous ces péquenots, ajouta-t-elle avec un mouvement de tête vers la porte, par où leur parvenait le bruit assourdi des conversations. Je n'ai pas pris la parole. Minette aurait pu voir ça comme une provocation.
— Ce n'était ni le lieu ni le moment, fit observer Amanda.
— Exactement.
— Vous ne vous entendez pas, Minette et toi ? demanda Barnes.
Jane prit une bonne rasade de vodka avant de répondre.

– Personne ne s'entend avec Minette. Si vous voulez bien m'excuser, il faut que j'aille voir si Lucille n'a pas besoin de moi.

– Un sujet sensible, Minette Padgett, commenta Amanda lorsque Jane fut sortie.

Mais avant que Barnes puisse répondre, la porte s'ouvrait à nouveau et Lucille entra, appuyée d'un côté sur une canne et se tenant au bras de Jane de l'autre.

Barnes lui présenta un siège et Jane aida la vieille dame à s'y installer.

– Quelque chose à boire, Lucille ?

– Un Johnny Walker avec des glaçons. Du rouge ou du noir, de toute façon je ne sens rien, au point où j'en suis. Et double, ajouta-t-elle lorsque Jane commença à préparer le verre.

– Merci infiniment d'accepter de nous recevoir, madame Grayson, dit Amanda.

Lucille restait agrippée au pommeau de sa canne fait d'un buste de femme en ivoire.

– C'est peut-être moi qui devrais vous remercier. C'était une bonne excuse pour m'esquiver.

Jane lui tendit son verre et la vieille dame l'engloutit à une vitesse étonnante.

– Ah, ça fait du bien ! Va me remplacer, Jane. Il faut que quelqu'un tienne la baraque.

– Vous êtes sûre que vous n'avez pas besoin de moi ici ?

De la main, Lucille lui fit signe que non.

– Va voir ce qui se passe et si personne ne me vole l'argenterie.

Jane poussa un soupir peu discret et sortit. Lucille se tourna alors vers Barnes.

– Willie, dit-elle, j'imagine que toi et ta jolie collègue préférez me parler en privé, n'est-ce pas ?

– Vous avez lu dans mon esprit, madame Grayson.
– Que veux-tu, c'est un livre ouvert.
Barnes sourit.
– Je me sens percé à jour, madame Grayson.
– C'est quelque chose que je fais très bien, répondit Lucille, dont les yeux s'embuèrent. Davida était aussi très bonne à ce petit jeu, ce qui ne l'empêchait pas de me supporter. Je devais être une casse-pieds de première, pourtant.
– Je suis sûr que…
Lucille lui tapota la main.
– Vous ne la connaissiez pas très bien, n'est-ce pas, Willie ?
Barnes resta impassible.
– Elle était plus jeune que moi. Dans la classe de Jack.
– Jack connaissait tout le monde… et les affaires de tout le monde.
– En effet.
– À quand remonte sa mort ?
– À dix ans, madame.
– Vraiment ? C'est incroyable, la vitesse avec laquelle le temps passe.
– Et pourtant si, madame Grayson.
– Vous n'imaginez pas à quel point on ressent cela quand on est une vieille dame comme moi. Je les revois tous quand ils étaient jeunes. Glynnis, Jack… et maintenant Davida. La vie m'a apporté mon lot de saloperies, mais je refuse de mourir. (Elle agita son verre.) Dieu soit loué pour l'alcool. Sers-m'en un autre, Willie.
Barnes s'exécuta. Lucille se tourna vers Amanda.
– Je ne suis pas très polie, n'est-ce pas ? À parler ainsi d'un temps que vous n'avez pas connu. (Elle regarda autour d'elle comme si c'était la première fois qu'elle

voyait la pièce au mobilier trop chargé.) Il va falloir que je retourne bientôt au milieu des barbares. Que vouliez-vous me demander ?

Barnes commença par se frotter les mains.

– C'est une question un peu délicate…

Lucille continua à boire, impassible.

– Savez-vous si Davida avait une liaison ?

La vieille dame se détourna de Barnes et fixa la cheminée des yeux. Puis elle prit une nouvelle gorgée de whisky.

– Je n'aime pas Minette et je ne l'ai jamais aimée, ce que Davida savait parfaitement. Si elle avait eu quelqu'un d'autre, elle ne me l'aurait pas dit, de peur que je la harcèle pour qu'elle largue Minette une bonne fois pour toutes.

– Permettez-moi de reformuler la question, intervint Amanda. Si Davida avait eu quelqu'un d'autre, de qui aurait-il pu s'agir ?

La vieille dame haussa les épaules.

– Et aurait-il pu s'agir d'un homme ?

Lucille ne répondit pas tout de suite.

– Non, je ne crois pas. Cela faisait un bon moment que Davida était lesbienne.

– Raison de plus pour ne pas afficher une liaison avec un homme.

– Un homme, répéta Lucille comme s'il s'agissait d'une espèce exotique. (Elle hocha la tête.) Non… Je connaissais ma fille mieux qu'on pourrait penser. Elle n'était pas intéressée par les hommes.

Elle prit une nouvelle gorgée de whisky, regarda Amanda, et un sourire se dessina peu à peu sur son visage.

– Comme dit le proverbe, entre semblables on se comprend.

Barnes faillit s'étouffer avec son whisky, même si ce que venait d'admettre Lucille n'aurait pas dû le surprendre. Il était bien connu qu'elle avait traité son mari avec froideur et qu'elle ne s'était plus jamais intéressée aux hommes après son divorce. Il avait attribué cette attitude à un mariage malheureux, mais il avait peut-être interverti l'effet et la cause.

– Une des raisons pour lesquelles je n'aime pas Minette, continuait Lucille, est l'inconsistance du personnage. Elle est stupide et écervelée. Elle vivait aux crochets de Davida. Et maintenant, ce qu'elle faisait toutes ces soirées où ma fille travaillait tard est de notoriété publique.

Barnes se frotta le menton.

– Nous avons lieu de penser que Davida ne faisait pas que travailler, madame Grayson. Davida avait une gonorrhée, mais Minette ne l'a pas. Il y avait quelqu'un d'autre dans la vie de votre fille.

Lucille prit une profonde inspiration et laissa échapper l'air.

– Je vois.

– Et c'est la raison pour laquelle nous vous avons demandé s'il n'y avait pas un homme dans sa vie, enchaîna Amanda. La transmission de la maladie se fait en effet plus facilement d'un homme à une femme qu'entre femmes.

– Aaah, fit Lucille en hochant la tête. Je comprends votre raisonnement, mais je maintiens que je connaissais bien ma fille. Si elle a attrapé ça, c'est d'une femme, et d'une femme qui très certainement couche aussi avec des hommes.

– Des candidates ? demanda Barnes.

– Vous vous demandez pour Jane, n'est-ce pas ? dit Lucille avec un sourire.

– Jane est revenue habiter à Berkeley. Elles avaient renoué, toutes les deux.
– Cette stupide sortie en bateau ! Comment peut-on avoir envie de se faire secouer comme dans... (Elle se reprit. Vida son deuxième verre.) S'il y a eu quelque chose entre Davida et Jane ? Oh, oui, sans aucun doute.

Elle s'enfonça dans son fauteuil et parut prendre plaisir à voir l'expression des deux inspecteurs.

– Sans aucun doute ? répéta Amanda.
– Pour moi, c'est un fait. Même si aucune des deux ne me l'a dit. Mais je sais reconnaître l'amour entre deux êtres. Davida a toujours aimé Jane. Il a juste fallu vingt ans et tous ces mariages ridicules pour que Jane se rende compte qu'elle aimait Davida.

21

Lucille s'excusa et les laissa seuls dans le petit salon. Barnes réprima les tremblements de sa main à l'aide d'un deuxième bourbon, tandis qu'Amanda continuait de boire son eau.

– Voilà qui bouleverse sérieusement la donne.

– Jane et Davida… Comme au bon vieux temps. J'ai parlé de la gonorrhée à Jane lorsque je l'ai vue, l'autre soir. Elle a pris la chose tout à fait à la légère et a suggéré que c'était Minette qui la lui avait refilée. Je me dis maintenant qu'elle était avant tout venue pour me convaincre d'une chose : qu'elle n'avait rien à voir dans cette affaire.

– C'était peut-être une diversion, mais peut-être aussi la vérité, Will. Sa mère a beau penser le contraire, Davida a pu s'envoyer en l'air avec un chromosome Y.

– Nous avons passé tous ses courriels des trois derniers mois au crible, y compris ses messages personnels, et nous n'avons rien trouvé pouvant laisser soupçonner l'existence d'un amant.

– Nous n'avons rien trouvé non plus reliant Jane à Davida.

– C'est vrai, dut admettre Barnes. Jane est peut-être encore dans le déni en ce qui concerne sa propre sexualité.

– Ou bien Lucille s'est trompée.
– Il n'y a pas que Lucille. N'oublie pas ce que m'a dit Alice Kurtag.

Ce fut au tour d'Amanda de concéder le point.

– Ou alors Jane désirait cette relation mais n'était pas encore prête à la révéler au grand jour.

– Et si Jane avait été tout excitée à l'idée de se mettre avec Davida, mais que Davida n'ait pas voulu le cacher ? Jane n'était pas prête pour ça. Elle va au bureau de Davida pour la supplier de remettre l'annonce sur la place publique à plus tard, mais Davida refuse.

– Elle va la voir avec un fusil de chasse dans son sac à main ?

– Elles boivent ensemble, elles se disputent, Jane s'en va furieuse et revient commettre le crime. Donnie Newell m'a dit que Jane avait complètement perdu les pédales lorsqu'ils ont fait leur partouze à trois. Si Davida a menacé de révéler son homosexualité, elle a peut-être paniqué à nouveau.

– C'était peut-être une manœuvre de Newell pour sortir du cercle des suspects et diriger les soupçons sur elle. Et il a des fusils, lui.

Barnes réfléchit quelques instants.

– D'accord, tu as gagné. Je vais aller chercher les armes de Newell.

Amanda applaudit en silence.

– Cela ne signifie pas pour autant que Jane soit tirée d'affaire.

– Tu as dit toi-même dès le début que le crime avait un côté masculin. Nous dénichons un suspect masculin acceptable et/ou sa femme au regard d'aigle, et tu te mets à pencher pour Jane Meyerhoff. Est-ce qu'elle sait au moins se servir d'un fusil ?

– Je ne l'ai jamais vue tirer, mais elle a grandi dans un ranch... bon, ça suffit comme ça, j'ai tellement dégoisé que je pourrais aussi bien me présenter aux élections. Nous allons récupérer les fusils, parler à Jane et déjà vérifier si elle reconnaîtra sa liaison avec Davida.

– Comment la fera-t-on parler ?

– Lucille l'avait deviné, il est inutile de le nier.

– Lucille est une lesbienne avec une fille lesbienne. Elle a peut-être tendance à en voir partout. Radar à gays hypersensible. Si Jane nie, c'est sa parole contre celle de Mme Mère.

– Alors on ment, on raconte à Jane que Davida a parlé de leur liaison à sa mère en termes on ne peut plus clairs, et que Lucille nous l'a dit. Et on attend sans rien ajouter pour voir comment elle réagit.

– Ah, le suspense, dit Amanda. J'adore mon boulot.

Le flot des visiteurs commençait à se tarir chez Lucille, mais des retardataires arrivaient encore. Après s'être mêlés à eux pendant quelques minutes, Amanda et Barnes retrouvèrent Jane dans la cuisine, occupée à disposer des mini-sandwichs au cresson, œuf et concombre sur un plateau d'argent. Elle leva un instant les yeux et reprit son travail.

– Nous voudrions encore te parler.

– À quel sujet ? demanda-t-elle avec une fausse désinvolture.

Barnes posa une main sur le bras de Jane, dont les yeux s'emplirent aussitôt de larmes.

– Lucille nous a tout dit, murmura-t-il.

Les larmes suivirent un chemin sinueux sur les traits de la femme.

– Vous a tout dit quoi, voulut-elle savoir, mais sans mettre de point d'interrogation à la fin de sa question.
– Pour toi et Davida.
Jane se mit à contempler le réfrigérateur.
– Elle nous a tout dit, répéta Barnes.
– Qu'est-ce que peut bien savoir une vieille femme ?
– Davida le lui avait dit elle-même.
– Je ne le crois pas.
– Et Lucille veut que ce soit rendu public.
Le visage de Jane s'empourpra. Sa rougeur prit l'intensité que provoque une gifle appuyée.
– Mais pourquoi voudrait-elle… (Elle hocha la tête.) Nous ne pourrions pas en discuter plus tard ?
– Je crains que non, dit Amanda.
– Si tu veux qu'on soit de ton côté, Jane, il faut tout nous dire.
La femme s'essuya les mains avec une serviette et souleva le plateau. Amanda le lui prit des mains et le reposa hors de portée. Privée de toute tâche, Jane parut s'affaisser.
– Ma version des faits, dit-elle avec un sourire douloureux.
– Depuis combien de temps aviez-vous noué cette relation, toutes les deux ? demanda Barnes.
– S'il te plaît, Will, l'implora Jane du regard, ma mère est ici. Elle n'est pas au courant et je ne vois pas l'intérêt qu'elle l'apprenne, maintenant que Davida n'est plus là.
– Ce n'est pas à ta mère que je parle, Jane, mais à toi. Depuis combien de temps ça durait, entre Davida et toi ?
Jane regarda Amanda puis Barnes, et se tourna vers le réfrigérateur. Amanda suivit son regard. Rien à voir sur l'appareil. Pas de trucs marrants, pas de plots magnétiques

kitsch, aucune touche personnelle. Il régnait dans la cuisine une stérilité de salle d'op.

– Depuis que j'ai demandé le divorce, finit par répondre Jane, dont les épaules s'affaissèrent encore d'un ou deux centimètres. Parker est devenu complètement cinglé. Il s'est mis plus que jamais à se bourrer de drogue. Un fumier psychotique... voilà ce qu'il est ! J'ai appelé Davida pour m'aider, parce que... je ne sais pas pourquoi... elle avait toujours été là quand ça n'allait pas... avant tous ces hommes, et elle a encore été là cette fois, elle est devenue mon principal soutien. Ma mère ayant une tolérance zéro pour mes doléances contre Parker, je me dis parfois qu'elle le préférait à moi... lui, il ne se disputait jamais avec elle, s'habillait toujours comme il fallait. Et voilà qu'il devient un véritable fumier ! Mais tout est ma faute, l'enfant gâtée qui vient chialer parce qu'un homme tourne mal, une fois de plus. Parker a très bien joué son coup. Horrible avec moi, mais courtois avec elle. Ma mère est non seulement la reine du potin mondain, c'est aussi la personne la plus superficielle que je connaisse. À côté, Minette c'est Gandhi. Si Davida n'avait pas été là, j'aurais sombré dans une déprime totale !

Elle s'arrêta brusquement de parler, haletante. Pleura sans songer à s'essuyer le visage.

Amanda prit une serviette en papier et s'en chargea avec douceur, mais Jane ne parut même pas s'en rendre compte.

– Envisagiez-vous l'avenir ensemble, toutes les deux ? demanda l'inspectrice.

– Nous n'envisagions rien du tout ! Nous n'avions rien prévu ! C'est arrivé comme ça ! Alors même qu'on continuait à se voir, je n'arrêtais pas de lui dire que je n'étais pas sûre. Ce qui est certain, c'est que Davida ne m'a pas harcelée pour ça. Elle était très occupée et avait d'autres choses que le sexe en tête.

– Je t'ai mise au courant pour la gonorrhée. Je suppose que tu t'es fait examiner ?

Jane regarda ses pieds.

– Je suis sous traitement. Apparemment, je suis ce qu'on appelle un cas asymptomatique.

– Sais-tu qui te l'a transmise ?

Elle eut un rire amer.

– Ça ferait une belle liste... mon ex y compris. Entre autres saloperies, il baisait à droite et à gauche, cette ordure. Bien entendu, ma mère en ignore tout. Elle pense que ce divorce n'est que ma dernière folie impulsive, même si elle ne le dit pas ouvertement.

– Janey, reprit Barnes, Parker savait-il que toi et Davida étiez intimes ?

– Je ne vois pas comment il aurait pu l'apprendre. Cela fait plus de sept mois que je n'ai pas adressé la parole à ce trou du cul.

– Et comment aurait-il pu réagir, d'après vous, demanda Amanda, en apprenant que non seulement vous le quittiez, mais que vous le quittiez pour une femme ?

– Comment l'aurait-il appris ?

– Lucille le savait bien, lui fit remarquer Barnes. Alice Kurtag soupçonnait aussi qu'il y avait quelque chose entre Davida et toi. Même Minette se demandait si vous n'étiez pas un peu plus qu'amies, toutes les deux.

– Les nouvelles circulent, Jane. Alors, s'il vous plaît, répondez à ma question. Quelle réaction aurait Parker s'il apprenait que vous l'avez quitté pour Davida ?

Jane se passa la langue sur les lèvres.

– Quand il est menacé, Parker peut devenir extrêmement violent. J'ai entendu dire qu'au cours des derniers mois il a perdu tout contrôle, avec les drogues.

– Qu'est-ce qu'il prend ?

– De l'herbe, de la coke, des pilules, répondit Jane avec un sourire amer. C'est un homme éclectique.

– Sait-il se servir d'un fusil de chasse ? demanda Barnes.

Jane devint blême.

– Il adore la chasse. Il adore les armes, même si je n'en ai jamais voulu à la maison. Il était trop imprévisible.

– Où les rangeait-il ?

– Dans un local, je ne sais pas où.

– Et où pouvons-nous le trouver ? demanda Amanda.

Jane se passa de nouveau la langue sur les lèvres.

– Nous possédons un chalet près de la rivière, à environ une heure d'ici. Dans le cadre du règlement du divorce, il était entendu que je lui revendais ma part à un prix avantageux. Mais même ainsi, il n'a pas pu me la payer. Dieu seul sait comment il va trouver l'argent. Parmi ses autres traits tellement attachants, il a une incapacité congénitale à garder un emploi.

– Autrement dit, l'acte est toujours à vos deux noms.

– Tant qu'il ne m'aura pas payée, oui.

– Autrement dit encore, le chalet t'appartient, mais il y habite ?

– C'est possible, admit Jane. Pour ce que j'en sais, il se trouve peut-être à Tombouctou. J'ai toujours détesté cet endroit. Crade, une plomberie inexistante… il fallait vivre à la dure, c'était son idée. (Son regard s'embua.) Quand on était sur la rivière avec Davida, vivre à la dure était merveilleux…

Amanda l'interrompit.

– Vous autorisez-nous à pénétrer dans cette propriété, l'intérieur du chalet y compris ?
– Bien sûr, pourquoi pas ? (Elle s'arrêta, saisie.) Vous pensez vraiment que… Oh, Seigneur, oh, Seigneur… (Elle se leva, les poings serrés.) Allez-y. Si c'est lui, descendez-le ! Je vais même vous dessiner la carte !

Barnes écrasa l'accélérateur de la Honda. La voiture renâcla, essaya d'attaquer la côte et cafouilla un peu avant de trouver le bon rapport.

L'obscurité était totale. Amanda vérifia une fois de plus son pistolet en se demandant si les renforts qu'ils avaient demandés viendraient ou non. Un shérif de campagne, et on s'était plaint de ne pas avoir assez d'hommes. Il n'avait pas paru impressionné non plus et le nom de Berkeley n'avait fait que le rendre encore plus laconique.

C'est une région hors juridiction, en principe nous ne sommes pas concernés.

Mais qui l'est, alors ?

Bonne question. Je vais voir ce que je peux faire.

La petite voiture continuait à suivre laborieusement la route de montagne. Pourquoi un grand costaud comme Will roulait-il dans une caisse aussi minable ?

Dans ce genre de secteur, un détail comme le manque de puissance devenait un problème. La carte griffonnée par Jane leur avait été utile jusqu'à un certain point, puis tout avait fini par se ressembler et les repères s'étaient évanouis avec la tombée de la nuit. Quant au GPS qu'Amanda avait raccordé à son ordinateur portable, cela faisait plus de quinze kilomètres qu'il avait déclaré forfait, la réception étant bloquée par des chênes massifs et des séquoias géants.

– Qu'est-ce qui ne va pas ? demanda Will.

– Comment ça ?

– Tu pianotes. Comme chaque fois que tu éprouves des doutes sérieux sur quelque chose.

– Si nous soupçonnons vraiment cet abruti d'avoir fait sauter la cervelle de Davida, nous commettons peut-être une erreur en y allant seuls.

– Davida dormait. Nous sommes deux, et bien réveillés.

– Mister Macho.

– Eh ! c'est une visite de courtoisie. Nous sonnerons à la porte et nous nous comporterons avec une parfaite courtoisie.

– Il est presque dix heures du soir et nous n'avons pas obtenu le feu vert de Torres.

– Nous avons essayé de l'avoir. C'est notre faute s'il est invité à une soirée ? (Il hocha la tête.) Pour lever des fonds pour un parc public. Une vraie mission de maintien de l'ordre, n'est-ce pas ?

Amanda ne répondit pas.

– Tu sais, reprit Barnes au bout de quelques kilomètres, ce serait peut-être une bonne idée que tu attendes dans la voiture... en particulier si Parker a gardé une dent contre les femmes.

– C'est ça, je reste bien sagement assise pendant qu'il te flingue ?

– Si tu entends *ra-ta-ta*, enfonce la pédale jusqu'au plancher et fiche le camp d'ici. Quelqu'un t'attend à la maison, toi.

– Tu n'es pas drôle, Will.

Il sourit. Pas tout à fait certain d'avoir voulu faire de l'humour.

Il ralentit jusqu'à rouler à dix kilomètres à l'heure, et encore, fit vérifier quelque chose sur la carte à Amanda avec la lampe-torche, roula encore une quinzaine de kilomètres et tourna à gauche à un embranchement.

– Il ne va rien m'arriver, ni à toi non plus. Nous ne faisons que rendre visite à ce type, c'est tout.

– N'empêche, n'oublie pas de tirer ton pétard.

Ils arrivèrent à une route en terre où ils purent lire, sur un petit panneau en bois à moitié envahi par les plantes grimpantes :

RISING GLEN
PASSAGE INTERDIT

Une barrière en fil de fer gisait à demi affaissée sur ses gonds. Barnes descendit. Pas de cadenas ; le système de fermeture n'était même pas en place. Il repoussa la barrière, retourna à la voiture et s'engagea dans une pente creusée d'ornières.

– Il fait tellement noir que je vois à peine mes mains, dit Amanda.

Barnes s'arrêta, jeta un nouveau coup d'œil à la carte, éteignit la torche.

– Nous devrions arriver à une mare. Ce sera à cinquante mètres à gauche.

Quelques instants plus tard, Amanda repéra un minuscule reflet lumineux.

Celui d'un croissant de lune sur de l'eau.

– Par là, dit-elle.

Un peu plus loin, ils virent un autre point lumineux. De couleur ambrée, comme le bout incandescent d'une cigarette.

Ils l'observèrent pendant quelques instants. Le point lumineux ne bougeait pas.

– Probablement l'éclairage de la véranda, dit Barnes.

Il roula dans cette direction et négocia avec précaution la berge incurvée de la mare.

Ils distinguèrent une petite structure. Davantage une cabane qu'un chalet, à la vérité, faite de planches non rabotées, avec un toit en papier goudronné. L'ampoule de la véranda était faiblarde, et la fenêtre ne laissait filtrer aucune lumière venant de l'intérieur.

Une Chevrolet Blazer était garée à côté, couverte d'une crasse de plusieurs mois, les pneus tellement dégonflés qu'ils étaient pratiquement à plat.

– S'il traite sa bagnole de cette façon, il ne doit pas prendre soin de lui non plus, fit observer Barnes.

– Il va adorer qu'on le réveille, j'en suis sûre, lui souffla Amanda.

Barnes coupa les phares et le moteur. Ils descendirent tous les deux et attendirent. Une petite bestiole effrayée déguerpit dans les buissons. Une chouette hulula. Des borborygmes montèrent de la mare.

Une odeur pure, aux fragrances végétales, emplissait l'air.

– Est-ce que ce n'est pas le thème de *Délivrance* qu'on entend vaguement à travers les pins ? demanda Amanda.

Les deux inspecteurs vérifièrent une dernière fois leur arme et se dirigèrent vers la cabane.

– Si tu entends la moindre chose, dit Barnes à voix basse, tu te sauves avec les mioches et tu ramènes le chariot à Laramie.

– Allons-y et finissons-en.

– Demande pas mieux, répondit Barnes en espérant avoir eu l'air parfaitement décontracté.

Le pistolet était si froid dans sa main qu'il se demanda s'il n'allait pas se geler les doigts.

Une fois à mi-chemin de la porte, les deux policiers s'entendirent sur leurs rôles respectifs : Barnes parlerait, Amanda serait attentive à tout comportement bizarre que pourrait avoir Parker Seldey.

À peine venaient-ils de conclure cet accord que deux détonations trouèrent le silence nocturne et que l'air se mit à empester la poudre.

Barnes se jeta à terre et fit un mouvement pour repousser Amanda hors de la ligne de tir. Elle fit de même et leurs doigts se touchèrent un bref instant.

– Foutez le camp de chez moi ! leur cria une voix enrouée.

Barnes répondit sur le même ton.

– Police ! Nous voulons simplement vous parler, monsieur Seldey.

– Moi, je veux pas !

Il y eut un éclair en provenance de la porte, suivi d'une nouvelle détonation assourdissante. Quelque chose siffla à l'oreille droite de Barnes. Avisant un bosquet de petits chênes, il rampa dans leur direction pour se mettre à couvert et fit signe à Amanda d'en faire autant.

Sans savoir si elle pouvait le voir.

Son *Je te l'avais bien dit* lui revint à l'esprit. Mais dépourvu de sa note enjouée habituelle.

Elle avait quelqu'un qui l'attendait à la maison, oui... il réussit à atteindre les arbres. Amanda s'y trouvait déjà.

Ils retinrent tous les deux leur souffle lorsque Parker Seldey s'avança dans la lumière de la véranda. Un fusil dans une main, une lampe-torche dans l'autre. Il fit courir le rayon lumineux devant la maison.

– Ne bouge pas, collègue, murmura Amanda.

Sans autre avertissement, elle se mit en position accroupie, se redressa un peu et fonça ainsi vers la voiture, en position cassée.

Seldey hurla quelque chose d'incohérent et visa la silhouette de la policière. Barnes tira le premier. Seldey fit volte-face et tira trois fois dans la direction de la détonation ; un des tirs manqua Barnes de quelques centimètres.

Ce dernier partit à reculons en essayant de faire le moins de bruit possible. Seldey s'avança vers lui, balayant le terrain du faisceau de sa lampe, marmonnant, la respiration bruyante.

Lorsqu'il fut à moins de dix mètres, le policier commença à mieux le voir malgré la faiblesse du clair de lune. Tee-shirt trop ample, short effiloché, genoux noueux, tignasse en désordre. Le contour cotonneux d'une barbe hirsute.

Seldey s'approcha encore. Son odeur parvint à Barnes : la puanteur hormonale de la fureur et de la peur.

Le rayon de la lampe dut accrocher quelque chose car Seldey épaula son fusil et visa.

Un bruit de moteur lancé à plein régime le fit se retourner.

L'homme dirigea son arme vers cette nouvelle cible, mais dut reculer d'un pas, soudain aveuglé par les phares que venait d'allumer Amanda.

Le coup de feu partit vers le ciel.

Barnes fut sur lui. Il lui arracha son fusil, jeta l'arme et lui martela le visage de ses poings.

Seldey n'offrit aucune résistance et le policier le fit s'allonger à terre et le maintint ainsi, coincé par son genou. Il s'apprêtait à lui passer les menottes mais Amanda fut plus rapide que lui.

Tous haletaient.

Ils mirent Seldey sur le dos et le regardèrent. Sa tignasse, encore plus hirsute que sa barbe, brouillait ses traits patriciens. Des yeux bruns perçants. Ou peut-être pas perçants : enflammés.

– Qu'est-ce que vous faites ici ? demanda l'homme. Ce n'est pas la pleine lune, ils ne viennent que pendant la pleine lune.

– Qui ça « ils » ? demanda Amanda.

– Mes amis. Les habitants de la forêt. (Il se mit à rire.) Je faisais que blaguer. Vous n'auriez pas un peu d'herbe ? Vous devriez peut-être aussi m'enlever ces trucs, ajouta-t-il en secouant les menottes. Je pourrais ainsi mettre un terme à vos souffrances.

22

En moins d'une heure, plusieurs douzaines de personnages officiels tournaient en rond devant la cabane. On emmena Parker Seldey et entreprit la fouille de la baraque.

Aux petites heures du matin, la police en avait retiré un véritable arsenal, dont trois fusils de chasse. Seldey vivait comme un sauvage dans la cabane infestée de vermine et sans aucun point d'eau. De la nourriture pourrissait dans les boîtes de conserve ouvertes. Il avait un émetteur-récepteur et un magnétoscope sur batteries, mais ni téléphone ni ordinateur. Une équipe de la police scientifique de Sacramento passa les maigres biens de Seldey au peigne fin. Don Newell fit son apparition vers trois heures, mais se contenta de rester là et de suivre les opérations.

Barnes et Amanda empruntèrent un des téléphones du shérif et racontèrent leur histoire au capitaine Torres. Avoir été réveillé en pleine nuit eut un effet très négatif sur son humeur et il ne se radoucit même pas quand Amanda lui assura qu'ils avaient eu l'autorisation formelle de Jane Meyerhoff d'entrer dans la propriété.

Les taches de sang sur le jean et le tee-shirt de Seldey le calmèrent un peu.

– Je réserve toutefois mon opinion jusqu'à ce que vous m'apportiez des preuves matérielles.

Ce qui arriva deux jours plus tard : l'ADN des taches correspondait à celui de Davida, d'après une première analyse, et il semblait que l'avocat de Seldey envisageait de plaider la folie.

Barnes donna l'exclusivité de ces informations à Laura Novacente. En échange, celle-ci l'invita à venir un soir chez elle pour un « dîner intime ». En gentleman, Barnes trouva les mots pour refuser sans la blesser.

Laura fit preuve de classe. « Appelle-moi si ça ne marche pas, Will. »

« Bien entendu. »

L'arrestation de Parker Seldey transforma la satisfaction des citoyens de Berkeley en jubilation lorsqu'ils apprirent que l'homme était un membre actif du Parti républicain. Il fut question d'imprimer un tee-shirt avec un slogan s'inspirant du fait divers. Le message faisait l'objet d'une controverse.

Tout le monde poussa un soupir de soulagement.

Sauf Amanda Isis.

Tôt le vendredi matin, les deux policiers se retrouvèrent à leur table d'angle préférée, au Melanie. Il en était à son deuxième café et à son troisième muffin. Elle, elle picorait son croissant et s'humectait les lèvres de la mousse de son cappuccino.

Barnes était d'excellente humeur, impatient de passer un deuxième week-end avec Marge Dunn. Il lui avait proposé de prendre l'avion pour Los Angeles, mais Marge lui avait demandé si elle ne pourrait pas plutôt revenir à Berkeley.

Du goût, cette femme. Rien n'est plus beau que la baie de San Francisco par une journée froide et claire. Barnes avait envisagé de demander à nouveau conseil à

Amanda, la sortie dans la vallée de Napa ayant été parfaite. Il était arrivé prêt à lui soumettre plusieurs idées, mais elle gardait le silence, presque boudeuse.

– Qu'est-ce qui cloche ? demanda-t-il.

– Rien.

– Pas de ça, Amanda. Tu n'as pas aimé le vin que je t'ai fait parvenir, ou quoi ?

– C'était inutile de m'en envoyer, Will. Je n'ai fait que mon boulot.

– Ton boulot a consisté à me sauver la vie, rien que ça. Le type du magasin m'a garanti qu'il était excellent.

– Il l'était, rassure-toi, et je t'en remercie.

– Alors qu'est-ce qui te tracasse, Mandy ? Et ne me raconte pas d'histoires. Les trucs de psy, c'est pas mon fort.

– Justement, j'ai eu hier un entretien avec la psychiatre qui s'occupe de Seldey. Elle affirme que ce type est un authentique malade mental.

– J'ai pas eu besoin d'un psy pour m'en rendre compte.

– Il est complètement parano, Will, c'est-à-dire incapable de mettre au point un plan d'action cohérent. Hier, il a fallu lui passer la camisole de force parce qu'il se grattait jusqu'au sang. Il prétendait que des voix lui disaient de se repentir en s'écorchant lui-même comme ils l'ont fait à Jésus dans le film de Mel Gibson.

– Alors c'est qu'il simule pour obtenir la responsabilité réduite.

– Pas du tout. C'est tout le contraire. Il n'arrête pas de se vanter d'avoir tué Davida et de dire qu'il en est fier.

– De toute façon, c'est du ressort du procureur, tout ça.

– Peut-être aussi du nôtre, Will. Parce qu'il manque quelque chose au tableau. L'idée d'un type en proie à un tel désordre mental organisant, en détail et seul, un tel meurtre ne te paraît-elle pas intenable ? Il prétend que des voix lui ont dit de tuer Davida. Moi, je me demande si l'une d'elles n'était pas bien réelle.

– Quelqu'un qui l'aurait cornaqué ?

– Davida accueillait peut-être les sans-abri, mais, après tout ce que Jane lui avait raconté sur Parker, crois-tu qu'elle l'aurait laissé entrer à deux heures du matin ? Et avec un fusil de chasse ? Tout change s'il avait la clef. Et si quelqu'un lui avait montré la direction et lui avait dit, *vas-y* ? Quelqu'un qui l'aurait connu et aurait su qu'il était fou ? Quelqu'un qui aurait pu posséder une clef du local ? Quelqu'un qui savait que Davida buvait parce qu'elle picolait avec elle ?

– Jane ?

– Qui d'autre ? demanda Amanda.

– Mais pourquoi Parker lui aurait-il obéi ? Ils se haïssaient.

– D'après Jane. Que sais-tu de lui ?

– Pas grand-chose... il n'était pas d'ici. Je crois qu'il a grandi à Hillsborough ou dans une banlieue chic du même genre. Et qu'il est peut-être allé à Stanford.

– J'ai posé quelques questions autour de moi, Will. Discrètement. Personne ne se souvient de lui à l'époque. Et il n'a pas grandi en Californie du Nord. Il est du Massachusetts.

– Et alors ?

– Et alors, tout ce que nous savons de lui est passé par le filtre de Jane. C'est elle qui nous a dit que Parker devait payer sa part du chalet. Mais comment aurait-il pu faire dans l'état mental où il a l'air de se trouver ? Elle l'a peut-être laissé habiter là parce qu'elle y trouvait son compte. En attendant de pouvoir se servir de lui pour faire assassiner Davida, par exemple.

– Mais si Parker était cinglé, comment Jane aurait-elle pu se fier à lui ? Bon Dieu, pourquoi l'aurait-elle épousé, pour commencer ?

– Sa pathologie ne s'était peut-être pas encore manifestée, qu'elle ait été médicalement contrôlée, ou pour une autre raison. Être marié lui a peut-être permis de maintenir les apparences. Lorsqu'elle a demandé le divorce, et d'après le dossier, c'est bien elle qui l'a demandé, il s'est effondré. Et pour ce qui est de se fier à lui, elle le connaissait suffisamment bien pour savoir sur quels boutons appuyer.

– On se croirait au cinéma, dit Barnes. Tu pousses le bouchon un peu loin. Pourquoi ?

– Parce que je trouve que, de toute façon, ça ne colle pas. Ce type est trop cinglé pour avoir agi tout seul.

– Quel serait le mobile de Jane, dans ce cas ?

– Davida s'apprêtait à la laisser tomber et elle ne l'a pas supporté. Ou encore Davida était sur le point de révéler leur relation et elle ne se sentait pas capable d'y faire face. Tu as bien vu comment elle a fait des manières quand nous lui avons parlé chez Lucille. Quel meilleur moyen de se débarrasser de Davida que de lancer sur elle ce pauvre fou de Parker en lui racontant que tout était la faute de Davida s'ils avaient rompu ? Dans le genre d'une pierre deux coups…

– Très inventif, lui concéda Barnes. Tu n'envisages pas de démissionner pour écrire des scénarios ?

– D'accord, je ne peux rien prouver et on découvrira peut-être que cela ne tenait pas debout. Veux-tu que je m'en occupe toute seule ou on le fait ensemble ?

– C'est à moi de choisir ?

– Oui, à toi de choisir.

Barnes fit tinter sa cuillère contre la tasse de café.

— Si Parker est à ce point malade, il a peut-être été déjà hospitalisé et nous pourrions en apprendre un peu plus sur son fonctionnement mental. Pourquoi n'irais-tu pas vérifier ça ?

— Et toi, tu parles à Jane ?

— Je pensais plutôt aller jeter un coup d'œil dans ses comptes, histoire de voir si elle ne le soutenait pas financièrement et depuis combien de temps. Puisque tu veux qu'on fasse tout ensemble, d'accord. Fini le cow-boy.

Amanda éclata de rire.

— Non, c'était simplement une question. Partageons-nous le boulot. Tu peux même porter ta cravate ficelle.

23

Il fallut quelques jours aux deux inspecteurs pour obtenir le feu vert du capitaine Torres. Les preuves matérielles une fois analysées et confrontées, il ne put leur donner qu'une consigne : faire preuve de tact. À eux de l'interpréter comme ils voudraient.

C'était Barnes qu'il avait regardé droit dans les yeux en disant cela. Amanda avait couvert son collègue en affirmant que l'échauffourée du chalet était le résultat d'une décision prise à deux, mais Torres n'était pas idiot.

Barnes se contenta de répondre « oui, monsieur », puis de le saluer lorsque Torres lui tourna le dos pour se rendre à la réunion où il était attendu.

C'était l'heure du déjeuner à l'Association des femmes de Californie du Nord et toutes ces gentes dames exerçaient leurs mandibules à la fois sur les derniers potins et sur le copieux plat du jour. Barnes se sentait emprunté avec sa cravate et son veston, mais Amanda circulait avec une aisance d'habituée entre les tables de la salle à manger, habillée d'un tailleur bleu marine avec chaussures assorties.

La table qu'ils cherchaient était dans un angle. Six septuagénaires de sexe féminin bavardaient sans cesser un instant de manipuler leurs couverts en argent avec une précision de professionnelles. L'attention de toutes était tournée vers une douairière en costume de maille noir qui portait des perles aux oreilles. Une vieille dame toute menue, presque émaciée, dont les cheveux noirs, tirés et rassemblés en un chignon serré, avaient un aspect ciré. L'excitation lui faisait briller les yeux pendant qu'elle parlait.

Eunice Meyerhoff prenait un plaisir sans mélange à tenir sa cour.

Lorsque Barnes et Amanda s'approchèrent, elle leva la tête, cligna des yeux, puis sourit.

– Bonjour, inspecteurs. Quel bon vent… ?

– Salut, mesdames, lança Barnes. Tout va comme vous le voulez ?

Ces dames gloussèrent, répondant toutes ensemble par des plaisanteries.

– Nous étions sur le point de finir notre repas, dit Eunice Meyerhoff. Voulez-vous vous joindre à nous pour le dessert ?

– En réalité, madame Meyerhoff, nous souhaiterions vous parler en privé. Il n'y en a que pour une minute.

Les compagnes d'Eunice la regardèrent, bouche bée. Elle se raidit. Puis sourit.

– Mais bien sûr.

Barnes la prit par le coude. Lorsqu'ils traversèrent la salle à manger, Eunice salua tout le monde en chemin. Les sourires qu'elle adressait à chaque table étaient cependant légèrement crispés.

– De quoi s'agit-il, inspecteur Barnes ?

– Nous avons besoin de votre aide, répondit Amanda.

– Et ce sera long ? C'est aujourd'hui la tarte à la crème Boston, que j'adore. Quand on attend trop longtemps pour se décider, la cuisine n'en a plus.

– Ces dames devraient peut-être commander leur dessert sans vous attendre, lui dit Barnes.

Il sentit Eunice se raidir. Maigre, mais coriace comme une vieille dinde sauvage galvanisée par le défi.

Une fois dans le hall, elle voulut savoir où allait avoir lieu l'entretien.

– Allons dans votre chambre, suggéra Amanda. On y sera plus tranquilles et ce sera plus discret.

– Je ne… bien, si vous insistez. (Sourire incertain.) Je suppose… toujours aussi musclé, le William, dit-elle en reprenant le bras de Barnes. Tu as toujours été un bon travailleur.

Ils prirent l'ascenseur en silence. Eunice sortit sa clef et ouvrit. La chambre était étonnamment petite et miteuse, avec son papier peint lilas fané, son tapis élimé, ses rideaux gris et poussiéreux ; il y régnait une odeur d'hospice. Les fenêtres à vitraux laissaient passer la lumière maussade d'un jour couvert. Presque tout l'espace était occupé par un lit en cent soixante, une simple chaise en bois, une table de nuit ébréchée sur laquelle étaient posés un radio-réveil, un vieux téléphone en Bakélite et un porte-bagages.

Une Vuitton d'un millésime ancien était posée sur ce dernier.

Eunice s'assit sur la chaise, s'affaissant comme pour tirer le maximum de parti de son âge. Une lueur aiguë et méfiante dansait dans ses yeux.

– J'ai quelques questions à vous poser, madame Meyerhoff. En rapport avec vos transactions financières.

Elle plissa les paupières.

– Mes transactions financières ne vous regardent pas, il me semble.

– Désolé pour cette intrusion, mais nous devions rassembler certains faits.

– Quels faits ? demanda-t-elle d'un ton plus dur.

– D'une manière générale, vous dépensez peu, expliqua Amanda. C'est pourquoi nous avons été étonnés par les deux retraits substantiels que vous avez faits récemment.

– Deux chèques de banque de dix mille dollars chacun au cours de ces quarante-cinq derniers jours, précisa Barnes.

– Et alors ? se rebiffa Eunice. Aux dernières nouvelles, le gouvernement fédéral n'interdit pas de dépenser son argent !

– Nous connaissons l'identité de celui qui a encaissé ces chèques, dit Amanda.

La vieille dame garda le silence. D'une main aux ongles laqués elle se gratta le dos de l'autre.

– Parker Seldey, enchaîna Barnes. C'est beaucoup d'argent pour un ex-gendre.

– Voyez-vous, nous ne l'aimons pas beaucoup depuis qu'il nous a tiré dessus, renchérit Amanda. Nous sommes curieux de savoir ce qui vous plaît tant en lui.

– Vous étiez entrés illégalement dans une propriété privée ! rétorqua Eunice.

– Non, madame, dit Barnes. Jane nous avait donné l'autorisation d'y entrer car la propriété lui appartient.

– Parker ne le savait pas.

Il y eut un silence que Barnes rompit le premier.

– C'est ce que nous disons. Vous paraissez très entichée de Parker.

La bouche d'Eunice se tordit.

– Quels que soient les problèmes que Jane a eus avec lui, il s'est toujours comporté en gentleman avec moi. Qu'est-ce qu'il y a de mal à ça ?

– Rien, admit Barnes, même si on peut penser que c'est blessant pour votre fille.

Eunice poussa un grognement.

– Comme si elle se souciait de ce qui peut être blessant ou non !

– Elle a été blessante vis-à-vis de vous ? demanda Amanda.

– Je ne me rappelle même pas une époque où elle ne l'a pas été ! Toujours à traîner avec des marginaux et des drogués et se droguant elle-même... Vous n'imaginez pas les histoires que je pourrais vous raconter. Croyez-vous qu'elle soit du genre à se soucier des sentiments de sa mère ?

– Je répondrais non, dit Amanda.

– Non, et comment !

– Et cependant, dit Barnes, être si proche de Parker n'est pas exactement correct vis-à-vis de Lucille Grayson.

– Parce qu'en plus il faudrait que je prenne des gants avec cette sorcière ? s'exclama Eunice, de la fureur dans les yeux. Toujours à se vanter, se vanter, se vanter des exploits de sa fille... une perverse ! Je crois que j'en ai plus qu'assez de Lucille Grayson, oui, plus qu'assez ! Je me moque d'elle et de sa lesbienne de fille comme d'une guigne, et comme de deux guignes de ce qu'elle peut penser de moi !

– Est-ce la raison pour laquelle vous payez pour la défense de Parker Seldey ? demanda Barnes, pris d'inspiration.

Et comme Eunice ne répondait pas, il se dit : Ouais, bien vu, Sherlock !

Amanda comprit ce qu'il pensait et abonda en son sens.

– Que vous ayez engagé l'avocat de Parker a intrigué Lucille Grayson.

La vieille dame croisa les bras.

– Je vous ai déjà dit que je me moquais bien de cette vieille bique.
– Vos relations personnelles avec Lucille ne nous regardent pas, admit Amanda.
– Je ne vous le fais pas dire.
– En revanche, le meurtre de Davida Grayson nous regarde. Parker a reconnu l'avoir tuée et nous savons maintenant qui a appuyé sur la détente. Nous savons aussi que *quelqu'un* l'a payé pour cela.

Amanda continua à battre le fer pendant qu'il était chaud.

– Avec ces chèques de banque, madame Meyerhoff. Nous savons exactement à quoi ils correspondent puisque Parker nous l'a dit. Voilà qui vous met très sérieusement en cause. Le premier a été émis quelque temps avant l'assassinat de Davida, mais le second émis et présenté le lendemain de sa mort.

– Paiement pour un travail bien fait ? demanda Barnes.

Eunice se mordillait la lèvre. Son rouge à lèvres écarlate macula la peau flétrie sous sa bouche.

– Que lui avez-vous dit, madame Meyerhoff ? reprit Amanda. Que Davida était responsable du fait que Jane l'avait quittée ?

– Elle l'était ! s'écria Eunice. Sans cette perverse, ma Janey n'aurait pas fait ces saletés.

– Quel genre de saletés ? demanda Barnes.

– Je suis une dame ! Je ne parle pas de choses comme celles-là !

– Vous reprochez donc à Davida le comportement de Jane.

– Et comment que je le lui reproche ! Elle a toujours été à l'origine des bêtises de Jane... ça remonte au lycée.

– Ce n'est pas Davida qui s'est mariée trois fois...

– Évidemment pas ! Pourquoi se serait-elle mariée ? C'était une perverse ! Et Lucille la défendait tout le temps. Elle y prenait même plaisir… et si vous me le demandez, je vous dirai qu'elle est comme sa fille, elle aussi.

Elle se donna du poing dans la paume de la main. Bruit faible. Petits os.

– Après que cette garce m'a dit ce que faisaient nos filles, il fallait que je réagisse ! Une bonne mère ne pouvait pas faire moins !

– Vous en avez alors parlé à Parker, dit Amanda.

– Il était aussi furieux contre Janey que moi.

– Je vois, dit Barnes. Vous savez, madame Meyerhoff, je crois qu'à ce stade je dois vous informer de vos droits.

– Mes droits ? s'étonna-t-elle en regardant Barnes fixement. Vous avez l'intention de m'arrêter ?

– Et comment !

Barnes lui récita ses droits et lui demanda si elle les avait compris.

– Bien sûr que je les ai compris ! Je suis âgée mais pas sénile.

– Vous n'êtes pas obligée de nous répondre, reprit Barnes, mais si vous souhaitez nous donner votre version des faits, c'est le moment.

– Connaître votre point de vue nous permettrait de mieux vous aider, ajouta Amanda. Cependant, comme vous l'a dit l'inspecteur Barnes, vous n'êtes pas obligée de parler.

– Je sais tout ça ! caqueta Eunice. Je n'ai rien à cacher. Je suis fière de ce que j'ai fait. J'ai défendu ma fille. Je l'ai empêchée de s'avilir davantage avec cette perverse !

– Et si nous commencions par le commencement ?

– Plus nous en saurons, mieux nous pourrons vous aider, répéta Barnes.
– Il n'y a rien à dire. J'ai expliqué à Parker ce qu'il fallait faire et il m'a donné son accord. Je lui ai promis de lui donner l'argent pour rembourser la part du chalet, mais je crois qu'il ne s'en souciait même pas. Il était aussi furieux que moi contre Davida. Je n'ignorais pas que Davida était sérieusement alcoolique... Dieu seul sait ce qu'elle et Janey ont pu ingurgiter quand elles étaient encore au lycée ! Je savais aussi que Janey avait la clef du bureau. Je la lui ai prise un jour et j'en ai fait faire une copie. J'ai dit à Parker d'attendre le bon moment.
– C'est-à-dire ?
– Quand cette perverse s'enivrait pour le compte, elle s'endormait.
– Comment étiez-vous au courant ? demanda Amanda.
– Parce que j'avais fait poser une caméra vidéo espion par Parker.

Barnes sentit qu'il s'empourprait. La police scientifique avait en principe passé le bureau au crible. Un cinglé colle une caméra cachée quelque part et personne ne la trouve.

– Où l'avait-il installée ?
– Exactement où je lui avais dit de la mettre. Dans la suspension au-dessus de son bureau, répondit Eunice. Savez-vous qu'il existe des caméras minuscules, pas plus grosses qu'une tête de clou ? J'ai appris ça dans un film et j'en ai trouvé une sur Internet. (Elle pouffa.) Je suis la seule de toutes mes amies à surfer sur le Net. Il faut vivre avec son temps.

– Vous saviez donc que Davida dormait grâce à la caméra cachée, dit Amanda. Où se trouvait l'écran de contrôle ?

– Je l'avais avec moi. Il était minuscule, lui aussi, et parfois la réception était brouillée. Mais tant que j'étais en ville, ça fonctionnait très bien. Je ne l'ai plus. À quoi il me servirait à présent que la perverse n'est plus là ?

– Qu'est-ce qui s'est passé, quand vous avez vu Davida endormie ?

– Je crois que c'est évident, non ?

– Dites-le-nous tout de même avec vos propres mots. Ce sera mieux.

La vieille dame poussa un soupir.

– Je me trouvais en ville un soir où Davida dînait avec Lucille. Je savais que Davida buvait seule le soir, et je me suis dit qu'après ce repas pris avec sa mère, elle serait poussée à s'enivrer. J'ai contacté Parker par radio. Il lui a fallu environ deux heures pour arriver et, à ce moment-là, Davida ronflait.

– Qui avait la clef ?

– Moi. J'ai quitté le club en cachette… ces vieux gardiens ne valent rien. Je l'ai retrouvé à l'extérieur et nous avons été en voiture jusqu'au bureau. (Elle sourit.) J'ai monté la garde pendant qu'il faisait ce qu'il fallait.

Elle porta une main tachée de brun à l'une de ses oreilles.

– J'ai entendu la détonation. Elle m'a semblé drôlement bruyante, mais personne n'a paru y faire attention. Parker est ressorti. Il portait un manteau long qui cachait son fusil et avait juste l'air d'un de ces marginaux sans-abri que vous aimez tant chouchouter, vous autres. Il m'a ramenée jusqu'au club. Le gardien dormait. (Elle pouffa de nouveau.) De toute façon, qui voudrait s'en prendre à de vieilles femmes ?

Eunice Meyerhoff se leva et tendit ses fragiles poignets.

– Si ça peut vous faire plaisir d'en arrêter une, ne vous gênez pas. J'ai des problèmes cardiaques et un cancer du sein qui fait des siennes. Je suis fière d'avoir contribué à débarrasser le monde de cette sorcière. C'est le cadeau que je laisse à ma fille. Allez-y, inspecteur, menottez-moi.

Barnes s'exécuta. Le geste était plus symbolique qu'autre chose ; les bracelets tenaient à peine sur son ossature fragile.

Lorsqu'ils quittèrent la chambre, il la reprit par le coude.

– Ah, un gentleman ! J'ai toujours apprécié la courtoisie chez les messieurs.

Le policier ne lui rendit pas le sourire qu'elle lui avait adressé avec ces mots. Elle poussa un soupir.

– Si vous le prenez comme ça, je ferais peut-être mieux d'appeler mon avocat. (Elle se tourna vers Amanda.) Mon téléphone portable est dans mon sac. Il s'appelle Leo Matteras et son nom est dans le répertoire. Pourriez-vous composer son numéro pour moi, mon chou ? Même si je n'avais pas les mains attachées, j'aurais du mal. Ces vieux yeux si séduisants ne sont plus ce qu'ils étaient.

24

Barnes et Amanda trouvèrent Jane assise sur une chaise en teck, dans la véranda derrière le logement qu'elle louait dans Oxford Street. De style cottage anglais, la maison était petite mais bien conçue et croulait sous des roses iceberg. Située vers le haut de la rue, au milieu des collines verdoyantes de Berkeley, elle bénéficiait d'une vue de carte postale sur la baie.

Jane n'avait pas pris la peine d'avertir la justice qu'elle avait déménagé. Ni qu'elle avait prévu de faire un voyage en Europe. L'information était parvenue à Barnes via une ancienne camarade de classe de Sacramento, Lydia Mantucci, qui n'avait jamais aimé Jane et avait transmis le ragot avec jubilation.

Personne ne répondit aux coups qu'il frappa à la solide porte en bois, mais les policiers avisèrent une allée qui contournait la maison et conduisait à une volée de marches en bois qu'ils empruntèrent.

C'était la fin de l'après-midi et un vent froid soufflait sur les eaux de la baie. Jane s'était habillée comme si elle pensait que la température serait plus clémente : polo noir à manches courtes, short kaki, lunettes noires surdimensionnées. Elle avait la chair de poule et serrait ses bras autour d'elle.

Était-ce volontaire ? Pour se punir ? se demanda Amanda. Jane avait perdu du poids ; sans maquillage, les cheveux simplement rassemblés en queue-de-cheval, elle avait l'air ordinaire et usé.

Elle ne marqua pas de surprise en les voyant.

– Les détectives m'ont détectée. Un verre ? dit-elle en montrant une bouteille à moitié pleine de gin Sapphire et un seau à glace.

– Non merci, répondit Will. Jolie vue.

– Oui, quand je pense à la regarder. Je l'ai eue pour pas cher. On a refusé sa titularisation à mon prédécesseur et il est parti à la cloche de bois, en laissant deux mois de loyer impayés.

– En colère, le prof.

Jane sourit.

– Assistant professeur d'éthique en colère.

– Quand pensez-vous partir en Italie ? demanda Amanda.

Jane enleva ses lunettes de soleil. Elle avait le blanc des yeux rougi, des poches sombres sous les paupières et les sourcils qui retombaient.

– Vous aviez peur que je parte à la cloche de bois ?

– C'est le bureau du procureur qui nous envoie, expliqua Barnes. Il risque d'avoir besoin de toi. Pour que tu témoignes que tu nous as bien donné la permission d'entrer dans ta propriété.

– J'ai déjà fait une déposition officielle.

– Si la défense se met à faire du foin autour de notre droit à effectuer une perquisition, on aura besoin que tu viennes en personne.

Jane se détourna pour contempler l'eau grise et le ciel laiteux.

– Sans compter qu'ils espèrent que je témoigne contre ma mère.

– On te l'a demandé ?

– Non, mais c'était clairement sous-entendu. J'ai même eu droit à un petit cours sur le fait qu'il n'y a pas de privilège familial aux yeux de la loi.

– Dans ce cas, quand avez-vous prévu de partir et où allez-vous, exactement ? demanda Amanda.

– C'est ça l'argument massue de la défense ? Le fait que vous ayez pénétré sans mandat dans une propriété privée ?

– Probablement pas, répondit Barnes, mais nous devons être prêts à tout.

– Probablement pas ? répéta-t-elle.

– Il est question que Parker plaide la responsabilité réduite. Et il paraît que l'avocat de votre mère fera tout pour retarder le procès.

Jane leur fit de nouveau face.

– Matteras ? Il espère probablement qu'elle meure avant, pour ne pas avoir à gagner son avance. Ça risque pas.

– Elle est en bonne santé ?

– Ce sont les meilleures qui partent les premières, répondit Jane, les poings serrés. Comme Davida. Seigneur, ce qu'elle peut me manquer…

Elle renifla, se prépara un gin et en but une bien trop longue rasade, puis retint un rot.

– Ne vous inquiétez pas, je serai là si on a besoin de moi. En attendant, je vais me mettre à quelque chose que je n'avais encore jamais essayé.

– Quoi donc ? demanda Barnes.

– Vivre seule.

– Tu es sûre que c'est une bonne…

– Aussi sûre que je l'ai toujours été pour tout. Regarde-moi un peu, Will. Pitoyable, non ?

Elle toucha sa poitrine, puis sa main descendit le long de son abdomen. Elle avait des jambes blanches, hérissées de chair de poule. Des jambes longues et fines, légendaires quand elle avait dix-huit ans, ce qu'elle avait encore de plus remarquable, peut-être. Mais pour la première fois, Barnes remarqua les premiers signes de l'âge : les réseaux de veinules, précurseurs de varices, les débuts d'affaissements et de plis.

– Tu as l'air splendide, Jane.

– J'ai un air à chier, oui, mais merci d'avoir menti. Même si tu n'as jamais été très bon pour ça... Penses-y un peu, Will : m'as-tu jamais vue une seule fois seule pendant une période de temps un peu longue ?

Barnes resta songeur, et Jane éclata d'un rire qui n'avait rien d'agréable.

– Exactement. C'est une addiction comme une autre.

– C'est-à-dire ?

– D'avoir besoin des gens. Que Streisand aille au diable ! Les fofolles comme moi ont tout sauf de la chance. Je ne sais pas ce qu'il en sortira, mais je suis bien décidée à le découvrir.

– En Europe, dit Amanda.

– À Florence, pour être précise. J'y suis allée avec chacun de mes glorieux époux. Ma mère m'y avait emmenée quand j'avais douze ans, puis encore deux fois, à quatorze et seize ans. Je me suis dit que ce serait un bon point de départ. Si je ne m'effondre pas, je pourrai peut-être aller dans des patelins moins riants, ajouta-t-elle avec un petit gloussement. Comme Beyrouth, par exemple.

– Histoire de vous mettre à l'épreuve, dit Amanda.

– Il serait temps. Je vais probablement rater encore une fois mon coup. Dieu sait que j'ai déjà lamentablement échoué à toutes les leçons de la vie.

– Voyons, Jane... commença Barnes.

Jane agita un doigt.

– Tais-toi, menteur à la noix. En ce moment, rien ne me retourne davantage l'estomac que lorsqu'on cherche à me rassurer.

Amanda intervint, parlant d'un ton tellement froid que Barnes eut du mal à ne pas se tourner vers elle.

– C'est aussi bien parce que nous sommes là à titre officiel. Pas pour une psychothérapie.

Le visage de Jane devint blême.

Amanda s'avança d'un pas, lui prit le verre de la main et le reposa sèchement sur la table.

– Si vous voulez sérieusement devenir grande, arrêter de vous apitoyer sur votre sort serait une bonne manière de commencer. On attend de vous une coopération entière et complète, point final. Sinon, vous vous retrouverez assignée à résidence en tant que témoin matériel et nous vous confisquerons votre passeport. Il nous faut les informations sur votre vol et votre adresse à l'étranger. Vous pouvez commencer à nous les donner.

Elle sortit vivement son calepin.

– Tout ce que je sais pour l'instant, c'est mon numéro de vol et le nom de mon hôtel à Florence.

– Eh bien, donnez-moi déjà ça. Vous devez savoir que si le procureur n'est pas satisfait de ce que nous lui ramènerons, vous ne prendrez pas l'avion.

Jane essaya de soutenir le regard d'Amanda, mais l'expression peu amène de celle-ci lui fit détourner les yeux.

– Vous êtes une coriace, vous.

– Non, mais j'ai autre chose à faire. Alors arrêtez de jouer les idiotes et donnez-moi des renseignements précis.

Vingt minutes plus tard, en revenant vers leur voiture, Barnes se tourna vers Amanda.

– Le symbole personnifié d'une autorité implacable, ma parole.

Amanda se mit au volant, arrangea un instant ses cheveux et lança le moteur.

– Je suis sûr que tu avais tes raisons, ajouta Barnes.

Amanda déboîta et se mit à rouler plus vite que d'habitude. Elle parcourut une centaine de mètres et s'arrêta, le regard perdu sur la rue.

– Ça n'a rien de mystérieux, Will. J'étais désolée pour elle. Alors je lui ai donné ce dont elle avait besoin.

LE BLUES
DE LA DÉPRIME

Remerciements

Au chef Ronal Serpas, au commandant Andy Garett, au sergent Pat Postoglione de la police de Nashville et à l'inimitable George Gruhn.

1

Rangé au fond du placard de la chambre, chez Baker Southerby, se trouvait un étui doublé de velours contenant une mandoline admirablement décorée.

L'instrument – une Gibson F-5 de 1924 qui ne présentait qu'une légère marque d'usure à hauteur de l'ouïe du *fa* grave – valait à lui seul plus cher que la maison de Baker, un petit bungalow en bois situé dans Indiana Avenue, dans le quartier ouest de Nashville, connu sous le nom de The Nations ; un quartier essentiellement ouvrier – parfois agité, car beaucoup de ses résidents vivaient d'une paye à l'autre. Ce logement, le seul que Baker Southerby ait jamais connu, n'en était pas plus somptueux pour autant. Son échec commercial faisait de la Gibson une rareté et un objet de collection à plus de cent mille dollars – sujet sur lequel aimait bien épiloguer le collègue de Baker.

– Il y en a une qui vient d'être vendue aux enchères chez Christie pour cent soixante-dix mille, espèce d'inconscient.

– Tu suis les ventes aux enchères à présent ?

– Simple curiosité.

Quand Lamar Van Gundy était de cette humeur – en général quand les deux équipiers prenaient ensemble un repas rapide –, Baker continuait à mastiquer son hamburger en faisant semblant d'être sourd. Cela suffisait, la plupart du temps, mais si Lamar insistait, la réplique de Baker était aussi prévisible qu'un message de boîte vocale :

– Ce qui prouve ?

– Simplement que c'est une mine d'or.

– Passe-moi le ketchup, Stretch[1]. Tu le monopolises.

La grande main de Lamar se tendit au-dessus de la table.

– Tiens, noie ton rata là-dedans, El Baco... Cent soixante-dix, ça ne t'impressionne pas ?

– Si.

– Quand as-tu joué de cette foutue mandoline pour la dernière fois ?

– On ne peut pas prendre le risque d'endommager un objet de cette valeur, *compadre*.

– Pourquoi, t'es épileptique et tu vas la faire tomber ?

– On ne sait jamais, Stretch.

– Tu sais très bien, je sais très bien, tout le monde sait très bien que le son est meilleur quand on joue régulièrement. Tu lui dégages un peu les ouïes, qui sait, tu en tireras peut-être cent quatre-vingt mille.

– Ce qui prouve ?

Lamar tira sur sa moustache.

– Y en a qui devraient prendre leur phosphore. Pourquoi détestes-tu ce foutu instrument alors que c'est peut-être le truc le plus important que tu possèdes ?

Baker haussa les épaules, sourit et essaya de ne pas penser à une petite voix de gamin, à la fumée d'un bastringue, à des rires sans objet. Recroquevillé sur le siège arrière du van, secoué sur les routes du fin fond de la

---

1. « L'Étiré », surnom que l'on donne souvent aux grands.

campagne. L'aspect graisseux de l'asphalte rural dans la lumière des phares.

Lamar vit que le sourire de Baker était conforme à l'attitude tranquille de son collègue, ce qui parfois mettait un terme au sujet du jour. Trois ans qu'ils faisaient équipe, tous les deux, et le grand baraqué ignorait toujours si Baker était sincère quand il lui exhibait ses dents. Pourtant, Lamar savait très bien déchiffrer les expressions d'habitude – mais chacun a ses points aveugles.

Les fois où Lamar ne voulait pas lâcher le morceau, son commentaire suivant était aussi prévisible que dans un scénario.

– Tu possèdes un trésor et ton système d'alarme est de la merde.

– Je suis solidement armé, Stretch.

– Sauf que quelqu'un pourrait venir te cambrioler pendant que tu es au boulot. (Grand soupir.) Cent soixante-dix billets, Seigneur ! Ça, c'est une somme.

– En dehors de toi, Stretch, qui sait que je la possède ?

– Ne me donne pas des idées. Bon Dieu, George Gruhn pourrait t'en débarrasser le temps de le dire.

– Pourquoi ? Elle perd de sa valeur pendant que nous parlons ?

Cette fois-ci, ce fut Lamar qui devint tout d'un coup dur d'oreille.

– J'ai confié ma Precision de 62 à George, l'an dernier. J'en ai eu vingt fois ce que je l'avais payée, je me suis acheté une Hamer d'occase vieille de trois ans qui sonne tout aussi bien et que je peux amener pour des soirées sans trembler à l'idée de l'égratigner. George a les contacts. Il m'en est resté assez pour acheter des fleurs à Sue et lui offrir un collier pour notre anniversaire de mariage. Sans parler de ce que nous avons mis dans le remboursement de l'appart.

– Regarde-toi, dit Baker. Un vrai petit capitaliste.

En ayant assez, il se leva avant que Lamar ait le temps de répliquer, se rendit aux toilettes et se lava les mains et le visage, puis vérifia la disposition de son col à boutons. Se passa une langue râpeuse sur les dents. À son retour, toute la bonne bouffe avait été nettoyée et Lamar battait la mesure sur la table. Baker lui montra la porte du pouce.

– À moins que tu veuilles manger les assiettes, Stretch, allons voir s'il n'y a pas un truc saignant quelque part.

Baker et Lamar, flics dans le style Mutt & Jeff, faisaient équipe à la brigade criminelle basée au quartier général de la police de Nashville, un étonnant bâtiment en brique qui s'élevait dans James Robertson Parkway. Âgé de trente-deux ans, Lamar mesurait un mètre quatre-vingt-quinze ; maigre comme un clou, il avait une belle tignasse de cheveux bruns et une moustache de morse qui rappelait celle des cow-boys d'autrefois. Ce natif de New Haven avait très vite appris les manières du Sud.

Plus vieux de deux ans que Lamar, silhouette compacte et teint rubicond, l'air d'avoir toujours la peau irritée par le rasoir, Baker Southerby était doté d'une musculature impressionnante qui tendait à s'amollir, de lèvres fines et d'un crâne rasé. En dépit de la tendance de Lamar à épiloguer sur tout et n'importe quoi, il n'avait jamais eu de meilleur partenaire.

La brigade de Nashville n'avait eu à traiter que soixante-trois affaires l'année précédente, et la plupart avaient été bouclées par des inspecteurs de quartier. Il s'agissait en général de fusillades entre bandes, de bagarres domestiques qui avaient mal tourné ou de dealers de drogue ayant des ennuis pendant qu'ils patrouillaient en ville sur la I-Forty.

On faisait appel à l'une des trois équipes de deux membres de la Criminelle quand il fallait découvrir le coupable ou lorsque l'affaire était sensible.

Le dernier meurtre sur lequel Southerby et Van Gundy avaient travaillé remontait à un mois, quand on avait abattu un promoteur de Music Row du nom de Darren Chenoweth. L'homme, grande gueule et gros consommateur de drogues, avait été retrouvé effondré sur le volant de sa Mercedes derrière l'entrepôt miteux qui lui servait de bureau – son équivalent de la Sixième Avenue[1]. Il avait été auparavant impliqué, sans être inculpé, dans un scandale de pots-de-vin, l'affaire Cashbox. La mort de Chenoweth se présentait comme un sérieux casse-tête ; elle avait de graves implications financières et était peut-être le résultat d'une vengeance. Mais l'énigme avait été résolue quatre jours plus tard : encore une scène de ménage qui avait mal tourné. Mme Chenoweth, escortée de son avocat, était venue avouer le meurtre. L'inculpation avait été finalement ramenée au chef d'homicide involontaire, quinze témoins étant prêts à jurer que Darren la battait aussi sauvagement que régulièrement. Depuis lors, Baker et Lamar avaient travaillé sur des affaires restées en suspens et refermé un assez joli nombre de dossiers verts.

Lamar était l'heureux époux d'une infirmière en pédiatrie du Vanderbilt Med Center, avec laquelle il venait d'acheter un duplex dans la Veridian Tower de Church Street. Stretch et Sue effectuaient des heures

---

[1]. Au centre de Music Row, le quartier où se trouvent notamment les studios d'enregistrement de Nashville.

supplémentaires pour rembourser leur prêt, si bien que leurs rares temps libres étaient précieux ; et comme Baker vivait seul, il s'était porté volontaire pour prendre tous les appels tard le soir ou tôt le matin et accueillait celui ou celle qui le réveillait d'une voix égale et calme.

Il regardait un vieux film sur une chaîne de classiques du cinéma quand le téléphone avait sonné à trois heures vingt, par une nuit froide d'avril. Ce n'était pas le répartiteur, mais Brian Fondebernardi qui l'appelait directement. Le sergent parlait d'une voix basse au ton égal comme chaque fois que les choses étaient sérieuses. Baker entendit d'autres voix en fond sonore et songea aussitôt *complications*.

– Qu'est-ce qui se passe ?
– Tu faisais de beaux rêves, peut-être ?
– Non. Où est le corps ?
– À East Bay, répondit Fondebernardi. Première Rue, juste sous Taylor, dans un terrain vague plein d'ordures et de saloperies diverses. De là, on voit presque la rivière. Mais tu as posé la mauvaise question, Baker.
– Le corps de qui ?
– C'est mieux. Jack Jeffries.
Baker ne réagit pas.
– Comme dans Jeffries, Bolt et Ziff…
– J'avais compris.
– Mister l'Impassible, hein ? dit le sergent.

Natif de Brooklyn, Fondebernardi fonctionnait à un tout autre rythme et avait mis un moment à piger le style pondéré de Baker.

– Les inspecteurs de Central ont bouclé la scène et les enquêteurs du coroner sont sur place, mais ils n'en auront pas pour longtemps. Une seule blessure, un coup de couteau à la gorge, il semblerait que ce soit la carotide. Beaucoup de sang tout autour, le crime a donc eu lieu sur place. Le lieutenant est déjà en route, mais tu ne voudrais pas manquer la séance. Appelle ton nabot et rapplique ici.

– Salut, Baker, répondit Sue Van Gundy de sa voix de gorge à l'accent de l'Alabama.

Trop fatiguée pour être sexy à une heure pareille, mais c'était une exception ; et même si Baker la voyait comme une sœur, il se demandait s'il n'aurait pas dû accepter de sortir avec sa prof de cousine lorsqu'elle était venue de Chicago pour leur rendre visite l'été précédent. Lamar lui avait montré sa photo : une jolie brune, comme Sue. Baker s'était dit : *Mignonne*, avant d'ajouter tout de suite : *Qui suis-je pour faire le difficile ?* et de conclure : *Ça ne marchera jamais, alors pourquoi essayer ?*

– Désolé de te réveiller, Sue. Jack Jeffries vient de se faire poignarder.

– T'es pas sérieux !

– Que si.

– Jack Jeffries ! Bon sang, Baker... Lamar adore sa musique.

Baker refréna son envie de répondre que Lamar aimait la musique de tout le monde et que c'était peut-être là son problème.

– Des millions de gens sont d'accord avec Lamar.

– Jack Jeffries, répéta Sue. Incroyable ! Lamar est aussi éteint qu'une ampoule, je vais lui donner un coup de... oh, il se réveille tout seul, t'imagines pas comme il est mignon... mon chéri, c'est Baker. Tu as du boulot. Il va passer, je vais préparer du café. Tu en prendras, Baker ?

– Non, merci, j'en ai déjà pris un. (C'était faux.) J'en ai pour une minute.

– Il est crevé. Il a passé la soirée sur notre déclaration d'impôts. Je vais faire attention à ce que ses chaussettes soient de la même couleur.

Au volant de la Caprice de la police, Lamar se rendit jusqu'à la tour où habitaient les Van Gundy et attendit dans l'obscurité de la rue de voir la silhouette de cigogne de son coéquipier s'encadrer dans la porte en tenant un sac en papier au bout de son long bras. Ses moustaches de morse se redressaient à la périphérie de son visage osseux. Il avait les cheveux hirsutes et les paupières encore lourdes.

Baker avait endossé l'uniforme officieux de la brigade criminelle : une chemise boutonnée de haut en bas, un pantalon repassé, des souliers cirés et un semi-automatique dans son étui. La chemise était une Oxford bleue immaculée et sans un pli, col amidonné et haut, comme lorsqu'il allait à l'église avec ses parents quand il était petit ; les souliers et l'étui étaient noirs. Ses pieds sensibles auraient préféré des chaussures de jogging, mais il avait choisi des Payless à semelle de crêpe pour faire plus professionnel.

Lamar monta dans la voiture, poussa un grognement et sortit deux bagels de son sac. Il en tendit un à Baker et attaqua le second. Les miettes se mirent à tomber sur ses genoux.

Baker fonça vers le lieu du crime en mangeant, la bouche encore pâteuse et ne sentant presque pas le goût. C'était peut-être la même chose pour Lamar qui, au bout d'un moment, laissa retomber son bagel à peine entamé dans le sac.

– Jack Jeffries... du Los Angeles grand teint, non ? Tu crois qu'il serait venu ici pour enregistrer ?

– Qui sait ?

Et qui ça intéresse ? Baker expliqua le peu qu'il avait appris à son collègue.

– Il n'était pas marié, si ?

– Je ne lis pas tellement la presse people, Stretch.

– Ce que je veux dire, c'est que, s'il n'a pas de femme, on a moins de chances que ça tourne au simple règlement de comptes domestique, comme dans l'affaire Chenoweth.

– Parce qu'une affaire réglée en quatre jours, ça t'inquiète ?

– On n'a rien réglé du tout ; on s'est contenté d'écrire ce qu'elle nous a dicté.

– Tu étais plutôt content sur le moment, lui rappela Baker.

– C'était mon anniversaire. Je devais à Sue un repas au restaurant. Mais rétrospectivement... (Il hocha la tête.) Quelle connerie, tout de même. Comme un solo coupé.

– Tu préfères un coupable qui t'empêche de dormir ? demanda Baker, conscient de jouer les psys.

Ce n'est qu'au bout d'un long moment que Lamar répondit.

– Je ne sais pas ce que je préfère.

2

Fils d'un couple de médecins, John Wallace Jeffries, dit Jack, un ténor irlandais naturel qui avait tendance à prendre de l'embonpoint et à piquer des crises, avait grandi à Beverly Hills. Tour à tour choyé et abandonné, Jackie, nom qu'on lui donnait alors, avait migré d'école en école et eu aussi une autre tendance : celle d'enfreindre systématiquement leurs règlements. Laissant tomber les études à un mois de son dernier examen, il avait acheté une guitare d'occasion, appris tout seul ses premiers accords et gagné l'est du pays en grattant ses cordes, faisant la manche et vivant de petits larcins et des piécettes qui tombaient dans l'étui de sa guitare lorsque de sa voix claire et haut perchée il proposait sa version personnelle de chansons folkloriques classiques.

En 1963, âgé de vingt-trois ans et alternant soûlographies et prises de drogue – en plus d'avoir été déjà traité deux fois contre la syphilis –, il s'installe à Greenwich Village et tente de s'incruster dans le monde de la musique folk. Il fait son éducation assis aux pieds de Pete Seeger, Phil Ochs, Joan Baez, Zimmerman et des Farina. Mais il réussit mieux dans des jam sessions en compagnie des étoiles montantes – Crosby, Sebastian, l'opulente demoiselle aux cordes vocales en or qui se faisait appeler Cass Elliot ou encore John Phillips, lequel était prêt à faire plaisir à tout un chacun.

Tout le monde adorait la voix du jeune Californien, mais on aimait beaucoup moins son tempérament bagarreur et irascible et son style de vie consistant à tâter de tout ce qui pouvait se fumer, renifler ou boire.

En 1996, après avoir échoué à décrocher un contrat d'enregistrement alors que tous les autres y parvenaient, Jeffries envisagea de se suicider, puis décida finalement de retourner en Californie où, au moins, le climat était plus clément. Installé à Marin, il s'associa à deux joueurs de folk, Denny Ziff et Mark Bolt, qu'il avait vus jouer (pour quatre sous de plus que ce que rapportaient les piécettes dans l'étui) dans une pizzeria d'Oakland, le Shakey's.

Dans ce que des bataillons de commentateurs ont appelé par la suite « un moment de grâce », Jeffries prétendit qu'il était occupé à descendre une extra-large double fromage tout en écoutant le duo lorsqu'il s'était rendu compte qu'il manquait quelque chose. Il s'était levé, avait bondi sur la scène pendant que le duo donnait une version inspirée *a cappella* de « Sloop John B » et y avait ajouté une partie haute. Le résultat, de beaucoup supérieur à la somme de ses parties, avait mis les auditeurs en transe. Le bouche-à-oreille avait répandu l'info à la vitesse d'une traînée de poudre dans le secteur de la baie. Le reste appartient à l'histoire de la musique.

La vérité est qu'un producteur du genre à dégainer plus vite que son ombre, Lanny Sokolow, qui essayait de faire sortir Ziff et Bolt du circuit des pizzerias depuis deux ans, tomba un jour sur un jojo replet, barbu et chevelu en train de roucouler pour une bande d'actrices du porno lors d'une soirée de Wesson Oil sponsorisée par les frères O'Leary, les rois du cinéma pour adultes à

San Francisco. Même si Sokolow n'avait pas été shooté aux amphétamines, cette voix claire et aiguë lui aurait fait dresser l'oreille. Ce gros type valait un chœur d'anges à lui tout seul. Du diable si ce n'était pas exactement ce qu'il fallait à ses deux barytons faiblards du QI.

La réaction de Jack Jeffries aux avances de Sokolow avait été laconique.

– Va t'faire foutre, mec, j'suis occupé.

Sokolow avait souri, pris son temps, filé le train au gros garçon et fini par le convaincre de s'asseoir et d'écouter une démo de Ziff et Bolt. Pris dans un moment de faiblesse, Jeffries avait accepté de se joindre aux musiciens du Shakey's.

Restait à voir, avait songé Sokolow, si trois types aussi caractériels arriveraient à s'entendre…

Dans la version officielle, une chose au moins était vraie : le bouche-à-oreille avait été instantané et explosif, boosté en outre par un nouveau truc électrique appelé folk-rock. Lanny Sokolow avait fourni un accompagnement enregistré musclé, engagé des batteurs *freelance* et fait jouer le trio en ouverture de concerts au Parish Hall et dans d'autres salles d'accès libre de Haight Ashbury. Les Trois, comme ils s'appelaient eux-mêmes, ne tardèrent pas à passer à la vitesse supérieure et firent bientôt les manchettes des journaux, en rapportant par la même occasion pas mal d'argent.

Un dénicheur de talents d'Oedipus Record les entendit en ouverture d'un concert de Janis Joplin, un soir où ils avaient été particulièrement bons, et téléphona à Los Angeles. Une semaine plus tard, Lanny Sokolow se faisait éjecter du tableau, remplacé par Saul Wineman qui, en tant que patron d'Oedipus, rebaptisa le groupe Jeffries, Ziff & Bolt ; la succession des noms avait été faite par tirage au sort (à pile ou face, quatre fois, deux d'entre eux étant chaque fois mécontents du tirage jusqu'au moment où Wineman était intervenu).

Les trois premiers singles du trio entrèrent dans la liste des dix meilleures ventes. Le quatrième, « My Lady Lies Sweetly », fit numéro un *ex æquo*, ainsi que l'album qui suivit, *Crystal Morning*. Les paroles étaient attribuées aux chanteurs, mais elles venaient en fait de Brill Building et de ses nègres qui vendaient leur talent au forfait et s'engageaient à ne jamais rien révéler.

Cet exposé figurait entre autres choses dans la plainte déposée par Lanny Sokolow pour rupture de contrat, déclenchant un procès-fleuve juteux qui avait fait le bonheur des avocats et traîné six ans, pour être enfin réglé à l'amiable trois semaines avant que Sokolow ne meure d'insuffisance rénale.

Six albums à succès sortirent encore sous la direction de Saul Wineman. Quatre des six obtinrent le platine, *My Dark Shadows* ne décrochant que l'or et *We're Still Alive* plongeant fort. Le groupe se sépara en 1982 pour des « différences de conceptions créatrices ». Saul Wineman s'intéressait à présent au cinéma et les trois musiciens avaient gagné assez d'argent pour mener la belle vie. Les droits résiduels, certes un peu plus faibles chaque année, venaient ajouter du beurre dans les épinards.

Denny Ziff se ruina en finançant la production d'une série de films indépendants mal écrits et mal dirigés. En 1985, il vivait à Taos, où il peignait des paysages limoneux. En 1987, on diagnostiqua chez lui un cancer du poumon à évolution rapide qui le tua au bout de trois mois.

Mark Bolt, lui, alla en France, acheta un vignoble et produisit un honnête bordeaux. Marié et divorcé quatre fois, il avait en tout douze enfants. Après s'être converti au bouddhisme, il vendit son vignoble et alla s'installer au Belize.

Jack Jeffries courut les jupons et faillit perdre la vie dans un accident d'hélicoptère au-dessus de la toundra de l'Alaska, jura de ne plus monter dans un engin volant et se réfugia à Malibu, où il se livra sans contrainte à toutes les jouissances physiques imaginables. En 1995, il accepta de donner son sperme à un couple d'actrices lesbiennes qui désirait un enfant « créatif ». Il y eut fécondation et l'une des deux actrices donna naissance à un garçon. Curieux, Jeffries demanda à le voir mais, au bout de deux ou trois visites où il s'était présenté fin saoul, les mères estimèrent que sa présence n'était plus souhaitable et exigèrent un désistement par voie de justice. Jeffries ne se battit pas pour rester en contact avec son enfant, alors brillant élève en fin de secondaire et qui habitait à Rye, dans l'État de New York. Les moutards n'avaient jamais été son truc et il avait encore toute cette musique à faire…

Il dormait jusqu'à trois heures de l'après-midi, gardait une petite équipe qui l'exploitait sans vergogne, buvait, se droguait et s'empiffrait sans la moindre modération. Les queues de droit s'étaient réduites à environ cent mille dollars par an, mais ses revenus lui permettaient encore de conserver sa maison sur la plage, des voitures et des motos, ainsi qu'un bateau qui ne quittait jamais son anneau de Newport Beach.

Il chantait de temps en temps dans les enregistrements des autres, gratis. Quand il montait sur scène, c'était pour des concerts de bienfaisance et dans des contextes de plus en plus minables. Il prenait un peu plus de poids chaque année, refusait de se couper les cheveux – blancs et frisottés, à présent –, alors même que tous les autres enfoirés s'étaient vendus depuis beau temps à l'industrie américaine.

Il n'était pas retourné à Nashville depuis sa grande époque et s'en rappelait comme d'un endroit cool, mais trop loin pour y aller en voiture. Si bien que lorsque le propriétaire du Songbird Café envoya un courriel en nombre – il s'agissait de recruter des participants pour un concert de protestation contre l'ingérence du gouvernement américain dans les bibliothèques publiques –, il l'envoya à la corbeille. Puis il alla l'y repêcher, curieux de voir la liste de ceux qui avaient déjà accepté et se sentit nul de devoir dire non.

Coincé, un peu comme si le remède avait été pire que le mal.

C'est au même moment qu'il avait apporté sa guitare à réparer à la Nana aux Mains d'or et qu'il lui en avait parlé. Elle lui avait fait une suggestion et… pourquoi pas, même s'il n'y croyait pas beaucoup.

Il pouvait toujours essayer, il était temps de montrer qu'il avait des *cojones*.

Deux mois plus tard, incroyable, ça marchait.

Il était prêt à monter dans un avion.

Prêt à voler.

Joli titre pour une chanson.

Jack Jeffries, refroidi au milieu d'un terrain vague envahi de mauvaises herbes et de détritus, à trois pas de la rivière Cumberland, ne ferait aucune apparition sur la scène du Songbird Café.

Ayant reçu le feu vert de l'équipe du coroner, Lamar Van Gundy et Baker Southerby enfilèrent leurs gants et allèrent examiner le corps de plus près. Ce n'était pas un second couteau qui les avait autorisés à s'approcher, mais un médecin légiste dépêché sur place, signe de l'importance qu'on donnait à l'affaire.

On pouvait en dire de même de l'apparition du lieutenant Shirley Jones et du sergent Brian Fondebernardi, ainsi que d'une poignée de journalistes maintenus à l'écart par un déploiement de flics en uniforme. Les deux inspecteurs locaux avaient remis avec plaisir l'affaire entre les mains de leurs collègues de la Criminelle, plus que soulagés de ne pas avoir sur le dos la pire des combinaisons : publicité et affaire mystérieuse.

Le lieutenant Jones manœuvra la presse avec son doigté et son charme habituels, promettant de la tenir au courant dès qu'il saurait quelque chose et invitant la meute à dégager la scène. Après avoir un peu râlé pour la forme, les journalistes se dispersèrent. Jones eut quelques mots d'encouragement pour ses inspecteurs et quitta les lieux à son tour. Tandis que les ambulanciers de la morgue attendaient à l'écart, le sergent Fondebernardi, impeccable, économe de ses mouvements et le cheveu sombre, ouvrit le chemin jusqu'au cadavre.

Le lieu du meurtre était un endroit sinistre, plongé dans l'ombre et qui empestait les ordures et la crotte de chien. Même pas un terrain vague, à la vérité : un simple coin de terre défoncé pris entre des murs en ciment abîmés, restes d'un quai qui devait dater de l'époque où les péniches y déchargeaient leurs marchandises.

Jack Jeffries était allongé sur le sol à moins d'un mètre du mur, ses yeux vides tournés vers un ciel de charbon. Le jour ne se lèverait pas avant une heure. Nuit fraîche, environ huit degrés ; le climat de Nashville était totalement imprévisible et pouvait changer d'un moment à l'autre, mais, pour le moment, n'accélérerait ni ne ralentirait beaucoup le processus de décomposition.

Les deux inspecteurs firent le tour du cadavre avant de s'en approcher. Chacun de son côté se dit que, dans cette obscurité, n'importe qui aurait pu passer tout près sans se rendre compte de sa présence.

Sans doute Fondebernardi comprit-il ce qui leur venait à l'esprit.

– Un tuyau anonyme, le type avait du mal à articuler, sans doute un sans-abri.

– Le coupable ? demanda Lamar.

– Tout est possible, Stretch, mais sur l'enregistrement il paraît plutôt secoué et étonné. Vous irez l'écouter quand vous aurez fini.

Lamar s'approcha. *Ce type était obèse*, songea-t-il en gardant cette réflexion pour lui.

– Apparemment, il se laissait aller, fit remarquer son collègue.

– On se permet un jugement, cette nuit, Baker ? lança Fondebernardi. Ouais, ajouta-t-il, il aurait été nettement plus mignon avec un peu de gymnastique, mais ce n'est pas une coronaire qui l'a eu.

Leur adressant son sourire désabusé de Brooklynois, le sergent se pencha sur le corps et l'éclaira de sa lampe-torche en en braquant le faisceau sur la plaie au cou, côté gauche.

Lamar l'étudia. *Toute cette musique... cette voix...*

Baker s'agenouilla tout à côté du cadavre, imité par Lamar.

Jack Jeffries portait une chemise ample aux manches longues bouffantes, en soie noire et à col mandarin. Son pantalon de jogging en tissu léger, noir lui aussi, arborait une bande en satin rouge le long des jambes ; il avait aux pieds des chaussures de sport noires ornées d'un dragon rouge sur l'empeigne. Le logo Gucci était visible sur la semelle. Taille 45.

Son ventre s'arrondissait en une inquiétante protubérance de femme enceinte. Il avait le bras gauche relevé, paume ouverte, comme s'il avait été surpris en train de saluer. La droite, fermée, était proche de sa hanche enrobée. Ses longs cheveux blancs formaient une couronne avec des mèches qui flottaient au-dessus d'un front haut, étonnamment lisse, d'autres venant chatouiller ses joues rebondies. Ses favoris descendaient largement en dessous d'oreilles charnues, et sa lèvre supérieure disparaissait en partie sous une moustache aussi luxuriante que celle de Lamar ; celle-ci aurait même dissimulé la lèvre inférieure s'il n'était resté la bouche grande ouverte dans la mort.

Il lui manquait des dents, remarqua Baker. Il se laissait vraiment aller, ce type. Baker sortit sa lampe-stylo et examina la plaie de plus près. Elle mesurait cinq ou six centimètres de long et les bords écartés révélaient des chairs, des cartilages et des organes en forme de tube. L'entaille, faite de bas en haut, était déchiquetée vers le haut, comme si on avait dû retirer violemment la lame coincée par quelque chose.

Il la montra à Lamar.

– Ouais, j'ai vu, dit celui-ci. Il s'est peut-être débattu et la lame l'a cisaillé.

– Sa disposition me fait penser que le coup a été porté de bas en haut. L'agresseur était peut-être plus petit que la victime. (Il parcourut le cadavre des yeux.) Il doit mesurer un petit peu plus d'un mètre quatre-vingts, je dirais, si bien que ça ne prouve rien.

– Un mètre quatre-vingt-trois d'après son permis de conduire, dit Fondebernardi.

– Pas mal estimé, dit Baker.

– Les gens mentent, fit observer Lamar.

– Sur le permis de Lamar, on raconte qu'il mesure un mètre soixante-quinze et qu'il aime les sushis, rétorqua Baker.

Des rires creux retentirent brièvement dans la nuit. Fondebernardi reprit la parole.

– Tu avais raison de dire que les gens mentaient. Jeffries prétendait ne peser que quatre-vingt-dix kilos.

– On peut en ajouter vingt ou trente, dit Baker. Avec une telle masse, même s'il n'était pas très en forme, il aurait dû pouvoir offrir une certaine résistance.

– Il n'y a même pas une égratignure qui pourrait le laisser penser, dit Fondebernardi. Voyez vous-mêmes.

Aucun des deux inspecteurs ne prit la peine de le vérifier : le sergent était aussi minutieux qu'eux.

– Au moins, dit Lamar, il n'y a pas de doute sur son identité.

– En dehors du permis, il avait autre chose dans ses poches ?

– Juste un portefeuille, répondit Fondebernardi. Les types de la morgue l'ont dans leur camion, mais il est à votre disposition. Rien que du classique : des cartes de crédit, toutes en platine, neuf cents dollars en liquide, une carte d'abonnement Marquis Jet... il prenait donc peut-être des vols privés. Si c'est le cas, nous pourrons sans doute récupérer pas mal d'infos. Ces compagnies privées se chargent aussi de réserver les hôtels, les chauffeurs, tout le bazar.

– Pas de clef d'hôtel ? demanda Lamar.

Le sergent fit non de la tête.

– Il a peut-être des amis en ville, suggéra Baker.

– Ou alors il n'a rien à foutre de sa clef, dit Lamar. Quand on est célèbre comme lui, il y a toujours quelqu'un pour s'occuper de vos affaires.

– S'il est descendu dans un hôtel, c'est sans doute à l'Hermitage.

– Bien vu, dit Lamar. À dix contre un qu'il a pris la suite Alexander Jackson ou Truc-machin.

On aurait dit qu'il y avait une trace d'envie dans sa voix, songea Baker. Les rêves ont du mal à mourir. Autant ne pas en nourrir.

– Autre chose ? demanda Fondebernardi.

– La grande question, c'est ce qu'il pouvait bien fabriquer dans ce coin. Industriel le jour, désert la nuit, plutôt loin du secteur des boîtes, des restaurants et des dealers. La zone d'autorisation des divertissements[1] pour adultes ne s'étend même pas jusqu'ici.

– Il y a une exception, dit le sergent. Un petit club minable, le T House, à deux coins de rue dans First direction sud. Genre boîte à hippies, panneaux peints à la main, thés organiques. Ils présentent des spectacles dont personne n'a jamais entendu parler. Ça ouvre à dix-neuf heures et ferme à minuit.

– En quoi un bastringue pareil aurait pu intéresser Jeffries ? s'étonna Lamar.

– En rien, probablement, mais c'est le seul établissement de ce genre dans le secteur. Vous pourrez aller vérifier demain.

Baker prit la parole à son tour.

– Je me suis demandé s'il ne s'était pas trouvé une pute qui l'aurait amené ici pour lui faire une gâterie. Mais avec neuf cents dollars dans son portefeuille... (Il étudia de nouveau le cadavre.) Pas de montre au poignet, pas de bijoux.

---

1. *Adult Entertainment Overlay* : secteur en dehors duquel ne sont autorisés ni sex-shops ni boîtes à strip-tease.

– Mais pas de bande de peau plus claire sur les poignets non plus, fit observer Fondebernardi. Il n'en portait peut-être pas.
– Ce n'était pas forcément un problème pour lui, dit Lamar. Ce genre de type a toujours quelqu'un pour lui donner l'heure.
– Un entourage, oui, dit Baker. Je me demande s'il n'était pas accompagné dans son jet privé.
– On pourrait partir de là. Ces compagnies sont ouvertes vingt-quatre heures sur vingt-quatre, sept jours sur sept. Il faut toujours être disponible pour les riches.

Le sergent parti, les deux inspecteurs parcoururent le site en long et en large ; beaucoup de sang avait été projeté sur l'herbe et ils virent des traces qui pouvaient être des marques de pas, mais rien que l'on puisse mouler. À quatre heures cinquante, ils laissèrent partir le véhicule de la morgue, quittèrent eux-mêmes les lieux et traversèrent les rues désertes du centre-ville pour rejoindre l'hôtel Hermitage à l'angle de Sixth et d'Union.

En chemin, Baker appela le numéro gratuit de Marquis Jet qui figurait sur la carte de Jeffries, se heurta au peu d'envie du personnel de la compagnie de vols privés de divulguer ses informations, mais réussit à se faire confirmer que Jack Jeffries était bien arrivé à Nashville sur un de leurs appareils, la veille, à onze heures du matin. Les employés restèrent évasifs sur les personnes qui avaient pu éventuellement voyager avec lui.

Les riches et célèbres exigent la confidentialité – sauf quand ils ont besoin de publicité, ce que constatait tout le temps Baker à Nashville avec les vedettes de la musique country se cachant derrière des lunettes noires et des grands chapeaux. Puis, si personne ne les remarquait, elles se mettaient à parler plus fort que tout le monde dans le restaurant.

Lamar se gara le long du trottoir, dans la partie interdite, juste devant la porte de nuit de l'Hermitage. Seul établissement de Nashville à avoir reçu le trophée *AAA Five Diamond*, l'hôtel était un sublime empilement de marbre italien, de vitraux, de lambris en noyer russe et de sculptures exubérantes, le tout restauré dans l'état d'opulence où il était en 1910. Fermé après vingt-trois heures, comme auraient dû l'être tous les hôtels soucieux du confort de leurs hôtes.

Baker appuya sur la sonnette de nuit. N'obtenant aucune réaction, il recommença. Il lui fallut encore trois autres tentatives pour que quelqu'un s'approche de la porte et jette un coup d'œil par une fenêtre latérale. Un jeune Noir en livrée de l'hôtel. Lorsque les inspecteurs exhibèrent leur insigne, le jeune homme cligna des yeux et prit tout son temps pour déverrouiller la porte. Sur son badge, on lisait WILLIAM.

– Oui ?

– Est-ce que M. Jack Jeffries, la rock star, est descendu chez vous ?

– Nous ne sommes pas autorisés à donner le nom de nos...

Baker l'interrompit.

– William, si M. Jeffries est descendu ici, il faut parler de lui au passé, maintenant.

Pas la moindre lueur de compréhension dans le regard du jeune homme. Baker décida d'être plus clair.

– On vient de retrouver M. Jeffries mort il y a deux heures de ça et c'est nous qui nous occupons de l'affaire, William.

Ses yeux s'agrandirent et il porta vivement une main à sa bouche.

– Oh, mon Dieu !
– Ce qui veut dire qu'il est descendu ici ?
– Oui... oui, monsieur. Oh, mon Dieu. Comment... qu'est-ce qui est arrivé ?
– Nous sommes là justement pour le découvrir, dit Lamar. Nous devons voir sa chambre.
– Bien sûr. Évidemment. Entrez.

Ils suivirent William, qui traversa d'un pas vif le hall monumental avec son plafond à caissons dans lesquels étaient pris les vitraux des puits de jour, ses colonnes reliées par des arches, ses sièges recouverts de brocart et ses palmiers en pots. Il y régnait un silence de mort et la tristesse qui en émanait était celle de tous les hôtels quand la vie ne les anime plus.

Baker se souvenait surtout, lui, de tous les motels qu'il avait fréquentés. Il se dit cependant : *Peu importe le tarif, si ce n'est pas la maison, ce n'est qu'un gros et vulgaire nulle part.*

William vola littéralement derrière le comptoir en noyer de la réception et se mit à pianoter sur l'ordinateur.

– M. Jeffries occupe... occupait une suite du huitième étage. Je vous prépare une clef.

– Seul ? demanda Baker.

– Dans la suite ? Oui. (Le jeune homme se tordit les mains.) C'est vraiment horrible.

– Seul dans sa suite, enchaîna Lamar, mais...

– Il est arrivé avec quelqu'un. Cette personne a pris une chambre au quatrième.

– Une dame ?

– Non, non, un monsieur. Un médecin... Je crois que c'est son médecin personnel.

– M. Jeffries était malade ?

William réfléchit un instant.

– Je n'ai rien remarqué de spécial, pas de symptômes particuliers. Je sais que l'autre personne est médecin, mais c'est tout.

– Quelqu'un d'autre en plus du médecin ?

– Non, monsieur.

– Un médecin, reprit Lamar. Est-ce qu'on les a aperçus ensemble, lui et M. Jeffries ?

– Je me rappelle les avoir vus partir ensemble, oui. À la fin de mon premier service. J'en fais deux de suite quand je peux. Pour payer mes études.

– À Vanderbilt ?

William le regarda. Suggestion absurde.

– À l'université d'État du Tennessee, mais j'ai ma piaule et mes repas à payer.

– C'est bien, dit Lamar. Une bonne formation, c'est important. À quelle heure M. Jeffries et son médecin sont-ils sortis, d'après vos souvenirs ?

– Je dirais entre huit heures et demie et neuf heures.

– Comment M. Jeffries était-il habillé ?

– Tout en noir. Une chemise genre chinois, vous savez, sans col.

La tenue dans laquelle on l'avait retrouvé. Baker intervint.

– Donc lui et son médecin sont sortis vers huit heures et demie du soir. L'un d'eux est-il revenu ?

– Je ne pourrais pas dire. Nous étions très occupés avec l'arrivée d'un groupe important auquel il fallait distribuer les chambres.

– Autre chose que vous pourriez nous dire sur ce médecin, William ?

– C'est lui qui a inscrit M. Jeffries à leur arrivée. M. Jeffries est resté plus ou moins en arrière… dans ce coin-là. (Il montra les palmiers en pot.) Il a fumé une cigarette en tournant le dos à l'entrée, comme s'il ne voulait pas être reconnu.

— En laissant le médecin s'occuper des formalités.

— Oui, monsieur.

— Quand ils sont repartis, quelle était leur attitude ?

— Vous voulez dire… est-ce qu'ils étaient de bonne humeur ?

— Ou de n'importe quelle humeur.

— Hmmm, fit William, je ne pourrais pas vraiment dire. Je ne me souviens de rien de spécial dans un sens comme dans un autre. Comme je vous l'ai dit, j'étais occupé.

— Vous avez tout de même remarqué son départ, fit observer Baker.

— Parce c'est quelqu'un de célèbre, répondit le jeune homme. C'était. Je ne connais pas grand-chose à sa musique, mais une des réceptionnistes, qui a la cinquantaine, était tout excitée à l'idée qu'il descendait chez nous.

— Savez-vous pour quelle raison M. Jeffries est venu à Nashville ?

— En fait, oui, répondit William. Je crois qu'il doit y avoir un concert de protestation au Songbird et il devait y chanter. La liste des participants, toujours d'après la réceptionniste, est impressionnante. (Grand soupir.) Il avait apporté sa guitare avec lui. Les grooms se battaient pour la porter pour lui.

Le jeune homme regarda le plafond à caissons vitrés.

— Le médecin en avait une aussi. Ou peut-être portait-il la guitare de rechange de M. Jeffries.

— Un médecin groupie, dit Baker. Quel est le nom de cette personne ?

William consulta de nouveau l'ordinateur.

– Alexander Delaware.
– Décidément, tous les États du pays vont y passer, s'amusa Lamar en donnant un léger coup de poing à son coéquipier. Il est peut-être de The Nations.
– Oh, je ne crois pas, dit William sérieusement. Son adresse est à Los Angeles. Je peux vous la donner ainsi que les informations de sa carte de crédit, si vous voulez.
– Plus tard, peut-être, dit Baker. Pour l'instant, le numéro de sa chambre nous suffira.

3

La chambre 413 n'était pas loin des ascenseurs, dans le couloir silencieux à l'épaisse moquette. Seuls les plateaux du service à la chambre posés devant quelques portes indiquaient une présence humaine.

Il n'y en avait pas devant celle du Dr Alex Delaware.

Baker frappa légèrement. Les deux inspecteurs furent surpris qu'on leur réponde tout de suite.

– Un instant, s'il vous plaît.

Lamar consulta sa montre. Il allait être six heures dans quelques minutes.

– Il nous attend peut-être pour tout avouer, dit Baker. Voilà qui nous faciliterait les choses, pas vrai ?

Bruits de pas étouffés derrière la porte, lueur brouillée à travers le judas.

– Oui ? fit la voix.

– Police, dit Baker en plaçant sa plaque d'identification face au judas.

– Un instant.

Une chaîne tomba. La poignée de la porte tourna. Les deux inspecteurs s'écartèrent de la porte, la main sur la crosse de leur arme.

L'homme qui leur ouvrit avait la quarantaine ; assez beau gosse, de taille moyenne et solidement bâti, il avait des cheveux foncés frisés coupés court et les yeux gris-bleu les plus clairs que Lamar ait jamais vus. De grands yeux, si pâles que les iris en devenaient presque invisibles quand il vous fixait du regard. Dans la bonne lumière, ceux d'Annie, la petite orpheline. Les paupières étaient légèrement rougies. Avait-il picolé ? Pleuré ? Ou bien était-ce une crise d'allergie due au taux élevé de pollen à Nashville ? Manque de sommeil ? Vaste choix.

– Docteur Delaware ?
– Oui.

Lamar et Baker déclinèrent leurs noms et Delaware leur tendit la main. Poignée de main ferme et chaleureuse. Les deux policiers cherchèrent des égratignures ou des marques qui auraient pu témoigner d'une bagarre récente. Rien.

– Qu'est-ce qui se passe ? demanda Delaware.

Il avait une voix douce, retenue, presque enfantine.

– Jack va bien ? ajouta-t-il.

Il avait la mâchoire carrée, une fossette au menton, un nez romain. Habillé en tenue décontractée, tee-shirt noir, jogging gris, pieds nus.

Pendant que Lamar regardait la pièce par-dessus l'épaule de l'homme, Baker étudia à nouveau ses mains : lisses, grandes, avec un peu de poils dessus. Les ongles de la gauche étaient maintenus ras, mais ceux de la droite étaient coupés plus long et asymétriquement. Un joueur de guitare classique, sans doute, ou quelque chose comme ça. La seconde guitare était donc peut-être la sienne.

Ni l'un ni l'autre ne répondit à la question du médecin. Celui-ci se contenta d'attendre sans bouger.

– Une raison pour laquelle M. Jeffries n'irait pas bien ? demanda Baker.

– Il est six heures du matin et vous êtes ici.

– Vous êtes bien debout, lui fit remarquer Baker.

– J'ai eu du mal à dormir, expliqua Delaware. Décalage horaire.

– Quand êtes-vous arrivé, monsieur ?

– Hier, avec Jack, à onze heures, et j'ai commis l'erreur de faire une sieste de trois heures.

– Pouvons-nous entrer, monsieur ?

Delaware s'effaça pour les laisser passer, mais fronça les sourcils.

Petite chambre modèle standard, rien d'anormal. Un maniaque de l'ordre, pensa Lamar. Pas de vêtements qui traînaient, tiroirs de commode et portes de placard fermées. Deux détails indiquaient que la chambre était occupée : l'étui à guitare à côté du lit et les oreillers empilés contre la têtière et le couvre-pieds légèrement froissé, le tout épousant la forme d'un corps.

Dans le verre d'un modèle ancien posé sur la table de nuit, deux cubes de glace finissaient de fondre, et une mini-bouteille de Chivas gisait au fond de la corbeille à papier. Il y avait aussi une revue grand format, *American Lutherie*.

Encore un type qui avait rêvé de devenir musicien ? Lamar attendait une réaction de Delaware, mais celui-ci restait impassible.

Lamar étudia un peu mieux la mini-bouteille. Vide. Le médecin luttant contre l'insomnie ou pour se calmer les nerfs ?

Les deux policiers prirent les deux chaises, le Dr Alexander Delaware s'asseyant sur le lit. Ils lui annoncèrent la mauvaise nouvelle sans ménagement, et l'homme porta une main à son visage.

– Mon Dieu ! C'est horrible. Je suis...

Il ne termina pas sa phrase.

– Si vous nous mettiez un peu au courant ? demanda Baker.

– Au courant de quoi ?
– Pour commencer, on aimerait savoir pourquoi M. Jeffries voyage accompagné d'un médecin.

Grand soupir.

– C'est que... je vais en avoir pour quelques minutes.

Delaware alla ouvrir le minibar et en retira un jus d'orange en boîte qu'il but rapidement.

– Je suis psychologue et non pas docteur en médecine. À la suite d'un accident d'hélicoptère, il y a quelques années, M. Jeffries a été pris de la phobie du vol. Je le traite pour cela. Nashville, c'est en fait la première fois qu'il reprend un avion depuis le crash et il m'a demandé de l'accompagner.

– Et vous avez laissé tous vos autres patients pour aller avec lui ?

– Je suis en semi-retraite, dit Delaware.

– En semi-retraite ? Ce qui veut dire que vous travaillez tout de même de temps en temps, non ?

– Surtout pour la police de Los Angeles. Je suis consultant du LAPD depuis plusieurs années.

– Profileur ? demanda Lamar.

– Entre autres. (Il eut un sourire énigmatique.) Il m'arrive d'être utile. Comment Jack est-il mort ?

– C'est votre seule activité ? Consultant pour la police de Los Angeles ?

– Auprès des tribunaux, également.

– Vous ne recevez pas de clientèle, dit Baker, mais vous traitiez Jeffries.

– Il y a très peu de patients que je suis au long cours. J'ai connu Jack par le biais de ma compagne. Elle est luthière et cela fait des années qu'elle travaille sur les instruments de Jack. Il y a quelque temps, il lui a dit qu'il avait été invité à chanter au Songbird Café pour la manifestation sur les libertés et qu'il se sentait frustré que ses angoisses l'empêchent d'accepter. Il était ouvert à l'idée d'un traitement et mon amie m'a demandé si je voulais le voir. J'avais un peu de temps libre, alors j'ai accepté.

Lamar décroisa les jambes et les recroisa dans l'autre sens.

– Comment vous y prenez-vous avec ce genre de problème ?

– Il y a différentes approches. J'utilise une combinaison d'hypnose, de relaxation musculaire profonde et de travail sur les images... j'apprenais à Jack à rediriger ses pensées et ses réactions émotionnelles à l'idée de voler.

– Le traitement inclut-il des médicaments ? demanda Baker.

Delaware fit non de la tête.

– Cela faisait des années que Jack pratiquait l'automédication. Mon approche consistait précisément à voir jusqu'où on pouvait aller sans faire appel à des médicaments ; je lui ai simplement fait une ordonnance pour du Valium, au cas où il en aurait besoin pendant le vol. Il n'en a pas pris. Il s'en sortait très bien. (Il passa une main dans ses boucles de cheveux, les tira, puis les lâcha.) Je n'arrive pas à croire que... c'est... c'est horrible !

Il hocha la tête d'un air solennel, retourna au minibar et en retira une deuxième orangeade en boîte, qu'il améliora cette fois avec un peu de gin.

– Il est temps que je m'automédique, moi aussi, dit-il. Je sais que ce n'est même pas la peine que je vous offre un alcool, mais que diriez-vous d'un jus d'orange ?

Les deux inspecteurs refusèrent.

– Vous étiez donc son hypnotiseur, reprit Baker.

– J'utilise l'hypnose en complément d'autres techniques. Jack s'est acheté une Jet Card, ce qui représente pas mal d'argent, de manière à s'encourager à continuer. Si le voyage à Nashville se passait bien, il avait l'intention de tenter une autre sortie. Le succès qu'il avait obtenu lui faisait du bien. Il m'a dit ne plus faire grand-chose depuis des années et c'était particulièrement gratifiant pour lui.

– On dirait donc qu'il était déprimé, fit observer Lamar.

– Pas cliniquement. Mais c'est vrai, il n'était plus tout jeune et se posait beaucoup de questions. (Il but une grande rasade de jus d'orange.) En quoi puis-je vous être utile ?

– Si vous nous disiez ce que vous avez fait… vous et lui… depuis le moment où vous êtes arrivés à Nashville ?

Le beau gosse se passa une fois de plus la main dans les cheveux et les regarda de ses yeux bleus délavés.

– Voyons… nous avons débarqué vers onze heures du matin dans un vol privé, ce qui était une première pour moi. Une limousine nous attendait… de la société CSL, je crois… et nous sommes arrivés à l'hôtel vers midi. C'est moi qui me suis chargé des formalités pour Jack ; il avait envie de fumer et ne voulait pas se faire remarquer.

– Se faire remarquer, comment ?

– Vous savez bien… comme toutes les célébrités. Il n'avait pas envie d'être assailli par une meute dans le hall.

– Est-ce arrivé ?

– Quelques personnes semblent l'avoir reconnu, mais elles se sont contentées de regards en coulisse et de murmurer entre elles.

– Aucun regard mauvais ?

– Je n'ai rien remarqué mais, à vrai dire, je n'étais pas attentif à ce genre de choses. J'étais son médecin, pas son garde du corps. Je ne me souviens que de touristes.

– Et les quelques personnes qui l'ont reconnu ?

– Aussi des touristes, plutôt d'âge mûr. (Delaware haussa les épaules.) Cela fait un moment qu'il n'est plus en haut de l'affiche.

– Et ça l'ennuie ?

Allez savoir... Quand il m'a dit qu'il ne voulait pas être reconnu, ma première réaction a été de penser que c'était en fait ce qu'il désirait... pour se rassurer sur sa célébrité. Je crois que se rendre au concert participait de ça... le désir de faire une sortie publique ici et de redevenir quelqu'un. Mais ce n'est pas quelque chose qu'il m'a dit. Je vous livre simplement ma perception.

– On vous donne vos clefs de chambre. Ensuite ?

– J'ai accompagné Jack jusqu'à sa suite. Il m'a dit qu'il m'appellerait s'il avait besoin de quelque chose. Je suis descendu dans ma chambre avec l'intention de faire une petite sieste de vingt minutes. D'habitude, je me réveille tout seul et très bien. Mais pas cette fois-ci, et je me suis retrouvé dans le coaltar. J'ai été jusqu'à la salle de sport de l'hôtel où j'ai fait une heure d'exercice avant d'aller nager un peu. (Il respira profondément.) Voyons... j'ai pris une douche, donné deux coups de téléphone... lu un peu, joué un peu, ajouta-t-il en montrant tour à tour la revue et la guitare.

– Qui avez-vous appelé ? demanda Baker.

– Mon service, mon amie.

– La luthière... comment s'appelle-t-elle ?

– Robin Castagna.

Lamar fronça les sourcils.

— Elle a bien eu droit à un article dans *Acoustic Guitar* l'an dernier, non ? demanda-t-il, et quand il vit l'air surpris de Delaware, il ajouta : Hé, docteur, vous êtes à Nashville. C'est le business dont on vit, ici. C'est une des siennes ?

Il montra l'étui à guitare.

— Oui.

Delaware ouvrit les fermoirs et en sortit une jolie guitare sèche rehaussée de motifs de nacre. Du type Martin taille 000, mais sans le motif sur la tête de manche et avec une incrustation différente des cases. Le psychologue fit quelques arpèges, puis deux ou trois accords diminués avant de froncer les sourcils et de remettre l'instrument dans son étui.

— Rien ne sonne bien ce matin, dit-il.

C'est quelqu'un, ce type, pensa Baker, *il est capable de jouer*.

— Vous aviez prévu de vous produire pendant votre séjour ici ? voulut savoir Lamar.

— Pas vraiment, non, répondit Delaware avec une esquisse de sourire. Jack avait son psychologue, moi, j'ai ma guitare.

Baker reprit le cours de l'interrogatoire.

— Bon, vous avez gratté un peu, lu un peu… et ensuite ?

— Voyons… il devait être dix-huit heures trente, dix-neuf heures au plus tard, et je commençais à avoir faim. Le concierge m'a recommandé le Capitol Grill, ici même dans l'hôtel. Mais après y avoir jeté un coup d'œil, j'ai décidé que, pour manger seul, autant aller dans un endroit moins chic. Puis Jack m'a appelé à ce moment-là sur mon portable et m'a dit qu'il voulait sortir pour « casser une petite croûte » et qu'il n'avait pas envie d'être seul.

— Comment vous a-t-il paru, question humeur ?

– Reposé, détendu, répondit Delaware. Il m'a dit que ça se passait bien, qu'il n'avait pas oublié les paroles... c'était une de ses grandes inquiétudes. Il a balancé tout un tas de plaisanteries sur le fait de vieillir et sur les dégâts que son mode de vie avait entraînés pour son cerveau. Il m'a aussi dit qu'il pensait écrire une nouvelle chanson spécialement pour l'occasion, un truc qu'il intitulerait *Censorship Rag*.

– Mais là, il avait faim.

– Il avait envie de côtelettes, pour être précis. Nous nous sommes retrouvés dans un établissement de Broadway, choisi par Jack dans un guide... à cause de son nom, Jack's, qui l'avait fait rire... le karma...

– Comment vous y êtes-vous rendus ?

– En taxi.

– C'est à moins de dix minutes à pied, fit observer Baker.

– Nous ne le savions pas à ce moment-là.

– À quelle heure y êtes-vous arrivés ?

– Un peu avant neuf heures, sans doute.

– Des gens ont-ils reconnu Jeffries ?

Delaware fit non de la tête.

– On a fait un excellent repas sans être dérangés. Jack a descendu je ne sais combien de côtelettes de porc.

– Craignait-il toujours d'être reconnu ?

– Il en riait lui-même, disait qu'un jour il ne serait rien de plus qu'une note de bas de page dans un livre. S'il avait la chance de vivre encore assez longtemps pour ça.

Là, Delaware fit une grimace.

– Il aurait eu une prémonition ? demanda Baker.

– Pas celle d'être assassiné. C'était une question de style de vie. Jack savait qu'il était obèse, qu'il avait trop de tension et de mauvais cholestérol. Sans parler du fait qu'il avait longtemps brûlé la chandelle par les deux bouts.

– Du mauvais cholestérol, et il se tapait des côtelettes de porc.

Delaware eut un sourire triste.

– Qui a payé le repas ? demanda Lamar.

– Jack.

– Carte de crédit ?

– Oui.

– À quelle heure avez-vous quitté le restaurant ? demanda Baker.

– Je dirais à dix heures et demie au plus tard. Nous nous sommes séparés à ce moment-là. Jack m'a dit qu'il voulait aller faire un tour en ville et il était manifeste qu'il préférait être seul.

– Pourquoi ?

– Il m'a dit exactement : *J'ai besoin d'un moment de tranquillité, Doc*. Il était peut-être d'humeur créative et la solitude lui était nécessaire.

– Aucune idée de l'endroit où il voulait aller ?

– Aucune. Il a attendu que je monte dans mon taxi, puis il est parti à pied dans Broadway… attendez que je me repère… vers l'est.

– Broadway-est, il partait vers le centre de la ville, et c'est tout sauf tranquille.

– Il est peut-être allé dans une boîte ou dans un bar, suggéra Delaware. Ou retrouver des amis. Il était venu ici pour jouer avec d'autres musiciens du circuit. Il avait peut-être envie de les rencontrer sans avoir son thérapeute dans les jambes.

– Une idée de qui ces amis auraient pu être ?

– Aucune. J'émets juste des hypothèses, comme vous.

– Broadway-est, répéta Baker. Avez-vous eu un contact quelconque avec lui après cela, docteur ?

Delaware secoua la tête.

– À quelle heure est-il mort ?

– Nous ne le savons pas encore. Une idée de qui aurait pu lui vouloir du mal ?

– Pas la moindre. Jack était d'humeur changeante, je peux au moins vous dire ça, mais même si je le soignais, ce n'était pas une psychothérapie approfondie, et je n'ai donc jamais sondé son psychisme. Tout au long du dîner, j'ai cependant senti qu'il gardait beaucoup de choses pour lui.

– Qu'est-ce qui vous le fait dire ?

– Mon intuition. La seule chose utile que je pourrais vous signaler est qu'il a paru changer d'humeur vers la fin du repas. Il avait beaucoup parlé depuis le début, principalement pour évoquer le bon vieux temps, puis il est devenu silencieux tout d'un coup. Carrément fermé. Je lui ai même demandé s'il se sentait bien. Il m'a dit oui, très bien, et a eu un geste pour rejeter toute autre question. Mais quelque chose le tracassait.

– Sauf que vous n'avez aucune idée de ce que c'était, dit Baker.

– Avec quelqu'un comme lui, il aurait pu s'agir de n'importe quoi.

– Quelqu'un comme lui ?

– D'après mon expérience, sautes d'humeur et créativité vont de pair. Jack avait la réputation d'être difficile à vivre… impatient, langue de vipère, incapable de garder une relation. Je suis sûr que tout cela est vrai, mais avec moi il a été plutôt agréable. Même si, des fois, j'ai eu l'impression qu'il faisait des efforts pour se montrer aimable.

– Il avait besoin de monter et de descendre de son avion, fit observer Baker.

– C'est assez ça, je crois, dit Delaware.

– Des côtelettes au Jack's, marmonna Lamar. Vous avez bu quelque chose ?

– Jack une bière, moi un Coke.

– Seulement une bière ?

– Seulement une.

– Il se contrôlait rudement bien.

– Depuis que je le connais, il s'est montré tempéré.

– Et c'est le même type qui sautait en parachute pété à l'acide et conduisait des motos ivre mort ? lui objecta Lamar.

– Je corrige ma réponse : *en ma présence*, il était tempéré. Il m'a dit un jour qu'il freinait à la manière d'un vieux train de marchandises. Il m'a rarement parlé de sa vie privée, même après que nous avons noué de bons rapports.

– Et combien de temps vous a-t-il fallu… pour nouer ces bons rapports ?

– Une quinzaine de jours. Aucun traitement n'est efficace sans confiance. Je suis sûr que c'est quelque chose que vous savez très bien, vous aussi.

– Que voulez-vous dire, docteur ?

– Interroger un témoin consiste davantage à développer une relation qu'à lui tordre les bras.

Baker frotta son crâne rasé.

– Et vous êtes consultant auprès des flics de Los Angeles ?

– L'ami que j'ai parmi eux, le lieutenant Sturgis, se débrouille très bien tout seul.

– Sturgis s'écrit *i-s* ou *e-s* ?

– Avec un i. Comme dans *bike*.

– Vous faites aussi de la moto ?

– J'ai un peu roulé quand j'étais plus jeune, répondit Delaware. Mais pas plus que ça.
– Vous avez ralenti de vous-même ?
Delaware sourit.
– Comme tout le monde, non ?

4

Ils restèrent encore vingt minutes avec le psy, explorant toujours le même territoire et reposant les mêmes questions de manière différente pour faire apparaître d'éventuelles contradictions.

Les réponses de Delaware furent toujours cohérentes, et il ne leur donna jamais l'impression d'être évasif. Ce qui ne suffisait pas à le dédouaner complètement aux yeux de Baker : il était la dernière personne à avoir vu Jeffries vivant, et l'assassin est connu de sa victime dans la plupart des meurtres. Que le type soit aussi docteur en quelque chose n'y changeait rien. Sans compter qu'il y avait cette affaire d'hypnose qui, en dépit de ce que proclamait Delaware, était une manière d'influencer les gens.

Par ailleurs, le type n'avait aucune marque de coup, présentait un comportement naturel, et il serait facile de reconstituer tous ses déplacements jusqu'à dix heures et demie ; enfin, il n'avait aucun mobile apparent et n'avait pas cherché à se donner un alibi pour l'heure du meurtre.

– Savez-vous si Jeffries était marié ? lui demanda Baker.

– Non, il ne l'était pas.

– Une personne importante dans sa vie ?

– Pas quelqu'un dont il m'aurait parlé, en tout cas.

– Voyez-vous une personne à contacter à Los Angeles pour lui annoncer sa mort ?

– Vous pourriez peut-être commencer par appeler son agent… ou son ex-agent, je ne sais plus. Il me semble me rappeler qu'il l'aurait fichu à la porte il y a quelques années. Je suis désolé, parce que s'il m'a donné son nom, je l'ai oublié depuis.

Baker écrivit *agent* dans son carnet.

– Autrement dit, pas de gardien ou de gardienne du foyer ?

– Pas que je sache.

– Quels sont vos projets maintenant, docteur Delaware ?

– Je crois que je n'ai plus de raison de rester ici.

– Nous apprécierions si vous attendiez un peu pour repartir.

– Vous aviez de toute façon prévu de rester à Nashville jusqu'après le concert, lui fit remarquer Baker. Vous n'êtes donc pas à un ou deux jours près.

L'homme aux yeux délavés se tourna vers l'inspecteur et acquiesça d'un bref mouvement de tête.

– En effet, mais faites-moi savoir quand je pourrai partir.

Ils le remercièrent et montèrent jusqu'au huitième étage. Après avoir isolé la porte avec du ruban jaune, ils enfilèrent leurs gants, allumèrent et entreprirent l'exploration de la suite de Jack Jeffries. La vue était splendide, de là-haut. Le chanteur n'avait occupé les lieux que pendant dix heures, mais cela lui avait suffi pour les transformer en porcherie.

Il y avait des vêtements éparpillés partout. Des boîtes de soda vides, des sachets froissés de chips, de noix et de bacon grillé dont le contenu jonchait le sol. En revanche, pas de bouteille d'alcool vide, ni de cannabis sous une forme ou une autre, ni de petites pilules : Jeffries avait peut-être dit vrai lorsqu'il avait raconté à son psy qu'il mettait la pédale douce.

Dans un coin, près du canapé, se trouvait la guitare de Jeffries, une Gibson grand format décorée de nacre et appuyée en équilibre précaire contre le mur.

Lamar fut sur le point de s'avancer, mais se retint ; il fallait d'abord prendre quelques clichés Polaroïd.

Sur la table de nuit était posée la clef de la chambre que les policiers n'avaient pas trouvée dans les poches de Jeffries. Rien à déduire de cet indice, donc. Et une photo dont les bords s'enroulaient un peu sur eux-mêmes.

On y voyait un solide jeune homme d'environ dix-huit ans aux cheveux blonds coupés court. Il portait une tenue de sport dépourvue de rembourrage ; autrement dit, ce n'était pas un joueur de football américain. Tee-shirt bordeaux à col blanc, WESTCHESTER écrit en lettres d'or dessus.

Sourire conquérant.

– Il ressemble fichtrement à Jeffries, fit observer Lamar. En tout cas, à Jeffries quand il était jeune, non ? C'est peut-être le gosse qu'il a eu avec Melinda Raven et cette autre actrice… quel était son nom, déjà ?

Baker prit la photo de sa main gantée. Au dos, d'une délicate écriture féminine, on pouvait lire à l'encre rouge :

> *Cher J., Owen après sa dernière grande partie.*
> *Merci pour la donation anonyme faite à l'école.*
> *Et pour ne rien lui imposer.*
> *Tendresse,*
> *M.*

– M. pour Melinda, dit Lamar.
– L'uniforme te dit quelque chose ? demanda Baker.
– De joueur de rugby, El Baco.
– Ce n'est pas un sport anglais, ça ?

– On y joue dans les écoles préparatoires.

Baker regarda son coéquipier.

– Dis-moi, tu t'y connais drôlement.

– On y jouait dans un des nombreux bahuts que j'ai fréquentés, mais pas si bien que ça, expliqua Lamar. Flint Hill. J'y ai tenu six mois. Si je n'avais pas été dans l'équipe de basket, je n'y serais pas resté deux mois. Du jour où j'ai découvert la guitare et arrêté de prêter main-forte aux gosses de riches en basket, personne n'en a plus rien eu à foutre de moi.

Baker ouvrit un tiroir.

– Regarde un peu ici, dit-il en y pêchant une feuille de papier ligné, dont le côté crénelé montrait qu'elle avait été arrachée à un carnet à spirale.

Un poème à l'encre noire la remplissait. Caractères bâtons, mais capitales ornées de fioritures.

J'ai cru que loin me porteraient mes chansons,
Qu'avec ma guitare je flotterais sur les sons
Mais l'autre a dit, non, t'es pas bon pour nous,
Autant prendre le bus pour n'importe où

Refrain
Blues de la déprime
C'est le blues de la déprime
Le blues de la course à l'abîme
Un vrai blues pousse-au-crime

J'croyais qu'lls aimeraient mes goualantes
J'croyais qu'j'allais casser la baraque,
Mais on m'a balancé sur la mauvais'pente,
Et m'vlà dans le noir tout patraque

Refrain

– Bonjour la créativité, même si ça rime, fit remarquer Baker. Mais franchement, on dirait un truc d'ado.

– C'est peut-être un premier jet, répondit le flic monté en graine.

Baker ne réagit pas et Lamar reprit la parole en faisant claquer la feuille sur la table de nuit.

– Je me dis que Jeffries n'avait pas imaginé qu'il se ferait couper la gorge et que nous irions faire de l'archéologie dans ses conneries.

– On devrait l'emporter, dit Baker.

– Prends-la, toi.

– J'en connais un qui est un peu nerveux.

– Hé, c'est juste que je me sens mal pour ce type. Il arrive à surmonter sa peur, il arrive à prendre l'avion jusqu'ici, à ses frais, pour contribuer à une bonne œuvre et termine comme nous venons de voir. De quelque bout que tu le prennes, c'est dégueulasse, El Baco.

– Je ne dis pas le contraire, se défendit Baker en glissant la feuille dans un sachet de plastique.

Les deux hommes reprirent la fouille de la suite. Ils la passèrent au peigne fin centimètre carré par centimètre carré, sans rien trouver d'intéressant, sinon une note qui semblait accréditer la version des faits donnée par Delaware : *Jack's, resto-barbecue dans Broadway (4 ou 5 ?). J'appelle AD ou j'y vais solo ?*

L'écriture était totalement différente de celle des paroles de la chanson.

– Ces infos ne peuvent être que de la main de Jeffries, dit Baker. Dans ce cas, d'où vient la chanson ?

– Un type lui a peut-être rendu visite, proposa Lamar. Tu sais, le genre aspirant chanteur qui se fait passer pour quelqu'un du personnel et qui le bombarde avec ses vers de mirliton.

– Dans ce cas, pourquoi il ne les a pas fichus en l'air ?
– Jeffries était peut-être un peu à court d'idées et à la recherche d'inspiration, dit Lamar.

Baker le regarda.

– Il fallait qu'il soit aux abois pour vouloir piquer un truc pareil.
– Ça faisait un moment qu'il n'avait pas cartonné.
– Un peu mince comme explication, Stretch.
– D'accord, El Baco, mais c'est ce que j'ai trouvé de mieux. Voyons toujours si on ne peut pas faire un relevé d'empreintes et les vérifier.

Baker agita le sachet de plastique où il avait glissé la feuille.

– Ce que nous devons faire pour commencer, c'est appeler les flics de la Scientifique pour qu'ils viennent les relever partout dans cette porcherie, oui. Je prends encore deux ou trois photos et on se barre.

Lamar recula pour laisser opérer son collègue. Ils avaient automatiquement évité de toucher les surfaces les plus susceptibles de recueillir des empreintes.

– D'accord pour appeler Melinda Raven demain matin, Stretch ? demanda Baker. Histoire de savoir si Owen est bien son fils et quelles relations il avait avec son papa.
– D'accord. Mais on peut aussi bien aller à la bibliothèque et éplucher les vieilles revues people. Pourquoi gaspiller notre seul atout ?

Baker hocha la tête et continua à tirer des Polaroïds. Quand il eut terminé, il rangea l'appareil et prit la direction de la porte. Lamar, toujours ganté, hésita un instant, puis posa la guitare de Jeffries sur le lit avant de sortir à son tour.

5

Baker déposa Lamar à son domicile à neuf heures. Ils étaient passés auparavant par le labo pour faire une comparative à l'aide du fichier numérique des empreintes, mais l'appareil était en rideau. Il faudrait essayer plus tard.

– Je vais essayer de dormir deux heures, dit Lamar. T'es d'accord ?

– Tout à fait d'accord, répondit Baker avant de redémarrer.

Sue Van Gundy était levée et prenait son petit déjeuner – céréales à la banane émincée et déca – sur la petite table de la cuisine. Elle avait prévu comme d'habitude de partir vingt minutes plus tard pour prendre son service qui commençait à onze heures.

Son visage s'éclaira quand elle vit son mari. Elle se leva, l'entoura de ses bras et appuya la tête contre sa poitrine plate et dure.

– Hmmm, dit-il, voilà qui fait du bien.

– Comment ça s'est passé pour Jeffries, mon chou ?

Lamar l'embrassa sur les cheveux, puis ils s'assirent et il lui piqua son déca.

– Nous n'avons abouti à rien, répondit-il. Pas le moindre point de départ. Et Baker est de mauvaise humeur.

– Parce que c'est en relation avec la musique, dit-elle.

C'était une affirmation, pas une question.

– Trois ans qu'on bosse ensemble, et il refuse toujours de me dire pourquoi il déteste tout ce qui a à voir avec ce qui fait la célébrité de notre patelin.

– Je suis sûre que ça a un rapport avec ses parents, Lamar. Comme ce surnom que tu lui as donné. Il a vraiment été un petit garçon abandonné. Il a grandi sur la route, rien d'une enfance normale. Et puis, boum, ils se tuent tous les deux. Et lui se retrouve tout seul !

– Je sais bien, répondit Lamar en se disant à part soi qu'il devait y avoir autre chose.

À une époque, tout de suite après qu'on l'avait mis en équipe avec Baker et qu'il s'était trouvé en contact avec ce travers particulier, Lamar avait procédé à quelques recherches et découvert que les parents de son collègue avaient été tous les deux chanteurs.

Danny et Dixie, toujours sur la route pour aller se produire dans les bouis-bouis, les foires de comté, les boîtes de bord de route. Danny à la guitare, Dixie à la mandoline.

La mandoline.

Sûrement pas des stars, même pas un site sur Google. Lamar avait poursuivi ses recherches et trouvé une nécro de l'époque dans un vieux journal.

Sue avait certainement raison, mais il devait y avoir autre chose que ce chagrin ancien.

– Je vais te préparer des œufs, si tu veux, dit Sue.

– Non, merci, ma chérie. J'ai surtout besoin de dormir.

– Alors je vais te border.

Baker rentra chez lui, se déshabilla complètement, se mit au lit et s'endormit avant même que sa tête ait touché l'oreiller.

Les deux policiers passèrent une bonne partie de leur après-midi assis dans la salle aux murs mauve pâle réservée aux inspecteurs de la Criminelle, le téléphone collé à l'oreille pour passer au crible l'averse de tuyaux qui avait commencé à tomber dès que la nouvelle de l'assassinat de Jack Jeffries avait été diffusée.

La télé, la radio, la dernière édition de *The Tennessean*. Les chaînes nationales allaient s'y mettre à leur tour dès le soir.

Fondebernardi et Jones passèrent voir où ils en étaient. Le sergent comme le lieutenant étaient bien trop expérimentés et intelligents pour asticoter leurs enquêteurs : ils savaient que cela ne ferait que les rendre nerveux. Ils étaient cependant à cran, à cause de l'attention des médias.

C'était une avalanche de renseignements qui dégringolait par téléphone sur Baker et Lamar. Parfois, il est pire d'avoir trop d'informations que de n'en disposer d'aucune : il suffit d'imaginer une pièce dans laquelle on relève cinquante empreintes digitales différentes. Les appels émanaient de cinglés ou de mythomanes, ou alors de citoyens voulant bien faire mais victimes de leur imagination ou exagérant. Deux douzaines de personnes, au bas mot, prétendaient avoir vu Jeffries dans deux douzaines d'endroits invraisemblables et à des heures impossibles.

Certains informateurs étaient convaincus de l'avoir vu accompagné d'une personne *d'aspect dangereux*. Pour la moitié d'entre eux, c'était une femme, pour l'autre moitié, un homme. La taille, la corpulence, les vêtements et la manière de se tenir, tout était embrouillé au point d'être inutilisable, mais tous étaient d'accord sur une chose : la personne avait l'air *dangereux* et était *noire*. Parmi ces informateurs, il y avait des Noirs.

Les inspecteurs avaient déjà vu ça ; le phénomène avait même un nom, le « réflexe couleur », mais quand la personne qui appelait paraissait être elle-même afro-américaine, on ne pouvait pas l'ignorer.

L'une d'entre elles qui avait alerté anonymement la police vint en personne au QG. Ancien de la marine marchande, Horace Watson était à présent SDF, logeait dans un refuge de la rive est et aimait faire de longues promenades le long de la rivière Cumberland. Il avait soixante-treize ans, la respiration sibilante et plus une seule dent dans la bouche. Il était également aussi blanc qu'Al Gore, mais son accent du sud de la Louisiane pouvait facilement le faire prendre pour un Noir.

Lamar et Baker l'installèrent dans une pièce à part et commencèrent à nouer des liens amicaux avec lui en lui offrant une pâtisserie et un café. Watson était déjà ivre, ce qui le rendait bavard et désireux d'aider. Tout disposé à parler, il expliqua qu'il passait régulièrement à pied dans le secteur, en particulier dans le coin où il avait découvert le corps, parce qu'il y trouvait souvent des cannettes en aluminium qu'il rapportait au centre de recyclage du Redemption Center ; il avait même récupéré une montre, un jour. Malheureusement, elle ne fonctionnait pas.

Cette fois, il avait trouvé plus que ce qu'il cherchait. Pris de panique en voyant le mort, il était retourné le plus vite possible au refuge pour en parler à quelqu'un. Et c'est en chemin, depuis une cabine téléphonique, qu'il avait appelé la police.

Il se demandait maintenant si... euh... il n'y aurait pas une petite récompense ?

– Désolé, monsieur, répondit Lamar, il n'y en a pas pour ceux qui trouvent les corps. Seulement pour les personnes qui permettent de trouver les meurtriers.

– Oh, dit Watson avec un grand sourire édenté. Vous pouvez pas m'en vouloir d'essayer.

Ils l'interrogèrent encore quelque temps, vérifièrent ses antécédents et trouvèrent quelques délits mineurs. Lorsque Baker suggéra le détecteur de mensonges, l'ancien marin se montra ravi.

– Tant qu'ça fait pas mal.

– Pas du tout, monsieur Watson.

– Alors allons-y. C'est un truc que j'ai toujours voulu essayer.

Lamar et Baker échangèrent un coup d'œil. Stretch s'éclaircit la gorge.

– Euh… désolé, monsieur Watson, mais nous n'avons pas l'appareil ici. On vous rappellera.

– OK, répondit Watson, de tout' façon, j'ai rien à foutre.

Un coup de téléphone à la compagnie de carte de crédit de Jeffries, une conversation avec un responsable de Marquis Jet puis avec le chauffeur de la limousine qui avait conduit Jeffries et Delaware de l'aéroport à leur hôtel, et enfin un bref entretien sur place avec le personnel du Jack's Bar-B-Q, tout confirma, et dans les moindres détails, les dires de Delaware.

Personne, dans le restaurant, n'avait remarqué dans quelle direction était parti Jeffries.

Baker et Lamar passèrent les deux heures suivantes à écumer les commerces du secteur, autour du resto à barbecue, interrogeant les passants et quiconque était un habitué du quartier, entre Fifth et First.

Rien

N'ayant pas grand-chose à se mettre sous la dent, les deux policiers commencèrent à donner des coups de téléphone, se partageant la liste des artistes qui devaient se produire à la « Soirée au Songbird Café pour le Bénéfice et la Protection du Premier Amendement ».

Parmi les noms, il y avait quelques-unes des idoles de Lamar, et celui-ci faisait son travail avec une certaine jubilation. Baker, lui, donnait ses coups de téléphone avec une réticence qui frisait l'hostilité. Vingt-deux appels en tout, dont le résultat fut l'absence de tout résultat. Tout le monde était stupéfait par la nouvelle, mais personne n'avait eu le moindre contact avec Jack Jeffries. Certains ignoraient même qu'il devait chanter au Songbird. La vérification des coups de fil donnés par Jeffries depuis son portable ne fit que confirmer leurs dires. Si Jeffries avait tenté de prendre contact avec d'anciens potes, il l'avait fait depuis un poste fixe : invérifiable pour les policiers.

À dix-neuf heures, Baker appela le lieutenant Milo Sturgis, à Los Angeles, pour vérifier ce que leur avait déclaré Alexander Delaware sur sa collaboration de longue date avec la police locale. Sturgis décrivit Delaware comme quelqu'un de brillant.

– Si vous pouvez faire appel à ses talents, dit Sturgis, n'hésitez pas.

Baker lui demanda s'il savait que Delaware avait Jack Jeffries comme patient.

– Non, il ne parle jamais des cas qu'il traite. Il respecte scrupuleusement l'éthique.

– On dirait que vous l'aimez bien.

– C'est un ami, répondit Sturgis. C'est la conséquence du fait que c'est un type bien, et non la cause.

L'étude de l'écriture de la chanson trouvée dans la chambre de Jeffries, comparée à toutes celles du système numérique, ne donna rien. Les spécialistes de la scène de crime étaient encore sur place et leurs résultats n'arriveraient que le lendemain et au compte-gouttes.

Baker appela le bureau du coroner et put s'entretenir avec le Dr Inda Srinivasan.

– Bien entendu, nous n'aurons les résultats de la toxicologie que dans quelques jours, dit-elle. Mais je peux d'ores et déjà vous dire que ce type était mal en point. Il avait le cœur dilaté, des coronaires guettées par l'occlusion et une cirrhose du foie ; l'un de ses reins était atrophié et l'autre porteur d'un kyste sur le point d'éclater. Et pour couronner le tout, il était atteint d'une atrophie cérébrale comme on en voit plus souvent sur un octogénaire que sur un sexagénaire.

– Il était également obèse et avait des pellicules, ajouta Baker. Maintenant, dites-moi ce qui l'a tué.

– Lacération importante de la carotide, hémorragie massive et le choc qui s'en est suivi, répondit le médecin légiste. Ce que je voulais dire, Baker, c'est que, de toute façon, il n'en avait pas pour longtemps.

6

À dix-neuf heures trente, ils retournèrent sur les lieux du crime. Dans la lumière déclinante, sans le grouillement des gens et sans l'éclairage artificiel de la nuit précédente, l'endroit était encore plus déprimant. Les empreintes de pas avaient pratiquement disparu, érodées par la rosée. Les herbes portaient en revanche des traces d'un brun rouillé. Une crotte de chien récente avait été déposée pratiquement à l'endroit où s'était trouvé le corps, l'animal n'ayant pas tenu compte du ruban jaune qui délimitait l'endroit.

Pourquoi la vie devrait-elle s'arrêter ?

Une heure plus tard, affamés, les deux policiers retournèrent au Jack's Bar-B-Q, non seulement pour se sustenter, mais encore dans l'espoir que quelqu'un se souvienne de quelque chose.

Baker commanda du poulet fumé.

Lamar, de l'épaule de porc du Tennessee, et déclara, quand son assiette arriva :

– C'est un rituel primitif, en quelque sorte.

Baker s'essuya la bouche avec une serviette en papier.

– C'est-à-dire ?

– Je mange ce que Jeffries a mangé comme si nous pouvions récupérer son karma.

– Je n'y tiens pas, moi. Tu vas manger tous ces oignons ?

Après s'être essuyé le menton, ils se rendirent au T House. L'établissement était ouvert, mais paraissait vide, vu de la rue.

L'intérieur était composé d'une seule grande salle plongée dans la pénombre et lambrissée de contreplaqué ; le plancher en pin gondolait ; des chaises dépareillées entouraient de petites tables rondes recouvertes d'une toile cirée. Quelques photos de groupes étaient accrochées de travers sur les murs.

Pas entièrement vide : il y avait trois clients. Tous jeunes, maigres, la mine sombre, ils buvaient du thé et grignotaient des biscuits pour anorexiques.

Sur la bande son, Big & Rich demandaient aux femmes de les chevaucher.

Derrière le bar de fortune, un type à chemise noire et cheveux coupe Iroquois essuyait des verres dépareillés. Lorsque les deux inspecteurs s'encadrèrent dans la porte, il leur jeta un bref coup d'œil et revint à sa tâche.

Pas très curieux, le barman. Ce qui voulait dire que Jeffries n'était pas passé par là.

Ils n'en entrèrent pas moins dans la boîte et regardèrent autour d'eux. Pas de licence pour boissons fortes, seulement une autorisation pour la bière et le vin – avec un choix réduit à pas grand-chose. À la gauche des bouteilles, un tableau noir présentait une liste de deux douzaines de thés différents.

– Ça, c'est du choix, commenta Lamar. L'oolong est une chose, mais le blanc non fermenté sonne illégal.

– Regarde ça, lui dit Baker en lui montrant le fond de la salle, là où aurait dû se trouver une scène. Pas d'estrade, pas de batterie, rien qui aurait trahi la présence de musique live.

Un autre type tout en noir tripotait du matériel pour karaoké.

– Sont même pas fichus d'engager des musicos ? s'étonna Lamar. Le blues de la Méga-Pizza doit être encore plus triste.

Il faisait allusion à une vieille blague du circuit : *Quelle est la différence entre un musicien de Nashville et une méga-pizza ? Une méga-pizza peut nourrir une famille de quatre personnes.*

Dans cette ville, il était aussi facile d'engager un musicien pour trois fois rien que de cligner de l'œil, mais le propriétaire des lieux avait opté pour la musique numérique. Quelqu'un baissa le son de Big & Rich. Une jeune femme portant un débardeur rouge et des jeans sous son tablier de serveuse entra par une porte du fond, alla renouveler la théière de la table de trois, puis se dirigea vers le type du karaoké, qui lui tendit un micro sans fil. La jeune femme s'essuya les mains sur son tablier, puis le détacha et le posa sur le bar. Elle défit ensuite le cordon qui retenait sa queue-de-cheval, fit bouffer ses cheveux blonds, exhiba ses dents à l'intention de la salle presque vide et s'empara finalement du micro.

Le silence se fit. La blonde se tortilla, plus nerveuse que sexy.

– C'est parti, dit-elle en tapotant le micro. Bam-bam-bam. Ça marche... OK, les gars, ça boume, ce soir ?

Hochements de tête de deux des buveurs de thé.

– Génial, moi aussi.

Son sourire s'étala d'une oreille à l'autre. Jolie fille, la vingtaine, petite – sans doute un peu moins d'un mètre soixante –, et toute en courbes, mâchoire carrée, grands yeux.

Elle s'éclaircit de nouveau la gorge.

– Eh bien... ouais, c'est une soirée sensationnelle pour faire de la musique. Je m'appelle Gret... c'est le diminutif de Greta. Mais c'est vrai que je ne suis pas très grande[1].

Elle marqua un temps d'arrêt pour des rires qui ne vinrent pas.

Le type du karaoké marmonna quelque chose.

Gret eut un petit rire.

– Bert me dit qu'on ferait mieux d'y aller. OK, voilà l'une de mes préférées, parce que je suis de San Antonio, Texas... même si j'aime, j'aime, j'aime Nashville.

Silence.

Troisième raclement de gorge. La jeune femme rejeta les épaules en arrière pour paraître plus grande et se planta sur ses jambes comme pour un combat. Une intro musicale sortit de la boîte à karaoké et bientôt Gret mit toute son âme et son cœur dans *God Made Texas*.

Lamar trouva tout d'abord qu'elle s'en sortait bien, lançant les paroles d'une voix de gorge ronde, au timbre juste au-dessus de celui d'un contralto. Mais c'était loin, très loin d'être une grande voix.

Encore une qui chevauchait un rêve de gloire mort-né. Nashville les mâchait et les recrachait comme Hollywood les starlettes. D'après ce qu'il avait entendu dire d'Hollywood, car il n'avait jamais été plus loin vers l'ouest que Las Vegas – un séminaire de police criminelle de cinq jours. Sue avait gagné vingt dollars aux machines à sous, et il les avait reperdus, et quarante de plus, à une table de black jack.

---

1. Jeu de mots sur Greta et Great, soit grand ou génial en anglais.

Tandis qu'il écoutait Gret s'époumoner, il se tourna vers son coéquipier. Baker, le dos tourné, contemplait le mur vide et Lamar, qui le voyait de profil, découvrit qu'il grimaçait brusquement. Comme pris d'une crampe.

Stretch n'eut pas le temps de se demander pourquoi qu'une nanoseconde plus tard, la fille de San Antonio lâchait un couac d'un bon quart de ton. Elle recommença deux ou trois mesures plus tard et à la fin du premier couplet elle avait complètement dérapé.

Et elle n'était pas en mesure non plus, attaquant trop tôt plusieurs paroles.

Baker paraissait prêt à cracher.

Comment diable avait-il pu entendre la fausse note *avant* qu'elle soit émise ? se demanda Lamar. Il possédait peut-être une telle oreille que les ondes sonores lui parvenaient plus vite. C'était peut-être aussi pour cette raison que, s'il pouvait jouer et se marrer avec Adam Steffey et Ricky Skaggs – au moins d'après ce qu'on en disait –, il ne touchait pas à cette F-5…

Il s'interrompit lui-même. On avait égorgé Jack Jeffries et il était là pour le boulot.

La chanson se termina. Ouf. Gret de San Antonio s'inclina et on applaudit paresseusement.

– Merci tout le monde, dit-elle. Nous allons maintenant voyager un peu et nous rendre dans la ville dévastée par cette sorcière qui a nom Katrina. C'est vraiment un vieux truc et qui date du temps où ma maman était encore plus petite que moi, elle devait avoir dix ans… sans elle, je ne le connaîtrais pas. Vous savez ce que c'est ?

Pas de réponse.

Gret choisit prudemment de ne pas poursuivre sa digression.

— Bref, à cette époque, ma maman était folle d'un garçon de New York qui s'appelait Freddy Canon. Palisades Park, ça vous dit rien ?

Silence.

— Bref, répéta-t-elle, Freddy l'a enregistrée à l'époque des dinosaures. (Elle cligna des yeux et se redressa.) OK, on y va, les gars. *Way Down Yonder in New Awleans*.

Baker sortit du café pour se réfugier sur le trottoir.

Lamar tint encore un peu, le temps de quelques mesures désaccordées, et alla le rejoindre.

— Tu ne crois pas qu'on devrait au moins demander s'il n'est pas venu ici, El Baco ?

— Si. J'attends simplement que le bruit de fond s'arrête.

— Ouais, dit Lamar, elle est nulle, la pauvre gosse.

— C'est peut-être sa chance.

— Comment ça ?

— Personne ne lui fera nourrir de faux espoirs et elle ira se chercher un boulot correct.

Depuis la porte, ils virent Gret poser le micro et reprendre ses activités de serveuse. Aucun des clients n'ayant besoin d'elle, elle se dirigea vers le bar, où elle prit une bière. Par-dessus l'écume, elle soutint le regard des deux policiers et sourit.

— Police, n'est-ce pas ? demanda-t-elle quand ils s'approchèrent.

— Aujourd'hui, oui, répondit Lamar en lui rendant son sourire.

— Je m'attendais à vous voir. Parce que M. Jeffries est venu ici. Je voulais vous appeler, mais je ne savais pas comment m'y prendre et je me suis dit que, de toute façon, vous finiriez par passer.

— Comment ça ?

Elle fut surprise.

– Je sais pas... J'ai dû me dire que quelqu'un saurait bien que M. Jeffries était ici et que vous voudriez en savoir plus.

– Et qui aurait pu le savoir ? demanda Baker.

– Ceux de son entourage, peut-être ? suggéra Gret, comme si elle répondait à un examen oral. J'ai pensé que quelqu'un avait dû le conduire depuis l'endroit chic où il a dû descendre... un personnage aussi célèbre ne débarque pas comme ça.

– Était-il avec quelqu'un ?

Gret se mordilla la lèvre.

– Non, il était tout seul. J'aurais dû vous appeler, je crois. Désolée. Si vous n'étiez pas venus aujourd'hui, j'aurais appelé. Même si je ne peux rien vous dire d'autre sinon qu'il a passé un moment ici hier au soir.

Baker se tourna vers le barman, l'homme qui les avait ignorés à leur arrivée. Tête de boutonneux, cheveux hérissés teints en noir. Long visage maigre au menton saillant, il ne paraissait même pas en âge de s'offrir un verre. Yeux fuyants... très fuyants.

– Et toi, fiston, t'as rien à dire ?

– Dire quoi ?

– Tu étais ici, hier soir ?

– Non.

– Sais-tu que Jack Jeffries est passé ici hier soir ?

– Gret me l'a dit.

– Cet homme a été assassiné et il est venu ici hier soir. On se pointe et tu penses pas à nous le dire ?

– Gret vient juste de me l'apprendre. Elle m'a dit qu'elle allait vous parler.

– C'est vrai, inspecteur. Byron n'est au courant de rien.

– Et quel est ton nom de famille, Byron ?

– Banks.

– On dirait que tu n'apprécies pas de parler à la police, fiston.

Byron Banks tourna son regard vers le plafond.

– Pas vraiment.

– Ah, pas vraiment... mais pourquoi ?

– J'ai tiré neuf mois.

– Motif ?

– J'ai piqué une voiture.

– Ah, monsieur soulève des bagnoles.

– Juste une fois, ça m'a foutu en l'air. Certain que je vais pas recommencer.

– Ouais, dit Baker. Pas de problème de drogue ?

– Non, je suis clean.

– Et tu tiens le bar ? dit Lamar en se redressant de toute sa taille, comme il le faisait quand il voulait intimider. C'est pas un peu risqué pour un type comme toi ?

– On sert du thé, protesta Banks. Je n'ai rien à me reprocher et je ne sais rien. C'est elle qui était ici.

– C'est vrai, intervint Gret.

– Où étais-tu hier au soir, Byron ? demanda Baker.

– J'ai été faire un tour en ville.

– Tout seul ?

– Non, avec des copains. On est allés dans un club.

– Lequel ?

– Le Fuse.

– Du techno, dit Lamar. Et le nom de tes copains ?

– Shawn Dailey, Kevin DiMasio, Paulette Gothain.

– À quelle heure vous êtes-vous retrouvés dans Second ?

– On est restés jusque vers une heure ou deux. Après je suis rentré chez moi.

– Où ça ?

– Chez ma mère.
– Adresse ?
– New York Avenue, répondit Banks.
– The Nations, dit Lamar avec un bref coup d'œil pour Baker.

Plus tard, s'il était d'humeur, il en profiterait pour le charrier. *Des voisins comme ça et tu as une alarme pourrie...*

– Ouais. Je me sens nerveux. Je peux fumer ?

Ils prirent sa déposition et le laissèrent partir.

Byron Banks passa devant le matos de karaoké et disparut par la porte du fond.

– C'est vraiment un type très gentil, dit Gret. Je ne savais pas qu'il avait fait de la prison. Comment avez-vous deviné ?

Lamar se tourna vers la serveuse.

– Nous avons nos méthodes. Qu'est-ce qu'il y a là-bas, derrière cette porte ?

– Rien que les toilettes et un petit débarras où on laisse nos affaires. J'y mets ma guitare.

– Vous en jouez ? s'étonna Lamar. Pourquoi vous servir de la machine ?

– Règlement maison. Une histoire syndicale.

– Qui d'autre était présent hier au soir ?

– Le second barman, Bobby Champlain, moi et Jose. Jose est le type qui balaie la salle après la fermeture et il est donc arrivé un peu avant minuit.

– L'un ou l'autre a-t-il un casier ?

– Je ne peux pas vous le dire avec certitude, mais ça me paraît peu probable. Bobby a environ soixante-dix ans. Il est complètement sourd d'une oreille, pas mal de l'autre et un peu... ralenti, disons. Quant à Jose, il est ultracroyant... Pentecôtiste. Bobby m'a dit qu'il avait cinq enfants et deux boulots. Ni l'un ni l'autre n'auraient reconnu M. Jeffries parce qu'il a… pas mal changé. Je suis la seule à l'avoir reconnu.

– M. Jeffries paraissait plus âgé que ce à quoi vous vous attendiez.

Elle acquiesça.

– Il était aussi beaucoup… plus gros, pour être franche.

– Vous l'avez tout de même reconnu.

– Ma mère adorait son trio… et son préféré était Jack. C'était lui, la star, vous savez ? Elle avait tous ses vieux trente-trois tours. (Sourire triste.) On a encore un tourne-disque.

Baker intervint.

– Qui a établi le règlement maison ?

– Le proprio. Le Dr McAfee. Il est dentiste et adore la musique. Il a arrangé les dents de la maman de Byron. C'est comme ça que Byron a eu le boulot.

– Le Dr McAfee vient souvent ici ?

– Presque jamais, répondit Greta. D'après Bobby, il a beaucoup de travail. Bobby a commencé à travailler ici dès l'ouverture, il y a environ un an. Le Dr McAfee lui a aussi refait le sourire. Il habite à Brentwood… le Dr McAfee, je veux dire, pas Bobby. En ce moment, on ne le voit presque jamais. Depuis quinze jours, c'est moi qui fais l'ouverture et la fermeture de la boîte, et il me donne un petit supplément pour ça.

– À quelle heure est arrivé M. Jeffries ?

– Je dirais vers onze heures et quart, onze heures et demie. On ferme à minuit, mais la musique s'arrête à moins le quart. J'étais sur le point de commencer mon deuxième tour.

– Les vieux succès, n'est-ce pas ?

La fille sourit. De grands yeux, bruns et doux.

– J'ai un besoin viscéral de chanter. C'est ce que je veux faire.

– Signer pour un disque ?
– Oui, évidemment, ça serait génial. Mais j'adore chanter, tout simplement. Partager ce que j'ai avec les autres. Mon objectif est de pouvoir en vivre un jour. (Les commissures de ses lèvres s'abaissèrent.) Voilà que je parle de moi, alors que ce qui vient d'arriver à Jack Jeffries est tellement horrible ! Le choc, quand je l'ai appris, je peux pas vous dire ! Il est de l'époque de ma mère, mais elle fait passer ses disques tout le temps et il avait une voix superbe. Absolument superbe ! Elle disait que c'était un don de Dieu. (Elle serra ses petits poings.) Comment a-t-on pu lui faire une chose pareille ? J'étais horrifiée quand je l'ai appris ce matin ! Et puis je me suis dit ohmondieu, faut que je leur parle... à vous, la police. J'ai pensé à faire le 911, mais on dit qu'il ne faut l'utiliser que si c'est une véritable urgence, pour pas encombrer la ligne...

– Pourquoi, exactement, avez-vous pensé que vous deviez nous parler ? lui demanda Baker.

La confusion emplit ses grands yeux bruns.

– Un détail particulier dont vous voudriez nous informer ? ajouta Lamar.

– Non, mais il était ici, dit Gret. Assis juste sur cette chaise. Il a bu deux pots de camomille en mangeant des scones aux raisins blancs et au beurre et il m'a écoutée chanter. Je n'arrivais pas à y croire, Jack Jeffries assis ici qui m'écoutait chanter ! J'étais tellement nerveuse que j'ai cru que j'allais tomber. D'habitude, quand je chante, j'entre en contact oculaire avec le public... pour établir une complicité, vous comprenez ? Hier soir, j'ai juste regardé le plancher comme une petite idiote. Quand je m'en suis rendu compte, j'ai relevé la tête et croyez-le ou non, il me regardait et il était attentif. Après, il a applaudi. J'ai failli m'enfuir dans les toilettes, mais j'ai fini par prendre mon courage à deux mains et je suis allée lui proposer de reprendre du thé, et je lui ai dit combien j'admirais sa musique et que je voulais devenir chanteuse. Il m'a répondu que je devais poursuivre mon rêve... que c'était ce qu'il avait fait quand il avait mon âge. Que pendant longtemps tout le monde avait essayé de le décourager, mais qu'il s'était accroché, accroché...

Les larmes lui montèrent aux yeux.

– Entendre de telles paroles prononcées par une superstar comme lui ! Vous pouvez pas imaginer ce que ça signifiait pour moi. Ensuite il m'a serré la main et m'a souhaité bonne chance. Il m'a aussi laissé un gros pourboire. J'ai couru après lui pour le remercier, mais il parlait déjà avec une dame et je n'ai pas voulu le déranger.

Elle prit une serviette en papier sur le bar et s'essuya les yeux.

– Quelle dame ? demanda Lamar.

– Une dame d'un certain âge. Ils se tenaient sur le trottoir, pas très loin du T. Ensuite, il l'a raccompagnée à sa voiture... elle était garée un peu plus loin dans la rue.

– Ont-ils parlé longtemps ?

– Je ne sais pas, m'sieur. Je ne voulais pas avoir l'air curieuse... d'être impolie. Alors je suis rentrée.

– Mais vous êtes certaine d'avoir vu Jeffries parler à cette dame.

– Ouais, elle est arrivée comme ça, comme si elle sortait de nulle part. Comme si elle l'attendait.

– Jeffries a-t-il eu l'air surpris ?

Elle réfléchit.

– Non, non, il ne paraissait pas surpris.

– Comme s'il la connaissait.

– Peut-être, oui.

– Diriez-vous que cette conversation a été longue ou brève ?
– Je ne sais vraiment pas, m'sieur.
– L'un ou l'autre paraissait-il bouleversé ?
– Ils ne riaient pas, mais ils étaient trop loin de moi pour pouvoir le dire.
– Vous devriez peut-être nous montrer où ils se tenaient exactement, proposa Baker.

Lamar resta à l'endroit d'où Greta disait les avoir observés et Baker accompagna la jeune femme ; elle s'arrêta au bout de cinq mètres environ et déclara que c'était à peu près là.

À l'est du café. La route directe vers le lieu du crime.

Baker lui demanda de lui indiquer l'endroit où était garée la voiture de la femme. Un mètre ou deux plus loin, dans la même direction. Le policier ramena Greta jusque devant l'entrée du café, où ils se tinrent tous les trois.

– Vous ne pouvez donc pas nous dire exactement pendant combien de temps ils ont parlé.
– Je n'ai pas vraiment regardé tout le temps, dit-elle en rougissant. C'est naturel, vous comprenez, je ne vais pas dire le contraire. Une grande star comme ça qui entre ici... qui entre ici d'elle-même, qui s'assoit et qui écoute ? Jamais personne d'important ne vient ici, jamais. Ce n'est pas comme dans Second ou Fifth ou au Songbird. Dans ces boîtes courues, on n'entend que des histoires de célébrités qui viennent y passer un moment. Mais nous sommes loin de tout ça.
– Ouais, c'est un drôle d'emplacement.
– Le Dr McAfee n'a pas payé le bâtiment bien cher. Il investit beaucoup dans l'immobilier. Je crois qu'il a comme projet de le raser pour faire construire quelque chose de neuf. En attendant, nous faisons de la musique et je lui suis reconnaissante de nous donner cette chance.

Grands, grands yeux bruns. Lamar se demanda ce qu'allait être leur expression, le jour où ils seraient refroidis par l'échec. Baker reprit la parole.

– Parlez-nous de cette dame, Gret. De quoi avait-elle l'air ?

– C'est pas évident.

Les deux inspecteurs échangèrent un regard. Ce genre d'expression tend souvent à vouloir dire, *je vais vous raconter des craques.*

– Faites du mieux que vous pouvez, l'encouragea Baker.

– Eh bien, elle était d'un certain âge, mais pas aussi vieille que M. Jeffries. Entre quarante et cinquante, peut-être. Des cheveux noirs jusqu'aux épaules... pas très grande... autour d'un mètre soixante, disons.

Elle haussa les épaules.

– Comment était-elle habillée ?

– Tailleur-pantalon noir... ou peut-être bleu marine ? Ou alors gris foncé. Je ne peux pas faire mieux. Il faisait nuit et, comme je vous l'ai dit, j'essayais de ne pas les dévisager. Demandez-moi plutôt pour la voiture.

– Et la voiture ?

– Un superbe coupé Mercedes du même rouge éclatant qu'une voiture de pompiers.

– Vous n'auriez pas eu l'idée de relever le numéro d'immatriculation par hasard ?

– Non, m'sieur, désolée.

– Décapotable ?

– Non, un hard-top.

– Rouge.

– Rouge vif, même de nuit on s'en rendait compte. Avec des enjoliveurs fantaisie bien brillants. Vous pensez qu'elle a quelque chose à voir avec... ?

– C'est trop tôt pour penser quoi que ce soit, Gret. Mais tout ce que vous pourriez encore nous dire serait certainement apprécié.
– Hmm... dit-elle en rassemblant ses cheveux en queue-de-cheval, puis les laissant retomber sur ses épaules. Je crois que je vous ai tout dit.

Ils lui demandèrent son nom de famille, son adresse et son numéro de téléphone.

– Greta Lynn Barline. (Elle tourna son regard vers le trottoir.) Pour l'instant, je n'ai pas le téléphone... j'attends que les choses s'améliorent un peu. Et j'habite au Happy Night Motel. Pas très loin dans Gay Street, comme ça, je peux y aller à pied.

Les deux policiers connaissaient l'établissement. Une étoile, pas loin du poste. Un lieu de perdition autrefois, jusqu'au jour où les Mœurs y avaient fait une descente. Le motel essayait d'attirer les touristes et de décrocher une deuxième étoile. Mais c'étaient surtout les routiers et les gens de passage qui y descendaient.

Greta reprit la parole.

– Je partageais un appartement avec une fille, mais elle est partie et le loyer est trop cher pour moi. J'ai bien pensé au quartier est, mais il est encore pas mal noir. Je vais peut-être acheter une voiture et habiter du côté d'Opryland. (Grand sourire.) Comme ça, je pourrai y aller tout le temps et regarder les poissons tropicaux dans le restaurant.

– C'est peut-être une bonne idée, dit Baker. Une dernière question, Gret, et je crois que nous en aurons fini.

– Bien sûr. Allez-y, répondit-elle avec de nouveau un grand sourire.

Ravie de l'attention dont elle bénéficiait.

– M. Jeffries est resté ici environ une demi-heure ou une heure ?

– Plutôt une demi-heure. Il est parti après que j'ai arrêté de chanter.
– Quel était son état d'esprit pendant qu'il était ici ?
– Vous voulez dire... son humeur ? (Son visage s'éclaira.) Il était heureux, la musique lui plaisait.

7

Bonne piste, cette Mercedes rouge. Combien pouvait-il y en avoir dans la région ?

Il y avait un concessionnaire de la marque allemande non loin de Nashville, à Franklin. Mais il était beaucoup trop tard pour joindre quelqu'un.

– Et maintenant, El Baco ? demanda Lamar. On va se mettre dans les toiles ?

– En fait, je pensais plutôt passer par le Songbird. J'ai entendu dire qu'ils ont organisé une soirée spéciale en hommage à Jeffries et qu'elle allait durer assez tard. Et puisque je suis encore debout, autant aller leur présenter mes respects.

– Et étudier un peu les gens qui s'y trouveront ?

– Par la même occasion. Tu sais que je suis très fort pour ce genre de truc. Pourquoi tu ne viendrais pas avec moi, Stretch ? ajouta Baker en esquissant un sourire authentique. Faut que je te torde le bras ?

Grand sourire de Lamar.

– Je suis ton homme, mon vieux.

Mitoyen d'une compagnie d'assurances, l'établissement était situé dans une rue piétonne. Il venait de s'agrandir récemment en reprenant le local de McNulty's Travel, lequel avait plié bagage pour le sud – plombé par le système de réservation par Internet. Pas de pot pour Aaron McNulty, mais un coup de chance pour Jill et Scott Denunzio, les propriétaires. Même avec ces mètres carrés supplémentaires le club était encore trop à l'étroit et, lors des soirées spéciales, on ne trouvait plus une seule chaise libre.

La salle, faiblement éclairée, disposait d'un bar à bières et vins situé en face de la scène. Le plancher était en grosses planches de sapin et les ventilateurs, au nombre d'une demi-douzaine, tournaient à plein régime au plafond. Des fans aux yeux remplis de larmes s'empilaient autour des vingt et quelques tables pour rendre hommage à Jack Jeffries. La foule devait largement dépasser la capacité officielle du club – cent quarante personnes –, mais aucun des deux inspecteurs ne les compta. Au moment où ils entrèrent, la scène croulait sous ce qui se faisait de mieux en matière de chanteurs qui, à l'unisson, donnaient une version déchirante de l'un des airs les plus célèbres de Jeffries, Ziff & Bolt, *Just Another Heartbreak*[1].

Une fois à l'intérieur, appuyés contre un mur, ils écoutèrent la chanson jusqu'à la fin. Lamar, complètement envoûté, en oubliait de cligner des yeux. Et se fit une fois de plus la réflexion qu'en matière de musique il y avait la bonne, la sensationnelle et celle qui cassait la baraque.

Chacune des personnalités qui se trouvaient sur la scène possédait des cordes vocales à décrocher un disque de platine, mais il n'était pas faux de dire que le tout était plus grand que la somme de ses parties. C'était peut-être le lieu et l'instant, peut-être l'émotion, mais Baker

1. *Rien qu'un autre cœur brisé.*

lui-même paraissait sous le charme. À la fin de la chanson, la salle resta quelques secondes silencieuse avant que ne se déclenche un tonnerre d'applaudissements enthousiastes qui dura cinq bonnes minutes. Puis les chanteurs quittèrent la scène et Jeremy Train vint prendre le micro.

Archicélèbre dans les années soixante-dix, adoré des nanas à cause de son côté décontracté et de ses airs de petit garçon trop mignon, Jeremy avait admirablement bien vieilli. Mesurant un mètre soixante-quinze, mince et musclé, il arborait encore sa tout autant célèbre coiffure, soit des cheveux raides qui lui retombaient jusque sur ses épaules où n'apparaissaient que d'élégants fils argentés quand il tournait la tête. Les quelques rides qui soulignaient ses traits le faisaient simplement paraître plus viril. En jean et tee-shirt noir, il portait des chaussures de bateau sans chaussettes. Comme l'avait fait Greta Barline, il tapota le micro à plusieurs reprises. Inutilement, puisqu'il venait d'être utilisé par le groupe – simple tic de chanteur.

– Ouais, on dirait qu'il y a encore le feu... (Quelques petits rires.) Euh... je voudrais remercier tout le monde d'être venu ici ce soir... euh... pour cette soirée improvisée qui devait être consacrée au Premier Amendement... (Applaudissements.) Ouais, exactement. Au lieu de quoi, nous voilà rassemblés pour une raison beaucoup plus triste et... eh bien... vous savez, la musique de Jack Jeffries est ce qui dit le mieux ce qu'il était... davantage que... euh... vous voyez ce que je veux dire, hein ?

Applaudissements du public.

– Mais il fallait que quelqu'un dise quelques mots sur Jack et je crois qu'on m'a choisi parce que je l'ai bien connu... dans nos folles années. (Un sourire.)

Oh là là, Jack était... bon, inutile de raconter des conneries, Jack était le roi des enfoirés.

Applaudissements et rires.

– Ouais, le roi des enfoirés, mais un être hypersensible sous tout ce délire. Il pouvait se comporter en vrai salopard, mais aussi se montrer le plus chouette de l'univers. Vous savez, le genre à lancer des bouteilles de bière de sa voiture en fonçant à cent cinquante à l'heure, ou à sortir la tête par la fenêtre en jurant à pleins poumons. Ou à courir tout nu dans Sunset Boulevard... bon sang, il adorait attirer l'attention et on peut dire qu'il a réussi.

Jeremy Train partit d'un rire nerveux.

– Puis Jack se retournait et merde... comme la fois où j'admirais une peinture qu'il avait chez lui, il l'a décrochée du mur et il me l'a donnée... oui, donnée ! J'ai essayé de lui dire, *eh mon vieux*, mais c'était définitif pour lui et vous savez quel entêté il pouvait être, cet enfoiré de première.

Hochements de tête dans la salle.

– Ouais, c'était simplement... Personne n'avait une descente comme la sienne. Et certainement personne ne pouvait bouffer autant que lui.

Rires retenus.

– Ouais, ça ne s'est pas bien terminé pour Jack et c'est vraiment... reprit Jeremy, dont les yeux devinrent humides. Et vous savez, c'est vraiment désolant parce que, depuis peu, il reprenait vraiment pied. Il avait un nouvel album en chantier... et il avait mis la pédale douce, côté mauvaises habitudes... sauf pour ce qui était de la bouffe, mais enfin quoi, lâchez-lui un peu les baskets, hein ? Sur le plan personnel, les choses allaient mieux pour lui... si bien qu'il a peut-être lâché la rampe au moment où il avait remonté la pente, en fin de compte.

Jeremy Train déglutit laborieusement.

– Alors merci d'être venus ici pour lui... et n'oublions pas Dennis et Mark. Cette soirée est pour leur trio... on vous aime, les gars. Gardez la foi. Et je crois qu'on va terminer par un morceau qui... bref, Jack, on t'aimait, frangin. Tu vas vraiment nous manquer.

Les chanteurs revinrent sur la scène, prirent position et la soirée s'acheva sur *My Lady Lies Sweetly*, suivi d'une ovation debout tonitruante et interminable. Lamar dut crier pour se faire entendre au milieu des bravos et des bis.

– On parle à Train ?
– Ouais, ça me paraît une bonne idée.

Ils se frayèrent un chemin au milieu de la foule et trouvèrent Jeremy Train en train de s'entretenir des plus sérieusement avec un groupe d'adolescentes à peine nubiles et qui, toutes, paraissaient profondément tristes tandis qu'il leur dispensait ses paroles de sagesse.

– Ouais, Jack était comme ça. Juste un mec délirant.

Baker s'avança vers lui, le badge à la main.

– Monsieur Train ? Je suis l'inspecteur Southerby et voici mon collègue, l'inspecteur Van Gundy. Pourrions-nous avoir un moment d'entretien en privé ?

Jeremy jeta des coups d'œil à droite et à gauche. Ses pupilles dilatées étaient peut-être dues à la pénombre, ou peut-être à une ingestion de produit qui le rendait nerveux à la vue de la police.

– C'est à propos de Jack Jeffries, précisa Baker.

L'air un peu soulagé, Jeremy Train acquiesça et proposa de sortir, ce qui lui permettrait de fumer.

– Ça nous va, répondit Baker.

Une fois dehors, Train alluma une cigarette et tendit le paquet aux policiers qui déclinèrent tous les deux de la tête.

– Une mauvaise habitude, commenta le chanteur.

– Dites-vous que vous contribuez à la prospérité de l'économie dans le sud du pays, suggéra Baker. J'ai bien aimé ce que vous avez dit sur Jeffries.

– C'était nul, oui, répondit Jeremy en hochant la tête, l'air dégoûté. Je ne sais pas parler en public. C'est bizarre, j'arrive à écrire de bonnes chansons…

– De superbes chansons, le coupa Lamar.

– Ouais ? (Un sourire.) Merci. Je suis capable de chanter… je ne sais pas. Au fond, je suis timide en public.

– Pas comme Jack, d'après ce que j'ai entendu dire, fit remarquer Lamar.

– Non, Jack n'avait peur de rien. Il était juste… comment dire ?… toujours partant. Quelle saloperie ! (Il les regarda à travers la fumée de sa cigarette.) C'est vous qui êtes chargés d'enquêter sur son assassinat ?

– En effet, répondit Baker. Tout ce que vous pourriez nous dire sur lui pourrait nous être utile.

– La vérité est que nous n'étions plus en contact, Jack et moi, depuis… bon Dieu… dix ans. On l'appelait un jour et il se montrait absolument charmant, mais dix minutes plus tard il vous insultait et vous raccrochait au nez. Ce type était aussi imprévisible que la météo.

– Ouais, il avait cette réputation, dit Lamar. Quand vous avez parlé, tout à l'heure, vous avez fait allusion à un nouveau CD et au fait que sa vie personnelle allait mieux. Pourriez-vous nous en dire davantage ?

– L'album se présentait vraiment bien. En fait, il m'avait envoyé un courriel pour me demander si je voulais y participer.

– Et que lui avez-vous répondu ?

– Nom d'un chien, oui !… à condition que ça colle dans mon calendrier. Dans sa réponse, il me disait que nous en reparlerions au concert de charité de Nashville. Je n'en revenais pas qu'il y vienne. Nous savions tous qu'il avait une peur bleue de l'avion.

– Ce sont ses relations personnelles qui nous intéressent, reprit Lamar.

– Je crois que je voulais surtout parler de sa vie intime. D'après ce que j'avais compris, il commençait à maîtriser ses addictions... les boissons fortes, en particulier. Vu qu'il avait l'alcool mauvais, c'était une bonne nouvelle.

– Et ce fils qu'il a eu avec un couple de lesbiennes ? demanda Baker.

– Melinda Raven... ouais, je l'ai rencontrée, il me semble... ouais, gay... il y a eu beaucoup de filles dans ma vie, ajouta Jeremy sans la moindre forfanterie, constatant simplement un fait. On a tous pensé que c'était un peu bizarre de la part de Jack de se porter volontaire, mais rétrospectivement, on se dit pourquoi pas ? Pour ce que je vois ma fille aînée, j'aurais pu la faire adopter. Sa mère tient à ce que je garde mes distances... sauf en ce qui concerne la pension alimentaire. Si le chèque n'est pas arrivé le premier du mois, là, elle n'hésite pas à me téléphoner. Au fond, Jack a peut-être eu la bonne idée. Prendre son pied et laisser quelqu'un d'autre s'occuper du môme.

Son expression s'était durcie lorsqu'il avait fait allusion à son ex.

– J'ignore tout à fait si Jack avait ou non des relations avec le gosse, reprit-il. Comme je vous l'ai dit, nous n'avons eu pratiquement aucun contact pendant dix ans. Son courriel a été une surprise, comme le fait qu'il me contacte après toutes ces années.

– Et vous lui avez répondu que vous collaboreriez à son CD ? demanda Lamar.

– Non, pas que je collaborerais, que je participerais, pour l'accompagnement, par exemple ; j'aurais pu utiliser mes Pro Tools et lui envoyer le programme par le Net. Ça m'avait fait plaisir qu'il m'appelle, mais il y avait un côté de moi qui était aussi un peu… euh… hésitant. Parce que vous comprenez, ce type était un sacré trou du cul, même s'il avait la voix d'un ange. (Petit rire.) Vu que nous sommes en terres très chrétiennes ici, je crois que je peux dire que les voies de Dieu, parfois, sont non seulement impénétrables mais marrantes.

8

Dès le lendemain matin, Lamar eut au téléphone le directeur des ventes de Mercedes, un personnage volubile du nom de Ralph Siemens. L'homme lui donna tout de suite une identification.

– C'est certainement Mme Poulson, dit-il. Elle nous a acheté une SLK350 rouge vif il y a deux mois. Je n'ai vendu que deux Mercedes rouges depuis aussi longtemps que je me souvienne... tout le monde les veut blanches ou noires. La deuxième, c'est Butch Smiley qui me l'a achetée, mais, depuis, il a changé pour un quatre-quatre.

Smiley : arrière dans l'équipe des Titans. Un beau bébé noir de plus de cent dix kilos.

– Mme Poulson aurait-elle entre quarante et cinquante ans et des cheveux noirs qui lui retombent sur les épaules ? demanda Lamar.

– C'est sans doute elle. Vous voyez de qui nous parlons, n'est-ce pas ?

– Non.

– Poulson. L'épouse de feu Lloyd Poulson. Banque, électronique, centres commerciaux, tout ce qui peut rapporter de l'argent. Des gens tout à fait bien, ils m'achetaient une grosse berline tous les deux ans. Lui est mort l'an dernier, cancer. Mme Poulson a gardé la maison, mais elle élève également des chevaux dans le Kentucky. Il a été question qu'elle y habite en permanence.

– Et pour le moment ?

– Qu'est-ce que vous croyez ? dit Siemens. Résidence à Belle Meade, bien entendu. Soyez gentil, ne lui dites pas que c'est moi qui vous ai tuyauté, mais je peux aussi bien vous donner son adresse puisque, de toute façon, vous allez la trouver.

Le quartier chic de Belle Meade se trouve à une dizaine de kilomètres du centre de Nashville, mais sur une planète entièrement différente. Des rues tranquilles qui serpentent entre des manoirs de style pseudo-grec ancien, italien et colonial, tous à l'écart, au milieu de quelques hectares de parc. Vastes pelouses ombragées par des chênes monumentaux, pins géants, érables et cornouillers. Bastion de richesses héréditaires infiltré de nouveaux riches de plus en plus nombreux, mais la présence de la vieille noblesse d'argent affecte encore la valeur immobilière du secteur. Lorsqu'on roulait sur les larges voies asphaltées, il n'était pas rare de voir des jeunes femmes impeccables montant de superbes chevaux dans des enclos privés. Le logo des panneaux, pour les noms de rues, disait tout : un pur-sang suivi d'un poulain le long d'une barrière basse. Les sports équestres jouissaient ici du même prestige que le golf et le football en famille comme passe-temps dominical.

Les deux mille résidents de la banlieue chic, bien qu'ayant été intégrés au réseau de services du grand Nashville des années auparavant, avaient réussi à conserver officiellement une certaine indépendance et la communauté disposait donc de sa propre police. Cette autonomie et le sentiment psychologique de ne pas être de vulgaires habitants de Nashville avaient un tel prix aux yeux des résidents de Belle Meade qu'ils avaient accepté de payer deux fois les impôts locaux.

Voilà qui n'écornait guère leur capital ; les revenus d'une famille s'établissaient ici en moyenne autour de deux cent mille dollars par an, l'un des plus élevés de l'État. À Belle Meade, on était blanc à quatre-vingt-dix-neuf pour cent – un pour cent pour toutes les couleurs restantes. Les enfants qui voulaient poursuivre leurs études à Vanderbilt le pouvaient, la plupart du temps. Lamar et Baker n'avaient jusqu'alors guère eu de motifs de traverser la banlieue en voiture. Au cours des trois dernières années, on y avait compté aucun homicide, un viol, aucun cambriolage, quatre agressions – presque toutes mineures –, et quatre ou cinq voitures volées dont deux par des ados du coin pour faire une virée.

Tant de paix et de quiétude laissait à la brigade de police de Belle Meade, forte de vingt hommes, tout le temps de se livrer à l'occupation qui l'avait rendue célèbre : faire impitoyablement respecter le code de la route. Jusqu'aux flics qui n'avaient droit à aucune dérogation ; Lamar conduisit avec prudence et lentement le long de Belle Meade Boulevard.

Après un demi-tour, ils passèrent devant la résidence d'Al et Tipper Gore et n'eurent aucun mal à trouver l'adresse donnée par Siemens. Un truc d'un rose crémeux, à toit plat, dix fois la taille d'une maison normale, et qui s'élevait derrière une barrière métallique mais disposait d'une vue superbe et dégagée sur un ou deux hectares du meilleur gazon. Au milieu du rond-point de l'allée circulaire gargouillait une fontaine haute d'un étage. La Mercedes rouge était garée juste devant, ainsi qu'un break Volvo. Taillés en cônes, des résineux d'un vert si foncé qu'ils en paraissaient noirs montaient la garde devant le manoir. Près de la rue, débordant pardessus la barrière, s'élevaient les deux chênes les plus énormes que les inspecteurs aient jamais vus.

Après s'être garé, Lamar se rendit compte, pendant qu'ils remontaient à pied vers le portail, que le parc avait été paysagé comme pour une mise en scène. On avait retouché arbres et ramures de manière à ce que le soleil les traverse ici et là, si bien que le bâtiment de deux étages recevait plus de taches de lumière qu'un tableau de Renoir. Pas de verrou sur le portail. Ils le franchirent, continuèrent à pied jusqu'à la porte d'entrée et sonnèrent en s'attendant à voir apparaître une bonne en grande tenue, voire un maître d'hôtel.

Mais ce fut une séduisante femme dans la quarantaine et portant un chandail à col roulé en cachemire rose sur un pantalon blanc sur mesure et des sandales roses à bout ouvert qui leur ouvrit. Ongles des orteils vernis, mais incolores. De même pour les ongles de ses mains, coupés étonnamment court. Pas de bijoux en dehors d'une alliance en platine.

Elle avait une chevelure sombre qui lui retombait sur les épaules et dont les mèches rebiquaient aux extrémités, une peau d'aspect lisse et des yeux bleus, et vraiment bleus, pas comme ceux du psy. Son visage formait un ovale parfait avec quelque chose d'un peu trop tendu sur les mâchoires mais encore tout à fait charmant.

– Madame Poulson ?

– Cathy Poulson, oui, répondit-elle d'une voix douce et légère.

Les deux inspecteurs se présentèrent.

– De la police de Nashville ? C'est pour la collecte de fonds ? Le chef Fortune ne m'a parlé de rien.

Ainsi leur faisait-elle savoir qu'elle avait des relations et qu'elle voyait en eux des mendiants.

– Nous sommes ici à cause d'un événement qui s'est produit en ville, madame, dit Baker.

– Un meurtre, j'en ai peur, ajouta Lamar. Jack Jeffries.

Le visage lisse de Cathy Poulson n'exprima rien. Elle hocha simplement la tête et ses épaules retombèrent.

Oh, Jack... Je vous en prie, entrez.

Elle leur fit traverser un hall d'entrée plus vaste que chacun de leurs domiciles, puis les conduisit dans une pièce inondée de soleil qui donnait sur les hectares d'une pelouse manucurée avec buttes, ruisseaux et chutes d'eau en pierre, le tout ceinturé d'arbres, dans le fond. Un dallage doré entourait une piscine olympique d'un bleu royal, bornée, aux quatre coins, de statues représentant des nymphes nues. Un festival de couleurs, sur la gauche, signalait la présence d'un jardin où s'épanouissaient des roses. Des panneaux de toile verte, au loin, entouraient un espace qui criait *quelqu'un veut-il faire une partie de tennis ?*

Une domestique en uniforme complet, jeune, noire et mince, dépoussiérait les antiquités de son plumeau.

Une dame richissime qui allait elle-même ouvrir la porte, se dit Lamar. Quelque chose l'aurait-elle rendue nerveuse ?

Cathy Poulson alla poser une main sur l'épaule de la bonne.

– Amelia ? J'ai besoin de parler un moment avec ces messieurs. Pourriez-vous avoir la gentillesse de nous apporter de cette limonade sensationnelle, puis de voir si vous ne pourriez pas donner un coup dans la cuisine ?

– Oui, Ma'am.

Amelia partie, Cathy les invita à s'asseoir.

– J'espère que vous aimez la limonade.

Enfoncés dans d'énormes fauteuils tapissés en soie, Baker et Lamar goûtèrent ainsi la meilleure limonade qu'ils aient jamais bue tout en parcourant la pièce des yeux. Plus de quinze mètres de long sur la moitié de cette largeur, à vue d'œil, hauts plafonds à caissons n'ayant rien à envier à ceux de l'Hermitage. Alignements de tables vernies aux pieds incurvés, chaises délicates et canapés provinciaux français à hauts dossiers se partageaient le périmètre avec des sièges moelleux et plus réalistes. Recouverts en soie vert pâle, les murs présentaient des peintures – natures mortes et scènes de campagne – dans des cadres dorés. La cheminée de pierre, à l'autre bout de la salle, était assez grande pour qu'un adulte puisse y entrer. Quelques photos en couleur étaient posées sur le linteau sculpté.

Lamar déclara qu'il trouvait la limonade délicieuse.

– Elle est stupéfiante, n'est-ce pas ? dit Cathy Poulson. L'astuce, c'est d'ajouter des citrons Meyer à la recette habituelle. Ça lui donne plus de douceur. C'est mon mari qui m'a appris ça. Il était originaire de Californie. Fallbrook, près de San Diego. Son père avait une plantation d'agrumes et d'avocats. Une sécheresse, quelques investissements hasardeux, et il a tout perdu. Lloyd a dû repartir de zéro, tout seul, et il a réussi de manière incroyable. Il est mort il y a six mois. C'était un homme merveilleux.

Elle se leva, s'avança jusqu'à la cheminée, prit l'une des photos et la rapporta.

Un cliché sans doute pris lors d'un bal de charité ou une manifestation de ce genre – quand les riches posent pour les photographes avant d'entrer dans un salon luxueux. Cathy Poulson se tenait à côté d'un homme de petite taille, gros et chauve, une couronne de cheveux blancs frisottés lui ceignant le crâne. Elle était en robe rouge de grand couturier – rouge comme la Mercedes –, lui en smoking. Lloyd Poulson avait les yeux tout plissés par son sourire. On voyait apparaître le bout de ses doigts boudinés à la taille de guêpe de sa femme.

Avec ses lunettes à verre épais et lourde monture noire, avec la bedaine qui distendait la ceinture de tissu de son smoking, il paraissait avoir au moins soixante-dix ans. Cathy Poulson, elle, avait l'air d'une star de cinéma. Couverte de bijoux, ce soir-là – des diamants placés à tous les endroits stratégiques. Le haut de sa robe, largement décolleté, laissait apparaître la partie supérieure rebondie d'une volumineuse poitrine.

Une perfection, songea Lamar. On ne l'aurait jamais dit en la voyant avec son chandail.

– Un homme vraiment plein de vie ! reprit-elle. Cancer de la prostate. Il a souffert, mais il ne s'est jamais plaint.

– Toutes nos condoléances, madame.

Cathy Poulson chassa une poussière invisible de son cachemire, prit la photo et la posa à l'endroit sur ses genoux.

– Désolée de vous importuner avec mes histoires personnelles. Vous avez un travail important à faire et vous voudriez savoir pourquoi j'ai parlé à Jack, l'autre soir.

– En effet, madame.

– En premier lieu, il est assez évident que je n'essayais pas de cacher quoi que ce soit. On ne va pas dans un quartier pareil avec une voiture comme la mienne pour se garer juste devant là où on va si l'on craint d'être vue. (Elle tapota la photo.) Qui m'a vue ? La fille ?

– Quelle fille ?

– Une petite blonde. Je suppose qu'elle est serveuse ou quelque chose comme ça. Il n'y avait plus qu'elle et un Mexicain dans l'établissement. Je l'ai aperçue qui nous observait, Jack et moi, depuis l'entrée.

– Elle vous espionnait ? demanda Baker.

– Probablement, même si elle se donnait beaucoup de mal pour ne pas en avoir l'air, répondit Cathy Poulson. Incapable de résister, j'imagine. Ce qui est compréhensible, vu ce qu'est la célébrité de Jack. Ce qu'était.

Elle se mordit la lèvre.

– Je l'ai appris ce matin. Comme tout le monde. Je prenais mon café en lisant l'édition du jour, et c'était là. (Ses paupières tremblèrent.) J'ai couru jusqu'aux toilettes et j'ai vomi.

– Vous étiez donc au courant du meurtre, remarqua Baker. Et pourtant, vous avez eu l'air surprise lorsque vous nous avez vus.

Cathy Poulson cligna des yeux.

– Pardon ?

– Votre remarque sur la collecte de fonds.

Elle rougit.

– C'était stupide et snob de ma part, inspecteur. Je vous en prie, pardonnez-moi. Je crois que… je ne sais pas pourquoi je l'ai fait. En tout cas, ce n'était pas une surprise de vous voir. Je savais que cette fille m'avait vue et que, si elle vous en avait parlé, vous n'auriez aucun mal à me retrouver à cause de la voiture. Et que bien entendu vous voudriez me parler. J'ai peut-être été la dernière personne à voir Jack vivant avant que…

– Jusqu'ici, c'est bien le cas, madame. La dernière.

– Eh bien, c'est horrible. Répugnant et horrible.

Les inspecteurs gardèrent le silence.

– La fille vous a-t-elle dit que Jack et moi n'étions pas repartis ensemble ? Que j'ai repris ma voiture et que lui est resté sur place ?

– Non, madame, répondit Lamar.

– C'est pourtant ainsi que les choses se sont passées. Il est donc évident que je ne suis pas votre coupable, reprit-elle avec un sourire affectant la légèreté, mais sa main étreignait le tissu de son pantalon à hauteur du genou.

Baker prit la parole.

– Pourquoi se rendre plus particulièrement au T House pour parler avec M. Jeffries ?

– C'est lui qui a choisi l'endroit. Parce qu'il était hors des sentiers battus… Il n'avait que trop raison. Je savais que c'était un boui-boui minable, mais Jack pouvait être insistant. (Elle hocha la tête.) J'aurais normalement dû venir plus tôt, mais j'ai été retardée et je suis arrivée à la fermeture. Jack ne m'en a pas voulu. Il pouvait se montrer tout à fait… charmant. Quand il en avait envie.

– Vous donnez l'impression de le connaître depuis longtemps.

Cathy Poulson sourit, se laissa aller dans son siège et repoussa les cheveux de son visage. La lumière en provenance des baies vitrées fit briller son alliance en platine.

– Vous ne vous trompez pas tellement, inspecteur.

– Pourriez-vous avoir la gentillesse de nous en dire un peu plus ? demanda Lamar.

– Sur mes relations avec Jack ?

– Oui, madame.

– Est-ce vraiment nécessaire ? Étant donné que je ne suis pas votre coupable.

– Plus nous aurons d'informations, plus notre travail sera facile, madame.

– Croyez-moi, répondit Cathy Poulson, je ne vais pas vous rendre la tâche plus facile, car tout ce que j'ai à vous dire, c'est que Jack et moi avons parlé pendant quelques minutes et que nous sommes partis chacun de notre côté. (Une main manucurée se posa élégamment sur son sein gauche.) Je vous en prie, les gars, après tout ce que j'ai vécu cette dernière année, je ne suis pas en état de supporter davantage de stress.

Elle était passée de *messieurs* à *les gars*, détail qui détruisait le charme. Lamar, sachant que Baker se posait la même question, se demanda dans quelle mesure elle avait répété son numéro.

C'est de sa voix la plus suave que Baker reprit la discussion.

– Nous n'avons aucune intention de vous stresser, madame. Mais nous avons besoin de réunir des informations.

Elle le regarda comme si elle le voyait pour la première fois. Et revint sur Lamar.

– Vous avez joué au basket en fac ?
– Non, madame.
– Excusez-moi, la question était déplacée. C'est simplement que mon fils est un fou de sport, basket, foot, base-ball, tout. Et il a commencé en fac. Je vis toute seule ici. Et je me sens vraiment toute seule.
– Vanderbilt ?
– Oh, non, dit-elle avec une certaine ferveur. Vanderbilt aurait été sensationnel, il aurait pu y être pensionnaire, il sait que je ne me serais pas mêlée de ses affaires et il aurait tout de même pu venir le week-end

pour m'apporter son linge sale et me dire bonjour, avec un peu de chance. Non, Tristan est à Brown, Rhode Island. Le plus petit État de l'union, et c'est celui qu'il choisit !

– Brown a une très bonne réputation, fit remarquer Lamar. Ça fait partie de l'Ivy League[1], non ?

– Oui, et alors ? Mon mari s'est contenté d'aller au Chico State College et je n'ai jamais rencontré d'homme qui ait aussi bien réussi. D'accord, Tristan est un excellent élève, il a décroché les meilleures notes à ses examens, et les CV qu'il a envoyés aux universités sont impressionnants. D'après son conseiller, c'était le candidat parfait pour l'Ivy League. Mais Vanderbilt est tout aussi bien. Du coup, il n'est jamais ici. *Jamais.*

Elle avait tellement insisté sur son second *jamais* qu'on aurait dit la voix de quelqu'un d'autre – aiguë, en colère. Son visage s'empourpra encore plus et des rides se mirent à apparaître sous son maquillage, telles des lignes de faille.

Atteinte d'un de ces syndromes d'humeur changeante, se demanda Lamar, ou bien essaie-t-elle de nous dire quelque chose ? Parce qu'elle a tendance à présenter les choses comme un vrai metteur en scène, celle-là. Depuis la manière dont elle plante ses arbres et dispose son mobilier hors de prix jusqu'à sa façon de nous servir une limonade que nous n'avions pas demandée.

Pour tout contrôler.

S'il y avait un message en dehors du fait que son gamin lui manquait, il échappait à Lamar. Et pour une veuve depuis peu, la réaction n'avait rien d'anormal.

Il y avait toutefois quelque chose chez elle...

---

1. Les meilleures et les plus anciennes universités de la Côte Est.

– Ça doit être dur de se retrouver toute seule dans cette grande maison.

– Se retrouver seule est dur partout, répliqua Cathy Poulson.

Baker sourit.

– Puis-je utiliser vos toilettes, madame ?

Il jeta un coup d'œil au linteau de la cheminée en sortant et resta absent une ou deux minutes. Lamar, pour parler de quelque chose, commenta les tableaux sur les murs. Mme Poulson sauta sur l'occasion de lui faire faire le tour de la pièce, donnant le titre et le nom de l'artiste, racontant où et comment son défunt mari avait acquis chacune de ces peintures. Lorsqu'il arriva à la cheminée, il observa qu'on ne voyait pratiquement qu'elle sur les photos ; elle était en compagnie de son mari sur quelques-unes, mais il n'y avait pas trace de son fils.

Baker revint, l'œil pétillant, l'air sur le point de dire quelque chose. Mais Cathy Poulson fut la plus rapide.

– D'accord, je vais vous parler ouvertement. Sans rien cacher. Si vous me promettez de faire tout votre possible pour ne pas violer ma vie privée.

– Absolument tout notre possible, madame, promit Baker.

Il avait répondu de manière un peu trop décontractée, remarqua Lamar. Il devait mijoter quelque chose.

Ils se rassirent tous les trois.

– Jack et moi avons eu une liaison, reprit Cathy Poulson. Bien entendu, c'est de l'histoire ancienne ; ça remonte à avant que je rencontre Lloyd. Je suis originaire de Californie, moi aussi. Los Angeles. C'est là que j'ai fait la connaissance de Jack.

Encore un rapport avec la Côte Ouest, comme pour le psy. Lamar se demanda si Delaware la connaissait, puis se dit qu'il était idiot. Une ville géante comme L.A., quelles étaient les chances que…

– Voilà, c'est tout.
– Une liaison, répéta Baker.
– Oui.
– Pourquoi avoir décidé de le rencontrer hier soir ?
– Jack m'a appelée pour me dire qu'il était en ville. Comme ça, tout d'un coup, je n'en revenais pas. Il m'a expliqué qu'il avait entendu dire que Lloyd était mort et il a eu des mots très gentils à ce propos… Il pouvait être comme ça. Il a dit qu'il avait eu des moments difficiles mais bien entendu rien de comparable avec ce que je vivais… j'ai trouvé qu'il faisait preuve de beaucoup d'empathie. J'avais entendu parler de ce qu'avait vécu Jack… par les médias, pas personnellement. Son mode de vie, les hauts et les bas de sa carrière. Qu'il ait été capable d'en faire abstraction pour se mettre à ma place, j'ai trouvé que c'était… gentil.

– Autrement dit, lança Baker, il vous a simplement appelée pour vous dire bonjour.

– On a un peu parlé. Il m'a dit qu'il avait eu une peur terrible de reprendre l'avion après son accident d'hélicoptère… ça aussi, je l'avais appris par la presse. Qu'il avait vécu avec cette peur pendant des années et qu'il avait finalement décidé de la surmonter et d'entreprendre une thérapie. Le vol en avion jusqu'à Nashville était une grande victoire. Il en paraissait incroyablement fier. Autant que s'il avait décroché un autre disque de platine. Je lui ai dit que c'était merveilleux. Puis on a encore un peu parlé de Lloyd. C'est alors qu'il m'a demandé si on pouvait se revoir. J'aurais dû m'y attendre, j'imagine, mais j'ai tout de même été surprise. Je ne savais pas ce que je devais faire.

– Vous n'étiez pas sûre d'avoir envie de le revoir.

– Pour dire la vérité, dit-elle, nous ne nous sommes pas séparés en très bons termes. À l'époque, Jack n'était pas toujours commode.

– Comment ça ? demanda Baker.

– D'humeur changeante. Très changeante. La drogue le rendait encore pire. Et il y avait toutes ces femmes… des groupies. On les appelle toujours comme ça ?

– Oui, madame, répondit Lamar, qui se dit en lui-même : *Toutes ces soirées où j'ai joué et je n'en ai jamais vu une seule.*

– Oui, avec toutes ces groupies, reprit Cathy Poulson, on ne peut pas s'attendre à ce qu'un homme reste fidèle… bref, c'était violent de l'avoir au téléphone après toutes ces années. C'est peut-être à cause de mon chagrin que je lui ai dit d'accord, je ne sais toujours pas. Il m'a dit qu'il y avait un club dans First où il allait se rendre, et il a proposé qu'on s'y retrouve. J'ai accepté. Je l'ai regretté tout de suite après avoir raccroché. Qu'est-ce qui pouvait en sortir ? me suis-je demandé. J'ai envisagé un instant de le rappeler pour annuler, mais je n'avais pas envie de le blesser non plus. Il avait surmonté sa peur, je ne voulais pas le renvoyer comme ça. Vous comprenez, n'est-ce pas ?

– Bien sûr, dit Baker.

– Je me serais sentie coupable si je l'avais stressé au point de le faire revenir en arrière. (Elle eut un regard de côté.) Dans le bon vieux temps, j'ai assisté à pas mal de dégringolades.

– La drogue ? dit Baker.

– Tout le foutu bazar, oui. Ce qu'il y a de plus drôle, c'est que j'avais l'impression d'être la seule à voir ce qui se passait vraiment. Jamais je n'ai touché à quoi que ce soit. Jack, lui, c'était une autre histoire. J'ai passé pas mal de nuits à m'occuper de lui. S'il fallait appeler un médecin, c'était en général moi qui m'en chargeais.

– Vous aviez donc des relations très étroites, fit observer Lamar.

– Pour ce qu'elles valaient… mais c'est de l'histoire ancienne, messieurs, très ancienne. Raison pour laquelle je n'étais pas trop sûre de vouloir jouer à *je me souviens* avec lui. En même temps, je ne voulais pas le bouleverser, alors je n'ai pas annulé. Au lieu de cela, je suis arrivée le plus tard possible. (Elle eut un sourire étrange, le regard lointain.) C'était la solution parfaite.

– Arriver le plus tard possible ?

– Évidemment. De cette manière, le contact était réduit au minimum et j'avais rempli mes obligations.

Une fois de plus, Lamar vit en elle le parfait metteur en scène. Baker reprit la parole.

– Vous vouliez lui dire *bonjour, je suis contente de te voir*, et chacun partait de son côté.

– Exactement, dit Cathy Poulson. Et franchement, quand j'ai vu Jack… ça a été un tel choc que les choses ont été plus faciles. L'image que j'avais de lui était restée calée sur l'époque où nous étions ensemble. Il avait été bel homme. Aujourd'hui…

Elle haussa les épaules.

– Il n'était pas très bien conservé, dit Lamar.

– On dirait que vous parlez d'un échantillon de laboratoire, mais j'ai bien peur que vous n'ayez raison, répondit-elle avec un soupir. Pauvre Jack. Le passage du temps ne lui avait pas trop réussi. Je suis allée à ce rendez-vous en m'attendant à voir un bel homme… ce qui était stupide de ma part après toutes ces années. J'ai vu un vieil obèse chauve.

Pas si différent que ça de son ancien mari, en somme, songea Lamar.

Elle reprit son verre de limonade.

– Il m'a prise un instant dans ses bras, on a bavardé un peu et on s'est séparés. Et je dois vous dire ceci : Jack n'était nullement bouleversé, la rencontre a été entièrement amicale. J'ai eu l'impression très nette qu'il ressentait la même chose que moi.

– C'est-à-dire ?

– On ne répare pas si ce n'est pas cassé, répondit Cathy Poulson. Le type qui a écrit ce bouquin avait raison. On ne peut pas vraiment retourner chez soi. Psychologiquement, je veux dire.

Lamar avait encore l'impression que Mme Poulson ne lui avait pas tout dit et il aurait aimé rester pour la cuisiner encore un peu. Mais il se rendait compte que Baker devenait de plus en plus nerveux, assis à l'extrême bord du canapé, prêt à bondir comme une grenouille sur une mouche.

– Merci beaucoup, madame, dit Lamar. Si quelque chose vous vient à l'esprit, voici notre numéro.

Il lui tendit une carte qu'elle posa distraitement sur la table, et il eut l'impression qu'il n'entendrait plus jamais parler d'elle.

– Bien sûr, dit-elle. Voulez-vous que je vous mette un peu de limonade dans une bouteille ?

9

Une fois dans la voiture, Lamar se tourna vers Baker.
– Bon d'accord, quoi ?
– Quoi *quoi* ?
– Ça te démangeait qu'on se tire, El Baco. Une mouche t'a piqué ?
Spectacle inhabituel, un grand sourire s'étala sur le visage de Baker.
– Roule.
Lamar emprunta de nouveau le Belle Meade Boulevard, passa devant d'autres demeures somptueuses. Un grondement de moteur leur parvint de derrière. Deux gosses de riches dans un coupé BMW qui titillaient la limite de vitesse. Ils ne ralentirent qu'à quelques centimètres du pare-chocs arrière de la Caprice. Il les laissa passer, les entendit rire.
– Tu n'as pas remarqué ? lança Baker. Aucune photo du fiston dans la salle de séjour.
– Si, bien sûr. Et pas beaucoup non plus du cher grand défunt, papa Lloyd. Cas d'école en matière de narcissisme, c'est tout ce que j'en ai déduit.
– Il y a peut-être autre chose. Quand je suis allé aux toilettes, j'ai remarqué une sorte d'alcôve. Elle a des alcôves, des niches, des trucs de ce genre un peu partout. Avec des petites figurines cucul, des globes de

verre et toutes sortes de bibelots. Dans celle proche des toilettes, il y avait une photo. Dans un chouette cadre, comme pour celles de la cheminée, et on y voyait son gamin. Un beau grand bébé blond, on aurait dit le frère jumeau de celui de la photo que nous avons trouvée dans la chambre de Jeffries, à l'hôtel.

– Owen, le joueur de rugby, dit Lamar. Au fait, c'est bien le fils de Melinda. J'ai retrouvé sa photo dans un vieux numéro de *People*.

– Bien joué, Stretch, mais écoute ça. Le deuxième gosse, celui de Poulson, porte aussi une tenue de football américain, avec rembourrage et maquillage noir sous les yeux. Il pourrait bien avoir le même papa qu'Owen. Même teint de peau, costaud, mâchoire carrée. À mon avis, il ressemble davantage que l'autre à M. Jack Jeffries. Ce qui m'a rendu curieux ; j'ai donc regardé au dos de la photo. Il y avait une inscription, genre *Joyeux anniversaire maman, tu swingues, je t'aime, Tristan*. Mais la chose vraiment intéressante était l'écriture. Lettres bâtons avec de petites fioritures aux majuscules. Je ne suis pas graphologue, mais la ressemblance m'a paru totale avec l'écriture de la chanson idiote trouvée dans la chambre d'hôtel.

– *Le Blues de la déprime*.

– Ouais, dit Baker. Et de la déprime, on dirait qu'il y en a à revendre, dans cette histoire.

Ils retournèrent à Nashville, achetèrent des hamburgers et des cokes dans un MacDo et les apportèrent avec eux à la salle de conférences mauve, où Brian Fondebernardi vint les rejoindre autour de la grande table. La chemise du sergent était assortie au ton des murs. Pantalon anthracite au pli impeccable, cheveux noirs coupés court, des yeux vifs et inquisiteurs. L'affrontement avec la presse avait duré toute la matinée sans entamer sa détermination, mais il voulait que les choses avancent.

– Justement, nous avons de nouveaux éléments, dit Lamar.

Lorsqu'ils eurent fini de présenter leurs résultats, Fondebernardi prit la parole.

– C'était une star du rock, il a eu des filles à la pelle, elle a été l'une d'elles et s'est fait mettre en cloque. Et alors ?

– Et alors, dit Baker, ce gamin doit avoir dix-huit ou dix-neuf ans tout au plus. Disons même vingt, en admettant qu'il ne soit pas très fute-fute, mais ce ne doit pas être le cas vu qu'il vient d'être pris à Brown. Cela fait vingt-six ans qu'elle a épousé Lloyd Poulson.

– Aïe, dit Fondebernardi.

– Aïe, en effet, reprit Lamar. Il y a un secret qui mérite d'être protégé, à Belle Meade.

– Sans compter, ajouta Baker, que nous savons que le gamin, qui s'appelle Tristan, a été en contact avec Jeffries.

– Oui, grâce à l'écriture manuscrite de la chanson, dit Fondebernardi. Il aurait pu l'envoyer par la poste.

– C'est possible, sergent, mais Jeffries l'avait gardée. Ce qui signifie qu'il y avait peut-être une forme ou une autre de relation entre eux.

– Ou bien qu'il trouvait la chanson bonne.

Baker agita la main en éventail devant lui.

– Impossible, sauf s'il avait complètement perdu la tête.

– Les paroles auraient eu besoin d'un bon coup de brosse, c'est certain, dit Lamar, mais elles débordent de frustration. À croire qu'il en avait plein le cul de Nashville. Ça ne sonne pas comme un truc de gosse de riche chouchouté ; il y a peut-être un côté du bon vieux Tristan que nous ne connaissons pas.

— À son âge, fit observer Fondebernardi, on n'a pas encore eu le temps d'être frustré.

Baker intervint à son tour.

— Les gosses de riches sont habitués à faire tout ce qui leur plaît, à avoir facilement tout ce qu'ils veulent. Celui-ci voulait peut-être l'approbation de Jeffries, ne l'a pas eue et a pété les plombs.

— Il est dans le Rhode Island, Baker.

— Nous ne l'avons pas encore vérifié.

— Et pourquoi ? ne put s'empêcher de demander Fondebernardi avant de se reprendre : Oui, vous préférez avoir mon accord avant d'appeler, hein ?

— C'est Belle Meade, sergent, dit Baker.

Fin de la discussion.

L'employé des services administratifs de Brown University commença par être très réticent à l'idée de donner des informations sur un étudiant.

— Vous établissez bien des trombinoscopes tous les ans, non ? lui demanda Lamar.

— Oui.

— Alors rien n'est secret… Qu'est-ce qui vous empêche de me faciliter la vie ?

— Je ne sais pas si…

— Ce ne sont pas ses notes et son classement que je vous demande ! Je veux simplement savoir s'il est oui ou non sur le campus.

— Et pourquoi…

— Enquête de police criminelle. Si vous ne coopérez pas, ça va mal se passer, je vous le garantis, et ce ne sera pas bon pour la réputation de Brown. D'autant que je sais que Brown est une grande université. Ma sœur y a fait ses études.

— Comment s'appelle-t-elle ?

— Ellen Grant, répondit-il en choisissant au jugé un beau nom WASP[1]. Elle a adoré.

— Euh... marmonna l'employé.

— Est-il oui ou non sur le campus ?

— Un instant, capitaine.

Histoire de dorer la pilule. Il reprit l'écouteur une minute plus tard.

— Non, capitaine, Tristan Poulson n'est pas chez nous. Il s'est mis en congé pour le second semestre.

— Il a suivi les cours du premier et il est parti ?

— Oui. La première année peut être stressante.

Ils rappelèrent Fondebernardi dans la salle mauve pour lui dire ce qu'ils avaient appris.

— Un gosse de riche qui se prend pour un parolier et laisse tomber ses études pour suivre sa vocation ? dit le sergent.

— Sans compter que la mort de Lloyd Poulson a peut-être déclenché quelque chose, fit observer Lamar. Il est possible que Tristan ait fini par découvrir que Jeffries était son père biologique. Et peut-être plus. D'après le légiste, les organes internes de Jeffries étaient dans un état déplorable et il n'en avait pas pour longtemps. Tristan a pu être mis au courant du mauvais état de santé de Jeffries par un magazine de fans, il s'en est inquiété et ça l'a décidé à entrer en contact avec lui avant qu'il casse sa pipe. En se servant de la musique comme appât. Et pour faire ça, l'endroit idéal était évidemment

1. Soit *White Anglo-Saxon Protestant*.

Nashville, le paradis de la musique. Sans parler de l'argent et des relations de maman.

– Ou encore, dit Baker, Tristan, sans forcément savoir que Jeffries était son véritable papa, a voulu le rencontrer : l'ex-petit ami de maman, une ancienne superstar du rock et lui qui écrit des paroles de chanson. Jeffries n'était peut-être plus capable de sortir des tubes, mais pour un gosse en manque, il devait encore avoir l'air d'un géant.

– En particulier, dit Lamar, si maman lui a raconté en détail ses souvenirs du bon vieux temps. C'est une dame de la haute très riche à présent, mais elle adore attirer l'attention. Je l'imagine bien roucouler en évoquant son ancienne gloire.

Fondebernardi ne fit pas de commentaires.

– La célébrité, continua Lamar. La plus dure des drogues dures, pas vrai, sergent ? Tristan se découvre un talent de parolier, écrit sa petite complainte et l'envoie à Jeffries.

– Qui se trouve être justement son père biologique, ajouta Baker.

– Je n'ai pas vu la photo, dit Lamar, mais, d'après Baker, la ressemblance est flagrante.

Baker acquiesça de la tête.

– Tellement flagrante que maman a fait disparaître les photos posées sur la cheminée au cas où nous nous montrerions. Malheureusement pour elle, elle avait oublié celle dans la niche.

– Remercions Dieu pour la vessie capricieuse de Baker, dit Lamar.

– Trouvez-moi tout ce que vous pourrez sur ce gosse, conclut Fondebernardi.

Ils attaquèrent par là où tout le monde commence : Google. Vingt réponses, toutes pour des résultats de parties de football ou de hockey sur gazon auxquelles avait participé Tristan Poulson.

La vedette de l'université à l'école préparatoire de Madison, établissement chicos dont ils avaient tous les deux entendu parler parce que le fils du lieutenant Shirley Jones y avait été accepté grâce à ses talents de basketteur. L'un des deux jeunes Noirs admis trois ans auparavant.

Ils allèrent lui demander s'ils pouvaient parler à Tim en lui expliquant pour quelle raison.

– Bien entendu, répondit-elle. Et il sait quand il faut la fermer.

Tim Jones passa au poste de police après ses cours, avec son mètre quatre-vingt-dix-huit au grand complet ; beau gosse et s'en foutant, il avait gardé le blazer du bahut, le pantalon kaki, la chemise blanche et la cravate officielle. Il serra sa mère dans ses bras et l'embrassa, la suivit dans la salle mauve et attaqua le Quiznos Black Angus – complet avec pain au parmesan et romarin, mozzarella, champignons et oignons grillés – qu'elle lui avait apporté.

Baker et Lamar le regardèrent avec une certaine admiration engloutir le sandwich géant en ce qui parut être quatre ou cinq bouchées. Il le fit descendre à l'aide d'une bière au gingembre (modèle également géant). Il n'y avait pas une miette ou une tache sur son uniforme scolaire.

– Excellent, dit-il à sa mère. D'habitude, c'est juste un panini.

– Occasion spéciale, répondit Shirley Jones en effleurant le crâne de son fils et prenant la direction de la porte. Réponds aux questions de mes deux limiers. Dis-leur tout ce que tu sais et oublie que cette conversation a eu lieu. Quand comptes-tu rentrer ?

– Tout de suite après, je crois. J'ai un boulot fou.

– Tu crois ?

– Tout de suite après.

– Je prendrai des crèmes glacées en chemin. Des Dreyer's.

– Génial.

– C'est tout ?

– Merci, m'man.

– Je vois qui c'est, oui, dit Tim, mais on ne se fréquentait pas. Il avait l'air correct.

– Avez-vous joué dans la même équipe de temps en temps ? demanda Baker.

– Non, il s'amusait à faire quelques paniers, mais juste comme ça. Son truc, c'était le football. Il est taillé pour ça.

– Un costaud.

– Une vraie armoire à glace.

– Et un type correct, hein ? dit Lamar.

Tim acquiesça.

– Paraissait même bon gars. Sur le terrain il se montrait agressif, mais il n'était pas comme ça le reste du temps. Je me suis trouvé avec lui dans des soirées... après un match, par exemple... mais je n'étais pas copain avec lui.

– Qui étaient ses copains ?

– D'autres types de l'équipe de football, je suppose. Il avait une petite amie. De Briar Lane.

– Tu te souviens de son nom ?

– Sheralyn, répondit Tim. Je ne connais pas son nom de famille.

– La chef des pom-pom girls ?

— Non, c'était plutôt une intello.
— Une bonne étudiante.
— Je ne sais pas quelles notes elle a décrochées, dit Tim, mais intello, c'est pas seulement des bonnes notes. C'est une façon d'être, vous comprenez ? Elle s'intéressait surtout aux livres, à l'art, à la musique, tous ces trucs-là.
— La musique ? dit Baker.
— Elle jouait du piano. Je l'ai vue jouer un soir. Tristan était avec elle et chantait.
— Belle voix ?
— Pas mal.
— Quel genre de musique ?
Tim fronça les sourcils.
— Du jazz d'autrefois, peut-être Sinatra, ce qui était bizarre, tout de même ; tout le monde trouvait marrant qu'ils jouent une musique de vieux, mais ils étaient sérieux. Ma mère écoute Sinatra. Sammy Davis Junior, Tony Bennett. Les disques en vinyle, vous savez ?
— Des antiquités, dit Baker.
— Elle avait aussi une machine à écrire. Elle aimait sans doute savoir comment ça fonctionnait avant.
— Et que sais-tu de la musique de Tristan ?
— Sa quoi ?
— Il paraît qu'il écrivait des chansons.
— Première nouvelle, avoua Tim. Je n'ai pas entendu dire qu'il allait rompre avec Sheralyn, mais il cherchait peut-être à draguer une autre fille.
— Qu'est-ce qui te le fait dire ?
— C'est avant tout pour ça qu'un type écrit des chansons.

10

L'appel de *Briar Lane Academy Sheralyn* sur Google donna une réponse, un article paru dans le journal du campus de la jeune fille, *The Siren Call*. Au mois d'octobre précédent, le Club de théâtre avait donné une représentation « postmoderne » de *Comme il vous plaira*. L'auteur de l'article avait adoré le spectacle et en particulier l'incarnation « impitoyablement juste et psychologiquement profonde » de Rosalind par Sheralyn Carlson.

Par cette piste, ils retrouvèrent son adresse : elle habitait à Brentwood, l'autre quartier chic et cher de Nashville. Situé à huit kilomètres au sud de Belle Meade, Brentwood comptait plus de nouveaux riches que sa concurrente, mais ses collines et ses nombreux espaces libres attiraient comme un aimant ceux qui venaient de cartonner dans le domaine musical. Faith Hill, Tim McGraw et Dolly Parton, par exemple, avaient une adresse à Brentwood. Tout comme Alan Jackson et George Jones. Les propriétés allaient de véritables haras à d'élégantes maisons de style ranch. Banlieue blanche à quatre-vingt-quatorze pour cent, le reliquat de six pour cent, tout le reste.

Sheralyn Carlson constituait un cas intéressant d'un point de vue généalogique : parents tous les deux radiologues, mais la mère était chinoise et le père un grand blond baraqué qui aurait fait un excellent figurant dans un film sur les Vikings. La fille était une splendeur : grande, longiligne, de longs cheveux couleur de miel, des yeux ambrés en amande, elle manifestait le genre de timidité et de retenue qui a tendance à rassurer les adultes.

Les Dr Elaine et Andrew Carlson paraissaient eux-mêmes des gens tranquilles et inoffensifs. Ils apprirent aux deux policiers que leur seule enfant n'avait jamais eu de notes inférieures à A, ne leur avait jamais causé « l'ombre » d'un problème et s'était vu offrir une place dans le programme d'écriture créative des superdoués de Johns-Hopkins ; elle avait refusé au motif, comme le déclara Elaine Carlson, qu'elle était *contre les stratifications discriminatoires.*

— Ce qui est aussi notre point de vue, ajouta Andrew Carlson.

— Nous nous efforçons de maintenir une bonne cohésion familiale, dit le Dr Elaine, sans sacrifier notre liberté d'expression.

Elle donna une caresse à l'épaule de sa fille, qui lui prit la main. Petit serrement des doigts.

— Ma fille... notre fille... dit le Dr Andrew, est une jeune femme remarquable.

— C'est évident, convint Baker. Nous aimerions lui parler seule.

— Je me demande... dit le Dr Andrew.

— Je me demande... dit le Dr Elaine.

— Pas moi, dit Sheralyn. S'il vous plaît.

Elle adressa un petit sourire bref et crispé à ses parents.

Les deux radiologues se regardèrent.

— Très bien, dit le Dr Andrew.

Le couple quitta l'austère salle de séjour de leur austère maison de style contemporain toute blanche, l'air de s'embarquer pour un trekking en Sibérie. Avec un coup d'œil par-dessus l'épaule. Sheralyn leur adressa un petit salut joyeux de la main.

Quand ils furent sortis, la jeune fille prit une expression grave.

– Enfin ! Voilà l'occasion de parler de ce qui me tracasse depuis quelque temps. Je suis extrêmement inquiète pour Tristan.

– Pourquoi ? demanda Baker.

– Il est déprimé. Pas pathologiquement déprimé, mais dangereusement près de l'être.

– À cause de son père ?

– Son père, dit-elle en clignant des yeux. Oui, ça, bien sûr.

– Quoi d'autre ?

– Les questions habituelles de la post-adolescence, répondit-elle en jouant des doigts comme si c'étaient des aiguilles à tricoter. La vie.

– On dirait que vous vous intéressez à la psychologie, fit observer Lamar.

La jeune fille acquiesça de la tête.

– En dernière analyse, tout tourne autour du comportement humain.

– Et le comportement de Tristan vous inquiète.

– C'est plutôt son manque de comportement, le corrigea-t-elle. Il est déprimé.

– Il passe par des moments difficiles.

– Tristan n'est pas celui qu'on pourrait croire, reprit-elle comme si elle n'avait pas entendu.

Elle avait tout ce qu'il fallait pour être une reine de beauté, avec quelque chose de plus tendu. Minirobe à motifs floraux, bottes de saut, des dessins au henné sur le dessus des mains, quatre piercings à une oreille, trois à l'autre. Un petit point, à sa narine droite, attestait l'ancienne présence d'un huitième.

– Que voulez-vous dire ?

– Au premier abord, Tristan paraît être l'incarnation du supersportif arrivé tout droit de la planète Testostérone. Mais il est surnaturellement sensible.

– « Surnaturellement », répéta Baker.

– Nous arborons tous des masques, dit Sheralyn. Quelqu'un de moins honnête n'aurait peut-être aucun mal à porter le sien. Mais Tristan a une âme honnête. Il souffre.

Aucun des deux inspecteurs ne voyait très bien ce qu'elle avait voulu dire. C'est Lamar qui trouva la question à poser.

– Est-ce qu'il s'agit d'une crise d'identité d'un genre ou d'un autre ?

Elle le regarda comme s'il était légèrement attardé.

– On peut le dire comme ça.

– Sa façon d'être change, proposa Baker.

Silence.

– Nous savons qu'il est parti de Brown, reprit Lamar. Où est-il ?

– Chez lui.

– Avec sa mère ?

– Matériellement, oui, mais c'est tout.

– Ils ne s'entendent pas ?

– La maison de Tristan n'est pas un endroit où on peut s'épanouir.

– Conflit avec maman ?

– Oh, non, répondit Sheralyn Carlson. Pour qu'il y ait conflit, il faut que les deux parties se sentent concernées.

– Et Mme Poulson n'est pas concernée.

– Oh si, dit la jeune fille en fronçant les sourcils. Par elle-même. C'est une relation confortable.
– Vous ne l'aimez pas, dit Baker.
– J'ai une telle opinion d'elle que la question ne se pose même pas... Elle représente, ajouta Sheralyn après un instant d'hésitation, tout ce qui me répugne le plus.
– Comment ça ?
– L'avez-vous rencontrée ?
– Oui, bien sûr.
– Et vous me posez la question ? dit la jeune fille en s'efforçant de prendre un air amusé.
– Mais quel est le problème, en dehors du fait qu'elle est une mère peu présente ?

Sheralyn Carlson ne répondit pas tout de suite. Elle continuait à tortiller ses doigts, à jouer avec ses cheveux ou l'ourlet de sa robe.

– J'aime Tristan. Pas sur un plan sexuel, il n'y a plus cette étincelle entre nous, dit-elle enfin en croisant les jambes. Le traduire en mots ne rend pas justice à ce sentiment, mais s'il fallait le faire, je dirais qu'il s'agit d'un amour fraternel. Ne voyez pas là une allusion freudienne. Nous sommes tous les deux très fiers d'avoir réussi à faire passer notre relation du domaine physique au compagnonnage idéaliste. (Nouveau long silence.) Tristan et moi avons adopté le célibat.

Silence. Au bout d'un moment, elle sourit.

– Les soi-disant adultes ont des vapeurs quand il est question de la sexualité des adolescents, mais quand ceux-ci rejettent la sexualité, ces mêmes soi-disant adultes trouvent que c'est bizarre.

– Je dois reconnaître que c'est quelque chose qui est assez fréquent dans le secteur, dit Baker. Réglés comme une horloge, les gens vont à l'église tous les dimanches.

Elle fronça de nouveau les sourcils.

– Ce que je veux dire, c'est que nous avons choisi tous les deux une vie plus intérieure. Depuis un an.

– L'art et la musique, dit Lamar.

– Une vie intérieure, répéta la jeune fille.

– Oui, c'est très bien, Sheralyn. Et, à présent, il vit à la maison. Vous vous voyez beaucoup ?

– Oui, chez lui ou ailleurs.

– Ailleurs où ?

– Il a tendance à se retrouver du côté de Sixteenth Street.

– Pour décrocher un contrat d'enregistrement dans Music Row ?

– Tristan n'a pratiquement pas d'oreille, mais il adore écrire. Pour lui, le choix évident est parolier. Depuis un mois, il essaie de vendre ses textes aux Philistins de Music Row. Je l'ai averti qu'il ne tomberait que sur des marchands de soupe, mais il peut se montrer très déterminé.

– De sportif à parolier, dit Baker. Comment sa mère prend-elle ça ?

– Il faudrait déjà qu'elle s'en soucie.

– Apathique ?

– Il faudrait qu'elle croie en l'existence des autres pour qu'on puisse la ranger dans une catégorie comme *apathique*.

– Mme Poulson vit dans son petit monde personnel, fit observer Lamar.

– « Petit », répéta Sheralyn, un sourire torve aux lèvres. C'est le mot clef. Elle l'a juste quitté le temps de dire à Tristan qu'il était trop bien pour moi. À cause de ça. (Elle toucha le coin de son œil.) Le repli épicanthique est l'atout maître.

– Elle est raciste, dit Baker.

– Comme chacun sait, c'est juste une chose qui existe depuis plusieurs millénaires et dans un paquet de civilisations.

Elle jouait les décontractées, mais le rappel de cet affront avait mis une certaine tension dans sa voix.

Encore une de ces personnes au QI à trois chiffres qui se cachent derrière les mots, songea Lamar. En général, ça ne tient pas très longtemps.

– Voilà qui n'a pas dû faire plaisir à Tristan, dit-il.

– Il a ri, répondit-elle. Moi aussi. Nous avons ri ensemble.

Les policiers ne commentèrent pas.

– Cette femme… dit la fille en laissant les mots en suspens plusieurs secondes. Elle… bon, d'accord, une anecdote pour préciser les choses. Quand Tristan est entré à Brown, il était le paradigme du supersportif avec son crâne rasé, sa bonne mine et son air optimiste. À la fin du premier semestre, il avait les cheveux qui lui retombaient sur les épaules et une barbe de prophète… une barbe virile, magnifique. C'est à ce moment-là qu'il a commencé à avoir des soupçons, mais elle a tout nié.

– Quels soupçons ? demanda Baker.

– Sur qui était son vrai père.

– Il doutait que M. Poulson soit…

– Lieutenant Southerby, l'interrompit la jeune fille, pourquoi ne pas faire preuve d'un peu de franchise ? Si vous êtes ici, c'est parce que Jack Jeffries a été assassiné.

Baker n'avait mentionné son nom qu'une fois, lorsqu'il s'était présenté à la famille. La plupart des gens ne prenaient pas la peine de l'enregistrer. Rien n'échappait à cette gosse.

– Continuez, dit-il.

– Pendant toute l'enfance de Tristan, elle n'a cessé de lui parler de Jack. Constamment. Tristan savait qu'elle n'avait pas de relations sexuelles avec Lloyd et il avait remarqué la petite lueur qui s'allumait dans l'œil de sa mère quand on prononçait le nom de Jack. Il se posa les questions que n'importe qui se serait posées. Puis, quand son univers intérieur a commencé à exercer son attraction et qu'il s'est mis à écrire, son imaginaire est entré en branle.

– Il s'est imaginé que Jack Jeffries était son vrai père, dit Baker.

Tous les adolescents nourrissent ce genre de fantasmes, fit remarquer Sheralyn Carlson. On est convaincu d'avoir été adopté, on ne peut pas avoir de liens biologiques avec de tels extraterrestres... Dans le cas de Jack, la ressemblance physique spectaculaire ne faisait que renforcer le fantasme. (Nouveau sourire de travers.) Bien entendu.

Elle croisa les jambes dans l'autre sens, découvrant sa cuisse, tira sur le bas de sa robe, passa un doigt dans le haut de sa botte.

– Tristan trouvait qu'il ressemblait à Jack Jeffries, dit Lamar.

– Évidemment. Il suffisait de voir une photo de Jack jeune pour se rendre compte que ce n'était pas faux. Deux éléments supplémentaires sont venus alimenter son fantasme avant qu'il ne devienne réalité. Avant qu'il ne parte pour Brown, je suis tombée sur la photo d'un jeune type dans une revue. Dans *People*, un article sur les donneurs de sperme.

– Le fils que Melinda Raven a eu de Jeffries.

– Oui, Owen, dit Sheralyn comme si elle évoquait un vieil ami. Il aurait pu être le jumeau de Tristan. La proximité d'âge rendait la ressemblance indéniable. C'est pour ça que dès son arrivée à Brown, Tristan s'est laissé pousser la barbe pour se comparer aux photos de Jack du temps où il était barbu. Le résultat a été stupéfiant. Tristan a alors traversé une sorte de crise. Nous avons passé de longues heures au téléphone et décidé qu'il devait faire un changement radical dans sa vie. Il s'est mis en congé, il est revenu à Nashville, mais il s'est installé dans la maison d'amis, dans la propriété de sa mère, et s'est préparé à l'affronter. Nous avions longuement discuté de la stratégie à adopter... notamment comment l'approcher. On s'est finalement décidés pour le plus simple : tu lui dis que tu es au courant et tu exiges une confirmation. Tristan a mis un certain temps à rassembler son courage, puis il a fini par le faire, alors qu'elle allait partir pour son country club. On s'attendait à ce qu'elle commence par nier, puis à ce qu'elle avoue, qu'elle manifeste une certaine émotion, en tout cas. Elle n'a même pas eu un battement de cils. Elle lui a dit qu'il était fou et qu'il devait s'excuser s'il voulait jamais retourner manger avec elle au country club.

— Et qu'est-ce qu'il a fait ? demanda Lamar.
— Rien.
— Rien du tout ?
— Si, une dépression.
— Est-ce qu'il a essayé de contacter Jack Jeffries ?
— Mieux que ça. Il a réussi.
— Ils se sont rencontrés ?
— Uniquement par le Net.
— Des courriels, dit Baker.
— Tristan a contacté Jack par son site web. Il s'est présenté, il a envoyé deux photos, la première avant la barbe, la seconde après, et des textes de chansons. Il ne pensait pas provoquer de réaction, mais Jack a répondu et dit qu'il était heureux d'entendre parler de lui. Il lui a dit que ses textes étaient sensationnels.

— Et comment Tristan a-t-il réagi ?

La jeune fille se détourna et posa une main sur la petite sculpture abstraite posée sur une table en verre et chrome à côté d'elle.

Cette pièce est aussi chaleureuse qu'un igloo, se dit Baker.

– Comment Tristan a-t-il réagi ? répéta-t-il.

Elle se mordilla la lèvre.

– Sheralyn ?

– Il a pleuré. Des larmes de joie. Je l'ai tenu dans mes bras.

Dix minutes plus tard, les parents de la jeune fille passèrent la tête par la porte.

– Tout va très bien, leur lança Sheralyn avec un geste de la main pour qu'ils partent.

Avant cela, elle leur avait confirmé que les paroles envoyées par Tristan à Jeffries étaient bien celles du *Blues de la déprime*. Mais elle avait aussi déclaré ignorer s'il y avait eu une rencontre en chair et en os entre Tristan Poulson et Jack Jeffries. Elle avait enfin refusé de dire où on pouvait trouver le garçon ailleurs que dans la maison d'amis de sa mère.

– Il y est toujours ? demanda Baker.

– Je crois.

– Vous croyez ?

– Ça fait plusieurs jours que nous n'avons pas été en contact, Tristan et moi. C'est pour ça que je suis inquiète et que je vous ai raconté tout ça.

– Que vous êtes-vous dit quand vous avez appris que Jack Jeffries venait d'être assassiné ?

– Ce que je me suis dit ? Rien de spécial. J'étais triste.

– N'avez-vous pas envisagé que Tristan puisse être le coupable ?

– Pas un instant.

– Tristan porte-t-il une arme sur lui ?

– Jamais.

– Lui arrive-t-il d'avoir un comportement violent ?

– Jamais… jamais, jamais, jamais à toutes les questions de ce genre que vous allez me poser sur lui. Si je l'avais cru coupable, jamais je ne vous aurais parlé.

– Pourquoi ?

– Parce que je ne ferais jamais rien pour incriminer Tristan.

– Même s'il avait assassiné quelqu'un ?

La jeune fille se frotta entre l'œil et la tempe, l'endroit qu'elle avait touché lorsqu'elle avait évoqué les commentaires racistes de Cathy Poulson. Puis elle se redressa sur son siège et soutint le regard de Baker – ce que tentaient peu de personnes.

– Je ne suis ni juge ni jurée, déclara-t-elle.

– Juste pour faire les choses en règle, dit Baker. Où étiez-vous l'avant-dernière nuit, entre minuit et deux heures du matin ?

– Ce n'était pas avant-hier, mais hier matin.

– Correctif dûment noté, jeune dame. Où étiez-vous ?

– Ici. Dans ma chambre. Je dormais. Je m'efforce d'avoir un bon sommeil.

– Bonne habitude, dit Lamar.

– J'ai des obligations. Les cours, les examens, le club de théâtre, Model UN[1]… et cetera.

Petite note amère.

– Vous préparez Brown ?

– Pas du tout. Yale.

– Vous dormiez donc, dit Baker. La première fois que vous avez entendu parler de ce qui était arrivé à Jeffries a été… ?

---

1. Programme scolaire où l'élève choisi doit représenter un pays fictif à une assemblée générale.

– Quand mon père en a parlé. C'est notre crieur privé. Il lit l'édition du matin et commente en détail tous les articles.

– Vous n'avez rien pensé de spécial, vous étiez juste triste.

– Pour une vie perdue, oui, répondit Sheralyn. Comme pour toute vie perdue.

– C'est tout. Alors que vous saviez que Jeffries était le vrai père de Tristan et que celui-ci venait justement de le contacter.

– C'est surtout pour Tristan que j'étais triste. Que je le suis encore. Je l'ai appelé au moins vingt fois sur son portable, mais il ne répond pas. Il faut que vous le retrouviez. Il a besoin de réconfort.

– À votre avis, pourquoi ne répond-il pas ?

– Je vous l'ai déjà expliqué. Il est déprimé. Dans ces cas-là, il coupe son téléphone, il se retire en lui-même. C'est quand il écrit.

– Aucune chance qu'il se soit enfui ?

– Pour fuir quoi ?

– Sa culpabilité.

– C'est absurde, dit-elle. Il ne l'a pas tué.

– Parce que…

– Il l'aimait.

Comme si c'était une preuve, pensa Lamar. Brillante, cette gosse, mais pas mal paumée.

– Tristan aimait Jeffries alors qu'il ne l'avait jamais rencontré ?

– À côté de la plaque, inspecteur. On ne tombe jamais amoureux d'une personne. On tombe amoureux d'une idée.

11

Le couple de médecins confirma que leur fille se trouvait à leur domicile la nuit du crime, entre dix-sept heures la veille et huit heures trente le lendemain matin, heure à laquelle le Dr Carlson avait accompagné Sheralyn à la Briar Lane Academy dans sa Porsche Cayenne.

– Ils ne risquaient pas de dire autre chose de toute façon, marmonna Baker tandis qu'ils remontaient en voiture. Elle les roule comme elle veut dans sa farine intello et elle aurait pu très bien passer par la fenêtre pour aller retrouver Tristan sans qu'ils le sachent.

– Tu penses qu'elle est dans le coup ? demanda Lamar.

– Je pense qu'elle est capable de faire et de dire n'importe quoi pour couvrir le garçon.

– Son amant ayant fait vœu de célibat... Et ça, tu y crois aussi ?

– Avec les gosses, de nos jours, je suis prêt à croire n'importe quoi... Commençons donc par retrouver cette âme torturée pour lui secouer les puces.

– Dans le castel maternel.

– Ce n'est pas loin d'ici.

Lorsqu'ils arrivèrent devant la propriété des Poulson, la maison avait pris une nuance grisâtre sous le soleil déclinant et on avait posé un cadenas sur le portail. La Mercedes rouge n'avait pas bougé, mais la Volvo avait disparu.

Pas d'interphone, juste une sonnette. Baker appuya dessus. La porte d'entrée s'ouvrit sur une femme au visage sombre en uniforme noir à col blanc. La bonne qui leur avait apporté la limonade, Amelia.

Baker lui fit signe.

Elle ne bougea pas.

Il cria son nom, fort.

L'appel retentit comme une gifle sur le visage avenant et silencieux de Belle Meade.

Elle s'approcha.

– Elle n'est pas ici, dit Amelia à travers la grille. S'il vous plaît.

La peur lui agrandissait les yeux. De la transpiration lui coulait sur le front, mais elle ne fit pas le moindre geste pour la chasser.

– Où est allée votre patronne ? demanda Baker.

Silence.

– Dites-le-nous, tout de suite.

– Dans le Kentucky, monsieur.

– Dans son haras.

– Oui, monsieur.

– Quand est-elle partie ?

– Il y a deux heures.

– Est-ce que Tristan l'accompagne ?

– Non, monsieur.

– Vous en êtes certaine ?

– Oui, monsieur.

– On peut s'asseoir ici et observer la maison pendant des jours, dit Lamar. On pourrait revenir avec un mandat et fouiller la baraque de fond en comble en laissant un sacré bazar derrière nous.

Pas de réponse.

– Vous vous en tenez donc à cette histoire ? Bon, dit Baker, elle n'a pas pris Tristan avec elle.

– Il est à la maison, en ce moment ? demanda Lamar.

– Non, monsieur.

– Où, alors ?

– Je ne sais pas, monsieur.

– Quand nous avons parlé à Mme Poulson, Tristan était-il là ?

– Oui, dans la maison d'amis.

– Quand est-il parti ?

– Après vous.

– Pourquoi ?

– Je ne sais pas, monsieur.

– Il a pris une voiture ?

– Oui, monsieur, la sienne.

– Marque et modèle, demanda Lamar en sortant son carnet.

– Une Coccinelle verte.

– A-t-il pris des affaires avec lui ?

– Je n'ai pas vu, monsieur.

– Vous faites le ménage chez lui, non ?

– Oui, monsieur.

– Aucun vêtement manquant ?

– Je n'y suis pas allée aujourd'hui, monsieur.

– Ce que nous voulons savoir, continua patiemment Baker, c'est s'il est juste parti faire un tour ou s'il a quitté la ville.

– Je ne sais pas, monsieur. C'est une grande maison. Je commence par un bout et ça me prend deux jours pour arriver à l'autre.

– Ce qui veut dire ?

– Il y a beaucoup de choses que je n'entends pas.
– Ou que vous préférez ne pas entendre.
Amelia resta impassible.
Lamar l'entreprit à son tour.
– Tristan est donc parti tout de suite après nous. Est-ce que lui et sa mère ont eu une discussion avant ?
– Je ne sais pas, monsieur.
– Pourquoi Mme Poulson a-t-elle brusquement décidé de partir pour le Kentucky ?
– Ce n'est pas brusquement, monsieur. Elle prend très souvent l'avion pour y aller. Pour voir ses chevaux.
– Elle les aime, ses chevaux, hein ?
– Apparemment, oui, monsieur.
– Ce voyage aurait donc été prévu, d'après vous.
– Oui, monsieur. Je l'ai entendue appeler la compagnie de charters il y a cinq jours.
– Il vous arrive donc d'entendre certaines choses.
– Tout dépend dans quelle pièce je travaille, monsieur. J'étais en train de faire le ménage du bureau et c'est le téléphone du bureau qu'elle a utilisé.
– Vous vous souvenez du nom de la compagnie de charters ?
– Je ne risque pas de l'oublier, monsieur, répondit Amelia. Elle prend tout le temps la même. New Flight.
– Merci, dit Lamar. Et maintenant, où pouvons-nous trouver Tristan ?
– Je ne sais pas, monsieur.
– Vous en êtes bien sûre ?
– Sûre et certaine, monsieur.

De retour à la voiture, ils obtinrent le numéro de la plaque minéralogique de la Coccinelle et lancèrent un avis de recherche pour Tristan Poulson. Puis ils appelèrent

New Flight Charter, où on leur dit dans les termes les plus clairs que la compagnie respectait une stricte confidentialité en ce qui concernait leur clientèle, et que seul un mandat en bonne et due forme pourrait y changer quelque chose.

– C'est donc comme ça… bien, bien pour vous, dit Baker en raccrochant, la mine mauvaise.

– Quoi ? demanda Lamar.

– Ils ont des gros clients comme Bill Clinton et Tom Brokaw, tout est verrouillé.

– Tout est verrouillé, mais ils t'ont tout de même dit que Clinton prenait l'avion chez eux.

– Je suppose qu'il est loin au-dessus des mortels que nous sommes. Allez, roule, mon vieux.

Sur le chemin qui les ramenait en ville, ils eurent un appel de Trish, la standardiste du poste. Un certain Dr Delaware avait appelé dans la matinée, puis de nouveau à quatorze heures. Pas de message.

– Il doit lui tarder de rentrer chez lui, dit Baker.

– Ce type travaille avec la police, fit observer Lamar. On peut supposer qu'il sait être libre de partir et qu'on ne peut pas l'obliger à rester ici.

– On peut le supposer, oui.

– Hmmm… tu devrais peut-être le rappeler. Ou mieux encore, passons à son hôtel. On pourrait voir s'il a connu Cathy Poulson quand elle était à Los Angeles. Et tant qu'on y sera, on pourra montrer la photo de Tristan Poulson au personnel.

– Dommage que nous n'ayons pas le deuxième cliché, celui où il a sa barbe.

– Tel père, tel fils. Ça se résume toujours à des histoires de famille en fin de compte, non ?

Delaware n'était pas dans sa chambre. Le concierge en était certain : le docteur s'était arrêté à la réception vers midi pour demander comment se rendre à Opryland[1] et n'était pas revenu.

Personne, à l'hôtel Hermitage, ne se souvenait d'avoir vu Tristan Poulson, du moins dans la version de la photo universitaire, cheveux courts, imberbe. À la demande de l'imaginer avec les cheveux longs et la barbe, les réactions furent des coups d'œil intrigués.

Alors qu'ils étaient sur le point de partir pour le quartier de Music Row, Delaware entra dans l'hôtel. Très chic, style L.A. : blazer bleu, polo blanc, jeans, chaussures de sport. Il ôta ses lunettes et adressa un signe de tête au concierge.

– Docteur ? dit Baker.

– Ah, parfait, vous avez eu mon message. Montez avec moi, j'ai quelque chose à vous montrer.

Pendant le trajet en ascenseur, Lamar demanda :

– Comment c'était, Opryland ?

– On me suit à la trace, hein ? répliqua Delaware. J'ai déjeuné au restaurant où il y a les aquariums géants, c'était pas mal.

– Fruits de mer, peut-être ? demanda Lamar.

Delaware se mit à rire.

– Non, un steak. Du nouveau dans l'assassinat de Jack ?

– On travaille dessus.

Le psychologue fit un effort pour ne pas leur manifester sa sympathie.

---

1. Le parc à thème (musical) de Nashville a fermé dans les années quatre-vingt-dix, mais il y reste un hôtel qui présente encore un certain nombre d'attractions.

Sa chambre était toujours nickel, l'étui de la guitare posé au pied du lit.

Il ouvrit le premier tiroir de la commode et en retira quelques papiers. Plusieurs fax, les feuilles à en-tête de l'hôtel.

– Après votre départ, j'ai commencé à réfléchir à mes séances avec Jack. En particulier à quelque chose qu'il m'a dit alors que la date du départ approchait. La clause de confidentialité tombe avec le décès du patient. J'ai demandé à ma compagne, Robin, de passer le dossier en revue et de m'envoyer par fax les pages intéressantes. Les voici.

Deux pages, exactement, papier ligné, écriture serrée et fortement penchée en avant. Pas terrible, les fax. Difficiles à déchiffrer.

Delaware les vit qui se crevaient les yeux.

– Désolé, j'ai une écriture épouvantable. Voulez-vous que je vous en fasse le résumé ?

– Ce serait l'idéal, docteur, répondit Lamar.

– L'anxiété de Jack ne faisait que croître au fur et à mesure que la date du vol approchait. Phénomène compréhensible et attendu. Nous avons redoublé d'efforts en travaillant en particulier la relaxation musculaire profonde et identifiant les stimuli qui déclenchaient son angoisse, bref, la totale. Il me semblait que tout se passait bien et puis, il y a une semaine, Jack m'a appelé en pleine nuit. Il n'arrivait pas à dormir, il était agité. Je lui ai proposé de venir, mais il a préféré attendre jusqu'au matin. Je lui ai demandé s'il était bien sûr, il m'a répondu que oui et qu'il serait là à neuf heures. Il est arrivé avec deux heures de retard, l'air hagard. Je me suis dit que c'était la frousse d'avant le vol, mais il m'a appris qu'il y avait autre chose qui le tracassait. Je l'ai encouragé à m'en parler. Il en a plaisanté... du genre

C'est permis ? Le bon vieux lavage de cerveau à la sauce Sigmund au lieu du tripotage de méninges abracadabra machin-truc comportementaliste ?

Delaware s'assit sur le bord du lit et toucha l'étui à guitare.

– Son attitude me posait un problème depuis le début, reprit-il. Jack refusait l'idée d'une psychothérapie. Il disait en avoir eu plus que son compte lors des différentes cures de désintoxication qu'il avait suivies, et que le son de sa propre voix en train de geindre lui donnait envie de vomir.

– Peur de quelque chose ? demanda Baker.

– Comme tout le monde, non ?

Delaware enleva son blazer, le posa sur le lit après l'avoir soigneusement plié, puis changea d'avis et alla le suspendre dans le placard. Et se rassit.

– Il y a toujours cette possibilité. Dans notre partie, on appelle ça la mortadelle qui a peur du couteau. Je prends cependant les gens au mot tant que je n'ai pas la preuve du contraire et j'avais donc travaillé avec Jack sans aborder d'autres questions que celle de sa peur de prendre l'avion. La date se rapprochait sérieusement et si jamais il n'était pas capable de monter dans l'appareil, je savais que jamais je ne le reverrais. Mais ce jour-là il avait changé d'avis et désirait parler. Je ne prétends pas que ce qu'il m'a dit ait un rapport avec votre affaire, mais j'ai pensé que vous devriez être mis au courant.

– Nous apprécions, dit Baker, paume ouverte, l'air attentif.

– C'était de famille que Jack voulait parler, reprit Delaware. Même moi j'ai été surpris, car il s'était toujours montré extrêmement concentré sur l'objectif qu'il s'était fixé – surmonter sa peur. Je suis sûr que l'imminence du vol avait dû faire sauter un barrage de souvenirs désagréables. Il a commencé par raconter dans quelles conditions atroces il avait grandi. Père brutal, mère négligente – deux médecins, d'apparence respectable mais alcooliques au dernier degré, qui ont transformé son enfance en cauchemar. Il était fils unique et a dû tout encaisser. Il en avait gardé des souvenirs tellement traumatiques qu'il avait même envisagé, vers l'âge de vingt ans, de se faire stériliser. S'il n'est pas allé jusqu'au bout, c'est parce qu'il était trop paresseux et toujours stone et ne voulait pas se faire charcuter là en bas avant d'avoir vraiment pris son pied, comme il m'a dit. Je ne suis pourtant pas certain que ce soit la bonne explication. Je pense que quelque chose en lui désirait fortement un lien parent-enfant. Parce que lorsqu'il a parlé du fait qu'il n'avait pas de famille, il est devenu extrêmement morose. Puis il a mis sur le tapis un sujet qui lui a rendu le sourire : le fils qu'il avait eu avec une actrice lesbienne qui lui avait demandé de lui faire un enfant parce qu'elle admirait sa musique.

– Melinda Raven, dit Lamar.
– Ah, vous êtes au courant.
– C'est tout ce que nous savons. Son nom.
– Aux médias, elle a raconté une histoire de don de sperme, reprit Delaware. En réalité, Jack et elle ont fait l'amour. Plusieurs fois, jusqu'à ce qu'elle conçoive. Un fils, en effet. Mais Jack ne s'en est jamais occupé.
– Pour quelle raison ?
– D'après lui, c'était par peur. Peur de saboter l'éducation du gosse. Je sais bien que Jack avait une image de rocker mauvais garçon qui n'a peur de rien. Qu'il avait pris aussi des risques insensés dans sa jeunesse, mais c'était à cause de la drogue. Tout au fond de lui-même, c'était quelqu'un qui avait très peur. Qui était

dominé par sa peur. Quand il m'a parlé d'Owen, il était fier. Mais dès qu'il a abordé le fait qu'il ne comptait pour rien dans la vie du garçon, il est devenu abattu. Après, il s'est lancé dans un long discours sur tous les enfants qu'il avait pu avoir à droite et à gauche. Avec toutes ses groupies, des trucs d'une nuit, des dizaines d'années de promiscuité sexuelle. Il tournait tout à la plaisanterie. *Je suis célibataire, autrement dit, pas d'enfants. Façon de parler.* Puis il s'est de nouveau effondré quand il s'est imaginé seul et vieux, la fin de sa vie approchant.

– Avec tout ce qu'il a gagné, dit Lamar, s'il avait eu des enfants, on peut penser qu'au moins quelques-unes de ces femmes lui auraient fait un procès en reconnaissance de paternité.

– Exactement ce que je lui ai dit. Il m'a répondu que deux ou trois avaient essayé, mais qu'elles avaient toutes été déboutées. Ce qui le tracassait, c'était les filles trop honnêtes pour vouloir l'exploiter. Ou les femmes qui tout simplement ne le savaient pas. Pour reprendre sa formule, *j'ai fait pleuvoir le sperme sur la planète, ça a bien poussé quelque part.*

– Pourquoi certaines femmes ne l'auraient-elles pas su ?

Delaware fit courir deux doigts dans ses boucles de cheveux.

– Quand il était au sommet de sa carrière, Jack a passé pas mal de temps dans une sorte de brouillard avec beaucoup de partouzes, d'orgies et tout ce que vous pouvez imaginer.

– Il a partouzé comme un malade et vingt ans après il se demandait s'il n'avait pas des enfants inconnus ? s'étonna Baker.

– C'était un vieil homme, dit le psychologue. L'approche de la mort peut vous faire entrer en vous-même.

Baker pensa à Sheralyn et à sa vie intérieure. Tel père, tel fils…

– Ce que je veux dire, reprit Delaware, c'est que la question de la famille… ou plutôt de ne pas en avoir… hantait Jack au moment où la date du voyage approchait. Il y a une autre chose qu'il m'a dite, une chose que je n'ai pas estimée à sa juste valeur sur le moment et qui me fait me demander si ce voyage n'était pas en fait un truc de famille.

Lamar cacha son enthousiasme sous une remarque :

– D'après ce que nous savons, il serait venu ici pour participer au concert de bienfaisance organisé par le Songbird.

– C'est vrai, mais vous savez comment sont les types dans mon genre, répondit Delaware avec un petit sourire. Toujours à chercher un sens caché aux choses.

– Et c'est quoi, ce qu'il vous a dit ?

– Le lendemain du jour où il a vidé son cœur, il est revenu, l'air d'être sur un petit nuage. Il se tenait plus droit, marchait d'un pas plus vif et avait le regard clair. Je lui ai dit qu'il avait l'air d'un type qui part en croisade. Il a ri et m'a dit que c'était exactement ça. Il était prêt à prendre l'avion, prêt à affronter tout ce que Dieu, Allah ou Odin, peu importe le nom de celui qui gérait tout ce bazar, allait lui mettre dans les pattes. Je vais sortir mes tripes à ce concert, Doc. *Je vais récupérer mon patrimoine biologique*. Quand il a dit *biologique*, je n'y ai vu qu'une allusion aux tripes. Blaguer sur tout, c'était le style de Jack. Il plaisantait sur les choses qui lui faisaient peur jusqu'au moment où elles atteignaient un tel niveau qu'elles le submergeaient.

— Son « patrimoine biologique », répéta Baker. Une histoire de paternité ?

— La veille, il n'avait pu me parler que de ça. J'aurais dû faire le rapprochement.

— Et vous pensez que c'est significatif parce que...

— Je ne suis pas un spécialiste en homicide, dit Delaware. Mais j'ai tout de même vu pas mal de scènes de crime. D'après le journal, Jack aurait été poignardé ; un couteau est une arme *intime*. Il faut être très près de sa victime pour la frapper. Maintenant, si vous m'apprenez qu'on lui a fait les poches, je changerai d'avis. Sinon, je continuerai à me demander s'il n'a pas été poignardé par quelqu'un qu'il connaissait. Étant donné sa remarque sur la biologie et son attitude résolue avant que nous partions, je continuerai aussi à me demander s'il n'avait pas choisi Nashville comme vol inaugural... et ce concert de charité-ci alors qu'il y en a tant d'autres... parce qu'il tenait à venir ici pour des raisons plus personnelles. Et si ce ne serait pas à cause d'elles qu'il est mort.

Aucun des deux inspecteurs ne fit de commentaires.

— Et si je vous ai fait perdre votre temps, reprit Delaware, je suis désolé. Mais ça m'aurait tracassé de ne pas vous en avoir parlé.

— Nous apprécions votre démarche, docteur, dit Baker en se penchant pour prendre les fax. Connaîtriez-vous une femme du nom de Cathy Poulson ?

— Désolé, non.

— Ça ne vous intéresse pas de savoir pourquoi je vous pose la question ?

— J'ai appris à maîtriser ma curiosité. Mais sinon, oui, bien sûr. De qui s'agit-il ?

— Une des anciennes petites amies de Jeffries. Il y a peut-être une trentaine d'années, à Los Angeles.

– Il y a trente ans, j'allais à l'école au Missouri.
– Le truc, reprit Lamar, c'est qu'elle s'est remise avec lui il y a dix-neuf ans et demi.

Delaware regarda tour à tour les deux policiers.

– C'est très précis. Et si c'est aussi précis, c'est parce que c'est lié à un événement spécial.

Baker regarda Lamar. Lamar acquiesça en silence.

– Un heureux événement, dit Baker.
– Un autre enfant, dit le psychologue. Une de ces femmes sur lesquelles Jack s'interrogeait. Elle habite ici ?
– Oui, monsieur. Pour le moment, nous vous demandons de respecter la confidentialité. Même si ce concept ne s'applique pas aux défunts.
– Bien sûr. Garçon ou fille ?
– Un garçon.

Ils lui montrèrent la photo de Tristan.

– Oh, Seigneur, on dirait vraiment Jack quand il était jeune.
– Il écrit des chansons, dit Lamar. Ou imagine qu'il en écrit.
– Ce qui signifie que des retrouvailles auraient pu se terminer sur une audition ?
– Une audition qui aurait mal tourné peut-être, répondit Baker en prenant une photocopie de la chanson qu'il avait repliée dans son carnet.

Delaware en lut les paroles.

– Je vois ce que vous voulez dire. Vous avez trouvé ce texte sur la personne de Jack ?
– Non, dans sa chambre. Comment pensez-vous que Jack a pu réagir à un truc de ce genre ?

Le psychologue réfléchit un instant.

– Difficile à dire. Je crois que ç'aurait beaucoup dépendu de son humeur du moment.
– Que voulez-vous dire ?

– Comme je l'ai déjà mentionné, Jack pouvait être d'humeur massacrante.

– Vous n'êtes pas le premier à nous avoir fait cette remarque, dit Baker.

– Il n'est d'ailleurs pas impossible qu'il ait été atteint d'un syndrome limite bipolaire. Il pouvait passer de la gentillesse à la méchanceté le temps de le dire. Je n'ai entr'aperçu son côté coléreux qu'une ou deux fois pendant la thérapie, et ce n'est jamais allé bien loin. Des bouffées d'irritation, en particulier au début, quand il se sentait ambivalent devant certaines de mes questions qui allaient trop loin à son goût. Mais comme je vous l'ai dit la première fois, j'ai eu droit avant tout à son côté sympathique.

– Quand il a compris qu'il avait vraiment besoin de vous s'il voulait monter dans l'avion, il s'est bien comporté.

– Ça se pourrait, reconnut Delaware.

– Il n'a donc jamais été violent avec vous ?

– Non, rien de tel. J'avais l'espoir que s'il s'accrochait assez longtemps pour avoir des résultats concrets… que le jour où il pourrait s'approcher d'un aéroport sans être pris de nausées… cela le stabiliserait sur le plan des émotions. Et c'est exactement ce qui est arrivé. Sauf la fois où il m'a appelé en pleine nuit, j'ai toujours eu droit à son côté charmant.

– L'autre côté n'avait pas disparu pour autant, dit Lamar. Il se contrôlait.

– C'est possible.

– Imaginons que quelqu'un l'aborde dans un de ses mauvais moments, lui montre sa musique de merde… il aurait pu devenir méchant.

Delaware acquiesça de la tête. C'est Baker qui enchaîna.

– Et faites ça à un jeune homme... un jeune homme que vous n'avez jamais reconnu et que vous venez juste de rencontrer... et les choses risquent de très mal tourner.

Delaware étudia un instant la photo de Tristan.

– Votre suspect numéro un ? demanda-t-il.

– Il paraît assez bien faire l'affaire, mais nous n'avons pas la moindre preuve, répondit Lamar avec un sourire. Rien que la psychologie.

– La première chose est de le retrouver, dit Baker, et on serait bien inspirés d'aller faire notre boulot. Merci d'avoir fait le vôtre, docteur. Vous pouvez retourner chez vous, maintenant. Si nous avons besoin de vous, nous nous téléphonerons.

Delaware leur rendit la photo.

– J'espère que ce n'est pas lui.

– Pourquoi ?

– C'est dur, quand on est si jeune.

12

Brillant, ce type, dit Lamar une fois qu'ils furent dans la voiture.
– Comme nous l'avait dit le lieutenant de L.A., lui fit remarquer Baker.
– Qu'est-ce que tu penses de sa théorie ?
– J'éprouve depuis peu comme une vague impression qui me réchauffe. Je sens que ça commence à se mettre en place. Trouvons ce gosse.
– Bon plan.

Ils patrouillèrent Sixteenth Street dans les deux sens, puis explorèrent les rues adjacentes, à la recherche de la Coccinelle verte ou d'un grand costaud genre hippie, barbu et chevelu. À moins que Tristan Poulson n'ait repris son style propre-sur-lui-rasé-de-frais.
Les deux candidats les plus prometteurs se révélèrent n'être que des sans-abri genre ordinaire. L'un d'eux leur tendit la main et Lamar lui donna un dollar.
– Père Teresa, lui lança Baker.
– Faut donner si tu veux recevoir. Où on va, maintenant ?
– Roule.
Le quadrillage du centre de la ville ne donna rien.

— Chez les riches, grommela Baker, on sait mentir avec plus de classe qu'ailleurs.
— Ce qui veut dire qu'il est peut-être dans le Kentucky, en dépit de ce que nous a raconté la bonne.
— Ou bien dans la maison d'amis, avec son insecte vert dans le garage. Ils en ont cinq, t'as pas remarqué ? Des garages.
— Non, répondit Lamar. Une chose est sûre, maman nous a menti. Ce grand discours sur Brown, le fiston qu'était si loin dans le Rhode Island et combien il lui manquait... Juste pour nous planter. Comme de faire disparaître les photos de la cheminée avant notre arrivée.
— Pour la cheminée, il y a peut-être une autre raison. Si ça se trouve, il n'y a jamais eu de photos de lui dessus, fit observer Baker.
— Qu'est-ce qui te fait dire ça ?
— Il n'y en avait que deux avec son mari, mais elle était aussi sur les deux, en bonne place. Toutes les autres étaient des photos d'elle. Il y en avait un paquet.
— Elle est d'un égocentrisme à faire peur, dit Lamar. Exactement comme nous l'a dit Sheralyn.
— Penses-y un peu, Stretch. Son gamin laisse tomber la fac, change d'aspect et tombe dans la déprime. Et se retrouve sérieusement dans la merde en tant que suspect de meurtre. Que fait-elle ? Elle l'envoie à Canasson Land.
— Ou bien elle l'a emmené avec elle.
— D'une manière ou d'une autre, nous ne disposons d'aucun élément pour obtenir un mandat et nous pataugeons dans un marécage de mensonges.
— Un marécage plus grand que les Everglades, El Baco. D'après toi, quelle était la vraie raison de sa rencontre avec Jeffries ?
— Pour lui interdire de voir le gamin, peut-être ?

– Du genre *Tu aurais une mauvaise influence sur lui* ? Ou bien c'est juste ce qu'elle a dit. Jeffries a découvert son moi intérieur et a voulu voir son fils et sa maman. Une sorte de réunion de famille, sauf qu'elle n'était pas d'accord. D'une manière ou d'une autre, si Jeffries ne s'est pas montré coopératif, elle avait des raisons de s'énerver.

– Exact. Sauf que Greta Barline n'a remarqué aucune animosité.

– Et Cathy veut nous faire croire qu'elle n'est pas suspecte parce qu'elle est repartie en voiture. Même si c'est vrai, qu'est-ce qui l'aurait empêchée de faire le tour du pâté de maisons et de suivre Jeffries pendant qu'il marchait dans l'obscurité ?

– Et lui trancher la gorge ? objecta Baker, un sourire ironique à la bouche. Crois-tu qu'une charmante dame riche s'abaisserait à ça ?

– C'est plus probablement le gosse, El Baco. Il est assez costaud pour faire le boulot.

– On pensait à quelqu'un de plus petit que Jeffries.

Lamar ne répondit rien. Baker se frotta la tête.

– Un marécage de mensonges.

– Ne te sens pas blessé dans tes sentiments, vieux. Les risques du métier, que veux-tu ? Tu as entendu ce qu'il a dit, le type : même les psys connaissent ça.

Baker consulta sa montre. Bientôt une heure du matin et qui, comment, pourquoi, c'était négatif sur toute la ligne. Il téléphona au commissariat et vérifia que l'alerte concernant Tristan et la Volkswagen était bien maintenue. Après avoir raccroché, il se tourna vers Lamar.

– Y a-t-il des chances pour que la police de Belle Meade nous aide à surveiller la maison ?

– Tu parles ! dit Lamar. Le mieux est de le faire nous-mêmes. Ils ne vont pas nous filer une prune pour violation de propriété privée, tout de même.

Ce n'est pas sur une impulsion qu'ils décidèrent de réveiller le lieutenant Jones à deux heures quarante-deux du matin. D'ordinaire, ils ne l'appelaient jamais sans passer par Fondebernardi. Ils votèrent.

– Faisons-le, dit Lamar. Pourquoi s'en mettre deux à dos si un suffit ?

– Adopté à l'unanimité, répondit Baker, qui se chargea d'appeler.

La conversation ne fut pas très longue.

– Elle a été cool, Stretch. Je n'ai même pas eu l'impression de la réveiller. Elle va appeler le chef de Belle Meade. C'est peut-être un oiseau de nuit, lui aussi.

Quelques instants plus tard, le lieutenant Jones les rappelait.

– Bobby Joe Lafortune m'a promis de faire passer un homme en tenue à intervalles réguliers devant la maison des Poulson. Et, à la première heure, il mettra au courant son unique enquêteur criminel, un type du nom de Wes Sims. Il a déjà travaillé comme inspecteur à Nashville. Je connais Wes, c'est un type bien et intelligent.

En revanche, Lamar et Baker devaient éviter d'exercer eux-mêmes une surveillance. Lamar poussa un grognement.

– Bobby Joe n'a pas tort, expliqua Shirley Jones. Dans une rue tranquille comme ça, on ne verrait que vous.

– Et on ne remarquera pas un policier qui passe à intervalles réguliers ?

– C'est déjà quelque chose qu'ils font beaucoup.

– Autrement dit, ils ne vont rien faire de spécial pour nous.

– Baker, lui rappela Jones, nous vivons sur terre, pas sur Mars. Et si vous me disiez plutôt pourquoi vous vous intéressez tant à ce gosse de riche ?

Baker s'exécuta. Quand il eut terminé, le lieutenant reprit la parole :

– Je vous appuie, bon travail. Je vais veiller à ce que les bleus patrouillent vraiment nos rues en le cherchant. Et maintenant, allons tous dormir pour être frais comme des roses et prêts pour une nouvelle journée de service public.

13

Leur sommeil fut de courte durée. À quatre heures du matin, un appel du standard informa Baker qu'une patrouille de quartier avait repéré Tristan Poulson et qu'il venait d'être conduit au quartier général pour y être interrogé.
– La police de Nashville ?
– Nous avons eu de la chance, monsieur.

On avait retrouvé le jeune homme en train de marcher le long de la rivière, sans arme. Il n'avait offert aucune résistance. La Coccinelle était garée derrière un entrepôt – on ne cherchait pas vraiment à la cacher. Baker réveilla Lamar et les deux hommes repartirent au boulot et se retrouvèrent bientôt dans une salle d'interrogatoire en attendant qu'on leur amène le suspect.

Tristan entra, libre, sous la garde d'une femme policier. Il n'y avait aucune raison de le menotter : il n'était pas arrêté, il ne s'était pas montré violent.

Un coup de chance que maman ne soit pas en ville, songea Lamar. *Pas d'avocat appelé et comme le gosse a plus de dix-huit ans, pas d'obligation légale de la notifier non plus. La composante Belle Meade finira par nous compliquer la vie, sans doute, mais, pour le moment, voyons ce qu'on peut en tirer.*

Tristan n'avait ni le crâne rasé ni l'apparence hirsute d'un hippie. Ses cheveux, blonds et longs, étaient lavés et peignés, et sa barbe soigneusement taillée en bouc. Il portait un tee-shirt noir, des jeans trop grands d'une taille et des chaussures de jogging blanches. Il avait une perle en or à une oreille. Ses ongles étaient nets. Un vrai beau garçon, au bronzage parfait, à la musculature qui n'avait pas l'air en toc. Plus costaud que l'impression que Jeffries avait donnée à Lamar, sur d'anciennes photos, mais la ressemblance était néanmoins frappante.

Le garçon détournait les yeux. En dépit de son corps d'athlète et de sa tenue soignée, l'effet de la dépression dont avait parlé Sheralyn était patent aux yeux des inspecteurs. Il marchait voûté et traînait les pieds, les yeux baissés, les bras ballants comme si c'étaient des appendices sans importance.

Il s'assit, avachi, et se mit à étudier les carreaux du sol. Propres, ces carreaux ; ils dégageaient une odeur de désinfectant. On pouvait dire ce qu'on voulait de la brigade criminelle, mais l'entretien de ses locaux était nickel.

– Salut, Tristan, dit Lamar. Je suis l'inspecteur Van Gundy et voici l'inspecteur Southerby.

Le garçon s'avachit un peu plus.

– On sait que c'est dur, fiston, dit Baker.

Quelque chose tomba sur les carreaux. Une larme. Puis une autre. Il ne fit aucun effort pour se retenir, ne s'essuya même pas le visage. Les policiers le laissèrent pleurer un moment. Tristan Poulson ne bougea pas, n'émit aucun son, restant assis là comme un robot qui aurait une fuite.

Lamar fit une nouvelle tentative.

– Vraiment très dur, Tristan.

Le jeune homme se redressa un peu. Inspira profondément, expira, puis regarda brusquement Lamar dans les yeux.

– Votre père est en vie, monsieur ?

La question prit le policier de court.

– Grâce à Dieu, oui, Tristan.

Une fraction de seconde, il se demanda ce que Baker aurait répondu si la question s'était adressée à lui. Puis il revint aussitôt à la procédure, avec l'espoir que sa réponse et le sourire qui avait suivi provoqueraient quelque chose – du ressentiment, de la jalousie, n'importe quoi, mais qui pousse le gosse à vider son sac et qu'on en finisse.

Mais le garçon s'était remis à examiner le sol.

– Mon père est un type sensationnel, en pleine forme pour son âge.

Tristan releva de nouveau les yeux. Esquissa un sourire, comme s'il venait de recevoir une bonne nouvelle.

– J'en suis content pour vous, monsieur. Mon père est mort et j'en suis encore à essayer de digérer la nouvelle. Il aimait ma musique. On devait collaborer.

– C'est de Jack Jeffries que nous parlons, n'est-ce pas ?

Il fallait bien poser la question, aussi évidente qu'elle fût, pour respecter l'enchaînement des informations.

– Jack était mon vrai père, dit Tristan. Biologiquement et spirituellement. J'aimais bien Lloyd, aussi ; il y a encore quelques années, je croyais que c'était lui, mon vrai père. Et même quand j'ai appris la vérité, je ne lui ai rien dit parce que Lloyd était quelqu'un de bon et qu'il avait toujours été super avec moi.

– Et cette vérité, comment l'as-tu découverte ?

Le jeune homme se tapota la poitrine.

– Je crois que je l'ai toujours su au fond de moi. À cause de la manière dont maman parlait toujours de Jack. Ce n'était pas seulement l'histoire classique du bon vieux temps. Elle ne parlait jamais comme ça de papa. De Lloyd. Ensuite, quand je suis devenu plus grand, j'ai vu des photos de Jack, des amis m'en ont montré. Tout le monde le disait.

– Disait quoi ?

– Que nous étions des clones. Ce n'était pas parce que tout le monde le racontait que c'était vrai. Parfois, c'est juste le contraire. Je n'avais pas envie de le croire. Lloyd était gentil avec moi. Mais…

– Ça crevait trop les yeux, dit Lamar.

Tristan acquiesça.

– Et… ça confirmait aussi des choses que j'avais toujours senties. (Il se tapota de nouveau la poitrine.) Tout au fond de moi. Lloyd était bien, mais… non, pas de mais, Lloyd était un type très, très bien. Et il est mort.

– Tu as connu beaucoup de deuils, fiston, dit Baker.

– C'est comme si tout avait explosé en moi. Ou plutôt implosé. Oui, une implosion, insista-t-il comme s'il allait épeler le mot.

– Une implosion, répéta Baker.

– C'était comme si… tout foutait le camp ! (Il releva la tête et regarda tour à tour les deux inspecteurs.) C'est pourquoi j'y ai pensé.

– Pensé à quoi, fiston ?

À sauter dedans.

– Dans la Cumberland ?

– Comme dans la vieille chanson folk, répondit Tristan avec une esquisse de sourire.

– Quelle chanson ?

– *Goodnight Irene*.

– Ah, excellente. De Leadbelly, dit Baker, tandis que Lamar manquait se donner un torticolis tant sa tête pivota brusquement vers son collègue.

Le garçon ne réagit pas.

– Ouais, reprit Baker, une chanson géniale. La manière dont cette partie te tombe dessus, comme si elle était indépendante du reste… boum.

Silence.

Baker s'y colla une fois de plus.

– *Parfois j'ai comme une grosse envie de sauter dans la rivière et de me noyer*, récita-t-il. Le vieux Leadbelly avait tué un homme et fait de la prison. C'est là qu'il l'a écrite, ainsi que…

– *Midnight Special*.

– Eh ! tu aimes les anciennes, fiston.

– J'aime tout ce qui est bon.

– C'est plein de bon sens, dit Baker. Et tu étais donc là, en train d'imploser. Je dois reconnaître que, quand les choses tournent mal, il est facile de les ressentir de cette façon, il suffit de faire quelques pas…

Tristan ne réagit pas.

– La culpabilité peut te faire sentir comme ça.

– Ou juste quand c'est la vie qui devient de la merde, répliqua Tristan en laissant retomber sa tête et se prenant la figure dans les mains.

– Fiston, il est évident que tu es quelqu'un de brillant et je ne vais pas insulter ton intelligence en te racontant toutes sortes de théories. Mais le fait est qu'une confession peut être bonne pour l'âme.

– Je sais, répondit Tristan. C'est pourquoi je vous ai tout dit.

– Dit quoi ?

– Que j'avais pensé à le faire. La rivière. C'est maman qui vous envoie ? Du fin fond du Kentucky ?

– Nous envoyer pourquoi ?
– Pour m'arrêter.

Baker frotta son crâne chauve.

– Tu penses qu'on t'a cueilli pour t'empêcher de te suicider ?

– Maman m'a dit que si j'essayais encore une fois, elle me ferait arrêter.

– Encore une fois ? répéta Lamar.

– J'ai déjà fait deux tentatives. Pas la rivière, des pilules. Son Prozac. Je ne suis pas certain que c'était vraiment sérieux... pour la première, en tout cas. C'était sans doute un peu... un appel à l'aide, pour employer un cliché.

– Les pilules de ta mère.

– Son sac était ouvert. J'avais besoin d'un peu de liquide et elle me laisse prendre tout l'argent que je veux. Là-dessus, elle est cool. Les pilules étaient dans un flacon posé sur son porte-monnaie. J'avais juste très envie de dormir, vous comprenez ?

– Et ça remonte à quand, fiston ?

– Vous n'arrêtez pas de m'appeler « fiston », fit observer le garçon avec un sourire. La police de Nashville qui joue les nounous... C'est fou ce qu'on peut faire avec du fric.

– Parce que tu crois que nous faisons ça pour ta mère ? demanda Lamar.

Tristan fit une mimique qui, pour les policiers, trahissait l'enfant gâté qu'il était aussi.

– Tout le monde connaît le onzième commandement.

– Et c'est quoi ?

– *Quand parle l'argent s'écrasent les gens.*

– Tristan, dit Baker, laisse-moi t'apprendre quelque chose. Nous ne sommes pas ici pour te servir de nounou ou pour t'empêcher de faire ce que tu as décidé de faire, d'accord ? Même si nous estimons que ce serait particulièrement idiot… je veux dire, sauter dans les eaux boueuses de la Cumberland. Nous n'avons pas reparlé à ta mère depuis que nous l'avons interrogée hier à votre domicile, et elle nous a laissé croire que tu étais dans le Rhode Island.

– Et alors ? demanda Tristan en le fixant.

– Et alors, nous t'interrogeons dans le cadre de l'assassinat de Jack Jeffries.

Le jeune homme sursauta. Se mit droit sur son siège.

– Vous pensez… oh, bon Dieu, c'est ridicule ! C'est délirant et grotesque !

– Et pourquoi ?

– J'aimais Jack.

– Ton nouveau papa.

– Mon papa de toujours. Nous étions… commença Tristan, qui s'arrêta et hocha la tête.

Sa longue chevelure blonde oscilla et se remit en place.

– Vous étiez quoi ?

– Sur le point de nous réunir. Je le sentais, et il le sentait aussi… le lien qui naissait. Mais nous savions tous les deux que ce sont des choses qui prennent du temps. C'est pour cette raison qu'il est venu à Nashville.

– Pour renforcer ce lien.

– Pour me rencontrer.

– C'était la première fois ? demanda Lamar.

Le garçon acquiesça d'un signe de tête.

– Vous vous êtes vus ?

– Non.

– Quand lui as-tu donné cette chanson… *Le Blues de la déprime* ?

– Je la lui ai envoyée par la poste. 520 Beverly Crest Ridge, Beverly Hills, 90210.

– Il y a combien de temps ?

– Un mois. Je lui en ai envoyé tout un paquet.

– Vous aviez échangé des lettres auparavant ?

– Des courriels. Depuis six mois… vous pourrez vérifier dans mon ordinateur, j'ai sauvegardé toute notre correspondance.

– Mais pourquoi avoir envoyé *Le Blues de la déprime* par la poste ?

– Je tenais à ce qu'il ait quelque chose… quelque chose qu'il puisse toucher. Le texte faisait partie d'un carnet que je lui ai envoyé… toutes mes paroles de chanson. Jack en a trouvé quatre de bonnes, il m'a dit que le reste était informe – c'est l'expression qu'il a employée, informe. Mais que ces quatre-là avaient le potentiel de devenir des chansons si elles *grandissaient*. Il m'a dit qu'il m'aiderait à les faire grandir. Qu'on devrait s'atteler surtout au *Blues de la déprime*, parce que même si elle avait besoin d'être retravaillée, c'était la meilleure. Ensuite, si… j'avais envisagé d'aller habiter à Los Angeles, peut-être de m'inscrire dans un cours d'écriture créative à l'UCLA, un truc comme ça.

– Vous aviez des projets, tous les deux.

Long silence. Puis Tristan hocha la tête.

– Non, ça, Jack ne le savait pas. On parlait surtout du *Blues*.

– Pour la faire grandir.

– On devait y travailler avant le concert… il devait se produire au Songbird. Si on était arrivés à l'améliorer, il l'aurait chantée et il m'aurait fait monter sur scène pour me présenter comme parolier. Et peut-être plus.

– Comme son fils.

Le jeune homme hocha la tête lentement, comme à contrecœur.

– Et elle a tout gâché.

– Qui donc ? demanda Baker.

Silence.

– Aucune théorie, fiston ?

– Sans vouloir vous fâcher, dit le garçon, mais ça me rend encore plus malade, monsieur. Quand vous m'appelez fiston.

– Excuse-moi, dit Baker. Qui a tout gâché ?

Pas de réponse.

– Elle, c'est...

– Ma mère.

– Tu penses qu'elle a tué Jack ?

– Je ne la vois pas se servir d'un poignard... trop sale.

– Quoi, alors ?

– Elle a dû engager quelqu'un. Un voyou de Lexington, peut-être. Il y a toutes sortes de gens qui travaillent à la ferme. J'ai horreur de cet endroit.

– Tu n'aimes pas les chevaux ?

– Je n'aime ni le crottin ni le racisme qui règne dans ce milieu.

– Un voyou de Lexington, dit Baker. Mais quelle raison aurait eue ta mère de vouloir supprimer Jack ?

– M'empêcher d'entrer dans son univers. C'est comme ça qu'elle disait, *son univers*, comme si c'était le royaume d'Hadès, un monde souterrain d'iniquité, noir et profond. Alors que pendant des années, elle n'a pas arrêté de se vanter de connaître Jack, d'avoir traîné avec les stars du rock.

– Pas devant Lloyd, tout de même ?

– Des fois, quand elle avait bu.

– Ça ne l'embêtait pas ?

– Il souriait et retournait à son journal.

– Facile à vivre, dit Lamar.

– Il avait aussi ses petites amies, répliqua Tristan en arborant un sourire fatigué. C'était ce qu'on pourrait appeler un milieu très libre, monsieur. Du moins, jusqu'au moment où j'ai voulu inventer ma propre version de la liberté. Ça n'a pas plu à ma mère.

– La musique, hein ? dit Lamar.

– Elle dit que les musiciens sont la lie de la société.

Lamar dut contenir une nouvelle envie d'échanger un regard avec Baker.

– Et tu penses sérieusement qu'elle aurait fait assassiner un homme juste pour l'empêcher d'avoir une mauvaise influence sur toi ?

– Elle est allée le mettre en garde.

– Quand ça ?

– Dans une boîte où Jack devait aller. Quelque part dans First Street. C'est le seul club du coin.

– Le T House.

– Oui, monsieur.

– C'est là que tu devais le retrouver en principe.

– Oui, monsieur. Il m'a appelé ce soir-là. Il m'a dit qu'il y serait et d'apporter le texte sur lequel je travaillais, *Le Blues de la déprime*... et qu'il allait voir ça avec moi. Ensuite, je devais le ramener à l'hôtel en voiture et il avait prévu qu'on passe la nuit à mettre la chanson au point pour qu'il puisse la chanter au concert.

– Mais ta mère t'a interdit d'y aller et tu lui as obéi.

– J'ai appelé Jack et je lui ai demandé ce que je devais faire. Il m'a dit de ne pas m'énerver, qu'il allait la calmer et que nous nous retrouverions.

– Comment te sentais-tu à ce moment-là ?

– J'étais fou de rage, mais Jack m'a promis que nous pourrions passer assez de temps ensemble avant le concert.

– Ce concert était important.

– Il devait me faire monter sur scène.

– Où es-tu allé à la place du T House ?

– Nulle part, répondit le garçon. Je suis resté à la maison et j'ai travaillé sur *Le Blues*. Je me suis endormi à mon bureau, il devait être trois ou quatre heures du matin. Puis je me suis réveillé et j'ai travaillé encore un peu. J'ai tout sauvegardé, avec l'heure... quand j'écris quelque chose, je note toujours la date et l'heure.

– Pourquoi ?

– Pour tout garder. Pour préserver tout ce qui concerne le processus. Vous pouvez avoir mon ordinateur si vous voulez vérifier. Il est à l'arrière de ma voiture.

– On dirait que tu tiens beaucoup à ce que nous consultions cet ordinateur, Tristan.

– Tout ce qui me concerne se trouve sur le disque dur.

– Ce n'est pas parce que ton ordinateur a été utilisé à un moment donné que nous saurons qui l'a utilisé, fit observer Lamar.

Le garçon fronça les sourcils.

– Eh bien, c'était moi... demandez à Amelia, notre bonne. Je suis resté toute la nuit à la maison. Je n'en suis pas sorti.

– Comment t'es-tu retrouvé au bord de la rivière ?

– J'y suis allé tout de suite après avoir appris ce qui s'était passé, répondit Tristan, dont les paupières se gonflèrent comme s'il était pris d'une crise soudaine d'allergie à ce souvenir. J'avais l'impression qu'une main géante était entrée ici et m'avait fendu en deux, ajouta-t-il en se frappant le plexus solaire.

– Quelle heure était-il ?

– Sept heures, neuf heures, l'après-midi, je ne sais plus. Je conduisais comme en rêve.

– Tu es allé où ?

– J'ai roulé sur la nationale.

– Laquelle ?

– La I-Forty.
– Quelqu'un t'a vu ?
– Non, il n'y avait que des arbres... j'ai roulé jusqu'à la vieille prison, à l'ouest, vous savez, là où on tourne des films ? Il y avait ces... ceux qui ont les pantalons rayés bleu ? On les voit toujours aller et venir dans le secteur, ils l'entretiennent.
– On dirait que tu y vas souvent.
– C'est tranquille, dit Tristan. Ça m'aide à penser. J'y suis allé ce matin-là. Je me suis garé au sommet de la colline et j'ai regardé ces murs gris et sales. L'un d'eux m'a vu. Il avait un râteau et ramassait les feuilles mortes. Il m'a vu et m'a salué de la main, je lui ai répondu. Je suis resté encore un peu, puis je suis revenu en ville, je me suis garé près de la rivière, je suis allé m'asseoir dans un bâtiment et... c'est là que les flics m'ont retrouvé.
– En train d'envisager de te suicider.
– Je ne l'aurais probablement pas fait.
– Probablement pas ?
– Ce serait faire preuve d'égoïsme, non ? Comme elle.
– Ta mère.
– Elle haïssait Jack, expliqua le garçon. C'est ce qu'elle a prétendu lorsqu'elle m'a hurlé qu'il n'était pas question que j'aille le voir. Elle a fait une scène.
– Pourquoi le haïssait-elle ?
– Parce qu'il l'avait laissée tomber, pour commencer, puis parce qu'il était revenu quand elle ne voulait plus.
– Elle était mariée à Lloyd lorsqu'elle est tombée enceinte de toi.
– Ça n'allait plus très bien entre eux, dit le garçon. Du moins, c'est ce qu'elle m'a dit. Elle s'ennuyait, elle envisageait de quitter Lloyd. Ma mère avait été la grande groupie de Jack et elle avait beau essayer de faire croire

qu'elle avait compté davantage, voilà à quoi ça se résumait, à mon avis. Il l'a larguée et ils sont restés longtemps sans se voir. Mais un jour où elle était allée rendre visite à une amie, à Los Angeles, elle est allée le voir. Ils se sont remis ensemble pendant deux ou trois jours. Lorsqu'elle a découvert qu'elle était enceinte, elle a essayé de le joindre par téléphone pour lui dire, mais il n'a jamais rappelé. Elle est donc restée avec Lloyd et a oublié Jack.

– Quand tout d'un coup, Jack a rappliqué pour exercer sa mauvaise influence sur toi, dit Baker. Tu penses vraiment qu'elle aurait pu le faire tuer pour ce motif ?

– Vous ne la connaissez pas, monsieur. Quand elle s'est mis une idée dans la tête, il n'y a aucun moyen de la faire changer d'avis. Il y a toutes sortes de gens qui travaillent à la ferme. D'anciens repris de justice… (Son visage s'anima un peu.) Vous ne me croyez pas parce qu'elle est riche et cultivée.

– C'est-à-dire que si nous avions une preuve tangible… dit Baker.

– Mais si ce n'est pas elle, qui ?

Baker se laissa aller dans son siège et se tint les mains croisées derrière la tête.

– Pour tout te dire, fiston, nous avions pensé à toi.

Le jeune homme bondit sur ses pieds. Un solide gaillard, tout en muscles, mâchoire et poings serrés.

– Je vous l'ai dit ! C'est un putain de délire ! Rencontrer Jack, c'était ce qui pouvait m'arriver de mieux dans ma vie, j'allais partir pour Los Angeles !

– C'était ton projet, pas le sien.

– Il aurait été d'accord !

Les deux inspecteurs n'avaient pas bougé de leur chaise. Tristan les foudroyait du regard.

– Assieds-toi, fiston, dit Lamar.

– Et arrêtez de m'appeler comme ça !

Lamar se leva et déploya son mètre quatre-vingt-dix-huit. Le jeune homme n'était pas habitué à lever les yeux sur quelqu'un. Il fléchit.

– S'il te plaît, Tristan, assieds-toi.

Le garçon obéit.

– Je suis vraiment suspect ? demanda-t-il.

– Tu es ce que nous appelons une personne intéressante.

– C'est du délire. Un putain de délire. Pourquoi aurais-je tué quelqu'un que j'aimais ?

– Il a peut-être changé d'avis et ne voulait plus chanter ta chanson, dit Baker.

– C'est pas vrai, répliqua le garçon. Mais même si c'était vrai, ce ne serait pas une raison pour tuer quelqu'un.

– On tue les gens pour toutes sortes de raisons.

– Les fous, oui... bref, ce n'est pas ça du tout, il aimait mes chansons. Vous n'avez qu'à lire mes courriels, tout est positif, tout est cool, mon ordinateur portable est à l'arrière de ma voiture... les batteries sont à plat mais on peut les recharger. Mon mot de passe est DDPOET. Abréviation pour *Dead Poet*[1].

– Nous allons le faire, dit Baker. Mais quoi que dise ce courrier, cela ne signifie pas que Jack n'ait pas changé d'avis et décidé de ne pas chanter ta chanson.

– Les gens changent d'avis tout le temps, ajouta Lamar. Et Jack était particulièrement sujet à des sautes d'humeur.

– Pas avec moi, protesta Tristan. J'étais important pour lui. Pas comme les autres.

– Quels autres ?

– Toutes ces espèces de traînées, ces nullardes qui prétendaient avoir un enfant de lui et qui lui envoyaient

1. Poète mort.

des photos de leurs nullards de gosses. Et des trucs, des chansons, des CD qu'il n'écoutait jamais. J'étais le seul dont il était certain. Parce qu'il aimait mes chansons et parce qu'il se souvenait exactement du jour où c'était arrivé.

– Le jour où tu as été conçu ? demanda Baker.

– Il t'en a parlé ? demanda Lamar.

– C'est dans un des courriels… si vous prenez la peine de les lire. Il m'a même transmis un courriel qu'elle lui avait écrit cinq ans auparavant, quand il avait projeté de venir me voir. Elle lui avait répondu qu'elle ne voulait pas prendre le risque de perdre Lloyd et que je n'accepterais jamais parce que j'étais proche de Lloyd. Que s'il ne voulait pas la démolir et démolir tout ce qu'elle avait construit avec Lloyd, il ne devait pas se manifester. Et il a dit d'accord, pour mon bien. Tout est là-dedans. Et je l'ai gardé pendant des années.

– Ta mère ne voulait pas risquer de perdre Lloyd, dit Lamar.

Le garçon eut de nouveau sa mimique ironique.

– Elle ne voulait pas risquer de perdre ce que Lloyd lui avait donné. Onzième commandement.

– Jack aussi avait de l'argent, lui fit observer Baker.

– Pas autant que Lloyd. L'argent a toujours été son seul grand amour.

– Tu en veux beaucoup à ta mère, on dirait.

– Je l'aime, dit Tristan, mais je sais comment elle est. Il faut que vous lui parliez. Je vais vous donner son téléphone dans le Kentucky. Je sais qu'elle y est, même si elle ne m'a pas dit qu'elle y partait.

– Et comment le sais-tu ?

– Elle va toujours voir ses chevaux quand elle en a assez de moi. Les chevaux ne répondent pas et, si on prend le temps, on arrive à les dresser, eux.

Les policiers récupérèrent un ThinkPad IBM sur la banquette arrière de la Coccinelle, le rechargèrent et passèrent une heure à lire les mails reçus et envoyés par Tristan. Un technicien se chargea ensuite de parcourir l'historique des branchements Internet du garçon.

– Bizarre, dit l'homme.
– Bizarre ?
– Rien que de la musique téléchargée, ou des articles sur la musique, des tonnes. Pas le moindre porno. Ce doit être le premier ado de l'âge du cyberespace qui ne se sert pas de son ordinateur pour s'exciter.

Lamar ricana.

– On sait ce que tu fais la nuit, Wally.
– Ça m'occupe et je n'ai pas besoin de me laver les dents avant.

Le courrier électronique échangé entre Tristan et Jeffries confirmait la version donnée par le jeune homme. Au moins six mois d'une correspondance sur un ton initialement réservé et devenue progressivement de plus en plus aimable, puis chaleureuse, pour arriver à des aveux d'amour père-fils.

Rien de patelin ou de sexuel : ces lettres auraient pu servir de cas d'école pour les spécialistes de la communication personnelle… les Dr Phil et autres prédicateurs diplômés.

Jack Jeffries faisait des compliments à Tristan pour ses textes, sans jamais tomber dans la flagornerie. Ses critiques des plus médiocres étaient franches, mais pleines de tact et le garçon y avait réagi avec une gratitude touchante.

Rien n'indiquait que Jeffries aurait changé d'avis à propos du *Blues de la déprime*.

Ils passèrent encore une heure à téléphoner au nouveau pénitencier ultramoderne pour obtenir les noms des détenus chargés de nettoyer le périmètre de l'ancienne prison. Deux d'entre eux se souvenaient d'avoir vu la Volkswagen verte en haut de la colline et l'un d'eux d'avoir salué la silhouette debout à côté du véhicule.

Rien de tout cela ne constituait un alibi à toute épreuve ; le meurtre avait eu lieu avant, pendant que Tristan Poulson prétendait avoir travaillé sur sa chanson, dormi et surfé sur le Net. Il était plus que probable qu'Amelia, la bonne, confirmerait ses dires.

Mais même sans cet élément, les deux inspecteurs commençaient à éprouver des doutes. Le garçon aurait eu tout le temps de mettre au point un alibi plus convaincant : il n'en avait rien fait. Tristan avait eu une attitude ouverte en dépit de tout ce par quoi il était passé. Jamais ils ne l'auraient avoué, mais les deux policiers l'avaient trouvé touchant.

Rien n'indiquait, à leurs yeux, que le jeune homme avait menti.

Contrairement à sa mère.

Baker et Lamar durent convenir que la théorie de Tristan sur Mme Poulson avait de quoi laisser perplexe.

Les nombreux coups de téléphone passés aux Al Sus Jahara Arabian Farms tombèrent tous sur un répondeur au message si laconique qu'il frisait l'impolitesse.

Lamar fit une recherche par Google. Le haras s'étendait sur deux cent cinquante hectares de collines verdoyantes ; arbres majestueux, chevaux splendides. Des lignées de pur-sang comptant des champions, grand manoir d'avant-guerre, paddocks, écuries, service de monte, conservation cryogénique du sperme – la totale. Un établissement qui en jetait, où l'on aurait pu penser qu'on tomberait sur quelqu'un au bout du fil et pas sur un message enregistré.

Sauf si quelqu'un se cachait.

À la fin de la journée, et après en avoir parlé avec Fondebernardi et Jones, ils décidèrent de faire passer Cathy Poulson du statut de témoin à celui de suspect sérieux ; mais les preuves matérielles leur faisaient encore défaut.

Avant d'aller fouiner dans les cercles sociaux de Belle Meade, ils trouvèrent judicieux de reprendre contact avec un témoin oculaire. Quelqu'un qui avait vu Cathy et Jeffries peu avant que Jeffries ne se fasse trancher la gorge.

14

Le Happy Night Motel n'avait pas meilleure mine qu'à l'époque où c'était un bordel. L'enduit grisâtre et granuleux de ses murs s'écaillait en lésions style grillage à poule. Les parements en bois verts avaient pris une nuance bilieuse. Deux énormes poids lourds étaient garés sur l'asphalte crevassé du parking. Un pick-up déglingué et une Celica bricolée avec des pièces de casse complétaient le tableau, question véhicules.

L'employé de nuit était un vieux bonhomme à la trogne enfoncée du nom de Gary Beame – cheveux blancs en bataille, chemise tachée de graisse, dentier mal ajusté, yeux larmoyants qui ne regardaient pas toujours dans la même direction. Peut-être un sans-abri récemment sorti du ruisseau par les propriétaires et engagé à moindre coût.

Il repéra tout de suite les flics et leur adressa la parole d'une voix rabotée à la nicotine.

– B'soir, inspecteurs. On ne loue pas aux putes. M. Bikram est un homme d'affaires honnête.

Le petit discours semblait avoir été appris par cœur.

– Félicitations, dit Baker. Le numéro de la chambre de Greta Barline ?

Le visage de Beame s'assombrit. Il arracha la cigarette d'entre ses lèvres, répandant des cendres sur la revue (*Star*) ouverte devant lui sur le comptoir.

– Cette petite… je me doutais qu'elle allait valoir des ennuis à M. Bikram.

L'homme se gratta le coin des lèvres, étudia ce qu'il en avait retiré et s'en débarrassa d'une pichenette.

– Après avoir fait la pute, v'là qu'elle vole M. Bikram d'une semaine de loyer.

– Ah, dit Lamar, elle faisait la pute ?

– C'est pas ce que vous pensez, dit Beame. Elle s'baladait pas en débardeur et short moulant dans les rues.

– Comme au bon vieux temps.

– J'sais pas ce que vous voulez dire, mentit le vieux.

– Ah bon ? Elle attendait tranquillement ici qu'ils se montrent ?

– Qui ça ?

– Les clients.

– Je n'ai jamais vu personne entrer en douce, protesta Beame en aimant de plus en plus son baratin. En tout cas, personne qui venait régulièrement. J'suis tout seul ici, peux pas contrôler tous ceux qui entrent et qui sortent.

– Dans ce cas, comment vous savez qu'elle tapinait ?

Le vieux se mit à souffler comme un maniaque, agitant ses mâchoires, tandis qu'il préparait sa réponse.

– Tout ce que j'sais, c'est qu'il y avait une famille qui occupait la chambre voisine, des touristes du Missouri, un truc comme ça. Un jour, la mère m'a appelé pour se plaindre et dire qu'elle avait vu trois types différents en une soirée. Elle entendait le bruit à travers la cloison. C'était déjà assez pénible comme ça, mais avec les enfants…

– Qu'est-ce que vous avez fait ? demanda Lamar.

– Qu'est-ce que je pouvais faire ? Je dois rester à mon poste. J'ai appelé M. Bikram. C'est sa femme qui m'a répondu, il était allé rendre visite à sa famille. En

Inde. Mme Bikram m'a dit qu'il s'en occuperait à son retour, dans trois jours. La fois suivante où j'ai vu Barline, j'ai essayé de lui parler. Cette petite pute a eu le culot de m'ignorer. Quand M. Bikram est revenu, je lui ai dit ce qui s'était passé et il a foncé dans sa chambre. Mais elle avait fichu le camp avec tout son barda. Après, il a découvert qu'elle lui avait fait un chèque en bois. Elle lui doit une semaine. Si vous la trouvez, venez me le dire. Ou plutôt, appelez directement M. Bikram. Voilà sa carte.

– Et l'équipe qui fait le ménage ne vous a jamais parlé de ce qui se passait ?

– Quelle équipe ? On a deux Mexicaines qui viennent dans la journée. Elles ne parlent même pas anglais.

Ils demandèrent à voir la chambre de Greta Barline.

– Désolé, répondit Beame, il y a un couple.

– Encore de respectables touristes ? suggéra Baker.

Pas de réponse.

– Des touristes venus se reposer une heure peut-être ? ajouta Lamar.

– Hé, dit Beame, ils paient, je pose pas de questions. Ils sont peut-être même mariés. Si vous trouvez la petite pute, appelez M. Bikram.

– Une idée où on pourrait la trouver, justement ?

Beame finit par réfléchir sérieusement à la question.

– Y a peut-être un truc, oui. Je l'ai vue partir avec un type, une fois. Pas un routier. Costard, cravate, il roulait en Lexus. Métallisée. Une blouse blanche accrochée à l'arrière. Comme un toubib.

Une fois dans le parking, ils parcoururent leurs notes pour trouver le nom du dentiste propriétaire du T House.

– Je l'ai, dit Lamar. Dr McAfee. Habite à Brentwood.

– Si ce qu'elle nous a dit est vrai, fit observer Baker.

– Là-dessus comme pour le reste. Elle fait la pute, signe des chèques en bois... délicieuse, cette enfant. (Lamar leva la tête.) Aller à l'église a peut-être du bon, en fin de compte.

– Au moins, tu sais où sont tes gosses le dimanche, répondit Baker en se frottant le crâne. Allons parler au bon docteur pour voir à quels autres jeux la petite Gret aimait jouer.

D'après le service des immatriculations, le domicile du Dr Donald J. McAfee se trouvait à six rues du cube blanc postmoderne des Dr Carlson.

– Un quartier de toubibs, ma parole, grommela Baker pendant qu'ils roulaient vers Brentwood.

La maison de style ranch, doublée de bardeaux, avait un toit dont la forme curieuse rappelait vaguement celui d'une pagode. Une petite fontaine en pierre, devant, et une pelouse de gazon japonais faisaient comprendre que le propriétaire aimait le style asiatique.

Le Dr McAfee avait deux véhicules : une berline Lexus argent, et une Lexus Rx noire. Aucune n'était en vue ; en revanche, une Mustang rouge vieille d'une dizaine d'années était garée dans l'allée. Cabossée de partout, amortisseurs à bout de souffle, rouille sur les pare-chocs, une vitre fêlée à l'arrière.

Plaques du Texas.

– Soi-disant qu'elle n'avait pas de caisse, dit Lamar. Pourquoi mentir et vouloir passer pour plus pauvre qu'on est ?

– Pour jouer sur la corde sensible, pardi.

– Oui, mais pour quelle raison ?
– Cette nana se prend pour une chanteuse. Elle se prend peut-être aussi pour une actrice.

Il n'y avait guère de lumière au-dessus de la porte rouge. Ils appuyèrent sur la sonnette.

Un bruit de gong retentit, suivi de *Une seconde s'il vous plaît* lancé par la voix haut perchée de Greta Barline.

La porte s'ouvrit sur la jeune femme ; ses cheveux blonds flottaient librement sur ses épaules et en dehors d'un minuscule tablier de soubrette en dentelle et de talons hauts, elle ne portait rien. Ah, si : elle tenait un fouet à battre les œufs d'une main et une spatule de l'autre.

Rares sont les personnes qui ont meilleure allure nues qu'habillées. Cette fille était l'exception. Tout ce qu'elle exhibait était lisse, doré, nubile, voluptueux et on pourrait encore allonger la liste des adjectifs admiratifs. Elle était arrivée jusqu'à la porte en se léchant les lèvres et souriant. Son expression s'évanouit très vite.

– Désolé de vous déranger en pleine production, Gret.

Elle écarquilla les yeux, et du diable si ses petits tétons roses ne se raidirent pas et si les aréoles (si c'est bien leur nom) ne se hérissèrent pas de chair de poule.

– En tenue de travail ? demanda Lamar.

Jamais il ne l'avouerait, mais il avait été quelque peu distrait par la vue de ces tétons quand elle l'attaqua avec sa spatule.

Ils la maîtrisèrent, mais non sans peine. Même menottée et allongée à plat ventre sur le canapé en soie rouge à motifs orientaux, elle ne cessait de donner des coups de pied et de hurler absurdement au viol.

L'intérieur de la maison donnait l'impression d'être le résultat d'une razzia dans un piège à touristes de Bangkok. Lamar trouva les vêtements de Greta dans la chambre de maître – un vaste espace recouvert d'un tapis de haute laine et écrasé par un énorme Bouddha en plâtre doré. Dans la commode, un tiroir était réservé aux bikinis, aux strings et aux petites culottes coquines. Une partie du grand placard était dévolue aux négligés, aux tenues légères, aux tee-shirts et contenait aussi trois jeans Diesel taille 4. La salle de bains débordait de produits de beauté. Elle y avait mis une pagaille complète, laissant des serviettes humides traîner sur le sol, à côté de pages froissées du *National Enquirer*.

C'était là qu'elle habitait une partie du temps – quand elle ne couchait pas avec un client ou ne braillait pas du karaoké.

Lamar sélectionna les vêtements les plus discrets qu'il put trouver – un tee-shirt jaune et des jeans – et les rapporta au séjour. Il aurait peut-être été plus intelligent de faire venir un officier de police femme, mais ils n'avaient aucune envie de poireauter pendant que cette fille nue lançait ses bordées d'injures et hurlait au viol.

Les inspecteurs réussirent à lui faire enfiler ses vêtements, mais ils étaient en nage à la fin.

Lamar se rendit alors compte qu'il n'avait pas pensé aux sous-vêtements. Elle devait s'en foutre.

Ils la firent asseoir et ils venaient à peine de lui apporter quelque chose à boire lorsqu'un gros type d'âge moyen, en uniforme de livreur de pizza Domino, fit son apparition. Sa tenue trop petite d'une taille, distendue par sa bedaine, donnait l'air d'un vrai crétin à ce personnage grisonnant affublé de lunettes à monture d'acier.

Ses mains tremblantes agrippaient un carton de pizza.
– Docteur McAfee ?
Les yeux du dentiste se remplirent d'une expression affolée, comme s'il envisageait de prendre la fuite.
– Mauvaise idée, lui dit Baker. Asseyez-vous plutôt ici.
Le policier prit le carton, l'inspecta et y trouva un paquet de préservatifs côtelés, de la crème fouettée en bombe et un chapelet de grosses perles en plastique d'allure sinistre.
– Parlez-moi de nourritures saines, dit Lamar.
Le dentiste s'agrippa la poitrine, constata que le geste était sans effet, exhiba un jeu de dents blanches parfaites et se tourna vers Greta.
– Je ne la connais pas, je viens à peine de faire sa connaissance, messieurs. Elle a insisté pour venir ici. Il s'agissait juste d'un petit jeu démodé dans l'intimité de mon domicile.
– Enculé ! hurla Greta. Tu as dit toi-même que j'étais la meilleure !
Une expression de pitié envahit le regard de McAfee et Greta Barline le foudroya du regard.
– Je vais te tuer, espèce de salopard ! Je vais te saigner comme j'ai saigné l'autre !
Le dentiste blêmit.
– Je crois que je devrais faire un peu plus attention quand je laisse une nana me draguer.
Baker et Lamar prirent chacun la fille par un bras et l'entraînèrent.
– Je peux me changer ? demanda un McAfee plus ridicule que jamais dans sa tenue quand les policiers furent à la porte.
– Vaudrait mieux, lui répondit Baker.

15

– Il le méritait.

Même salle d'interrogatoire, mêmes chaises, une autre gosse.

– Et il le méritait parce que… l'encouragea Lamar.
– Parce qu'il avait refusé.
– Refusé quoi ?
– De prendre ses responsabilités.
– Vis-à-vis de qui ?
– Tout ce sperme qu'il a balancé partout, comme de l'eau d'égout !

Les menottes ne retenaient plus les minces poignets de la jeune femme. Le lourd maquillage de théâtre dont elle s'était tartinée pour son jeu de rôle avec le dentiste prenait un éclat rose saumon dans la forte lumière de la pièce.

– Un homme fertile, dit Baker.

Les deux inspecteurs procédaient avec prudence. Greta Barline avait déclaré quelque chose qui pouvait passer pour un aveu spontané pendant sa tirade contre McAfee – à condition d'admettre que son *l'autre* était Jeffries. Mais comment savoir ce qu'un juge en penserait ? Ils n'avaient pas récité ses droits à la jeune femme de peur qu'elle ne réclame un avocat.

Et parce qu'ils n'avaient rien sur quoi s'appuyer, hormis la certitude qu'on ressent après avoir eu affaire pendant des années au gâchis que font les gens de la vie que Dieu leur a donnée.

Baker avait l'impression que la fille était plus ou moins psychopathe. Sans être pour autant dépourvu de sympathie pour elle. Tous les êtres humains, en fin de compte, sont des êtres fragiles.

– Tortue fertile[1], dit-elle en riant de sa plaisanterie.

Il y avait quelque chose de brûlant et d'un peu inquiétant dans ses yeux bruns, comme si la folie n'était pas loin.

Lorsqu'ils obtinrent son casier, ils découvrirent qu'elle avait vingt-huit ans et non les vingt ou vingt et un ans qu'ils avaient supposés. Elle approchait la trentaine, mais était aussi, sur un autre plan, beaucoup plus vieille.

Dix ans de chèques en bois, d'effractions, de racolage, de faux en écriture, de petits larcins. Elle avait fait en tout environ six mois de détention, toujours dans des prisons de comté. Il y avait du muscle dans ces bras lisses et minces. Et un papillon tatoué au-dessus de ses fesses. Lamar se souvint des efforts qu'ils avaient dû faire pour l'immobiliser et pourtant, quand on avait pris ses mensurations au moment de la boucler, la balance avait affiché quarante-sept kilos... tout habillée.

– Bon, c'est quoi, l'autre ? demanda-t-il.

– Pas *quoi*, tête de nœud, *qui* ! rétorqua-t-elle. Il aurait dû prendre ses responsabilités vis-à-vis de moi, sa chair et son sang.

---

1. *Tortue fertile* est le titre d'une revue américaine en ligne sur « les nouvelles et les opinions sur la liberté ».

– Vous avez des raisons de croire que vous êtes sa fille ?
– Ma mère me l'a dit, et elle ne ment jamais pour ce genre de choses.
– Quand vous l'a-t-elle dit ?
– Depuis toujours. Je n'ai jamais eu de papa à la maison, rien que des beaux-pères, des trous du cul qui allaient et venaient pour voir ma mère. (Nouveau rire.) Des tas de trouducs. Maman parlait toujours de lui, Jack ceci, Jack cela. (Sourire méchant.) Jack avait un joli petit équipement sur lui.
– Comment l'avait-elle rencontré ?
– Au cours d'un concert qu'il donnait à San Antonio avec Denny et Mark.

À l'entendre, on aurait pu croire que les deux autres membres du trio étaient ses tontons préférés.

– Et… ? dit Baker.
– Elle avait une copine qui travaillait au service d'ordre et qui lui a fait avoir un passe pour les coulisses. C'est là qu'elle les a rencontrés. Elle se les est faits tous les trois, mais elle était la préférée de Jack. Elle était sacrément sexy avant de prendre ses quarante kilos de lard.

Elle mima une bedaine en forme de melon d'eau et tira une langue dégoûtée.

– Donc Jack et votre mère ont commencé à sortir ensemble, dit Lamar.
– Vous voulez dire qu'ils ont passé la nuit à baiser, oui, dit Gret. Et le résultat, c'est *moi*[1], répliqua-t-elle en pointant l'index sur sa poitrine.

Le bout de ses seins se dessinait sous le tee-shirt. Bon sang, il aurait dû penser à lui faire mettre un soutien-gorge.

1. En français dans le texte.

— Vous l'avez su toute votre vie, autrement dit, constata Lamar.

— Je suivais sa carrière et quand je pouvais trouver un ordinateur, dans un café Internet, par exemple, j'appelais son site par Google. Il ne s'est pas passé grand-chose au cours des... des dix dernières années, mais je le faisais tout de même. Je me demandais si je devais essayer.

— Essayer quoi ?

— De le rencontrer. Peut-être que quand il me verrait, il... (Rire nerveux.) Je plais bien aux hommes.

— Je vois.

Elle battit des paupières et cambra les reins.

— Alors, vous avez finalement décidé de... reprit Lamar.

— Je suis venue m'installer à Nashville, il y a six mois. Pour ma carrière de chanteuse, vous comprenez ? Quand j'ai appris qu'il venait ici, j'y ai vu un signe du destin.

— Avez-vous toujours logé au Happy Night ?

— Non, dans deux autres endroits, avant. Le Happy Night était le plus classe.

— Et vous avez trouvé ce boulot au T House.

— Ouais.

— Comment ça s'est passé ?

Greta prit une gorgée de la bière qu'ils lui avaient apportée et fit la chronologie. Le dentiste en chaleur était un des clients venus au motel. Comme c'était le plus fortuné, elle lui avait mis le grappin dessus. Divorcé depuis longtemps et sans personne d'autre à la maison, McAfee avait décidé de déménager le décor à son domicile de Brentwood pour ses petites séances occasionnelles. Lorsque la famille de touristes s'était plainte, Greta avait conclu qu'il était temps de se délocaliser de manière permanente.

– Quand avez-vous appris qu'il possédait un club ?

– Peu après, répondit-elle. J'ai vu la facture pour l'appareil de karaoké et il m'a expliqué ce qu'il voulait faire. Je lui ai dit que c'était de la merde, du pipeau, son truc, qu'il devrait prendre un orchestre. Il a dit pas question, je perds assez d'argent comme ça.

– Et c'est là que vous avez commencé à travailler pour lui au T House.

– C'était la combine parfaite. J'avais une scène et lui m'avait. Chanter est un besoin pour moi.

– Pulsion créatrice, dit Lamar.

L'expression intrigua la jeune femme, qui sourit néanmoins et acquiesça.

– Quand vouliez-vous rencontrer M. Jeffries ?

– *Monsieur* Jeffries, répéta-t-elle en hochant la tête et prenant tout son temps pour faire gonfler sa crinière jaune. Il ne mérite pas qu'on lui donne ce titre. C'est un chien lubrique, exactement comme disait maman.

– Et pourquoi le disait-elle ?

– Il l'a laissée en cloque et n'a jamais répondu à ses lettres.

– Pourquoi ne lui a-t-elle pas intenté un procès en paternité ?

– Elle a essayé, mais elle est tombée sur un crétin d'avocat, à San Antonio. Il a écrit une lettre, et ils ont reçu un coup de téléphone d'un grand avocat de Beverly Hills qui leur a dit qu'elle avait le choix entre une somme d'argent tout de suite, à condition de la fermer pour toujours, ou d'aller devant les tribunaux et d'en sortir ruinée parce qu'ils avaient les moyens de faire traîner la procédure pendant des années. Elle a pris l'argent.

– Votre mère vous a raconté tout ça, dit Baker.

— Elle me l'a répété je ne sais combien de fois ! Des milliers de fois ! C'était comme l'histoire préférée d'un môme pour s'endormir.

— Quand vous étiez petite ?

— Et même après. Ce que je dis, c'est qu'elle la répétait tellement souvent que c'était elle qui s'endormait. (Elle rit.) Elle ronfle comme un sonneur.

— Et qu'a-t-elle fait de l'argent ? voulut savoir Lamar.

— Voyons ça, voyons ça… oh, oui, elle en a picolé la moitié. Le reste… attendez un peu. Oui, le reste, elle l'a fumé. J'imagine qu'il devait y en avoir plus, vu d'où ça venait. On me doit quelque chose, à moi.

— Comment avez-vous su où trouver Jack Jeffries ?

— Une semaine avant la date annoncée, j'ai appelé l'hôtel pour dire que je devais lui livrer des fleurs à son arrivée. Ils m'ont dit quand venir.

— Et comment saviez-vous dans quel hôtel il descendrait ?

— J'ai essayé le Loews Vanderbilt et l'Hermitage… il ne pouvait aller que là.

— Avez-vous essayé de le rencontrer ?

Elle sourit.

— Je n'ai pas fait qu'essayer. Je l'ai rencontré.

— Comment ?

— J'y suis allée. Je me suis habillée classe, bien mignonne, et j'ai attendu dans le hall. J'ai pris un thé glacé… dix billets de ma poche pour avoir le droit de m'asseoir là et de voir défiler les friqués. Finalement, il est arrivé. Puis il s'est souvenu de quelque chose et il est reparti vers les ascenseurs. Je suis montée avec lui. J'ai appuyé sur le même bouton que son étage, comme si j'y avais une chambre moi aussi. Nous avons eu une chouette conversation.

— À quel sujet ?

— J'ai commencé par la brosse à reluire... des trucs comme *Je vous ai tout de suite reconnu, vous êtes tout à fait comme sur les pochettes de vos CD*. Ce qui est du pipeau intégral... il a pris au moins quarante kilos et il est vieux. Mais ça lui plaisait d'entendre ces foutaises... tout le monde a son point faible. Je lui ai alors dit que je devais participer au concert du Songbird... comme choriste pour Johnny Blackthorn. Il a dit, non, sans blague, Johnny est un vieux pote à moi, et nous avons commencé à parler de musique. Je sais tout sur la musique. C'est ma vie.

— Et tout ça dans le couloir ?

— Devant sa porte. J'aurais certainement pu entrer, mais je n'en avais pas envie. Il aurait essayé de me baiser et ç'aurait été ignoble.

— Parce que c'est votre père.

— Bien sûr. Mais aussi, parce que lui était ignoble, répondit-elle en tirant la langue.

— Comment avez-vous réussi à le faire venir au T House ?

— Je lui ai dit que je devais y chanter et que j'aidais aussi à faire le service parce que le club appartenait à mon père. Qu'il devrait venir y faire un tour et écouter de la bonne musique s'il n'était pas trop fatigué. Après, je lui ai dit que je me demandais si je n'allais pas abandonner la musique parce que c'était un mode de vie trop dur. Que j'envisageais d'aller faire dentaire à Vanderbilt.

— Pourquoi une école dentaire ?

— Ça faisait plus classe. Jack s'est montré impressionné, il m'a dit que ça lui paraissait cool. Puis il a ajouté : Mais si vous aimez vraiment chanter, n'abandonnez pas votre rêve.

— Vous vouliez le mettre dans votre poche, hein ?

– Je voulais qu'il m'entende chanter parce que je crois que ma voix en vaut la peine, dit-elle. Mais je savais que je devais avoir l'air décontracté. C'est comme ça qu'il faut être avec eux.

– Avec eux ?

– Avec les hommes. Ils sont comme des poissons. On jette sa ligne, on fait bouger l'appât, tranquille, cool. Je me suis dit qu'il allait venir. Et il est venu.

– À quelle heure ?

– Vers la fin de mon dernier tour. À moins le quart.

– De minuit ?

– Ouais.

Elle leur avait parlé de onze heures et quart, onze heures et demie, la première fois. Elle mentait juste pour le plaisir.

– Et comment ça s'est passé ?

– Je l'ai salué comme un vieil ami que je n'aurais pas vu depuis longtemps et je l'ai fait asseoir au premier rang. Puis j'ai chanté. Un air de KT Oslin et un autre de Rosanne Cash. J'ai fini avec *Piece of my Heart*, dans le style Janis Joplin, pas comme ce qu'en a fait Faith Hill. Il a écouté. Ensuite… (son regard s'assombrit) il s'est juste levé et il est parti. Je n'avais pas fait payer le thé à ce salaud et il n'a même pas eu la politesse de me dire au revoir.

Comme il avait fait avec ta mère, songea Lamar.

– C'est alors que vous vous êtes avancée jusqu'à la porte et que vous avez vu…

– La salope friquée et sa Mercedes rouge. Ma voiture est rouge, elle aussi, c'est ma couleur préférée. Mais je n'ai jamais réussi à la faire briller comme ça, ajouta-t-elle en rejetant ses cheveux en arrière. Ils se sont parlé comme s'ils se connaissaient, mais la conversation n'avait pas l'air très amicale. Puis elle est partie en voiture et lui a continué à pied.

Elle prit sa tasse de café et en but une gorgée.

– Hum, c'est délicieux, bien crémeux ! Merci, messieurs !

– Et quoi, ensuite ? demanda Baker.

– Pardon ?

– Qu'est-ce qui s'est passé ?

– Rien.

– Gret, dit Lamar, nous avons retrouvé le couteau dans votre sac. Il correspond parfaitement à la blessure au cou de Jack. On a aussi trouvé vos empreintes sur ses vêtements et son cou.

Purs mensonges : il leur faudrait des jours pour examiner toutes les preuves matérielles.

Silence.

– Je suppose que vous aviez ce couteau parce que certains clients peuvent se montrer violents, n'est-ce pas ? reprit Baker.

– Exact.

– Alors pourquoi ne pas nous dire ce qui s'est passé exactement entre vous et Jack Jeffries ?

– Hmmm, dit-elle en vidant la tasse. Je pourrais avoir un autre café au lait ? Ils sont tellement chers. Je ne peux pas m'en offrir un plus d'une fois par semaine.

Ils lui trouvèrent un café au lait et un croissant. Quand elle les eut terminés, elle demanda à aller aux toilettes.

– Bien sûr, dit Lamar. Mais avant, je vais faire venir un technicien du labo pour récupérer ce qu'il y a sous vos ongles.

– Pourquoi ? demanda-t-elle.

– Pour comparer avec la peau de Jack.

– Je me suis lavé les mains, lui objecta-t-elle.
– Quand ça ?
– Tout de suite après que j'ai... commença-t-elle, les yeux tournés vers le plafond.

Elle jouait avec une mèche de cheveux d'une main tout en portant l'autre à sa poitrine.

Lamar intervint de nouveau.
– Vous devez finir votre histoire, Gret. Il faut que nous l'entendions du début à la fin.
– Et moi, il faut que j'aille aux toilettes.

C'est Fondebernardi qui s'y colla, jouant le rôle d'un technicien de scène du crime, et qui récupéra les échantillons. Une policière accompagna Greta Barline aux toilettes. Elle en revint l'air rafraîchi.

– Ah, ça fait du bien, lança-t-elle en s'adressant à Lamar.
– Finissez votre histoire, je vous prie, dit Baker.
– Il n'y a pas grand-chose à raconter.
– Faites-nous plaisir, racontez-le tout de même.

Elle haussa les épaules.

– Je l'ai vu qui s'éloignait à pied et je lui ai couru après... pour lui demander pourquoi il était parti sans même me dire au revoir. Ce trouduc m'a regardée bizarrement et a continué de marcher... à m'ignorer. Il était en pétard... sans doute à cause de cette femme. Je n'y étais pour rien, mais c'est sur moi qu'il s'est vengé, vous comprenez ? C'était un Jack qui n'avait rien à voir avec le Jack dans l'ascenseur. J'ai continué à marcher avec lui. Il faisait très sombre, mais je sentais tout de même très bien l'hostilité de... de ses manières. La manière dont il se tenait les bras croisés en regardant droit devant lui. Comme si je n'existais pas. Et ça m'a mise hors de moi.

– Parce qu'il ne voulait pas parler.

– Parce qu'il était grossier. C'est pas parce qu'on est riche qu'on peut se permettre d'être grossier. Oh non, môsieur, oh non, môsieur. Ça ne marche pas comme ça.

Sa deuxième illusion, la première étant de croire qu'elle pouvait chanter.

– J'admets que ce n'était pas juste, dit Baker.

Elle se tourna vers Lamar.

– Vraiment grossier, ajouta celui-ci.

– Parce qu'enfin... pour qui il se prenait ? Un gros moche dégueulasse qui avait été célèbre un temps et dont tout le monde se foutait aujourd'hui ! Pour qui il se prenait pour ne pas répondre et partir sans même dire au revoir ? Moi, je faisais encore attention, je me montrais correcte. Je lui ai demandé ce qui n'allait pas, si c'était le thé qui n'était pas bon.

– Lui se montrait grossier, mais vous vouliez garder votre dignité, dit Lamar.

– Exactement ! C'est une question de dignité ! Tout le monde a droit à ce qu'on respecte sa dignité, non ?

– Tout à fait, dit Baker. Qu'est-ce qui est arrivé, alors ?

– Il a juste continué à m'ignorer et j'ai juste continué à marcher à côté de lui. On a marché, marché comme ça un bon moment, puis tout d'un coup il s'est arrêté et s'est tourné brusquement vers moi... comme s'il voulait m'impressionner. (Elle laissa échapper un rire.) Sauf qu'il n'avait aucune idée de là où il allait et qu'il s'est retrouvé dans le terrain vague. Je continue à le coller. Il se tourne sans même regarder où il va et son pied se cogne à un mur. Il commence à jurer et alors... et alors, il s'est mis à crier contre moi. Je devais arrêter de le harceler, non mais vous imaginez ?

Les deux inspecteurs firent non de la tête.

Elle se toucha les cheveux, se lécha un doigt et le fit passer sur ses paupières.

– Il avait l'air d'un fou, j'avais peur. Je vais vous dire, inspecteurs, ce vieux type était shooté à quelque chose.

– Vous n'avez pas essayé de vous éloigner ?

– J'avais trop la frousse, répondit-elle en ouvrant grand les yeux. Il faisait nuit noire et il avait l'air fou furieux contre moi. Il s'est mis à me dire des choses horribles, que j'étais une petite garce sans le moindre talent, une menteuse, si vous voulez savoir.

Elle renifla, grimaça et se frotta les yeux en essayant d'en tirer quelques larmes. Le plancher avait séché depuis la séance de pleurs de Tristan Poulson. Il resta sec.

– C'était horrible, reprit-elle. Jamais personne ne m'avait parlé de cette façon, jamais. C'est ce que je lui ai dit pour qu'il arrête d'être aussi grossier avec moi. Puis je l'ai regardé droit dans les yeux et je lui ai demandé de la fermer une minute et d'écouter la vérité. *Je suis votre fille,* lui ai-je dit, *et vous le savez, mais je m'en fiche complètement, ça ne signifie rien pour moi ! Et vous savez quoi encore ? J'ai eu de la chance de ne pas vous avoir dans ma vie, vous ne méritez pas d'entrer un instant dans ma vie, espèce de sale con, de has-been à la noix !*

Le silence se fit dans la pièce.

– Vous lui avez dit ses quatre vérités, commenta Lamar au bout d'un instant.

– Attendez, attendez, y a mieux. Il a eu l'air dément, l'œil fou, et m'a dit que je mentais, que ce n'était qu'un mensonge de plus, qu'il avait tout de suite vu, dès qu'il avait posé les yeux sur moi, que je n'étais qu'une petite garce de menteuse. Et je lui ai répondu que j'étais la fille d'Ernestine Barline. Qu'il l'avait connue sous le nom de Kiki. Qu'il devait se rappeler la nuit qu'ils avaient passée à baiser et que le résultat, c'était moi.

Elle se tut, haletante, cherchant sa respiration. Et finalement les larmes vinrent... un maigre filet qui se tarit sur un hoquet.

– Et qu'est-ce qu'il vous a répondu ? demanda Lamar.

– Sa voix est redevenue calme et il a eu un regard... pas l'œil fou, un regard différent. Froid, glacial, même. Comme si je n'étais rien que... de la merde. Il a souri, mais ce n'était pas un beau sourire, c'était... affreux. Et il a dit : *Je me souviens pas d'elle et je n'ai rien à foutre de toi. Et même si je l'ai baisée, t'es sûrement pas le résultat. Tu sais comment je le sais ?*

Elle haleta et se cacha les yeux. Lamar hésita à la tapoter sur l'épaule. Le temps qu'il se décide, Baker l'avait fait pour tous les deux.

– Je ne lui ai pas répondu, dit-elle. Mais il me l'a tout de même dit.

Elle eut un frisson. Les deux policiers gardèrent le silence. Greta laissa retomber sa main. Un instant, elle eut l'air très jeune, immaculée, vulnérable. Puis ses yeux bruns se remirent à brûler de rage.

– Ce salopard m'a touchée là, reprit-elle en posant un index sur son menton. Comme si j'étais un bébé, un crétin de petit bébé.

Nouveau frisson. Si elle simulait, la prestation était digne d'un Oscar.

– Puis il a dit : *Je sais que tu n'es pas de moi parce que tu n'as aucun talent. Tu chantes comme une casserole et je préférerais entendre des ongles gratter un tableau noir que les grincements de ta voix de corbeau. J'ai connu Janis et elle a de la chance d'être morte... comme ça elle n'aura jamais à supporter le lamentable sous-produit de fausse couche que tu as fait de son grand classique. Tu ne devrais te servir de ta voix que pour parler, ma fille, et encore, pas trop.*

Il lui fallut un moment pour reprendre son souffle. Elle regardait les deux inspecteurs comme si elle revenait d'entre les morts et que le spectacle lui avait fortement déplu.

– Oh, bon sang, c'était dur, dit Lamar.

– Bon Dieu, quel salaud ! ajouta Baker, l'air sincère.

– Il me disait des choses... des choses affreuses... c'était comme des coups de poignard... dans mon chant... dans moi... dans ma vie... je n'arrive même plus à parler, c'est comme si je saignais en dedans.

Elle grinça des dents et serra les poings.

– Ensuite, il a commencé à me repousser, à me repousser, comme pour s'en aller. Honnêtement, je ne sais pas ce qui est arrivé. Il était si grand, je suis si petite et il me poussait, me poussait... j'avais peur. Je ne sais pas comment le couteau s'est retrouvé dans ma main, je vous jure. Je me rappelle seulement de lui se tenant la gorge, me regardant et émettant un gargouillis... Puis il est tombé avec un bruit sourd. Et il a continué à gargouiller. (Un sourire étrange et fugace vint effleurer ses lèvres.) Et moi, je me tiens là, comme fascinée par ce gargouillis et je lui dis : *Ta voix non plus n'est pas si terrible, Jack Jeffries.* Après ça, il n'y a plus eu de bruit.

La pièce donnait l'impression que tout l'air venait d'en être aspiré.

Lamar attendit que Baker parle, mais El Baco avait un air étrange, le regard plus ou moins vitreux.

– Merci de nous avoir tout raconté, Greta, dit Lamar. Il faut maintenant que je te dise tes droits.
– Comme à la télé, hein ? dit-elle en reprenant soudain vie. Alors qu'est-ce que vous en pensez ? C'est de la légitime défense, non ?

16

Il était quatre heures et demie du matin lorsque Lamar rentra chez lui. Sue dormait, mais elle se réveilla et lui prépara un décaféiné pendant qu'il mangeait des pâtes froides et des saucisses grillées à la hâte, le tout accompagné de cinq toasts.

Le grignotage habituel de fin d'enquête.

– Encore une autre qui a mordu la poussière, dit Sue. Félicitations, mon chéri.

Lorsqu'il lui eut raconté l'affaire dans le détail, elle fit remarquer :

– Cette fille est de toute évidence dérangée, mais on peut comprendre son point de vue.

– Son point de vue ? Mais elle a ouvert la gorge de ce pauvre vieux parce qu'il n'aimait pas sa voix !

– Si ce qu'elle vous a raconté est vrai, il s'est montré brutal, mon chou, il a piétiné ses rêves. Ça ne justifie évidemment pas ce qu'elle a fait. N'empêche, être rejetée de cette façon… (Elle le toucha au visage.) Je suis peut-être un peu trop sentimentale, mais je crois que je la comprends un peu.

– À condition que sa version des faits soit vraie, fit observer Lamar. Elle passe son temps à mentir.

Mais il savait qu'il niait l'évidence. En dépit des mensonges que Greta Barline avait accumulés, le policier était certain qu'elle avait dit la vérité sur cette dernière rencontre.

Jack Jeffries avait payé pour l'avoir insultée. Et maintenant, Greta Barline allait payer à son tour.

Ils avaient bouclé leur enquête : victime célèbre, coupable photogénique, on allait parler d'eux dans les journaux. Peut-être même à la conférence de presse.

Il aurait dû éprouver plus de satisfaction.

– Et comment Baker a-t-il réagi ? demanda Sue.
– À quoi ?
À la manière dont ça s'est terminé.
– Il paraissait aller très bien, dit Lamar en regrettant aussitôt son mensonge. (Il se montrait toujours honnête avec Sue, aucune raison de changer d'attitude.) En réalité, il n'a pas réagi du tout, ma chérie. Une fois la déposition signée et la qualité de l'enregistrement vérifiée, il est parti. Fondi a appelé Jones et Jones a rappelé pour nous féliciter, mais Baker n'était plus là.

– Il a peut-être ses raisons.
– Ses raisons ?
– Le monde de la musique, tous ces rêves... sur mille qui débarquent dans cette ville, neuf cent quatre-vingt-dix-neuf se font marcher sur la tête, se font démolir... et celui qui s'en sort ne dure pas tellement plus longtemps.

Lamar ne répondit pas. Il repensait à sa propre arrivée à Nashville quinze ans auparavant. Il débarquait de New Haven. Bon et solide bassiste, il avait la technique et des doigts ultralongs qui lui permettaient de couvrir jusqu'à huit, neuf cases. Et une sacrée bonne oreille, en plus. Il lui suffisait d'entendre un morceau deux fois pour être capable de le rejouer à la note près.

Il ne pouvait inventer d'air, mais une telle oreille ne comptait pas pour rien. Tout le monde à la maison lui disait qu'il était génial.

À Nashville, il était bon. Peut-être même très bon.

Autrement dit, encore loin de l'être assez.

Deux mains fraîches se posèrent sur sa nuque. Sue s'était levée et le massait. Elle portait un vieux tee-shirt commémoratif et rien d'autre. Son odeur... le mélange de fermeté et de douceur de ses mains qui pesaient sur lui...

– Allons dans les toiles et merci pour le casse-graine, infirmière Van Gundy.

– Tout ce que vous voudrez, mon patient préféré.

– Suivons les conseils de Marvin Gaye.

Elle rit, pour la millième fois, à cette plaisanterie privée. L'heure de la thérapie sexuelle. Lamar se demanda s'il ne devrait pas trouver une autre formule, sans rapport avec la musique.

Sue ne paraissait pas s'en formaliser. Elle le prit par la main et rit de nouveau.

Le temps d'atteindre la chambre, ils s'embrassaient à bouche-que-veux-tu.

17

Dans le silence de sa maison, Baker décapsula une bière et s'assit dans la cuisine, les pieds sur la petite table en Formica.

Elle avait cinquante ans, cette table. Tout, dans cette maison, était plus vieux que lui. Depuis qu'il en avait hérité, il n'avait pratiquement rien acheté.

Danny et Dixie.

Quand il pensait à eux de cette façon, il voyait des étrangers.

Quand il évoquait leurs vrais noms, c'était différent.

Danville Southerby et Dorothea Baker avaient le premier seize et la seconde quatorze ans quand ils s'étaient rencontrés, dans le chœur de la First Baptist Church de Newport, Tennessee, où ils chantaient tous les deux.

Nichée aux limites des Great Smoky Mountains, la petite ville était riche de musique, d'art traditionnel et de folklore, mais pauvre pour tout le reste. Le père de Danny s'en sortait à peine avec sa plantation de tabac et celui de Dixie guère mieux avec son maïs.

Chanter des hymnes ensemble avait rapproché les adolescents. Ce fut bientôt l'amour fou et deux mois après Dixie était enceinte. L'enfant, un minuscule garçon braillard au visage rose qu'ils appelèrent Baker, naquit avec trois semaines d'avance, six mois après un mariage à l'église arrangé à la hâte. Dixie avait beaucoup saigné et le médecin avait déclaré qu'elle ne pourrait plus avoir d'enfants. Elle avait pleuré, autant de soulagement que de chagrin.

Comme beaucoup de ceux qui fréquentaient l'église, les deux ados étaient fous de musique. Danny avait une voix claire de ténor et appris à jouer de l'orgue, du piano et de la guitare sans jamais prendre une seule leçon. Dixie était d'un tout autre niveau : prodige de la mandoline, elle avait un vibrato stupéfiant et, d'après certains, sa technique était supérieure à celle de Bill Monroe. Et pour couronner le tout, sa voix de soprano, déjà remarquable, avait augmenté de tessiture et s'était arrondie après la naissance du bébé. Chanter pour le poupon capricieux au visage rougeaud y avait peut-être contribué, à moins que ce n'ait été quelque tour bizarre de ses hormones. L'écouter, de toute façon, était un bonheur rare.

Le jeune couple habitait la ferme des parents de Dixie, où ils étaient abonnés aux corvées et en proie à une dépression grandissante. Dès qu'ils avaient un moment – et si quelqu'un voulait bien s'occuper du bébé –, ils s'installaient pour jouer et chanter, mais à voix retenue, comme s'ils se refusaient à partager ce qu'ils avaient de plus précieux avec quiconque. C'étaient leurs seuls moments d'intimité. Et, chaque fois, ils se demandaient s'ils ne passaient pas à côté de la vie, sans jamais se l'avouer l'un à l'autre.

Un jour, alors que le père de Dixie avait reproché son indolence à Danny, celui-ci s'était levé en pleine nuit, avait réveillé Dixie et lui avait dit de s'habiller. Elle l'avait vu préparer un sac, le porter hors de la maison, puis revenir chercher leurs instruments : sa guitare et la mandoline de Dixie.

– Qu'est-ce que… ?

Il l'avait fait taire d'un geste. Elle s'était habillée et l'avait suivi. Ils avaient pris la vieille Dodge que leur avait offerte le père de Danny l'année précédente ; sauf qu'il n'avait jamais l'occasion de la conduire, à travailler comme une brute à la ferme.

Ils avaient poussé la voiture sur quelques centaines de mètres pour ne réveiller personne. Et quand ils avaient estimé être assez loin, ils avaient démarré et s'étaient engagés sur la route.

– Et le bébé ? avait demandé Dixie.

– Tout le monde l'aime, avait répondu Danny. Mieux que nous, peut-être.

Pendant les deux années qui suivirent, leurs familles avaient dû se contenter de cartes postales. Des cartes souvenirs aux couleurs criardes de coins touristiques du Sud – des endroits que Dixie et Danny n'avaient en fait jamais vus parce que, au lieu d'aller visiter les sites, ils jouaient tous les soirs dans un endroit différent et roulaient le jour. Leur musique était le nouveau truc à la mode, le rockabilly, mais ils chantaient aussi des standards et du gospel quand le public y était ouvert, c'est-à-dire presque jamais.

Ils ne gagnaient pas grand-chose, mais c'était plus que ce que leur payait le père de Dixie pour s'éreinter dans les champs de maïs, c'est-à-dire rien – ils devaient s'estimer heureux d'être logés et nourris. Et non seulement ils faisaient ce qu'ils aimaient et étaient payés pour le faire, mais ils rencontraient des tas de gens, toutes sortes de gens, et vivaient de multiples expériences qui leur ouvraient l'esprit, chose qui ne leur serait sûrement pas arrivée à Newport.

Pour Noël, ils achetaient des jouets et les envoyaient à Baker, accompagnés de quelques mots tendres de Dixie. Le bébé devint un bambin silencieux et déterminé qu'on ne faisait pas facilement renoncer à ce qu'il était en train de faire, quoi que ce fût.

Il avait trois ans quand ses parents débarquèrent à la ferme, habillés très chic, dans un van Ford vieux de cinq ans plein d'instruments, de musique et de vêtements de scène. Papa et maman ne parlaient que de leur rencontre avec Carl Perkins et Ralph Stanley et d'autres célébrités de *notre monde*. Ils parlaient aussi des chanteurs de couleur et de leur *rythm and blues* – en général on était en sécurité dans leurs clubs et ça valait la peine de les écouter.

Le père de Dixie faisait la gueule. Sans cesser d'avaler sa soupe, il avait dit :

– Je veux bien oublier que vous avez fichu le camp comme des voleurs en laissant votre problème derrière vous (il parlait du petit garçon assis juste à côté de lui et comme si l'enfant ne comprenait pas). Pour votre peine, vous vous lèverez à cinq heures, demain matin. Il y a tout le côté du champ nord à faire à la main.

Danny tripotait sa cravate ficelle en cuir et l'éclat de quartz qui lui servait de fermoir. Il avait souri, s'était levé et avait déposé un gros paquet de billets sur la table.

– Qu'est-ce que c'est ? avait demandé son beau-père.

– Le paiement.

– De quoi ?

– Les frais pour le petit, le loyer en retard, ce que vous voulez, avait-il répondu en adressant un clin d'œil à sa femme.

Dixie avait hésité, évitant le regard de ses parents. Puis, en tremblant tellement fort qu'elle s'était sentie au bord de s'effondrer, elle s'était emparée de Baker et avait suivi son mari jusqu'au van.

Pendant que la Ford s'éloignait, la mère de Dixie avait enfin ouvert la bouche.

– Je me disais aussi. Ils n'avaient même pas sorti leurs affaires.

Baker Southerby avait grandi sur le circuit des boîtes de bord de route. Sa mère lui avait appris à lire et à compter. Il pigeait vite, rendant ces leçons faciles. Elle le prenait dans ses bras et l'embrassait beaucoup et il paraissait aimer ça. Personne ne parlait jamais de la période pendant laquelle elle et Danny l'avaient abandonné.

Elle lui avait dit de l'appeler Dixie parce que tout le monde le faisait et que *mon chéri, toi et moi nous savons très bien que je suis ta maman.*

Des années plus tard, Baker avait compris. Elle n'avait que dix-sept ans et voulait donner d'elle l'image d'une jolie fille aux doigts magiques sur la scène, pas d'une mère de famille.

À cinq ans, Baker lui avait demandé d'apprendre à jouer de sa mandoline Gibson F-5.

– C'est un instrument précieux, mon chéri.

– Je ferai attention.

Dixie hésitait. Baker la regarda, l'air sérieux.

Elle avait passé une main dans ses cheveux blonds coupés en brosse. Il continuait de la fixer.

– Très bien, mais je vais rester à côté de toi. Tu veux que je te montre quelques accords ?

Il avait hoché la tête gravement.

Une heure après, il connaissait déjà trois accords. À la fin de la journée, il arrivait à donner une version acceptable de *Blackberry Blossom*. Pas à son vrai tempo, mais il avait un son clair et une main droite élégante et souple.

– Dan, viens écouter ça.

À voir à quel point il faisait attention, Dixie n'avait pas hésité à laisser la mandoline entre les mains de son fils et à s'éloigner.

Danny avait quitté la véranda du motel, où il fumait en jouant et composant des chansons.

– Quoi ?

– Écoute, tu vas voir. Vas-y, mon petit homme chéri.

Baker avait joué.

– Heu… avait dit Danny.

Puis :

– Ça me donne une idée, avait-il ajouté au bout d'un moment.

Ils lui avaient acheté sa propre mandoline. Pas un instrument de prix, rien qu'une A-50 dégottée dans une boutique de prêteur sur gages de Savannah, mais elle avait un son correct. À six ans, Baker avait une cantine pleine d'accessoires de scène et une F-4 des années trente presque aussi brillante que la F-5 de Dixie. Et il était membre à part entière du groupe, devenu officiellement le *Southerby Family Band* : Danny, Dixie et le petit Baker, l'enfant prodige des Smoky Mountains.

En général, il n'y avait pas la place pour tout ça sur les façades de clubs, alors on écrivait juste *The Southerbys*.

Le répertoire d'accords de Baker comprenait maintenant tout l'éventail des cases, majeures, mineures, augmentées, diminuées, sans compter d'innombrables variantes qu'on aurait pu appeler du jazz, même si ce qui s'en rapprochait le plus était quelques chansons texanes swingantes qui se terminaient immanquablement dans le style *bluegrass*.

Le temps d'atteindre ses neuf ans, il jouait plus proprement et plus vite que sa mère et, au crédit de celle-ci, il faut dire qu'elle n'en ressentait que de la fierté.

L'enseignement maison – même si la chose n'existait pas encore officiellement – avait continué et Baker s'était même trouvé en avance d'un an sur son groupe d'âge. Du moins à en croire le test d'intelligence que Dixie avait découpé dans la revue *Parents* pour le lui faire passer.

Baker avait grandi en se nourrissant de hamburgers, de fumée de tabac et d'applaudissements. Rien ne semblait pouvoir altérer son attitude flegmatique. Alors qu'il avait douze ans, un beau parleur qui les avait entendus jouer dans un bastringue de la périphérie de Natchez avait proposé à Danny un contrat d'enregistrement en disant qu'il allait faire d'eux la nouvelle Carter Family.

Ils s'étaient rendus au studio, y avaient enregistré cinq vieux classiques et n'avaient plus jamais entendu parler du type ; ils avaient essayé deux ou trois fois de le rappeler, avaient renoncé et repris les tournées.

À douze ans, Baker annonça qu'il voulait aller dans une vraie école.

– Juste comme ça ? Tu veux tout laisser tomber ? s'était étonné son père.

Baker avait gardé le silence.

– J'aimerais que tu t'exprimes un peu plus, fiston. C'est un peu dur de deviner ce qui te passe par la tête.

– Je viens de te le dire.

– Tout laisser tomber.

Silence.

– C'est ce qu'il veut, avait fait remarquer Dixie, et ce n'est peut-être pas une mauvaise idée.

Danny l'avait regardée.

– Ouais, je sentais que ça venait.

– Quoi donc ?

– La démangeaison de poser les valises.

– On aurait pu le faire depuis des années, lui avait renvoyé Dixie. J'attendais.

– Quoi donc ?

– Quelque chose, avait-elle répondu en haussant les épaules.

Ils s'installèrent à Nashville, parce que c'était dans le Tennessee et, en théorie, pas très compliqué pour aller rendre visite à leurs familles respectives. La vraie raison était : Music City.

Danny était encore un homme jeune, même s'il avait parfois l'impression d'avoir vécu trois vies. Son miroir lui disait qu'il avait l'air en forme et ses cordes vocales étaient bonnes ; des types beaucoup moins doués que lui s'en sortaient très bien, alors pourquoi ne pas tenter sa chance ?

Avec les économies qu'ils avaient faites au cours de leurs années itinérantes, ils avaient acheté une petite maison en bois à The Nations. Quartier blanc sympa, population qui travaillait dur. Dixie voulait s'installer ? Très bien. Il allait écumer Sixteenth Street.

Baker était entré dans un établissement secondaire et avait fait la connaissance de gosses de son âge. Il restait toujours aussi tranquille, ce qui ne l'empêchait pas de se faire quelques amis ; et en dehors des maths où il avait eu besoin de cours de rattrapage, il n'avait pas de difficultés en classe.

Dixie restait à la maison et jouait de la mandoline et chantait *juste pour le plaisir, Baker, c'est la musique dans ce qu'elle a de plus pur, pas vrai ?*

Elle demandait parfois à Baker de jouer avec elle. La plupart du temps, il acceptait.

Danny n'était presque jamais là, consacrant tout son temps à tenter d'amorcer une carrière à Music Row. Il avait décroché quelques dates comme seconde guitare au Ryman, en remplacement des titulaires malades, quelques soirées dans des clubs, avait payé de sa poche des enregistrements de maquettes qui n'avaient débouché sur rien.

À court d'argent, il avait fini par prendre la direction musicale d'un chœur à l'église baptiste.

Un jour, au bout d'un an et demi, il annonça, au cours du repas du soir, qu'il était temps de reprendre la route.

– Sans moi, dit Baker.

– Je n'ai pas dit toi, lui fit remarquer Danny en regardant sa femme.

Elle fit la grimace.

– J'ai pris du poids, plus rien ne me va.

– C'est pour ça que Dieu a inventé les couturières, répliqua son mari. Ou fais-le toi-même, tu savais coudre, autrefois.

– Je sais encore, dit-elle sur la défensive.

– Eh bien voilà. On part lundi prochain.

On était jeudi.

– Pour où ? demanda Dixie.

– Atlanta. On doit faire la première partie des Culpeppers dans un nouveau club *bluegrass*. Rien de spécial, tout ce qu'ils veulent c'est la MVM.

Jargon familial pour la *Même Vieille Merde*. Autrement dit les standards – Danny, qui se considérait comme un type moderne, en était venu à les mépriser.

– Juste comme ça, dit-elle, tu as tout prévu.

– Comme toujours, non ? Tu devrais peut-être changer quelques-unes des cordes de ton biniou. Je t'ai entendue, hier. La *sol* et la *do* sont mortes.
– Et Baker ?
– Il est assez grand pour se débrouiller tout seul, n'est-ce pas, fiston ?
– Il n'a même pas quatorze ans.
– Quel âge avais-tu quand tu l'as eu ?
Ils parlaient de lui comme s'il n'était pas là.
Baker s'était essuyé la bouche, avait porté son assiette jusqu'à l'évier et commencé à la laver.
– Alors ? demanda Danny.
Dixie soupira.
– Je vais essayer de les recoudre moi-même.

À partir de ce jour, ils avaient été rarement à la maison. Un mois sur la route, une semaine ou dix jours chez eux – Dixie chouchoutant Baker avec une évidente culpabilité et Danny assis dans son coin, fumant et écrivant des chansons que personne n'entendrait jamais.

L'été des quinze ans de Baker, son père lui annonça qu'il l'envoyait six semaines dans un camp d'été consacré aux lectures bibliques, du côté de Memphis.

– Il est temps que tu cultives un peu ta foi et ta spiritualité, fiston.

Par une étonnante coïncidence, Danny et Dixie avaient décroché un contrat de six semaines qui tombait exactement au même moment. À bord d'un bateau de croisière qui partait de Biloxi.

– Ce sera dur de te téléphoner de là, dit Dixie. Mais au moins comme ça on sait que tu seras en sécurité.

Au début de la dernière semaine au camp, Baker mangea quelque chose qui lui déclencha un violent dérangement intestinal. Trois jours plus tard, le microbe était vaincu, mais il avait perdu près de trois kilos et était sans force. Le médecin du camp avait dû partir avant la fin du séjour pour une urgence familiale et le révérend Hartshorne, le directeur, ne voulait pas risquer un procès ; l'été précédent, la famille aisée d'une adolescente lui en avait intenté un parce qu'une infection de la vessie s'était transformée en septicémie. Heureusement, la gamine s'en était sortie – c'était probablement sa faute, elle avait la réputation de traîner avec les garçons, mais allez raconter ça à des avocats du beau monde…

Hartshorne était allé voir Baker et l'avait tiré de sa couchette.

– Appelle tes parents, fiston, qu'ils viennent te reprendre. Et prépare tes affaires.

– Peux pas, répondit un Baker apathique et affaibli. Ils sont sur un bateau, impossible de les contacter par téléphone.

– Quand devaient-ils venir te chercher ?

– Je vais prendre le bus.

– Jusqu'à Nashville ?

– Ça ira.

Seigneur, ces familles modernes, avait songé le révérend.

– Comprends-tu, Baker, je ne peux pas te garder dans cet état. Tu as la clef de ta maison ?

– Bien sûr.

– Ça ne me gêne pas d'aller jusqu'à Nashville. Je vais te ramener.

Et c'est ainsi qu'ils partirent à quinze heures dans la Cadillac Deville du révérend. Ils firent un seul arrêt, pour déjeuner, et arrivèrent à Nashville à vingt et une heures quinze.

Pas de lumières dans la petite maison.

– Tu vas pouvoir te débrouiller tout seul ?

Il tardait à Baker d'être loin des discours bibliques de Hartshorne et des effluves que l'homme dégageait : bubble-gum, odeurs corporelles et, par quelque bizarrerie, céréales Wheatena.

– Bien sûr.

– Bon, d'accord. Que le Seigneur soit avec toi, fiston.

– Oui, monsieur.

Baker avait pris son sac de marin et son sac de couchage à l'arrière de la voiture et sorti la clef de sa poche. La Cadillac était repartie avant qu'il arrive à la porte.

Il entra dans la maison vide.

Et entendit un bruit.

Non, pas vide. Un cambrioleur ?

Posant ses affaires sur le sol, il entra dans la cuisine sur la pointe des pieds et passa dans la lingerie, au fond de la maison. C'était là que Danny cachait son pistolet.

Un vieux colt, son *protecteur pour la route*, comme l'appelait Danny, même s'il ne l'avait utilisé qu'une fois, pour menacer des types du genre Ku Klux Klan qui traînaient près de son motel, à Pulaski, et qui avaient fait des remarques sur le fait qu'ils étaient allés dans *une boîte à nègres*.

Exhiber le revolver suffisait à disperser ces imbéciles.

Ce souvenir en tête – et à l'idée du pouvoir que détenaient ces huit cents grammes d'acier –, Baker avait pris l'arme et s'était avancé vers la source du bruit.

Il venait de la chambre de ses parents. Une sorte d'agitation semblait régner derrière la porte fermée.

Non, pas complètement fermée ; le battant était entrouvert de deux ou trois centimètres.

Baker l'avait poussé du doigt, le dégageant sur cinq ou six centimètres de plus, et braqué le pistolet dans l'ouverture.

Lumière tamisée rose. En provenance de la lampe de chevet sur la table de nuit de sa mère. On avait recouvert l'abat-jour d'un tissu soyeux.

Sa mère était sur le lit, nue, à califourchon sur son père.

Non, pas sur son père : son père était assis un peu plus loin sur une chaise, avec lui aussi une femme, blonde et maigre, à cheval sur lui.

L'homme sous sa mère avait des jambes plus fortes que celles de son père. Et plus velues.

Deux couples qui haletaient, se soulevaient, s'agitaient.

Son bras armé s'était pétrifié.

Il avait dû faire un effort pour le baisser.

Il avait reculé.

Était allé reprendre son sac marin, avait laissé le sac de couchage et quitté la maison. Puis il avait gagné l'arrêt de bus le plus proche, s'était rendu dans le centre et avait pris une chambre dans un motel de Fourth Street.

Et avait trouvé le centre de recrutement de la marine, le lendemain matin, menti sur son âge et s'était engagé. Deux jours plus tard, il était dans un autocar, en route pour le Camp Lejeune, en Caroline du Nord.

Ce n'est qu'une semaine plus tard qu'une Dixie Southerby paniquée avait fini par le localiser.

L'armée avait dit à Baker de revenir dans deux ans et l'avait renvoyé chez lui.

– Pourquoi as-tu fait ça ? lui avait demandé sa mère.

– Je me sens nerveux. Je ne pourrais pas aller dans une école militaire ?

– Tu ne veux plus vivre à la maison ?

– Je suis assez grand pour partir.

– C'est une décision sensée, avait dit Danny. De toute façon, il est temps pour ta mère et moi de reprendre la route.

Les académies militaires se révélèrent trop onéreuses, mais la Fall River Bible Study School and Seminary d'Arlington n'était pas très exigeante en matière de droits d'inscription pour les *étudiants ayant des penchants pour la spiritualité*.

Baker s'installa, fit la connaissance de gens bien et se laissa même aller à penser qu'il pourrait se sentir un jour à l'aise quelque part. Au bout d'un mois, Mme Calloway, la conseillère pédagogique en chef, le fit venir dans son bureau. Elle avait les larmes aux yeux.

Elle le serra dans ses bras quand il entra. Inhabituel de la part de Mme Calloway. Les contacts physiques étaient très réduits à Fall River, un point c'est tout.

– Oh, mon pauvre garçon, pauvre agneau…

– Quoi ? dit Baker.

Il lui fallut un bon moment pour s'expliquer et, quand elle eut fini, elle parut apeurée comme si elle allait être punie pour l'avoir fait.

Le van avait été victime d'une collision frontale avec un chauffard ivre, sur la I-Forty.

Danny et Dixie revenaient à Nashville après une soirée à Columbia. Inauguration d'établissement – un concessionnaire auto –, salaire de deux cents dollars : pas trop mal, quand on n'était qu'à une heure de voiture.

Après toutes ces années sur la route sans un seul ennui. À quinze minutes de la ville, le bahut transformé en tas de ferraille.

Le couple était mort sur le coup. Leurs vêtements de scène étaient éparpillés partout sur la route.

Les dégâts subis par la guitare de Danny la rendaient irréparable : elle avait glissé jusqu'à l'arrière, caisse défoncée, manche cassé et cisaillé.

La mandoline de Dixie, en revanche, restée dans son étui rigide, lui-même pris dans un nouveau boîtier type ère spatiale Mark Leaf, le tout enroulé dans des couvertures (elle prenait toujours les mêmes précautions) était intacte.

Baker alla prendre l'instrument dans le placard, comme il l'avait déjà fait si souvent.

Il le contempla, en toucha les cordes tendues, le manche d'ébène, les clefs de nacre montées en or.

Rares étaient les F-5 en or et à triple placage. Celle-ci l'était et tous les spécialistes qui l'avaient vue étaient d'accord pour dire que, bien que datant de 1924 et non de 1923, elle était de la même série que la mandoline de Bill Monroe. Celle de Monroe avait été endommagée, des années auparavant ; d'après ce qu'on racontait, un mari jaloux avait surpris le roi de la *bluegrass* au lit avec sa femme et dirigé sa colère sur l'instrument de musique.

Stupide, songea Baker. Ce sont les gens qui méritent d'être punis, pas les objets.

Il regarda la F-5 en pensant à ce qu'il venait tout juste de se dire.

Il devrait peut-être la démolir. Qu'apportait donc la musique hormis le péché et le malheur ?

La pauvre fille.

Ce gosse de riche était-il mieux pour autant ?

Il devrait peut-être appeler le psy de Jeffries, Delaware, et lui demander s'il avait une idée sur la façon d'aider Tristan.

Non, il devait être reparti depuis un moment à Los Angeles. Et en quoi diable cela le regardait-il, si le garçon avait des problèmes affectifs avec cette mère qui…

Il avait fait son boulot.

Dans ce cas, qu'est-ce qui le turlupinait ?

Comme la fille, comme le garçon, comme tout le monde sur cette foutue planète, c'était juste des gens. Avec leurs talents, leurs faiblesses, leurs peines de cœur et leur ego.

Des gens. Si Dieu existait, il avait un sacré sens de l'humour… façon de parler.

Ou peut-être, là-dessous, se trouvait une sagesse plus profonde.

Les gens, capables de changer. De devenir meilleurs, même si beaucoup échouaient.

Les gens que Lamar et lui rencontraient jour après jour…

Il y avait peut-être plus…

Des mains – forcément les siennes, mais il avait l'impression qu'elles appartenaient à quelqu'un d'autre – retirèrent la mandoline de son étui. Le dos arrondi était tout brillant. Elle avait des formes sculpturales, travail d'un artisan du Michigan qui avait manié le ciseau et le marteau, encore et encore, sous l'œil vigilant de l'ingénieur acousticien en chef, un génie du nom de Lloyd Loar.

Loar avait signé l'instrument le 21 mars 1924. Toute pièce portant son nom valait son pesant d'or pour les collectionneurs.

Les doigts de Baker frôlèrent les cordes. *Mi-la-ré-sol*. Parfaitement accordée, depuis toutes ces années.

Il le savait car il avait l'oreille absolue.

Sa main gauche plaqua un accord en *sol*. Il dit bien à sa main droite de ne pas bouger, mais elle le fit tout de même.

Sonore et doux, l'accord rebondit contre les murs froids dépourvus de tableaux ou de souvenirs de famille, partit en échos sur le mobilier d'occasion et le sol recouvert de lino. Et termina son trajet en s'enfouissant sous le crâne de Baker.

Sa tête lui fit mal.

Ses mains se déplacèrent encore un peu, et ça lui fit du bien.

Une heure après, il y était encore.

Table

Un gardien pour ma sœur 7

Le blues de la déprime 261

Retrouvez Jonathan Kellerman
dans un nouveau roman
aux Éditions du Seuil

HABILLÉ
POUR TUER

roman

TRADUIT DE L'ANGLAIS
(ÉTATS-UNIS)
PAR THIERRY PIÉLAT

COLLECTION SEUIL POLICIERS

Titre original : *Compulsion*
Éditeur original : Ballantine Books, New York
© 2008 by Jonathan Kellerman
ISBN original : 978-0-345-46527-6

ISBN 978-2-02-098131-6

© Éditions du Seuil, pour la traduction française, 2010

1

Désobéir, Kat adore ça.

On ne parle pas avec les inconnus.

Ce soir, elle a parlé avec une foule d'inconnus. Et dansé avec quelques-uns, aussi. Si on peut appeler « danser » leurs gesticulations minables. Résultat navrant : un doigt de pied écrasé, cadeau d'un pauvre type en chemise rouge.

Pas de mélange quand on boit.

Que dire alors du Long Island Iced Tea – en gros, on y mélange tout –, le truc qui déchire le plus au monde ?

Elle en a bu trois. Plus les tequilas, la bière à la framboise et l'herbe offerte par le type en chemise de bowling rétro. Sans parler de la... La mémoire flanche. Passons.

On ne boit pas quand on conduit.

Pas bête. Mais qu'est-ce qu'elle était censée faire ce soir – laisser le volant de sa Mustang à un de ces branleurs pour qu'il la ramène chez elle ?

Au départ, le plan, c'était que Rianna se limite à deux verres et fasse le chauffeur pour que Kat et Bethie puissent s'éclater. Sauf que Bethie et Rianna s'étaient branché deux types, des faux blonds en fausses chemises Brioni. Des frères, des marchands de planches de surf à Redondo.

On se disait qu'on allait peut-être faire la fête avec Sean et Matt (hi hi). Si ça t'embête pas, Kat.

Qu'est-ce qu'elle pouvait répondre ? « Restez avec moi, je suis la reine des losers ? »

Résultat, il est trois ou quatre heures du matin, elle sort en titubant du Light My Fire et elle cherche sa Mustang.

Putain, ce qu'il fait noir ! Pas de lampadaires, pas d'éclairage ?

Elle fait trois pas, un de ses talons aiguilles bute dans l'asphalte et elle trébuche, manquant de se tordre la cheville.

Elle reprend son équilibre de justesse et se redresse.

Sauvée par tes réflexes, Supergirl. Et aussi par toutes ces leçons de danse qu'on t'a obligée à suivre – elle ne l'aurait jamais reconnu devant sa mère, pour ne pas alimenter le baratin genre « je te l'avais bien dit ».

La mère et ses préceptes. *On ne porte plus de blanc après la fête du Travail*[1]. D'accord, mais seulement à Los Angeles.

Kat fait encore deux pas et l'une des fines bretelles de son haut en lamé prune glisse de son épaule. Elle la laisse : c'est bon, ce baiser de l'air nocturne sur la peau nue.

Se sentant un peu sexy, elle rejette ses cheveux en arrière, se souvient qu'elle les a coupés – pas grand-chose à rejeter.

Sa vue s'obscurcit de nouveau – combien de Long Island a-t-elle avalés ? Disons quatre.

Elle respire un grand coup et elle voit clair dans sa tête.

---

1. Premier lundi de septembre aux États-Unis. *(Toutes les notes sont du traducteur.)*

Puis tout s'obscurcit. S'éclaire. Comme des volets qu'on ouvre et qu'on ferme. L'herbe était peut-être trafiquée... Où est la Mustang ?... Elle presse le pas, trébuche encore ; les réflexes de Supergirl ne suffisent pas, il faut s'accrocher à quelque chose – à l'aile d'une voiture... pas la sienne, une petite Honda merdique ou autre chose... Où est la Mustang ?

Avec aussi peu de voitures sur le parking, la Mustang devrait être facilement repérable. Mais l'obscurité n'arrange rien... Les petits patrons du Light My Fire sont trop radins pour investir dans quelques spots. Comme s'ils ne gagnaient pas assez de fric en entassant les corps à l'intérieur... – les videurs et les cordons en velours, quelle blague !

Des minables. Comme tous les hommes.

Sauf Royal. Difficile à croire, mais la vie, enfin, avait souri à sa mère. Qui aurait cru qu'elle avait ça quelque part en elle ?

L'image la fait rire. Quelque part en sa mère.

Peu probable. Royal va aux toilettes toutes les dix minutes. Ça sent la prostate détraquée, non ?

Elle traverse le parking obscur en vacillant. Le ciel est si noir qu'elle ne voit même pas le grillage de la clôture ni les entrepôts ou les hangars de ce quartier misérable.

D'après le site Web du club, celui-ci était à Brentwood. Autant dire collé sous l'aisselle poilue et puante de Los Angeles Ouest, oui... OK, la voilà, cette conne de Mustang.

Elle se dépêche, ses talons claquent sur l'asphalte bosselé. Chaque impact déclenche de petits échos qui lui rappellent ses sept ans, l'époque où sa mère l'obligeait à faire des claquettes.

Enfin arrivée, elle cherche ses clefs à tâtons dans son sac. Les trouve. Les fait tomber.

Elle les a entendues cliqueter par terre, mais il fait trop sombre pour les voir. Elle se penche, titube, prend appui d'une main sur le sol et les cherche de l'autre.

Introuvables.

Elle s'accroupit, sent une odeur chimique – de l'essence, comme lorsqu'on a fait le plein et qu'on a beau se laver les mains trente-six fois on ne peut pas se débarrasser de l'odeur.

Une fuite du réservoir ? Manquait plus que ça.

Avec dix mille kilomètres au compteur, la voiture n'arrêtait pas de poser des problèmes. Au début, elle l'avait trouvée géniale, avant de décider que ce n'était pas une affaire. Et elle avait cessé de payer les mensualités. Bonjour, monsieur l'huissier. Une fois de plus.

On a versé le premier acompte, Katrina. À toi de te rappeler, le 15 de chaque…

Où sont ces foutues clés ? Elle s'écorche les doigts sur le sol. Un de ses faux ongles saute, elle en pleurerait.

Ah, les voilà !

Elle se remet debout péniblement, actionne la télécommande, se laisse tomber sur le siège, tourne la clé de contact. La voiture hoquette, puis démarre. C'est parti, Supergirl fonce droit dans la nuit noire – ah, oui, mettre les phares.

Lentement, avec la prudence exagérée des gens qui ont bu, elle glisse vers la sortie, la manque, fait marche arrière et passe. Elle prend au sud dans Corinth Avenue jusqu'à Pico. Le boulevard est désert quand elle s'y engage. Un coup de volant trop brusque la rejette du mauvais côté de la chaussée, mais, après une embardée et un redressement de trajectoire, la voiture rentre enfin dans le droit chemin.

Au croisement de Sepulveda, elle tombe sur un feu rouge.

Pas une voiture. Pas un flic.

Elle grille le feu.

En filant vers le nord, elle se sent libre, comme si la ville – non, le monde entier – lui appartenait. Comme si on avait largué une bombe atomique et qu'elle était la dernière survivante.

Ça serait pas génial, ça ? Elle pourrait rouler jusqu'à Beverly Hills, griller un milliard de feux rouges, débarquer dans la boutique Tiffany de Rodeo Drive et rafler tout ce qui lui plaît.

Une planète sans personne. Elle rit.

Elle traverse Santa Monica et Wilshire Boulevard, continue dans Sepulveda jusqu'à Pass Avenue. Sur sa gauche, la 405, à peine ponctuée de quelques feux arrière. De l'autre côté, la pente qui se perd dans le ciel sans lune.

Aucune lumière dans les maisons à mille millions de dollars pleines de riches endormis – ces mêmes imbéciles qu'elle doit supporter à La Femme.

Des femmes comme sa mère, qui refusent de se voir comme elles sont : bouffies ou flétries.

En pensant à son travail, Kat se crispe. Elle respire à fond, ce qui déclenche un rot retentissant, un éclat de rire, un coup d'accélérateur. À ce rythme-là, elle sera vite de l'autre côté de la colline et chez elle, dans son trou à rats de Van Nuys. Elle se vante d'habiter à Sherman Oaks, puisque c'est juste à la limite – donc, où est le problème ?

Soudain, ses yeux commencent à se fermer et elle doit se secouer pour se réveiller. Un bon coup d'accélérateur et la voiture file.

Ça roule, ma fille !

Quelques secondes plus tard, la Mustang crachote, couine et s'arrête.

Elle réussit à se ranger sur le bas-côté. Laisser le moteur se reposer une seconde et essayer de redémarrer.

Rien d'autre qu'un bruit plaintif.

Deux autres tentatives, puis cinq.

Merde !

Elle ne trouve pas tout de suite l'interrupteur du plafonnier. La lumière, une fois allumée, lui fait mal à la tête et elle voit des petites choses jaunes danser devant ses yeux avant de se dissiper. Elle regarde alors la jauge d'essence.

Zéro.

Merde merde merde ! C'est pas possible, elle aurait juré…

La voix de sa mère vient la sermonner. Elle se bouche les oreilles et essaie de réfléchir.

Où est la station-service la plus proche ? Nulle part. Rien à des kilomètres à la ronde.

Elle cogne sur le tableau de bord, à s'en faire mal. Elle pleure, se laisse aller contre le dossier, rétamée.

Se rendant compte que l'éclairage intérieur l'expose aux regards, elle l'éteint.

Et maintenant ?

Appeler l'Automobile Club ! Pourquoi n'y a-t-elle pas pensé plus tôt ?

Elle met un temps infini à trouver le portable dans son sac. Encore plus longtemps à mettre la main sur sa carte de l'Automobile Club.

Pas facile de composer le numéro gratuit, malgré la luminosité des touches : les chiffres sont tout petits et ses mains tremblent.

Lorsque l'opératrice décroche, elle lui lit son numéro de membre. Elle doit recommencer parce que sa vision trouble lui fait confondre les 3 et les 8.

L'opératrice la met en attente puis lui annonce que son abonnement est arrivé à expiration.

– Pas possible, rétorque Kat.

– Désolée, mademoiselle, mais ça fait dix-huit mois que vous n'êtes plus membre.

– C'est complètement impossible…

– Je suis désolée, mademoiselle, mais…

– Désolée, mon cul !

– Ce n'est pas une raison pour…

– Raison, mon cul !

Kat coupe la communication.

Et maintenant ?

Réfléchir, réfléchir, réfléchir… Bien, plan B : appeler Bethie sur son portable et si je dérange, tant pis.

Le numéro sonne cinq fois avant d'obliquer sur la messagerie.

Kat coupe. Et le téléphone expire.

S'acharner sur le bouton vert n'y change rien.

Ça lui rappelle vaguement quelque chose qu'elle aurait dû faire.

Recharger le portable avant de sortir – comment a-t-elle pu oublier, bordel ?

Elle tremble de tout son corps, oppressée, en nage.

Elle vérifie par deux fois que les portières sont verrouillées.

Peut-être qu'un gars de la police routière va passer par là.

Et si c'est une autre voiture ?

On ne parle pas avec les inconnus.

Que faire d'autre, sinon passer la nuit ici ?

Elle est près de s'endormir quand des phares la font sursauter : une voiture, la première, fonce dans sa direction.

Une grosse Range Rover. Parfait.

Kat agite la main à la portière. Le salopard passe à toute vitesse.

Deux minutes plus tard, des phares grossissent dans son rétroviseur. Le véhicule se range contre le sien. Pick-up merdique, des trucs entassés à l'arrière sous une bâche.

La vitre du passager s'abaisse.

Un jeune Mexicain. Un autre Mexicain au volant.

Ils la regardent d'un drôle d'air.

Le passager descend. Petit et débraillé.

Kat se tasse sur son siège et quand le Mexicain s'approche et lui dit quelque chose à travers la vitre elle fait comme s'il n'était pas là, terrorisée pour de bon.

Elle continue de jouer les femmes invisibles et le Mexicain finit par retourner dans le pick-up.

Il lui faut cinq minutes avant de se redresser et de respirer normalement. Elle a mouillé son string. Elle le fait glisser sur ses fesses et le long de ses jambes, le jette derrière elle.

Dès que le sous-vêtement atterrit sur la banquette arrière, la chance tourne.

Une Bentley !

Baisée, la Range Rover !

Grosse, noire et brillante, calandre agressive.

Et elle ralentit !

Oh, merde ! Et si c'était Clive ?

Même si c'est Clive, c'est gérable. Toujours mieux que dormir ici toute…

Tandis que la Bentley s'arrête, elle baisse la vitre et essaie de voir qui est dedans.

La grosse voiture noire tournait au ralenti, elle redémarre.

Va te faire voir, salaud de riche !

Elle saute de la Mustang et agite les bras frénétiquement.

La Bentley stoppe à nouveau. Fait marche arrière.

Kat se donne un air inoffensif en souriant et en montrant sa voiture avec un haussement d'épaules.

La glace de la Bentley s'abaisse en silence.

Une seule personne, celle qui tient le volant.

Pas Clive, une femme !

Merci, mon Dieu !

De la voix sucrée qu'elle emploie à La Femme, Kat dit :

– Merci beaucoup de vous être arrêtée, madame. Je suis tombée en panne d'essence, et si vous pouviez seulement me déposer quelque part où je pourrais trouver une…

– Bien sûr, très chère, répond la femme.

Voix rauque, comme cette actrice qu'aime sa mère… Lauren… Lauren… Hutton ? Non, Bacall. Lauren Bacall est venue la sauver !

Kat s'approche de la Bentley.

La femme lui sourit. Plus âgée que sa mère, cheveux argentés, énormes boucles d'oreilles en perle, maquillage très classe, tailleur en tweed, foulard en soie mauve, apparemment hors de prix, drapée sur les épaules avec la décontraction propre aux rupins.

Tout ce que sa mère essaie de singer.

– Je vous suis très reconnaissante, madame, dit Kat, avec l'envie soudaine que cette femme soit sa mère.

– Montez, ma chère, dit la femme. On va vous trouver du pétrole.

Du « pétrole » – une Britannique.

Une aristo dans sa Bentley.

Kat monte dans la voiture, radieuse. Ce qui a commencé comme une nuit de merde va bien finir.

Tandis que la Bentley démarre sans bruit, Kat remercie encore la conductrice.

Celle-ci hoche la tête et met la stéréo. Du classique – Dieu, quelle sono ! On se croirait dans une salle de concerts.

– Qu'est-ce que je peux faire pour vous remercier ?...

– Rien, ma chère.

Une femme fortement charpentée, des mains robustes couvertes de bagues.

– Votre voiture est incroyable, dit Kat.

La femme sourit et monte le volume.

Kat se laisse aller contre le dossier et ferme les yeux. Pense à Rianna et à Bethie avec les mecs en fausses Brioni.

Leur raconter cette histoire va être un bonheur.

La Bentley file en silence sur la Pass. Les sièges confortables, l'alcool, l'herbe et la chute d'adrénaline plongent soudain Kat dans un sommeil presque comateux.

Elle ronfle puissamment tandis que la Bentley tourne et monte sans à-coups dans les collines.

Vers un lieu sombre et froid.

DES MÊMES AUTEURS

JONATHAN KELLERMAN

Double Miroir
Plon, 1994
et « Pocket Thriller », n° 10016

Terreurs nocturnes
Plon, 1995
et « Pocket Thriller », n° 10088

La Valse du diable
Plon, 1996
et « Pocket Thriller », n° 10282

Le Nid de l'araignée
Archipel, 1997
et « Pocket Thriller », n° 10219

La Clinique
Seuil, 1998
et « Points Policier », n° P636

La Sourde
Seuil, 1999
et « Points Policier », n° P755

Billy Straight
Seuil, 2000
et « Points Policier », n° P834

Le Monstre
Seuil, 2001
et « Points Policier », n° P1003

Dr La Mort
Seuil, 2002
et « Points Policier », n° P1100

Chair et Sang
Seuil, 2003
et « Points Policier », n° P1228

Le Rameau brisé
Seuil, 2003
et « Points Policier », n° P1251

Qu'elle repose en paix
Seuil, 2004
et « Points Policier », n° P1407

La Dernière Note
Seuil, 2005
et « Points Policier », n° P1493

La Preuve par le sang
Seuil, 2006
et « Points Policier », n° P1597

Le Club des conspirateurs
Seuil, 2006
et « Points Policier », n° P1782

La Psy
Seuil, 2007
et « Points Policier », n° P1830

Tordu
Seuil, 2008
et « Points Policier », n° P2117

Fureur assassine
Seuil, 2008
et « Points Policier », n° P2215

Comédies en tout genre
Seuil, 2009
et « Points Policier », n° P2354

Habillé pour tuer
Seuil, 2010

Faye Kellerman

Les Os de Jupiter
Seuil, 2001
et « Points Policier », n° P1030

Premières Armes
Seuil, 2002
et « Points Policier », n° P1373

Jonathan & Faye Kellerman

Double Homicide
Seuil, 2007
et « Points Policier », n° P1987

Crimes d'amour et de haine
Seuil, 2010
et « Points Policier », n° P2454

RÉALISATION : NORD COMPO À VILLENEUVE-D'ASCQ
CPI BRODARD ET TAUPIN À LA FLÈCHE
DÉPÔT LÉGAL : SEPTEMBRE 2010. N° 103073 (59106)
IMPRIMÉ EN FRANCE